TELEPORT

TELEPORT

JOSHUA TREE

BE

Belle Époque Verlag

Joshua Tree
joshuatree@weltenblume.de
www.weltenblume.de

Lizenzausgabe des Belle Époque Verlags, Inh. G. Pahlberg, Wiesenstr. 7, 72135 Dettenhausen, mit freundlicher Genehmigung des Autors.

Korrektorat: Jasmin Kraft
Cover: Elementi.Studio
Besonderer Dank: Viktoria M. Keller

Herstellung: Custom Printing, Wał Miedzeszyński 217/1, 04-987 Warszawa, Polen

ISBN 978-3-96357-194-7

PROLOG

Das Bohrschiff sah aus wie eine graue, von Salz zerfressene Müllhalde, zweihundertfünfundfünfzig Meter lang und zweiundvierzig Meter breit. Ein hässlicher Koloss, geformt aus Stahl, Schmutz und den monetären Träumen reicher Manager von einem anderen Kontinent, die mit der dreckigen Arbeit nichts zu tun haben wollten, mit der sie so viel Geld verdienten. Es besaß so viele Aufbauten, die wie ein dichter Wald aus seinem Rumpf ragten, dass einem die Augen schwirren konnten, doch all das wurde dominiert vom eigentlichen Bohraufsatz. Ein einhundert Meter langer Turm aus spindeldürren Verstrebungen, dessen Spitze aus zwei gelb gestrichenen Fingern bestand, in dem sich jede Menge Messfühler und die armdicken Bolzen der Zugsicherung befanden.

Die *Deep Sea Explorer*, wie sie reichlich euphemistisch genannt wurde, schleppte sich gemächlich und mit einer Begleitflotte aus kleineren Kähnen und Versorgungsschiffen durch die Mündung des Maracaibo-Sees, vorbei an der namensgebenden Stadt, deren Häuser das linke Ufer überwucherten wie fleckige Pilze.

Von seiner Position auf dem Heck des Hauptschiffs, das die

kleine Flotte anführte, empfand Anders Larsson die Fahrt durch die Meerenge wie eine Vergewaltigung der natürlichen Schönheit dieses Ortes. Das Wasser hatte eine bläuliche Farbe mit leichtem Grünstich und hob sich von der langen Major-Rafael-Urdaneta-Brücke ab, die im Hintergrund als ein Silberstreif die beiden Ufer miteinander verband und erst vor wenigen Stunden unter großem Tamtam aufgeklappt war. Die Bewohner von Maracaibo waren zu Tausenden gekommen, um dem Spektakel beizuwohnen. Nicht etwa, weil die gemächliche Prozession besonders ansehnlich gewesen wäre – nein, es waren die Träume des Volks, die das mit der Schönheit übernahmen, ihre Fantasie. Die *Deep Sea Explorer* bedeutete Wohlstand für die ganze Region. Zumindest war es das, was die venezolanische Regierung monatelang zu versichern versucht hatte. Doch deswegen war Anders nicht hier. Er war gekommen, um die Bohrbemühungen zu überwachen und für die Einhaltung der Zeitpläne zu sorgen und nicht, um sich mit den politischen Lügen zu befassen, die für die Beauftragung seines Arbeitgebers gesorgt hatten. Eigentlich handelte es sich dabei gar nicht um seinen Arbeitgeber, sondern ein Kunstunternehmen, einen diplomatischen Frankenstein. Vor einem Jahr hatten Prospektoren von Shell ein neues Ölreservoir unter dem See entdeckt, der ohnehin schon eine reichhaltige Quelle für das Schwarze Gold war, doch die ersten Proben hatten Ingenieure der russischen Baschneft genommen. Ohne Zweifel hatte es an den engen Verbindungen zwischen russischer und venezolanischer Regierung gelegen, dass es zu diesem *Vorfall* kam, wie die EU-Kommissionspräsidentin es genannt hatte, aber schließlich war es zu einer Einigung gekommen, mit der alle Seiten unglücklich, aber gierig, leben konnten: Es wurde eine europäisch-russische Firma gegründet, um die neue Quelle auszubeuten. Dass die Datenlage kaum eindeutig genug war, um sich im Vorfeld so zu streiten, hatte offenbar niemanden interessiert. Anders aber wusste, dass der gewaltige

Hohlraum unter dem Meeresboden – denn der See war eigentlich gar kein See, sondern eine Einmündung des Golfs von Venezuela – zu einem geringen Prozentsatz auch eine Blase aus verdichtetem Methangas sein könnte. Keine schöne Vorstellung.

»Warum machen Sie so ein Gesicht?«, fragte Alexei Jewtschenkow, der russische Chefingenieur, der neben ihm mit den Ellenbogen auf der Reling lehnte und ebenfalls den hässlichen Haufen Schiffe musterte, die vom Schmutz ihrer Arbeit gezeichnet waren. Er zündete sich eine Zigarette an und inhalierte zischend.

»Rauchen ist eine schlechte Angewohnheit, aber für jemanden, der im Erdölsektor arbeitet, ziemlich selbstmörderisch.«

»Ah.« Jewtschenkow winkte ab. »Noch sehe ich kein Öl, und ich habe Grund zum Feiern.«

»So?« Anders zog eine Braue hoch.

»Es ist warm!« Der Russe steckte sich die Zigarette zwischen die Lippen und breitete die Arme aus. »Tropische Temperaturen, frische Seeluft, ein neues Projekt mit guter Bezahlung! Was will man mehr?«

»*Wenn* wir gefunden haben, was wir zu finden glauben.«

»Seien Sie nicht so schwarzmalerisch. Meine Landsleute haben die schwarze Brühe gefunden, also ist sie auch da.«

»Der gesamte Seeboden ist voller Öl, aber ein Reservoir wie das, was wir gefunden haben, klingt fast zu gut, wenn Sie mich fragen«, entgegnete Anders mürrisch.

»Denken Sie ein bisschen positiv. Die Flotte ist da, morgen Nacht können wir mit der ersten Bohrung anfangen.« Jewtschenkows rollender Akzent passte irgendwie zu dem derben Erscheinungsbild der Schiffe, die sie gemächlich verfolgten. »Dann stehen wir hier und sehen zu, wie unsere Verträge zu Gold gemacht werden.«

»Nein, wir werden nicht hier stehen.« Anders schüttelte den Kopf.

»Ich weiß nicht, was Sie tun werden, aber ich muss erst übermorgen ...«

»Haben Sie irgendetwas über diesen Ort gelesen, bevor Sie in den Flieger gestiegen sind?«, unterbrach er seinen russischen Kollegen.

»Ja. Die Wetterdaten und wie hoch die Anden sind, die den See einrahmen.«

Anders verkniff sich ein frustriertes Seufzen.

»Ach, kommen Sie!« Jewtschenko rollte mit den Augen. »Also gut. Warum also werden wir hier nicht stehen?«

»Weil das hier der Ort mit den meisten Blitzen pro Quadratkilometer der Welt ist. So gut wie jede Nacht gibt es heftige Gewitter. Der See ist dreißig Grad warm, die hohen Ausläufer der Anden, die Ihnen so gut gefallen, halten die tagsüber verdunstende Flüssigkeit in dem geologischen Becken fest und nachts kühlen die Hänge der Berge deshalb deutlich schneller ab als die warme Luft über dem See. Jetzt, im Hochsommer, wurden schon bis zu einhundert Blitze pro Quadratkilometer registriert – pro Nacht. Fünf Ölfördereinrichtungen geraten jedes Jahr in Brand oder werden zerstört. Am Ufer kommt es wöchentlich zu Todesfällen und ganze Herden von Nutztieren werden von den Entladungen getötet.« Anders nickte, als er bemerkte, dass sein Kollege blasser wurde. »Ihr hohes Gehalt, über das Sie sich so freuen, hat also den sprichwörtlichen *Haken.*«

Den Rest der Fahrt schwiegen sie, bis sie nach zehn Stunden an ihrem Ziel angelangten. In der Zwischenzeit hatte Anders bereits in der kleinen Messe gegessen, letzte Checks und Berichte seiner Mitarbeiter überprüft und den Plan für die Initialbohrung abgesegnet. Das Binnenmeer war an seiner tiefsten Stelle nur fünfunddreißig Meter tief, was es für ein Bohrschiff wie die *Deep Sea Explorer*, die bis zu vierzehntausend Meter tief bohren konnte, ein Witz war. Trotzdem war dies nicht sein bisher leichtestes Projekt. Das vermutlich nachgewiesene Erdöl-Reservoir befand sich in über neuntausend Metern Tiefe, und der Boden war durchsetzt von winzigen Wasseradern, die mit Meerwasser gefüllt waren – perfekten Leitern für die elektrischen Entladungen, die den See jede Nacht zum Kochen brachten. Hinzu kam, dass die Gefahr bestand, keinen direkten Kanal bohren zu können, sondern immer wieder gegen Brüche im Sediment ankämpfen zu müssen. Abgesehen davon sah er vor seinem geistigen Auge schon eine ähnliche Katastrophe wie die von BP im Golf von Mexiko heraufziehen, nachdem die ersten Blitzkaskaden eine falsch abgedichtete Leitung in Brand gesetzt hatten.

Los ging alles um 23 Uhr Ortszeit auf der Brücke der *Dolphin*, dem einzigen annähernd gemütlichen Schiff ihrer Ausbeuterflotte, auf dem das Management – und damit er und Jewtschenko als Projektleiter untergebracht waren. Gemeinsam standen sie auf der Brücke und beobachteten die *Deep Sea Explorer*, ein Konglomerat aus Lichtern in der Dunkelheit, umgeben von den Begleitschiffen, die wie kleinere Auswüchse in der Nähe ihre Position hielten. Aus einem Kilometer Entfernung sah der Koloss in ihrer Mitte beinahe aus wie ein Standbild, hätten die vielen Reflexionen auf der gekräuselten Oberfläche des Sees sich nicht unruhig hin und her bewegt.

»*Que trae desgracia*«, sagte einer der venezolanischen Ingenieure in der Nähe des Captains, der desinteressiert einen Kaffee schlürfte.

»Was sagt er?«, wollte Anders wissen.

»Irgendwas von Unglück«, antwortete Jewtschenko achselzuckend. »Aber keine Sorge, die sind hier alle abergläubisch.«

»Wegen der Blitze, nehme ich an.«

»Ja. Habe einen Reiseführer gelesen. Die Einheimischen halten den Mittelpunkt des Sees für verflucht – unter anderem auch wegen der Blitze. Angeblich sind hier viele Fischer verschwunden.«

»Verschwunden?«

»Gesunken, keine Ahnung.« Der Russe zuckte erneut mit den Schultern.

»Na dann.« Anders nahm sein Funkgerät vor den Mund. »Also gut, fangt an. Ständige Druckkontrolle, und ich will, dass die Ventile nicht über neunzig Prozent belastet werden. Klar?«

Er erhielt eine Bestätigung seines Cheftechnikers an Bord des Bohrschiffs und brummte zufrieden. Rote Lichter begannen über dem Bohrturm zu rotieren, ein sicheres Zeichen dafür, dass das Projekt also endlich begonnen hatte.

Das wenig überraschend angesagte Gewitter zog eine halbe Stunde später herauf und kündigte sich mit tiefem Donnergrollen an, das von der Mündung des Binnenmeers heranrollte. Eine halbe Stunde später – Anders war noch als einer der wenigen wach und verfolgte die Vorgänge auf der *Deep Sea Explorer* mit Fernstecher und Funkgerät – hatte es sie erreicht und hüllte die gesamte Flotte mit dichtem Regen, markerschütterndem Donner und so vielen Blitzen ein, dass er immer wieder blinzeln musste, um die gleißenden Nachbilder loszuwerden. Zeitweise war der komplette Horizont erleuchtet und er glaubte, Dutzende Entladungen gleichzeitig zu sehen, die sich wie gezackte Sehstörungen zwischen den erdrückenden schwarzen Wolkenmassen und der aufgepeitschten See bildeten.

Es war ein unheimlicher Anblick, der ihm die Nackenhaare zu Berge stehen ließ. *Nur ein Gewitter,* erinnerte er sich und mahnte sich zur Ruhe, doch die nächsten Blitze schlugen unmittelbar neben dem Bohrschiff ein und sorgten dafür, dass weiße Gischt an mehreren Stellen gleichzeitig aufspritzte. In ihrem Licht sahen die Schiffe bizarr aus, wie albtraumhafte Schemen aus kantigem Metall und mit scharfen Klingen. Hatten ihm diese Einschläge einen Schrecken eingejagt, wurde es kurz darauf noch schlimmer. Sekunde um Sekunde krachten die gewaltigen elektrischen Impulse ins Wasser und schienen sich immer konzentrischer auf die *Deep Sea Explorer* zuzubewegen. Anders konnte Unregelmäßigkeiten auf den tanzenden Wellen ausmachen und zuckte erschrocken von seinem Fernstecher zurück, als er realisierte, dass es sich dabei um tote Fische handelte.

Über sein Funkgerät fing er die ersten panischen Funksprüche von Sicherheitstechnikern auf dem Bohrschiff ab, deren anfänglich besorgte Rückfragen nun umgeschlagen waren. Irgendjemand wurde auf die Krankenstation gebracht – es war schwer herauszuhören, da so viele Mitarbeiter durcheinander riefen, teilweise in unterschiedlichen Sprachen.

»Meyer! Kommen!«, brüllte er aufgebracht auf dem Kanal seines Sicherheitsingenieurs.

»Larsson? Hier ist die Hölle los! Wir haben zwei Einschläge, die zwar keinen strukturellen Schaden angerichtet haben, aber mehrere Arbeiter haben Verbrennungen davongetragen, und die Venezolaner flippen total aus. Die wollen evakuieren!«, antwortete sein deutscher Mitarbeiter mit vom Funk zerkratzter Stimme.

»Sind die verrückt geworden? Drohen Sie mit fristloser Kündigung – ist mir egal! Das sind nur Blitze!«

»Das versuche ich ja, aber …«

»Meyer? Was ist los?«

»Ähm, wir haben hier etwas Komisches auf den Bodensensoren. Da baut sich eine Menge Energie auf.«

»In welcher Form?«

»Strom.«

»Da unten?«

»Ja, außerdem gibt es irgendeine magnetische Anomalie, die der Bohrkopf registriert hat. Er zieht beinahe fünf Grad nach links.«

»Unmöglich!«

»Larsson, ich sage Ihnen, das steht hier …« Die Verbindung brach ab, und als Anders immer wieder den *Senden*-Knopf drückte und in das Mikrofon brüllte, ohne eine Antwort zu bekommen, sah er auf und durch die Brückenfenster. Zuerst war da nur dieses unterschwellige Gefühl, dass etwas passierte, ohne dass er eine Veränderung gesehen hätte. Doch dann begannen die vielen Lichter auf der *Deep Sea Explorer* zu wackeln und zu tanzen. Der Koloss aus Stahl vibrierte, als stünde er auf einer Rüttelplatte, und dann plötzlich geschah etwas, dass er zwar mit den Augen wahrnahm, sein Gehirn aber nicht begreifen konnte. Das Schiff wurde zusammengequetscht wie eine Cola-Dose, die Hülle schlug Falten und bekam Risse, wurde auf die Größe eines Lkw zusammengeballt, umtost von den auf sie einstürmenden Fluten des Binnenmeers. Die Begleitflotte geriet ebenfalls in Bewegung, wurde mehrere Meter nach unten und in Richtung ihres zerstörten Mittelpunkts gezogen, als würden unsichtbare Hände aus der Tiefe an ihnen zerren.

»Was passiert da?«, rief Larsson, ohne eine Antwort zu erwarten. Die gesamte Brückencrew war erstarrt, bis der Captain anfing, wilde Befehle auf Italienisch zu brüllen. Der Horizont der Zerstörung vor Anders' Augen drehte langsam ab, als ihr Schiff nach Backbord zog und die Maschinen unter lautem Wummern die Flucht einleiteten. »Wo ist mein Schiff?«

Der komprimierte Blechberg, der gerade im Wasser versank, hinterließ einen mächtigen Strudel, angepeitscht von immer weiteren Blitzen, die konzentriert genau dort einschlugen, wo sich eben noch ein über zweihundertfünfzig Meter langes Schiff befunden hatte. Die Nacht schien besonders dunkel und der Donner ohrenbetäubend, als die *Deep Sea Explorer* verschwand, und sich die Flotte in heilloser Flucht auflöste.

Anders schreckte hoch und atmete heftig. Das Herz pochte wie ein Dampfhammer in seiner Brust, und kalter Schweiß stand ihm auf der Stirn.

»Mr. Larsson?«, hörte er eine undeutliche Stimme und sah sich gehetzt um. Er lag in seiner Koje auf der *Dolphin* und blickte in das kastenförmige Gesicht eines unrasierten Mannes. *Jewtschenko.* »Sie sind da.«

»Ich ... ich komme gleich«, versicherte er seinem Kollegen und quälte sich aus den nassen Laken, ehe er sich unter die Dusche stellte und den Regen aus prickelnden Tropfen über sein Gesicht laufen ließ. Die Bilder des Traums perlten nur langsam wie besonders hartnäckiger Schmutz von ihm ab. Die letzte Woche war die reinste Hölle gewesen. Nicht nur hatten sämtliche einheimischen Mitarbeiter und Zulieferer die Segel gestrichen, es weigerten sich auch viele der europäischen und russischen Angestellten, ihre Verträge zu erfüllen – nicht, dass Anders eine Idee gehabt hätte, wie das noch gehen sollte. Dann waren die Sachverständigen des *Deep-Sea*-Konglomerats losgeflogen, ohne jemals hier bei ihnen auf dem See anzukommen. Stattdessen hatte es sich dabei um diplomatische Sondergesandte mit ihren jeweiligen Beraterstäben von EU und Kreml gehandelt, die eine so seltsam unterkühlte Art an den Tag gelegt hatten, dass es sich nur um Geheimdienstmitarbeiter handeln konnte. Sie hatten ihn, Jewtschenko und die Brückencrew tagelang befragt, ehe die ersten Kriegsschiffe eingetroffen waren. Zuerst die *USS Brixton*, ein Navy-Kreuzer, und dann die *Kuzneszow* der Russen, ehe vor drei Tagen jeweils sechs Schiffe beider Nationen den Mittelpunkt des Sees erreicht hatten. Es handle sich bloß um ein gemeinsames Manöver nach einer Einladung des venezolanischen Präsidenten, hatte man ihnen versichert, als wenn die USA und Russland jemals einvernehmliche Operationen durchführen würden. Seither bebte das Wasser ununterbrochen, und die Menge an toten Fischen auf der Oberfläche nahm noch weiter zu.

Nachdem er sich abgetrocknet hatte, zog er sich an und nahm seinen Trolley, den er bereits am Abend zuvor gepackt und neben die Tür gestellt hatte. Auf dem Achterdeck liefen längst die Rotoren des Helikopters warm, der sie zum internationalen Flughafen bringen würde. Jewtschenko und der Captain der *Dolphin* saßen schon in der Passagierkabine auf ihren Sitzen und hatten sich die dicken Kopfhörer aufgesetzt, um ihre Ohren vor dem Lärm zu schützen. Anders begann trotz des Sturmwinds, unter den er sich duckte, um zu den beiden zu gelangen, erneut zu schwitzen.

Auf seinem Sitzplatz lag ein eingeschlagener Faltordner mit Gummiband, den er erst aufnehmen musste, ehe er sich setzte und mit den Fersen seinen Trolley unter dem Stuhl verstaute.

»Ist eine Unterlassungserklärung«, sagte Jewtschenko über Funk.

»Eine Unterlassungserklärung? Wofür?«, fragte Anders, als er sich das Mundstück vor die Lippen gefummelt hatte und ungelenk das Gummiband von dem Metallbügel entfernte. »Zweihundert Seiten?«

»Ja. Ihre und meine Leute wollen offenbar nicht, dass wir über diese verrückte Sache sprechen.«

»Aber ... *zweihundert* Seiten?«

Der Helikopter hob wie in Zeitlupe ab und wackelte dabei leicht.

»Sie haben die Militärübung eine Woche vordatiert. Angeblich gab es einen Unfall mit einem Atom-U-Boot unter unserer Bohrflotte, und das eigentlich geheime Manöver ist dadurch aufgeflogen«, erklärte der Russe und schürzte die Lippen.

»So ein ...« Anders winkte ab. »Ist ja auch egal. Mit zweihundert Seiten haben die sicher alles abgedeckt, was auch nur im Entferntesten mit Venezuela zu tun hat, um uns vor Gericht mundtot zu machen.«

»Und pleite«, fügte Jewtschenko hinzu.

Ihr Hubschrauber beschrieb einen langen Bogen, vorbei an der dicht zusammengeklumpten Flotte aus amerikanischen und russischen Kriegsschiffen, die einen beinahe perfekten Kreis bildeten. Zwei Versorgungsschiffe, dicke Klötze aus grauem Stahl, befanden sich in ihrer Mitte, und von ihren Decks ragten riesige Kräne, von denen sich Stahlseile wie Spinnenfäden in die blauen Fluten herabsenkten, über das freie Gewässer zwischen ihnen. Die Kreuzer und Zerstörer in der direkten Umgebung begannen, mit ihren Nebelwerfern den Himmel einzudunkeln und sich vor neugierigen Blicken aus dem Orbit oder Flugzeugen zu verstecken, die die Flugverbotszone umgingen. Doch Anders erhaschte gerade noch einen Blick auf einen ovalen Schatten, den die Kräne aus der Tiefe hoben. Erst dachte er an einen riesigen Wal, aber die Form war zu gleichförmig und perfekt, auch wenn die Ränder durch die Wassereffekte verschwammen und alles andere als klar waren.

»Was ist das?«, hauchte er und brauchte nicht zu fragen, um zu wissen, dass sich dieser mysteriöse Schatten dort befand, wo vor einer Woche die *Deep Sea Explorer* gesunken war.

»Das muss das Wrack sein!«, meinte Jewtschenko und beugte sich über die Armlehne seines Sitzes, doch der Rauch war bereits so dicht, dass ihre Blicke ausgesperrt blieben.

Das ist nicht das Wrack, dachte Anders.

1

James tat, als würde er das Einsatzbriefing lesen, hatte die Dokumente jedoch so vor sich gehalten, dass die beiden Mitarbeiter des Außenministeriums sein Smartphone nicht sehen konnten, das in der aufgeklappten Innenseite lag. Der Flug von Washington nach Mombasa dauerte ewig, und an Schlaf war nicht zu denken. Dafür war er viel zu nervös. Dieser Einsatz war zu delikat, um überhaupt nur eine ruhige Minute haben zu können. Also züchtete er kleine Pixel-Hühner, legte neue Felder an und verlegte winzige Bäche, um seine digitale Farm zu hegen und zu pflegen.

Das Spiel war ein brauchbarer Zeitvertreib, um ihn abzulenken, nicht etwa, weil er sich große Sorgen gemacht hätte, den Auftrag in den Sand zu setzen, sondern durch die besonderen Bedingungen, die der mit sich brachte. Seit drei Jahren wartete er auf diese Gelegenheit, und nun war es so weit: das richtige Einsatzgebiet zur richtigen Zeit. Nun wartete er auf nichts sehnlicher als eine Nachricht, checkte schon seit insgesamt zwanzig Stunden und einunddreißig Minuten seinen Posteingang und zur Sicherheit auch das E-Mail-Postfach. Nichts. Keine Antwort.

»Mr. Hamilton?«

Er sah auf und in das Gesicht einer der beiden in blau-weiße Uniformen gekleidete Flugbegleiterinnen, die den Service in dem kleinen Learjet übernahmen. Ihr Lächeln war so makellos wie das perfekt gefaltete heiße Tuch auf dem Tablett, das sie ihm entgegenhielt.

»Danke.« Er zupfte es vorsichtig herunter und wusch sich damit die Hände – und als keiner guckte, auch schnell das Gesicht.

Die Ministeriumsmitarbeiter Carl Vega und Mitch Blake, zwei feiste Beamte aus Washington mit dicken Bäuchen und schütterem Haar, räkelten sich auf ihren Sitzen und lösten sich aus dem Halbschlaf, der sie die letzten Stunden umnebelt und James ein wenig Ruhe gegönnt hatte.

»Guten Morgen«, sagte Vega mit belegter Stimme und räusperte sich schleppend.

»Guten Morgen«, antwortete James.

»Wir landen bald?«

»Es gibt gleich Frühstück, also in etwa einer Stunde.«

»Haben Sie gar nicht geschlafen?« Vega rieb sich die Augen und glättete sein Hemd.

»Nicht nötig.«

»Diese Sache ist wirklich wichtig, Mr. Hamilton. Vincent Debongo ist ein wichtiger Informant für die CIA und …«

»… Sie müssen ihn unbedingt vernehmen, um zu wissen, was er verraten haben könnte. Schon klar. Außerdem ist sein Vater ein extrem reicher Industrieller in Kenia.« James tippte auf seine Dokumentenmappe und klappte sie zu, sodass ihm das Smartphone dabei vom Tisch verdeckt in den Schoß fiel. »Ich bin alles durchgegangen.«

In Wahrheit hatte er keine einzige Zeile des CIA-Berichts gelesen, nachdem er sicher gewesen war, dass dort nichts Unerwartetes zu finden war.

»Gut, dann wissen Sie auch, dass …«

»… Vincent Debongo ein V-Mann bei Boko Haram ist. Ihre Augen und Ohren bei einer der schlimmsten Terrororganisationen der Welt. Das waren doch die Worte des Staatssekretärs?«

»Genau.« Vega hob die Hände und gab auf. »Also gut.«

»Sie müssen mir vertrauen. Ich bin der Beste in meinem Job.«

»Das sagte man uns«, wich der Beamte aus und nickte lächelnd, als er sein eigenes heißes Tuch bekam.

Ihr Business-Jet landete um 9 Uhr Ortszeit auf dem Moi International Airport und rollte gemächlich zum kleinen Privatterminal, wo eine ganze Heerschar Geheimdienstmitarbeiter ihre Ausweise und Sonderdokumente überprüfte, mit einem riesigen Arsenal an Stempeln bearbeitete und sie dann in einen großen VW-Geländewagen verfrachtete, der eines von insgesamt drei Fahrzeugen mit getönten Scheiben war, die auf sie warteten. Die Soldaten, die sie begleiteten, trugen zwar schlabberige Uniformen und Kalaschnikows mit abgeriebenen Holzelementen, aber James hatte genug Erfahrungen in Afrika gesammelt, um zu wissen, dass diese Kerle hart im Nehmen waren und vermutlich besser ausgebildet als sie aussahen.

Ihr kleiner Konvoi raste jenseits jeder erlaubten Geschwindigkeit über die staubigen Straßen der versmogten Stadt, brach sämtliche Verkehrsregeln und scherte sich nicht um rote Ampeln. Mehr als einmal glaubte James, dass sie einen Unfall bauen würden, und schnallte sich lieber an. Blake, der andere Ministeriumsmitarbeiter, war bereits weiß angelaufen und sah aus, als müsse er sich jeden Augenblick übergeben.

Es wurde erst besser, als sie die Stadt verließen und über endlose Schotterpisten in Richtung Westen rasten. Er war noch nie in Kenia gewesen, was ihn die letzten drei Jahre besonders enttäuscht hatte, und er hatte es sich definitiv anders vorgestellt. Das Land in der Nähe des großen Deltas aus Flüssen und Binnenmeeren, das diesen Moloch einer Stadt umgab, war erstaunlich grün und gut bewässert. Er sah Bananenplantagen und Maniokfelder so weit das Auge reichte. Die Sonne brannte heiß genug auf sie herab, um ihm das Gefühl zu geben, dass die Hitze durch das Dach seinen Scheitel aufheizte, auch wenn das vermutlich nur Einbildung war, und die Klimaanlage lief auf voller Leistung. Trotzdem schwitzte er dort, wo Rücken und Gesäß Kontakt mit dem Kunstleder der Sitzbank im Fond hatten.

Mit jedem Kilometer, den sie weiter nach Westen kamen, wurde die Landschaft karger und trockener. Grüne Felder wurden durch braune ersetzt, auf denen keine alten Landmaschinen mehr fuhren, sondern Hunderte Männer und Frauen mit Tüchern auf den Köpfen einfache Werkzeuge in die Erde rammten, um sie zu pflügen oder die spärliche Ernte einzuholen. Blätter wurden durch vertrocknete Äste ersetzt und Gräser durch hellen Sand. Die Reifen ihrer wie wahnsinnig rasenden Autokolonne wirbelten riesige Staubwolken hinter ihnen auf, die er im Rückspiegel sah wie eine Sturmfront, wie sie sich durch den leichten Südwind nach Norden verlagerten und die Feldarbeiter einhüllten und sich auf ihre wenigen Pflanzen legten. Es war wie der Blick auf eine reale Metapher, die ihm zeigte, wie die Welt funktionierte. Die einen fuhren in luxuriösen Autos durch die Landschaft, ihre weichen Körper von der kühlen Luft einer Klimaanlage umweht, während die anderen mit einfachsten Mitteln versuchten, der Erde Nahrung zu entreißen und dabei vom Dreck der anderen erstickt wurden.

Die Welt in einem Satz, dachte er und begann auf seiner Unterlippe zu kauen, als die schemenhaften Gestalten in den Staubwolken langsam wieder erkennbar waren. Ob sie sich überhaupt noch darüber ärgerten? Oder einfach weiterarbeiteten und es hinnahmen?

»Alles in Ordnung?«, fragte Vega mit besorgter Stimme. Sein Hemd war schon durchgeschwitzt, wo es von den Speckröllchen auf Spannung gebracht wurde. »Sie sehen unruhig aus.«

»Keine Sorge, der Deal wird funktionieren.«

»Was macht Sie da so sicher?«

James zuckte mit den Schultern. »Ich habe Erfahrung, und Ihr Boss hat den besten angefordert, oder?«

Er sah, dass Blake sich auf dem Beifahrersitz umdrehte und zu ihnen auf die Rückbank sah, um etwas zu sagen, doch James hob eine Hand, um ihm zuvorzukommen.

»Hören Sie, alle beide. Mir kam bloß in den Sinn, wie seltsam es ist, hier zu sein.«

»Was meinen Sie?« Vega runzelte die Stirn.

»Die CIA macht einen Deal mit dem kenianischen Geheimdienst, dessen Abkürzung ich nicht einmal kenne. Diese Leute hier«, er deutete aus dem Fenster, obwohl gerade keine Felder mehr zu sehen waren, »schuften ihr ganzes Leben, um einen Dollar pro Tag zu verdienen, haben Schwielen an den Händen, schmerzende Rücken und eines ihrer fünf Kinder wird im nächsten Jahr verhungern. Wie viel Geld haben wir zur Verfügung, hm?«

»Ungefähr zwanzig Millionen US-Dollar«, antwortete Vega, als habe es sich nicht um eine rhetorische Frage gehandelt.

»Was man mit diesem Geld wohl anfangen könnte, anstatt damit ein Spiel zu spielen, das seit einhundert Jahren nur Chaos gestiftet hat.«

»Sie meinen, wir sollten es lieber spenden? Damit die mehr zu Essen haben, nur damit die Boko Haram sie in ein paar Monaten abschlachtet?«

»Kommen Sie, das glauben Sie doch selbst nicht. Die CIA will bloß an Ihren Informanten herankommen, um unsere eigenen Leute zu schützen. Ohne den Anschlag auf unsere Botschaft in Mombasa hätten wir keinen Finger gerührt. Wie lange würde es wohl dauern, diese Terroristen auszuschalten, wenn wir wirklich wollten?«

»Das zu beurteilen, ist nicht unsere Aufgabe«, brummte Blake und drehte sich wieder um. »Sie sind hier, weil sie Vincent Debongo persönlich kennen.«

»Ich brauche keine Motivationsspritze. Außerdem habe ich ihn vor zwei Monaten fünfzehn Minuten bei einem Botschaftsempfang in Kapstadt gesprochen, wo er mit seinem Vater zu Gast war. Das ist wohl kaum ein besonderer Draht.«

»Die Agency braucht Sie so motiviert wie möglich, damit Sie Ihr Bestes geben können. Und das Ministerium auch. Alles Weitere braucht uns nicht zu kümmern.«

»Natürlich nicht. Also holen wir unseren reichen Sohn da raus und verbessern die Welt«, schnaubte James und blickte wieder aus dem Fenster, um das Gespräch zu beenden. Mittlerweile gab es außer verschiedenen Brauntönen kaum noch etwas für das Auge zu entdecken, sah man von den Bergen ab, die aussahen, als wären sie mit Flugrost überzogen. Sie waren schroff und zerklüftet und besaßen gleichzeitig eine rohe Schönheit, die etwas Unberührtes, Authentisches ausstrahlte, so wie dieser gesamte Kontinent, bei dem er sich nie sicher war, ob er ihn lieben oder hassen sollte. Er hatte genügend Gründe, um beides mit ganzem Herzen zu tun, so viel stand jedenfalls fest.

Rukanga, ihr Zielort und vereinbarter Treffpunkt, war angeblich ein Dorf, wie ihm Wikipedia hatte versichern wollen, doch der Kurzbericht der CIA war da schon deutlich realistischer gewesen: Es handelte sich um vielleicht ein Dutzend Hütten mit Wellblechdächern und grob gezimmerten Holzwänden, die noch aus der Kolonialzeit zu stammen schienen. Nie standen mehr als zwei an einem Platz und die wenigen knorrigen Bäume, die es hier gab, verdeckten kaum die Nachbarhäuser, die jeweils einige hundert Meter weiter entfernt waren.

Ihr Konvoi fuhr bis vor ein besonders langes dieser einstöckigen Gebäude, über dessen Eingang »Moi High School

Kasigau« geschrieben stand und hielt dann mit quietschenden Reifen an. Es dauerte eine Minute, bis die von ihnen aufgewirbelte Staubwolke sie eingeholt hatte und vorübergezogen war, dann drehte sich ihr Fahrer zu ihm um.

»Wir sind da«, sagte er mit starkem Akzent und ernster Miene.

»Also gut. Dann kommt jetzt wohl mein Part«, sagte James, nickte und wollte aussteigen.

»Moment mal. Was ist mit Ihrer Tasche?«, fragte Vega und deutete auf die kleine Aktentasche im Fußraum.

»Ist das sein erstes Mal?«, fragte James in Blakes Richtung und schüttelte den Kopf, bevor er ausstieg und die Tür hinter sich zuschlug. Nach dem metallischen Knall wurde es still, bis ein heißer Wind vertrocknete Blätter von Affenbrotbäumen um seine Füße wehte. Die Schule war von rostbraunem Staub umgeben, der winzige Windhosen bildete, und wirkte verlassen, doch er wusste es natürlich besser. Also ging er über den kurzen Schotterweg zur Eingangstür, ohne dem Drang nachzugeben, sich nach seiner Eskorte umzudrehen. Er kannte dieses Bedürfnis, diesen basalen Instinkt, wenn er nach seinem Stamm rufen wollte. Unterstützung, Hilfe, einfache Nähe. Aber die jetzt anstehende Phase musste ohne all das funktionieren.

Das war sein Job.

Er klopfte an das trockene Holz und spürte dessen raue Maserung an seinen Knöcheln. Ein Kenianer in Waldtarnuniform öffnete ihm und presste ihm die Mündung einer Pistole gegen die Stirn. Das Metall war kalt und fühlte sich dadurch auf absurde Weise angenehm an.

»Ich bin unbewaffnet«, sagte er und schluckte. Das Wissen, dass der Tod ab jetzt eine sehr reale Möglichkeit für den Ausgang dieses Tages war, fuhr ihm bis ins Mark und elektrisierte ihn gleichzeitig von den Fußsohlen bis in die Haarspitzen. Es gab keinen Platz mehr für Kummer oder Sorgen, nur noch Atemzüge, pfeilschnelle Gedanken, die Aufnahme jedes noch so winzigen Geruchspartikels. Jeder seiner Sinne schäumte über vor Aufmerksamkeit und Fokussierung, als hätte jemand einen Intensitätsregler über das Maximum hinausgedreht.

»Vortreten, *tumba!*«, fauchte der Mann und zerrte ihn an der Schulter herein, ehe er einen finsteren Blick auf die Geländewagen warf und die Tür zuschlug. Sie standen in einem kaum beleuchteten Raum, einem riesigen Klassenzimmer – dem einzigen dieser angeblichen *High School.* Vier weitere Bewaffnete standen oder saßen um zwei Tische herum und hatten ihre Gewehre geschultert. Das Weiß ihrer Augen leuchtete in ihren ebenholzfarbenen Gesichtern, wie es bei Raubtieren in der Dämmerung der Fall war.

James wurde grob nach Waffen durchsucht, doch natürlich hatte er nichts dabei außer seinem Smartphone. Einer der Terroristen nahm es und entfernte den Akku, ehe er sich beides in die Tasche steckte. Danach zog er einen schwarzen Jutesack aus seinem Rucksack und stülpte ihn ihm über den Kopf. James' Welt wurde schlagartig stockfinster, als er grob von hinten gepackt wurde und dann nach vorne stolperte. Jemand drückte ihm mit etwas Spitzem in den Rücken, aus dem seine Fantasie und seine Erfahrung die Mündung einer Kalaschnikow machten. Der Beutel roch nach einer Mischung aus Staub und Schweiß mit einer Note Zimt, die ihn verwirrte. Die Scharniere einer Tür quietschten kaum hörbar, doch James' im Ausnahmezustand auf Hochtouren laufendem Gehirn entging der unangenehme Laut nicht, ebenso wenig wie das Rascheln des Windes an einem losen Stück Lack an der Hintertür, durch die er geschoben wurde. Dann setzte man ihn in ein Auto, das nach von der Sonne ausgeblichenem Leder roch. Die Luft wurde schlagartig stickig, sobald die Türen geschlossen waren und der Motor aufheulte.

Angst verspürte er keine – zumindest nicht mehr, als er es in Situationen wie dieser gewohnt war. Er hatte genügend

Erfahrung, um zu wissen, wie das hier funktionierte, und noch geschah nichts außer der Reihe. Da sie für ihn ohnehin nichts bekommen würden als Ärger, konnte er sich entspannen – und das tat er auf seine Weise. Er genoss die gesteigerten Sinne, den metallischen Geschmack in seinem Mund, als hätte er zu viele Schmerzmittel genommen. Nichts spielte mehr eine Rolle als die Geräusche, die ihn umgaben, das Gefühl des Sitzes unter seinem Gesäß und an seinem Rücken, getragen zu werden und nichts dafür tun zu müssen, befreit von repetitiven Gedanken über unwichtige Dinge, die mit dem wirklichen Leben nichts zu tun hatten. Denn das bestand hier und jetzt nur aus Einatmen und Ausatmen, dem Wahrnehmen von einem Moment und dem nächsten – und das gleichzeitig. Simpel und intuitiv, als kümmere sich sein Körper selbst um all das. Es brauchte kein Zutun mehr, einfach nur seine Anwesenheit.

Die Fahrt dauerte lange, zwei oder drei Stunden, wenn es auch unmöglich zu schätzen war, da es ihm wie eine Ewigkeit vorkam und gleichzeitig wie die Dauer eines Fingerschnippens. Ihr Fahrzeug hielt an und beendete damit das endlose Brummen des Motors und das Kratzen und Knacken des Schotters in den Radkästen. Türen wurden geöffnet und Sätze in der hiesigen Landessprache ausgetauscht, dann zerrte man ihn hinaus in die sengende Hitze und das allgegenwärtige Kreischkonzert der Heuschrecken.

Der Sack wurde von seinem Kopf gerissen, und die Helligkeit der prallen Sonne strömte auf ihn ein wie ein Laserbombardement. Er kniff ächzend die Augen zusammen und blinzelte immer wieder gegen die Schmerzen in seinen Netzhäuten an, bis er die Umrisse von fünf Gestalten ausmachen konnte, von der eine kleiner war als die anderen. Erst nach und nach erkannte er, dass sie gar nicht kleiner war, sondern auf einem Stuhl gefesselt saß. Jeweils rechts und links standen zwei schwer bewaffnete Männer in dunkler Tarnkleidung. Ihre Gesichter waren emotionslos.

Ein sechster Mann trat seitlich in sein Blickfeld. Er war unbewaffnet und trug eine muslimische Gebetskappe auf dem Kopf. Auch wenn es schwer zu sagen war, glaubte James nicht, dass er in der Schule gewesen war.

»Guten Tag«, sagte er und straffte sich, um ein wenig Würde zurückzugewinnen. Dabei nahm er eine möglichst steife Haltung ein.

»Sie sind Mr. Schmidt?«, fragte der Mann – der Anführer?

»So können Sie mich nennen. Sie wissen ja sicher, wie das funktioniert.«

»Gut. Ich bin Shahir. Wir können jetzt verhandeln.«

James sah zu Vincent Debongo, einem untersetzten jungen Mann mit berechnendem Blick und weichem Mund, der einen schmutzigen Nadelstreifenanzug trug und mit Panzertape an einen einfachen Stuhl gefesselt war. Sie standen inmitten einer steinigen Halbwüste, die in einigen hundert Metern Entfernung von felsigen Hügeln eingerahmt war. Die Sonne brannte erbarmungslos auf sie herab und ließ ihn in Schweiß ausbrechen.

»Geht es Ihnen gut, Mr. Debongo?«, fragte er neutral.

Der junge Mann deutete ein Nicken an.

»Wurde Ihnen psychische oder körperliche Gewalt angetan?«

»Nein.«

»Wurden Ihnen potenziell gefährliche Stoffe injiziert oder Ihre Gesundheit auf irgendeine mögliche Art und Weise langfristig gefährdet?«

»Nein.«

»Gut. Dann können wir die Verhandlung beginnen.«

»Wir wollen fünzig Millionen US-Dollar«, kam Shahir direkt zur Sache. Sein auf und ab tanzender afrikanischer Akzent hatte etwas von einem stotternden Motor und wirkte dadurch auf skurrile Weise bedrohlich. Passend für jemanden, der vermutlich schon mehr Menschen amputiert und Kinder abgeschlachtet hatte als es in einem durchschnittlichen, amerikanischen Horrorfilm der Fall war. Es war leicht zu übersehen, mit wem man es zu tun hatte, wenn zwei Menschen ein normales Gespräch führten, aber James tat das nicht.

»So viel Geld existiert nicht. Nicht für das hier.«

Shahir gab einem seiner Männer einen Wink, woraufhin der eine Pistole zog und sie Debongo an die rechte Schläfe hielt.

»Wenn Sie die Verhandlung jetzt beenden wollen, dann nur zu.« James schluckte, um Nervosität vorzutäuschen, die er betont bemüht zu überdecken versuchte. »Ich sage Ihnen, was dann passiert: Sie haben keine Geisel mehr und ich keinen Verhandlungsgegenstand. Danach haben Sie zwei Optionen: Sie lassen mich gehen und haben den amerikanischen und kenianischen Steuerzahler ein bisschen Geld gekostet. Ein großer Sieg für Ihre *Organisation?* Ich glaube nicht. Sie können mich auch erschießen – obwohl ich das nicht begrüßen würde – und dann war dies die letzte Lösegeldverhandlung für Boko Haram. Die CIA wird sich dann gut überlegen, wofür sie in Bezug auf Sie und Ihre Leute ihr Geld ausgibt. Sie verstehen doch, was ich meine, oder?«

Shahir warf ihm einen langen Blick zu, den James erwiderte, ehe er entsprechend seiner selbstgegebenen Rolle zu Boden blickte, als wäre er eingeschüchtert.

»Ich wäre für keine der beiden Optionen«, fuhr er fort, um die vorgeblich unangenehme Stille zu füllen. »Wenn ich erfolgreich bin, bekomme ich vielleicht eine Gehaltserhöhung und behalte meinen Job, und Sie haben mehr Geld auf dem Konto. Wie klingt das für Sie?«

»Wie der Spruch eines Verkäufers«, sagte Shahir, gab seinem Lakaien jedoch einen Wink, woraufhin der die Pistole zurück in sein Beinholster steckte.

»Ich *bin* ein Verkäufer. Ich verkaufe Zukunft. Die Zukunft von Mr. Vincent Debongo hier und eine Zukunft für *Sie.*«

James klatschte in die Hände und rieb die rauen Innenflächen aneinander. »Also. Mr. Debongos Vater ist bereit, Ihnen zehn Millionen US-Dollar zu bezahlen, wenn Sie seinen Sohn jetzt freilassen und mit mir zum Übergabeort zurückbringen.«

»Zehn Millionen?« Shahir wollte erneut eine Hand heben.

»Warten Sie. Das ist eine Menge Geld. Davon kann man eine Menge Kalaschnikows kaufen und so«, beeilte sich James zu sagen, als würde er nervös, und wischte sich mit dem Handrücken frischen Schweiß von der Stirn.

»Dreißig Millionen.«

»Ich habe einen Neffen, sein Name ist Jeremy. Zu seinem vierten Geburtstag wollte er unbedingt die neue Ritterburg von Playmobil haben. Sie kennen doch Playmobil, oder?« Der Terroristenanführer warf ihm einen finsteren Blick zu. »Gut, also er wollte diese Burg haben, hatte aber schon eine. Sie war kleiner und nicht ganz so eindrucksvoll wie diese neue, die er im Spielzeugladen gesehen hatte, also hat er das gemacht, was Kinder in seinem Alter so machen: geheult wie ein Schlosshund. Aber meine Schwester war clever. Sie hat ihm gesagt, dass er sie haben kann, wenn er dafür seine alte Burg hergibt. Er bekommt nicht beide.«

»Kommen Sie zum Punkt, Mann, sonst zeige ich Ihnen meine *alte* Machete!«, knurrte Shahir.

»Also, äh …« James schluckte. »Er war erst vier Jahre alt, aber er hat es verstanden und sich zwei Jahre später daran erinnert, als er gerade in die Schule wollte. Er hatte einen neuen Schulranzen ins Augen gefasst und meine Schwester wollte ihm den neuen nicht kaufen, weil seiner ja noch gut war. Er hat sie daran erinnert, was mit der Burg war, und sie hat gesehen, dass …«

»Dreißig Millionen!«

»Sehen Sie: Wenn sie jetzt dreißig Millionen bekommen – die ich nicht zur Verfügung habe – war das das letzte Mal, dass Sie eine Ritterburg von uns kriegen. Wenn Sie einen neuen

Schulranzen wollen, werden wir uns daran erinnern, dass Sie Ihre alte Burg nicht hergeben wollten und ein gieriger Junge waren.«

»Nennen Sie mich ein verdammtes Kind, *Momba?«*, brauste der Mann auf, und seine rechte Hand fuhr zu der rostigen Machete an seinem Gürtel.

»Er sagt Ihnen, dass Sie in Zukunft auch einen neuen Schulranzen bekommen könnten«, sagte Debongo. Er klang ein wenig erschöpft, sah aber weder verletzt noch dehydriert aus.

Shahir musterte James eingehend und fletschte dabei die Zähne wie ein Raubtier, ehe er einen längeren Blick mit seiner Geisel austauschte und schließlich nickte.

»Zwanzig Millionen.«

»Fünfzehn. Ich habe einen Ruf zu verlieren!«

»Achtzehn!«

»Gut, abgemacht.« James hielt seine Hand nach vorne, mit der Innenfläche nach oben, woraufhin Shahir einem seiner Männer einen Wink gab. Der griff sich in die Tasche und legte ihm Smartphone und Akku in die Hand. Er baute es rasch wieder zusammen und öffnete die einzige App, die sich darauf befand. »Ich brauche die Bankverbindung.«

Shahir hielt ihm sein eigenes Telefon hin, auf dem die entsprechenden Daten zu sehen waren. James veranlasste die Überweisung und wartete, bis das Gerät seines Gegenübers nach einigen Minuten Stille einen lauten Dreiklang von sich gab. Statt gierig zu lächeln, wie er es schon oft bei der Gegenseite gesehen hatte, veränderte sich die Miene des Kenianers kaum.

»Sie können Ihr Handy eingeschaltet lassen«, sagte er und gab seinen Männern ein Zeichen, woraufhin zuerst Vincent Debongo und dann ihm ein schwarzer Sack über den Kopf gestülpt wurde. James zerrte man zu dem Stuhl und fesselte ihn mit Panzertape an eines der Beine.

Er beschwerte sich nicht, hatte er doch mit so etwas gerechnet.

»Mr. Hamilton, ich …«, setzte Debongo an.

»Nicht«, war alles, was er erwiderte, und dann schwiegen sie. Durch den Sack aus kratziger Baumwolle war seine Welt dunkel mit vielen winzigen, funkelnden Sternen am Firmament und einer brütenden Hitze, die ihm den Schweiß in Sturzbächen in den Stoff seines Anzugs laufen ließ. Irgendwann verfiel er in eine Art Trance aus Durst und Erschöpfung, fühlte sich fiebrig, unruhig und gleichzeitig, als hätte man ihm ein Sedativum gespritzt. Das Auf und Ab in dem Gekreische der Heuschrecken, die es irgendwie schafften, in diesem kargen Land zu leben, wurde immer unangenehmer, als würde es sich auf ihn zubewegen und ihn mit seiner Lautstärke erdrücken wollen. So bemerkte er zuerst nicht die Motorengeräusche, die sich näherten, bis sie schon so nah waren, dass er das Quietschen ihrer hydraulischen Bremsen hören konnte, die vom allgegenwärtigen Staub gequält wurden.

»Das hat aber lange gedauert«, murrte er, als einer der kenianischen Soldaten ihm den Sack vom Kopf zog und ein anderer an seiner Panzertape-Fessel nestelte. Die Augen hielt er noch geschlossen, bis er und Debongo vollständig befreit waren. Erst dann blinzelte er unter erneutem Protest seiner Netzhäute gegen das gleißende Licht an und sah Vega und Blake, die vor ihm standen und sich mit den Händen Luft zufächelten.

»Und?«, fragte Vega und nippte an einer Wasserflasche, die er nach einem grimmigen Blick von James vom Mund nahm und ihm reichte.

»Achtzehn Millionen«, antwortete er atemlos, nachdem er das Wasser in einem Zug geleert und sich vergewissert hatte, dass auch die Geisel versorgt wurde.

»Achtzehn? Sie lassen nach.«

»War eine extrem harte Verhandlung.« Er drehte sich zu Debongo. »Sind Sie bereit, nach Hause zu gehen?«

»Ja.« Der junge Mann nickte sichtlich müde. »Danke, Mister …«

»Schon gut«, unterbrach James ihn und klopfte ihm auf die Schulter. »Wir sollten jetzt von hier verschwinden.«

2

James warf einen Blick in den Spiegel und versuchte vergeblich, die Krähenfüße in seinen Augenwinkeln zu glätten. Die Wassertropfen liefen in glitzernden Perlen über seine Haut. Sie schien in den letzten vierundzwanzig Stunden gealtert zu sein. *Er* schien älter geworden zu sein.

Die Tür zu den Toilettenräumen öffnete sich und zwei Männer in feinen Anzügen kamen herein, lachten dabei und wurden erst ruhiger, als sie ihn sahen. Nachdem sie ihm kurz zugenickt hatten, gingen sie zu den Pissoirs und führten ihre Unterhaltung etwas leiser fort, während sie sich erleichterten. James nahm eines der frischen Handtücher aus dem Bastkorb zwischen den Waschbecken und tupfte sich Gesicht und Hände ab, ehe er ein letztes Mal in den Spiegel sah. Seine gebräunte Haut ließ ihn immer noch jünger aussehen, als es seine leicht grau melierten Schläfen taten, und sein fein säuberlich konturierter Dreitagebart hob seine markante Kinnlinie hervor. Seine Kurzhaarfrisur mit den geschorenen Seiten und dem etwas volleren Oberhaar schien aus der Zeit gefallen zu sein, doch er empfand es als Statement, und so wandte er sich zufrieden ab. Im Flur vor den Toiletten glättete er ein letztes Mal seinen maßgeschneiderten stahlgrauen Anzug mit dem roten Hemd und überprüfte den Sitz der breiten weißen Schnürsenkel seiner roten All Stars, ehe er den Knoten seiner dunkelblauen Krawatte hochschob und sich in den Empfangsbereich des Anwesens begab. Seine schwarze Aktentasche hatte er unter einem der beiden Waschbecken stehen lassen.

Normalerweise handelte es sich dabei um den Eingangsbereich zur Stadtvilla der Debongos, einer der größten Industriefamilien Kenias. Die große Doppeltür, an der livrierte Bedienstete standen, die an englische Stuarts erinnerten, führte zu einem pompösen Aufgang, vor dem bis gerade eben noch im Minutentakt die Limousinen der geladenen Gäste angehalten hatten. Große Säulen säumten die Halle vor den rechts und links nach oben führenden Treppen, die in einer Art Terrasse im dritten Stock auf Höhe der goldenen Kronleuchter mündeten, auf der William Debongo in einem traditionellen kenianischen Gewand stand, auf dem Kopf eine Gebetskappe in den Farben des Landes. Er gehörte zur muslimischen Minderheit und war der einzige Großindustrielle, der aus ihr hervorgegangen war – ein Grund dafür, dass jeder Bürger des Landes seinen Namen kannte. Hinzu kam, dass die dezenten folkloristischen Töne der Band auf dem Podium unter den Treppen von seiner Tochter komponiert worden waren, die in ganz Afrika ein Superstar war und weltweit die Opernhäuser und Konzertsäle füllte. Sein ältester Sohn, Justin Debongo, war ein viel gefragter Herzchirurg mit eigener Klinik in Nairobi. Den Blicken nach zu urteilen, die Debongo ihm da oben zuwarf, während sie miteinander sprachen, konnte das Mittlere der drei Kinder – Vincent – einem nur leidtun. Er hatte verschiedenen Zeitungsberichten zufolge sein Studium in den USA abgebrochen, um Fußballspieler zu werden, nach einem Kreuzbandriss aber nicht zurück zu seiner vielversprechenden Form gefunden. Er stand in einen schlichten Anzug gekleidet zwischen seinem Vater und seinem älteren Bruder und schien alles dafür zu geben, nicht aufzufallen. Doch James sah auch von hier unten zwischen den etwa einhundert geladenen Gästen im Treppenhaus das wütende Blitzen in seinen Augen, die wie weißer Brokat in seinem dunklen Gesicht leuchteten.

»Mr. Hamilton«, nuschelte jemand neben ihm, und er senkte den Blick von der Terrasse zu Vega und Blake, die sich mit Martinigläsern in der Hand an ein paar Gästen vorbeizwängten und an ihn herantraten. Vega kaute offenbar gerade auf einer Olive herum und deutete mit dem kleinen Holzspieß auf James. »Ich muss zugeben, dass ich ein bisschen wütend darüber war, dass wir einen Tag länger bleiben, weil Sie sich in Ihrem Erfolg sonnen wollen, aber die Drinks sind wirklich fantastisch.«

»Und ich habe gehört, dass es gleich noch ein Buffet geben soll!«, fügte Blake hinzu und schob den Gürtel zurecht, der seinen stattlichen Bauch zurückhielt. »Keine Ahnung, wen Sie dafür angerufen haben, aber ich bin Ihnen nicht böse.«

»Freut mich«, erwiderte James kurz angebunden und schielte erneut zur Terrasse hinauf, doch dort waren noch immer nur die drei Debongos zu sehen. Also begann er sich auf die Zehenspitzen zu stellen und unter den Gästen nach einem vertrauten Gesicht zu suchen.

»Eins verstehe ich nicht«, fuhr Vega fort und schlürfte an seinem Drink. »Es wird eh niemand erfahren, was Sie getan haben. Bedeutet dass, dass das Essen *so* gut ist?«

»Ich weiß es nicht, habe hier noch nie gegessen.«

»Der kleine Scheißer, Vincent«, meinte Blake und schnaubte. »Gestern erst gerettet worden und heute zerrt sein Vater ihn schon vor die Reichen und Schönen der Stadt.«

»Hatte wahrscheinlich nie wirklich Angst um ihn. Eher um seine Kohle.«

»Er zahlt doch nur die Hälfte davon.«

»Ja, und jetzt stehen neun Millionen weniger auf seinem

Konto. Ein Geschäftsmann wie er lässt das nicht auf sich sitzen«, war sich Blake sicher. »Er will den Verlust irgendwie nutzen, und das tut er hier doch. Der große Mann, der seinen Sohn zurückgeholt hat, das eine Kind, das nicht zu Großem bestimmt zu sein schien, das jetzt für immer daran erinnert werden wird.«

»Als derjenige, der entführt wurde?«

»Ja.«

»Klingt nicht besonders heldenhaft«, befand Vega.

»Ist doch egal. Menschen geht es nur um Geschichten. Die Geschichte vom herausragenden Chirurgen, die Geschichte der Jahrhundertmusikerin und die Geschichte des von islamistischen Terroristen entführten Nichtsnutz, der in Gefangenschaft über sich selbst hinausgewachsen ist. Was er Schreckliches erlebt haben muss, und doch steht er jetzt und heute hier und sieht nicht einmal traumatisiert aus. Die Leute wollen bloß 'ne coole Story, ich sag's dir. Hey, Hamilton, was ist los?«

»Hm?«

»Suchst du wen?« Blake runzelte die Stirn und begann sich ebenfalls umzusehen.

»Nein, schon gut. Ich wollte nur wissen, wie voll es schon ist«, entgegnete James, als das helle Klirren eines Löffels auf Glas erklang und sich die gedämpften Gespräche nach und nach legten. Alles richtete sich nun in Richtung Terrasse aus und die Blicke gingen empor, dorthin, wo William Debongo gerade sein Sektglas an einen Bediensteten abgab und sich mit den Händen auf die Sandsteinbalustrade abstützte.

»Herzlich Willkommen, liebe Freundinnen und Freunde. Ich bin sehr froh, Sie alle hier und heute begrüßen zu können und zwar mit meinen beiden Söhnen Justin und Vincent«, rief Debongo in einem so satten Bariton, der keinen Zweifel daran ließ, dass der Siebzigjährige ein herausragender Verkäufer war. Applaus brandete auf, woraufhin er beschwichtigend die

Hände hob, als sei das alles gar nicht nötig. »Wie Sie alle wissen, wollte kaum jemand glauben, dass die Boko Haram auch in Kenia aktiv werden würde, obwohl wir lange davor gewarnt haben. Diese Terroristen sind eine Plage – mittlerweile in weiten Teilen Afrikas, und wir können es uns nicht leisten, weiterhin wegzuschauen.«

Zustimmende Rufe erhoben sich, erneuter Applaus.

»Ich habe mich darum dazu entschlossen, persönlich tätig zu werden, um unser Land zu schützen«, fuhr Debongo fort. »Nicht mit Feuer und Schwert, wie diese Barbaren es tun. Ich will nicht Hass mit Hass vergelten. Ich will, dass sie hier in Kenia keine Wurzeln schlagen können. *Boko Haram* bedeutet im nigerianischen *Hausa* so viel wie ›Bücher sind Sünde‹, zitieren viele Medien. Aber das ist nicht ganz korrekt. *Haram* stammt zwar aus dem Arabischen und bedeutet *Sünde* oder *Tabu,* aber *Boko* schließt im modernen Sprachgebrauch sämtliche nichtislamischen oder westlichen Lehren mit ein. Man könnte es also mit ›Bildung ist tabu‹ übersetzen.«

»Tz«, machte Blake. »Boko Haram gehört seit 2015 zum IS.«

James ignorierte ihn und hörte Debongo weiter zu.

»Ich bin überzeugt, dass wir aus ihrem Namen die beste Waffe gegen sie ableiten können: Bildung. Wir müssen dafür sorgen, dass unsere muslimischen Kinder, aber auch konversionsgefährdete Kinder anderer Religionen die Bildung bekommen, die sie brauchen, um den Wahnsinn und die leeren Versprechungen dieser Fanatiker zu durchschauen. Deshalb stifte ich die gleiche Summe, die ich ausgegeben habe, um meinen lieben Sohn Vincent aus den Klauen seiner Entführer zu befreien, an die *Archeologists for Kids Foundation*. Und zwar in Vincents Namen!«

Vincent zeigte so etwas wie ein Lächeln, als die Gäste erneut applaudierten und vereinzelte seinen Namen riefen. Doch das Zucken um seinen Mund verschwand rasch wieder, als sein Vater fortfuhr.

»Das ist noch nicht alles. Mein ältester Sohn Justin«, Debongo zog den großmütig abwinkenden Chefarzt neben sich in den Vordergrund, »hat versprochen, dieselbe Summe aus seiner eigenen Tasche draufzulegen.«

Nun wurde der Applaus noch lauter. Diesmal gebot der Familienvater seinen Gästen keinen Einhalt und wartete genau ab, bis die Begeisterung kaum merklich abzuflachen begann.

»Die Leiterin der *Archeologists for Kids Foundation* ist meiner Einladung gefolgt und heute Abend hier, um den Scheck persönlich entgegenzunehmen und uns etwas über ihre Arbeit zu erzählen.« Debongo deutete in die Menge und winkte jemanden zu sich. James spürte, wie seine Hände anfingen zu kribbeln und seine Kopfhaut zu jucken begann. »Joana Bretoni, meine Damen und Herren!«

»Archeologists for Kids?«, schnaubte Vega neben ihm. »Diesen Gutmenschen fällt auch immer neuer Scheiß ein, das muss man ihnen lassen.«

»Halt die Klappe!«, fuhr James ihn unwirsch an, ohne den Blick von der Treppe abzuwenden, wo sich eine schlanke Frau im unscheinbaren Cocktailkleid und wallenden schwarzen Locken unter höflichem Applaus die geschwungene rechte Treppe hinaufbewegte.

»Ich möchte noch jemanden zu mir hinauf bitten. Nämlich denjenigen, der die Rettung meines Sohnes möglich gemacht hat. Sonderbotschafter James Hamilton, dem ich gestern noch persönlich gratuliert habe. Leider werden wir nie erfahren, wer die Lösegeldverhandlungen vor Ort abgeschlossen hat, weil das aus verständlichen Gründen geheim bleibt, aber Sonderbotschafter Hamilton hat maßgeblich dazu beigetragen, dass es überhaupt dazu kommen konnte«, erklärte Debongo breit lächelnd. »Kommen Sie doch bitte zu uns, Mr. Hamilton.«

James straffte sein Jackett und verließ die beiden Ministeriumsmitarbeiter, die ihn mit offenen Mündern anstarrten, um die andere Treppe zu nehmen. Vor ihm bildete sich ein kleines

Spalier und die fein gekleideten Abendgäste nickten ihm freundlich zu, vereinzelt wurde ihm sogar auf die Schulter geklopft. Er lächelte schüchtern und machte sich auf den Weg die Treppen hinauf, darauf bedacht, nicht ständig zu der Frau auf der anderen Seite zu blicken, die fast ihr Ziel erreicht hatte. Als er neben Debongo angekommen war, schüttelte er erst ihm die Hand, dann Justin und Vincent, ehe er sich Joana zuwandte, die ihm mit versteinerter Miene gegenübertrat und erst wieder lächelte, als sie sich voneinander gelöst und den Gästen zugewendet hatten, die unter ihnen zu einem kleinen Meer aus Gesichtern geworden waren. Lediglich die vielen Bediensteten mit ihren Tabletts bewegten sich zwischen ihnen hindurch wie bewegliche Teilchen in einem komplexen Muster, tauschten leere Champagnergläser gegen volle aus und nahmen Servietten und benutzte Olivensticks entgegen.

»Mrs. Bretoni, möchten Sie uns etwas darüber sagen, wie Sie das Geld mit Ihrer Organisation einsetzen möchten?«, schlug Debongo vor und sie nickte dankbar.

»Natürlich, Mr. Debongo«, sagte sie und deutete einen eleganten Knicks an, ehe sie sich James zuwandte und ihren Unwillen dabei meisterlich überspielte, wie er fand. »Und danke Mr. Hamilton, dass Sie uns vorgeschlagen haben. Die Foundation weiß das sehr zu schätzen.« Jetzt drehte sie sich wieder zur Brüstung. »Wie viele von Ihnen wissen, arbeiten wir seit drei Jahren in Kenia. Hier wurde der *Turkana Boy* gefunden, mit über anderthalb Millionen Jahren eines der ältesten hominiden Fossile der Geschichte. Ihr Land hat uns so viel zu erzählen über den Werdegang und die Entstehung der Menschheit. Wir möchten diese Neugier über den antropologischen Ursprung an die jüngsten von uns weitergeben. *Warum interessieren sich Kinder im Grundschulalter für Fossilien und alte Steinformationen,* werden Sie sich jetzt sicher fragen. *Die sitzen doch lieber zu Hause und spielen mit ihrer Playstation.*«

Höfliches Gelächter setzte ein.

»Wir haben festgestellt, dass es gerade den Jüngsten von uns gut tut, sich auf einfache Dinge zu konzentrieren, die keine direkte Belohnung versprechen, aber in der Gemeinschaft nach langer, konzentrierter Arbeit erstaunliche Ergebnisse zutage fördern. Im Sibiloi Nationalpark haben wir erst vor wenigen Wochen ein altes Steingrab freigelegt und dabei über drei Monate insgesamt vier Schulklassen einbezogen. Sie haben erstaunlich schnell gelernt, Fäustel, Steinmeißel, Rundpinsel, Spatel und Abzieher zu benutzen, vor allem aber vorsichtig zu sein, auf Details zu achten und im Team zu arbeiten, nicht hektisch zu werden und etwas zu beschädigen. Als sie das fertig freigelegte Grab gesehen und seine Bedeutung verstanden haben, wollten sie alles darüber wissen, um was es sich handelt und wie wir das Alter bestimmen konnten. Diese Art von Neugierde für neue Dinge versuchen wir mit unserer Arbeit in den Kindern zu wecken, und diese großzügige Spende der Debongos werden wir dazu nutzen, noch mehr solcher Projekte zu starten. Wir Archäologen graben in der Vergangenheit herum, während sich die Welt lieber mit der Zukunft beschäftigt. Ich verstehe das, aber wir müssen die Muße finden, in unseren Wurzeln Antworten auf unsere neuesten Triebe zu finden. Die sumerische Proto-Keilschrift war die erste Schrift der Menschheit, mehr als dreitausend Jahre älter als die Bibel. In einem der ältesten datierten Texte, die man in Mesopotamien fand, stand geschrieben: TIIT LAPAN WARKANUM. WARKANUM ULLANUMMA INA PANI AKSU. Ihre Sprache direkt zu übersetzen ist schwierig. Aber das bedeutet etwa, dass das Leben vor der Zukunft stattfindet und eine Zukunft ohne Vergangenheit Gefahr bedeutet. Darum ist es so wichtig, dass wir unsere Kinder mit unserer Vergangenheit vertraut machen und sie nicht auf Versprechen für eine Zukunft hereinfallen, die sehr, sehr düster sein wird. Wenn die ersten Menschen mit eigener Schrift das verstanden haben, sollten wir das auch. Ich danke Ihnen.«

Joana trat zurück, ihre zimtfarbene Haut sah aus wie gemalt und ihr Gesicht war so ebenmäßig und schön, dass James innerlich seufzte.

Debongo applaudierte mit den Gästen und freute sich sichtlich über die Begeisterung im Publikum. James trat in den Hintergrund zurück und bemerkte ein Zupfen an seinem linken Ärmel. Es war Vincent, der sich leicht zu ihm beugte und flüsterte: »Hinter uns ist eine Tür, auf einem der Stühle befindet sich Ihre Aktentasche.«

»Danke«, erwiderte er, weiterhin geradeaus schauend. Debongos Rede ging weiter, als es kurz darauf erneut an seinem Ärmel zupfte. Er wollte schon etwas zischen, als er zu seiner Überraschung in Joanas Gesicht blickte.

»Können wir reden?«, fragte sie und das Funkeln in ihren dunklen Augen ließ ihn schlucken.

»Natürlich«, flüsterte er zurück und sie zog ihn mit sich in Richtung der Tür ein halbes Dutzend Schritte hinter ihnen. »Nicht dahin.«

»Warum nicht?«

»Ich glaube, das sind die Privaträume, von …«

Ihr Blick wurde forschend, dann schüttelte sie den Kopf, drückte die Klinke herunter und trat hinein. Der Raum in den sie kamen, besaß dicke Holzbohlen als Fußboden und die Wände waren mit europäisch anmutenden Teppichen geschmückt, die Jagdszenen aus der Kolonialzeit zeigten. Nach hinten raus gingen einige Fenster und eine Glastür, die auf eine riesige Terrasse führte. Ein einzelner Tisch mit sechs Stühlen befand sich in der Mitte, auf einer der Sitzgelegenheiten stand sein schwarzer Aktenkoffer, den er betont zu ignorieren versuchte.

»Privaträume, was?«, fragte Joana, ging zu dem Koffer und nahm ihn.

»Nicht, das …«

»Ich *weiß,* dass das deiner ist. Ich habe ihn dir zur Eröffnung der Agentur geschenkt, schon vergessen?« Sie schnaubte und warf ihn ihm zu. Beinahe wäre er heruntergefallen und James rutschte schon das Herz in die Hose, doch im letzten Moment fing er ihn auf.

»Nein, das habe ich nicht. Warum bist du so wütend?«

»Ich starte ein Projekt in Kenia, um …« Joana fuhr sich durch die dichten schwarzen Locken und schien sie sich ausreißen zu wollen, ehe sie die Hände senkte und eine beschwichtigende Geste machte. »Was soll das, hm?«

»Was denn?«

»Achtzehn Millionen Dollar? Das ist die höchste Einzelspende, die wir jemals erhalten haben.«

»Und? Das ist doch … *gut,* oder?«, fragte er.

»Natürlich ist das gut. Aber ich habe dich gebeten, dich aus meinem Leben herauszuhalten, weißt du noch?«

»Wie könnte ich das vergessen?«, murmelte er und seufzte, ehe er beschwichtigend die Hände hob. »Hör mal, ich habe dir einen Gefallen getan, mehr nicht. Das bedeutet nichts.«

»Es bedeutet nichts?« Sie warf ihm einen zweifelnden Blick zu.

»Na gut, ich freue mich, dir etwas Gutes zu tun, okay?«

»Und?«

»Und …« James zögerte. »Ich wollte dich auch sehen, ich geb's ja zu.«

»Boah! Ich wusste es!« Joana knurrte und ging auf und ab. »Und gleich fragst du mich, ob nicht wieder alles wie früher sein kann.«

»Nein, das wollte ich nicht«, log er.

»Ach? James Hamilton hat sich aus heiterem Himmel dazu entschlossen, das Richtige zu tun und ein Gewissen zu entwickeln?«

»Joana, die Sache mit der Agentur war nicht so, wie du es immer darstellst.«

»Nein? Dann erklär mir doch bitte, wie es dann war.«

»Ich …«

»Nein!«, unterbrach sie ihn und streckte ihm beide Handflächen entgegen, als wollte sie ihn mit einer Art Jedi-Trick von sich schieben. »Ich will das nicht schon wieder hören. Wenn du eines kannst, dann verquere Ansichten verkaufen. Am Ende wirst du mir noch weismachen, dass du das alles für mich gemacht hast!«

»Die Agentur gehört dir. Du verdienst eine Menge Geld und machst damit etwas Gutes«, sagte er und klang beinahe flehend. »Es ist doch gut ausgegangen.«

»Es hat ihn *zerstört,* James! Zerstört! Die Agentur war sein Leben! Ich will sie nicht und wollte sie nie.«

Er wollte etwas sagen, biss sich stattdessen jedoch auf die Unterlippe und schielte zu dem Koffer in seiner Hand. In der eintretenden Stille raufte sich Joana erneut die Haare und drehte sich einige Male seufzend im Kreis.

»Ich habe dich geliebt, James. Du bist kein schlechter Mensch, du weißt nur nicht, wie man ein guter ist, verstehst du? Alles was du anfasst, fasst du aus Gier an, und dann machst du es kaputt. Das Leben besteht nicht daraus, immer *mehr* zu bekommen.«

»Ich weiß«, entgegnete er mit gesenktem Blick. »Ohne dich ist es weniger geworden.«

»Nein!« Sie sah ihn mit vor Zorn bebender Stimme an und hob einen Zeigefinger in seine Richtung. »Nein, so kommst du mir jetzt nicht, klar?«

Er konnte sehen, wie ihre Augen feucht wurden. Ihre zitternden Lippen waren voll und wunderschön. Die aufsteigende Traurigkeit in ihr versetzte ihm einen Stich des Mitgefühls und entzündete gleichzeitig einen Funken der Hoffnung in seinem Herzen.

»Ich wollte dich nicht in Verlegenheit bringen.«

»Du warst das, oder?«, fragte sie in versöhnlicherem

Tonfall. »Du hast den jungen Vincent befreit? Du bist Lösegeldverhandler fürs Außenministerium, habe ich recht?«

James nickte. Dieses eine Nicken war ein Vertrauensbeweis, und das wusste sie. Mit einem einzigen Anruf konnte sie hier und jetzt seine Karriere beenden.

»Das ist gut.« Joana streckte eine Hand nach seiner Wange aus, zog sie jedoch zurück, ehe sie ihn berührte, als hätte sie sich verbrannt. Ernster sagte sie: »Es ist gut. Vielleicht findest du doch noch deinen Weg.«

»Das habe ich.« Er verstärkte seinen Griff um den Koffer, als er im Hintergrund ein tiefes Brummen hörte, das zu einem Rattern wurde. Vielleicht ein Helikopter, der über die Stadt flog. »Können wir vielleicht einfach reden? Ich fliege erst morgen früh und hätte ein wenig Zeit. Bitte.«

Joana sah aus, als hätte er sie geohrfeigt und zuckte zurück, doch statt ihn anzufauchen, schien sie mit sich zu ringen. Er glaubte schon, seine Hoffnung würde sich erfüllen, als sie den Mund öffnete, aber da runzelte sie die Stirn und sah genau wie er zu der Glastür, die anfing heftig zu scheppern. Das Rattern der Rotoren war so laut geworden, dass es in den Ohren weh tat. Ehe er etwas sagen konnte, flog durch den künstlichen Sturm die Tür auf und Besteck und Geschirr wurden vom Tisch gefegt, für das er zuvor gar keine Augen gehabt hatte.

»James?«, rief Joana angsterfüllt, doch er reagierte nicht, da ihm vor Schreck – oder wegen der plötzlichen Windböen – der Aktenkoffer aus der Hand fiel. Er krachte gegen die Wand hinter ihnen und öffnete sich dabei. Unzählige 100-Dollar-Noten flogen durch die Luft, andere steckten noch in ihren Papierbündeln und rutschten auf den Holzboden. Einen Augenblick lang standen er und seine Ex-Verlobte einfach nur da und starrten auf die Geldscheine, die sie umwehten wie grün-beige Schneeflocken. Der Ausdruck in ihren Augen war eine Mischung aus Entsetzen und Enttäuschung, der ihn heftig traf.

»Joana, das ...«, brüllte er über den Lärm des Air-Force-Helikopters hinweg, der auf der großen Terrasse landete. Soldaten stürzten aus der Seitentür und stürmten zu ihnen herein.

Anstatt etwas zu sagen, machte sie einen Schritt zurück, als er die Hand nach ihr ausstreckte, und sein Herz sank in ein schwarzes Loch, das sich in seinem Magen auftat.

»Mr. Hamilton!«, brüllte ein junger Soldat ihn mit breitem texanischem Akzent an. »Sie müssen jetzt mitkommen, Sir!«

Als er nicht antwortete, gab der Uniformierte seinen Kameraden einen Wink und sie packten ihn rechts und links, führten ihn im Laufschritt hinaus auf die Terrasse und in den Hubschrauber. James sah über seine Schultern zu Joana, die wie ein Geist zwischen den tanzenden Geldscheinen – *seinen* tanzenden Geldscheinen – dastand und ihm hinterherstarrte.

Verdammt!, fluchte er innerlich, ehe sein Geist schlagartig bemerkte, was hier im Gange war. *Was zur Hölle ist hier los?*

3

»Wer zur Hölle sind Sie?«, rief James in das Headset, das man ihm gegeben hatte, um seine Ohren vor dem schrecklichen Lärm der Rotoren zu schützen. Sie waren bereits abgehoben, und es fühlte sich an, als würde man ihn von Joana fortreißen, die er nicht einmal mehr durch das Fenster des Militärhubschraubers sehen konnte. Es gab zwei sich gegenüberliegende Sitzreihen mit je drei Sitzen. Er saß in der Mitte derjenigen, die mit dem Rücken dem Cockpit zugewandt war und ihm gegenüber ein älterer Offizier mit Stern auf der Schulter. Sie beide hatten jeweils rechts und links voneinander Soldaten in einfachen Tarnanzügen und Schirmmützen sitzen. Erst jetzt fiel ihm auf, dass sie nicht bewaffnet waren.

»Ich bin Major Timothy Norton, Army«, erwiderte der Offizier. Er hatte ein kastenförmiges Gesicht, das knöchern und gleichzeitig füllig aussah, war von kräftiger Statur, soweit es die locker geschnittene Uniform erahnen ließ, und musterte James mit stechend-analytischem Blick.

Sorge durchzuckte ihn wie ein Stromschlag, als er an den Koffer mit dem Geld dachte und in die ernsten Gesichter der Soldaten blickte, mit denen er in der rot beleuchteten Helikopterkabine saß. Er wusste von einer Luftwaffenbasis im Norden des Landes an der Küste, *Camp Simba,* wenn er sich recht erinnerte, aber sie war nur sehr klein. Waren sie gekommen, um ihn zu verhaften? Doch warum das Militär? Und wie hatten sie überhaupt von seinem Deal erfahren?

»Hören Sie, was auch immer man Ihnen gesagt hat, ich denke, dass Sie erst einmal meine Seite der Geschichte hören sollten«, sagte James vorsichtig, nachdem er seine Emotionen genug in den Hintergrund gedrängt hatte, um wieder atmen zu können und nicht ständig an Joana zu denken, wie sie inmitten von einer Million Dollar stand, die wie mit Sünde beschmiertes Papier um sie herum flogen.

»Ich entschuldige mich dafür, dass wir Sie so abrupt und ohne Vorwarnung da rausgeholt haben, aber Sie waren telefonisch nicht erreichbar.«

»Woher wussten Sie überhaupt, dass ich dort in diesem Raum war?«

»Das ist jetzt unwichtig. Wir stehen mit dem CIA-Direktor und der Außenministerin in Kontakt und haben Sie kommissarisch in unseren Dienst stellen lassen«, fuhr Major Norton fort.

»Kommissarischer Dienst? Wo? Warum?«, fragte James verwirrt.

»Army. Wir brauchen Sie für ein Sonderprojekt in Wyoming.«

»Ich bin Zivilist, kein Soldat. War ich auch noch nie.«

»Sie werden als zivilangestellter Sonderberater geführt.«

»Für was genau? Was ist das für ein *Projekt?*«

Statt zu antworten, griff Norton unter sein rechtes Bein und zog eine Mappe hervor, die er James entgegenstreckte.

»Unterschreiben Sie das«, sagte er mit im Funk rauschender Stimme.

»Zweihundertvierzig Seiten? Dazu brauche ich eine Menge Zeit.«

»Unterschreiben Sie es einfach.«

»Ich habe doch eine Wahl, oder? Immerhin bin ich Bürger der Vereinigten Staaten. Oder ist das hier doch eine Entführung?« James atmete innerlich auf, als immer klarer wurde, dass es sich nicht um eine Anklageschrift handelte, sondern um einen extrem ausführlichen Geheimhaltungsvertrag inklusive Verzichts- und Unterlassungserklärungen.

»Natürlich haben Sie eine Wahl«, entgegnete Norton schmallippig.

»Und gleich sagen Sie mir, dass Sie mich auch direkt hier rauslassen können?«

»Nein. Lesen Sie ruhig. Wir haben einen sehr langen Flug vor uns.«

»Nach Wyoming?«

»Zum Flughafen. Wir fliegen mit einem Learjet der Air Force über Ramstein nach New York und von dort nach Wyoming zur Francis E. Warren Air Force Base«, erklärte der Major und deutete auf die dicke Mappe in James' Händen. »Also nur zu: Lesen Sie. Am Ende steht aber besser Ihre Unterschrift drunter.«

»Sonst was?«

»Sonst werden Sie nie erfahren, weshalb wir Sie unter diesen Umständen aus Mombasa extrahiert haben.«

»Sie appellieren an meine Neugier?« James schnaubte. »Sie haben gerade meine Karriere ruiniert.«

Und vermutlich auch meine letzte Chance, Joana zurückzukriegen, dachte er indigniert und hätte sich am liebsten ganz tief unter der Erde vergraben, um nie wieder das Antlitz dieser Welt und ihr verdammtes Gewicht ertragen zu müssen.

»Nein, Mr. Hamilton. Ich habe ihr gerade einen ganz neuen Auftrieb verpasst. Aber das werde ich Ihnen erst erklären können, wenn Sie das da«, Norton deutete auf die Mappe in James' Händen, »unterschrieben haben.«

Der Flug zum Flughafen dauerte nur etwa zehn Minuten, dann landeten sie auf einem kleinen Landeplatz neben einem

Wartungshangar, von dem aus der Major ihn unter dem Rotorsturm geduckt zu einem wartenden Kleinjet führte, einem ziemlich neu aussehenden G5. Zwei Männer in Muskelshirts und Jeans erwarteten sie dort, nickten dem Offizier zu und folgten ihnen über die kurze, ausgeklappte Treppe hinter dem Cockpit. Im Inneren befanden sich insgesamt acht Ledersessel, jeweils zwei gegenüber mit einem Tisch dazwischen. Dezenter Luxus, der sich in den Details äußerte und nicht so sehr in der direkt sichtbaren Ausstattung. Eine Politikermaschine, so viel stand fest.

Er hatte schon erwartet, dass sich der Major direkt ihm gegenüber setzen würde, doch stattdessen ließ er ihn alleine hinten bei den Toiletten sitzen, auf dem letzten Sitzplatz, sodass James nach dem holprigen Start tatsächlich Zeit hatte, zu lesen, was er da in den Händen hielt. Erst jetzt, als die Turbinen ein sonores Rauschen von sich gaben und sie über den nächtlichen Wolken Kenias in Richtung Nord-Westen flogen, holte ihn die Absurdität der Situation ein, in der er sich befand. Das alles war so unwirklich, dass er glaubte zu träumen. Erst das Treffen mit Joana, auf das er hingewirkt und das ihn wochenlang nervös gemacht hatte. Dann das Gespräch, der Blick, den sie ihm zugeworfen hatte, als der Koffer aufgegangen und die Geldscheine herausgeflogen waren. Ein Militärhubschrauber und Soldaten, die inmitten dieser schrecklichen Szene auftauchten und ihn mit sich zogen wie das unter Schock stehende Opfer eines Unfalls. Wo war Joana jetzt? Hatte sie die Feier verlassen? Was war mit Debongo? Das Auftauchen des Helikopters konnte nicht unbemerkt geblieben sein. Waren er und seine Söhne kurz nach seinem Verschwinden durch die Tür geplatzt?

Oh Joana, dachte er und spürte, wie jegliche Wärme seinen Körper verließ. Was, wenn sie das Geld mit ihr in Verbindung brachten? Er hatte sie schon wieder in Schwierigkeiten gebracht, weil er etwas Unrechtes getan hatte. Jetzt würde sie ihm endgültig nie mehr verzeihen, so viel konnte er wohl mit Gewissheit sagen. Die ersten Stunden des Fluges konnte er sich nicht konzentrieren. Immer wieder versuchte er, sich durch die Dokumente zu wühlen, doch sobald er einen Absatz gelesen hatte und zum nächsten übergehen wollte, hatte er bereits vergessen, was darin gestanden hatte. Seine Gedanken kreisten ununterbrochen um Joana und das Anwesen der Debongos, den Koffer mit dem Geld, den Helikopter und die Tatsache, dass er ständig darüber nachdachte, sich auf der Toilette einzusperren und unartikuliert zu schreien, um diesen Druck auf seiner Brust loszuwerden. Immer wieder drehte er sein Smartphone in der Hand hin und her, wollte ihre Nummer wählen und entschied sich mit knirschenden Zähnen doch dagegen. Selbst wenn man es ihm nicht sofort vom Ohr gerissen hätte, was konnte er ihr schon sagen, das die Situation retten würde?

Erst als er müde wurde und Angst, Stress und Selbstmitleid zwangsweise in den Hintergrund rückten, ließ die Lawine aus Emotionen etwas nach und machte einer tiefen Erschöpfung Platz. Das Adrenalin war aus seinen Adern gewaschen und hinterließ ein säuerliches Brennen auf seiner Haut. Also legte er die Mappe beiseite und schloss die Augen.

Als er aufwachte, befanden sie sich gerade im Landeanflug auf den Luftwaffenstützpunkt Ramstein in Deutschland und wechselten das Flugzeug, anstatt bloß aufzutanken. In strömendem Regen liefen sie zu einer größeren Linienmaschine mit dem Wappen der Air Force. James duckte sich dabei unter eine Uniformjacke, die Norton ihm gegeben hatte, und hielt sie über sich wie einen Regenschirm. Dabei kam er sich reichlich affig vor, da der alte Soldat aufrecht und entspannt wirkte, als machte ihm der kalte Schauer nichts aus. In der neuen Maschine saßen eine ganze Reihe Offiziere, die zurück in die Staaten geflogen wurden, und angeregt miteinander sprachen. Norton und er saßen vorne in einer Art Business Class mit größeren Sitzen, die sich ganz ausklappen ließen. Zwei Colonels saßen dort mit ihnen, legten sich jedoch gleich mit Schlafbrillen auf den Augen hin.

Nach dem Start in Richtung New York begann er endlich damit, die Dokumente eines nach dem anderen durchzulesen. Zwar fühlte er sich noch immer elend, doch die innere Unruhe war nicht mehr so extrem, dass er keinen klaren Gedanken fand. Nach knapp sechs Stunden war er durch und ging zu Norton, dem er die Mappe mit insgesamt zweiundvierzig Unterschriften und einhundertachtzig Initialen auf den Tisch knallte.

»Da steht nichts drin, außer, dass das Projekt den Namen *Hyperion* trägt. Allerdings habe ich unterschreiben müssen, dass ich das Projekt nie erwähnen werde. Die erste Regel des Fight Club und so, ich verstehe schon«, sagte er mit verschränkten Armen und senkte die Stimme etwas. »Sagen wir ab jetzt.« Er ließ sich auf den freien Sitzplatz neben Norton fallen und tippte mit ausgestrecktem Zeigefinger auf die Mappe, während der Major ihn gelassen musterte. »Alles voll von Drohungen und Strafauflistungen, sollte ich gegen irgendetwas davon verstoßen. Faktisch darf ich über gar nichts reden, außer dass ich für eine Personalumstrukturierung dieser *90th Missile Wing* engagiert wurde für mindestens einen Monat und bis zu zehn Jahre. *Zehn Jahre!* Das können Sie nicht ernst meinen.«

»Stimmen Sie also zu?«, fragte Norton ungerührt und musterte ihn kühl.

»Ich dachte, das habe ich gerade.«

»Nein. Sie haben den rechtlichen Kram unterschrieben. Sie können immer noch *nein* sagen.«

»Und Sie können mir nichts sagen?«

»Nein.«

James überlegte. Er könnte bei seinem zuständigen Staatssekretär im Pentagon anrufen und die Sache mit dem Empfang bei den Debongos erklären, sicher hatten Vega und Blake schon sämtliche Alarmknöpfe gedrückt. Aber was dann? Zurückkehren in seinen Job? Nach der Sache mit dem Koffer würde er sich einem Gerichtsverfahren gegenübersehen, sollten die Debongos nicht dafür gesorgt haben, dass das Geld verschwindet und Joana ihn nicht verraten haben. Und sie würde ganz sicher nie wieder mit ihm reden, egal was er versuchte.

»Gut, ich bin dabei.«

»Sie bekommen zwanzigtausend Dollar Monatsgehalt für mindestens zwei Monate. Die Projektlänge lässt sich noch nicht prognostizieren, darum der langfristige Zeitrahmen«, erklärte der Major ruhig genug, dass man sie über das Rauschen der Triebwerke hinweg in den nächsten Sitzreihen nicht mehr würde hören können – abgesehen davon waren sie ohnehin unbesetzt. Ehe er weitersprach, zog Norton ein einzelnes Foto aus der Innentasche seiner Uniformjacke und hielt es James hin. Es zeigte ein ovales Objekt, pechschwarz und mindestens dreißig Meter lang, vielleicht fünf Meter breit. Es wurde in der festgehaltenen Szene offenbar von zwei verschiedenen Kränen aus dem Wasser gezogen.

»Was ist das?« James leckte sich über die plötzlich trocken gewordenen Lippen.

»Wir wissen es nicht, aber bisherige Analysen unserer Wissenschaftler lassen darauf schließen, dass es seit etwa vierhunderttausend Jahren tief unter dem Maracaibo-See in Venezuela gelegen hat«, sagte Norton und steckte das Foto wieder in seine Jackentasche zurück. »Ein europäisch-russisches Firmenkonglomerat ist bei einer Erdölbohrung darauf gestoßen.«

»Vierhunderttausend Jahre? Aber das bedeutet ja, dass …«

»Es nicht von Menschen gebaut ist, ja. Es handelt sich um möglicherweise außerirdische Technologie, die ein extrem starkes Magnetfeld erzeugen kann.« Der Offizier zog ein zweites Foto aus seiner Jacke, es zeigte die Aufnahme eines zerquetschten Metallklumpens, der gerade dabei war, unterzugehen. Rechts und links waren Schiffe zu sehen. James schnappte nach Luft, als ihm die Größenverhältnisse klar wurden.

»Was ist das?«

»Das ist die *Deep Sea Explorer* – oder das, was von ihr übrig ist. Sie war ein Bohrschiff der genannten Firma, und was Sie da sehen, ist der Effekt, den eine Stunde heftiger Blitzeinschläge auf das Objekt hatten. Es hat die Explorer einfach zermalmt und ist danach in eine Art inerten Zustand verfallen.«

»Sie ... Sie haben es geborgen?«

»Ja.«

»Und diese Firma? Russisch sagten Sie?«

»Europäisch-russisch. Wir haben Ihnen das Wrack abgekauft und sie und ihre Mitarbeiter großzügig entschädigt.«

»Sie haben es wie einen militärischen Zwischenfall aussehen lassen. Irgendeinen missglückten Test«, dachte James laut. »Der Klassiker.«

»Es ist etwas komplizierter als das. Es hat nur funktioniert, weil EU-Rat und Kreml mitgespielt haben, dafür wollten sie aber nach der Bergung an der Erforschung des Objekts teilhaben.« Als James einen ganzen Haufen weiterer Fragen vorbringen wollte, hob Norton eine Hand und fuhr in so sachlichem Tonfall fort, dass er ihn am liebsten geschüttelt hätte. »Die Fotos sind zwei Monate alt. In einer unterirdischen Hochsicherheitseinrichtung, die Teil der Warren Air Base ist, arbeiten seither insgesamt achtzehn Forscherinnen und Forscher und zweihundert Soldaten rund um die Uhr daran, dem Fund seine Geheimnisse zu entlocken.«

»Haben die etwas über diejenigen herausgefunden, die es gebaut haben könnten?« James konnte kaum glauben, wirklich diese Frage zu stellen. Ein Alien-Artefakt? Dieses ovale Objekt hatte zwar ein wenig fremdartig ausgesehen, was vor allem an der tiefen, konturlosen Schwärze lag, die jegliches Licht in sich aufzusaugen schien, doch gleichzeitig auch nicht so sehr, wie er es in einem Science-Fiction-Film erwartet hätte. Redete er gerade ernsthaft mit einem anderen Mann über *Aliens?*

»Nur so viel, dass sie uns bei Weitem überlegen waren oder sind. Im Inneren des Objekts befindet sich ein einzelner Raum, dort, wo der Ellipsoid am dicksten ist.«

»Ein *Raum*?«

»Ja, und in diesem Raum befinden sich zwölf Stühle oder Sitze, die zwar etwas ungewohnt geformt sind, aber definitiv für humanoide Körper entworfen worden sind«, erwiderte Norton.

»Ein vierhunderttausend Jahre alter Sitzkreis, der tief unter der Erde lag?«, fragte James verwirrt.

»Nein, es handelt sich definitiv um eine Maschine. Unsere Ingenieure haben zwar bislang nicht besonders viel herausfinden können, aber immerhin dies: Über und unter dem Raum mit den Sitzen befinden sich starke Magnetfelder, die sämtliche Energie in ihrer Nähe in sich aufsaugen und auf bislang unbekannte Art und Weise speichern. Es scheint, als gäbe es einen Schwellenwert, bei dem diese Magnetfelder sich umkehren und sich die gespeicherte Energie entlädt.«

»Ist es das, was in diesem Maraca-See passiert ist?«

»Maracaibo-See«, korrigierte Norton ihn. »Ja. Davon gehen wir aus. Die Sitze sind mit den Maschinen verbunden und laden sich mit auf. Es gibt so etwas wie Induktionsfelder in den Armlehnen, aber noch keine Theorien darüber, für was sie gedacht sind.«

»Gibt es irgendwelche Zeichen von den Erbauern dieses Objekts?«

»Keine Betriebsanleitung, wenn Sie das meinen. Nicht einmal entfernbare Teile in dem Innenraum. Es scheint, als wäre das gesamte Objekt aus einem Guss gefertigt worden, und es zeigt auch keinerlei Beschädigungen durch Erosion oder tektonische Einwirkungen, was bei diesem enormen Alter selbst bei den härtesten Legierungen zu erwarten wäre.«

»Ich verstehe das nicht.«

»Glauben Sie mir, das geht uns allen so.«

»Das meine ich nicht.« James sah auf. »Das, was Sie sagen klingt so unglaublich, dass ich verstehe, dass man Ihnen das Projekt übertragen hat. Hätte jemand anders mit davon erzählt, hätte ich ihn ausgelacht, aber Sie machen keine Witze, oder?«

»Nie.«

»Dachte ich mir. Sie haben also die besten Wissenschaftler versammelt, die Sie finden konnten. Nach dem, was ich gehört habe, vermutlich sechs amerikanische, sechs russische und sechs europäische.«

Norton nickte, wie als Aufforderung, dass er weitersprechen dürfe.

»Eine Gruppe, die groß genug ist, um sich gegenseitig zu helfen und auf neue Ideen zu bringen, aber nicht so groß, dass sie in Kleingruppen zersplittert und sich zwischen Group Think und aggressiven Ausgleichshandlungen selbst im Weg steht. Auch das verstehe ich, zumal es einfacher ist, die Geheimhaltung durchzusetzen. Wahrscheinlich leben die Teilnehmer für die Dauer des Projektes in der Basis?«

Wieder ein Nicken.

»Bleibt nur noch die Frage, warum Sie gerade *mich* dabei haben wollen. Ich bin weder Wissenschaftler noch Soldat bei der Air Force. Ich habe keinen politischen Einfluss und eigne mich auch nicht als Wappentier, da die meisten Menschen nicht einmal wissen, dass es den Job eines Lösegeldverhandlers überhaupt gibt.«

Anstatt etwas zu erwidern, griff Norton in eine kleine Tasche zwischen seinen Füßen und dem Vordersitz und zog eine Akte heraus, die er aufschlug, ehe er sich eine Lesebrille auf die Nase setzte.

»James M. Hamilton, Master in Kulturwissenschaften, Bachelor in kontemporärem Schauspiel.« Der Major zog eine Braue hoch. »Nach dem Studium Anstellung als Junior Berater in der Kommunikationsagentur *Benson&Schuster* in New York. Bereits zwei Jahre später Aufstieg zum Senior Berater und angeblich Initiator einer Fusion mit *Bretoni&Partners*, einer Konkurrenzagentur aus Washington, die ziemlich erfolgreich in der Politkommunikation tätig war. Nach Abschluss der Fusion wurden Sie zum Partner erhoben, verdienten sich vier Jahre eine goldene Nase, gehen sogar eine Beziehung mit der Tochter des Königs ein: *Joana Bretoni*. Dann plötzlich entscheiden Sie sich, ihren Vater aus der Firma zu drängen. Augustus Bretoni stirbt eine Woche später bei einem Autounfall, und Sie werfen hin, drei Wochen vor Vollendung des vierten Jahres als Partner, nach dem Sie laut Vertrag mit goldenem Handschlag hätten gehen können. Wer macht so etwas? Sie verlieren nicht nur den Job, sondern auch die Prinzessin, folgen der Empfehlung eines Freundes und springen als Unterhändler bei einer Lösegelderpressung im Sudan ein. Fortan drei Jahre in wechselnden Einsätzen als genau das: Lösegeldverhandler.«

James Lippen wurden mit jedem Wort schmaler, doch er zwang sich zu einer ungerührten Miene und reckte das Kinn vor.

»Sie scheinen ja eine ganze Menge zu wissen. Bravo«, sagte er lakonisch. »Das beantwortet aber meine Frage nicht.«

»Ihr Lebenslauf ergibt keinen Sinn, zeigt aber, dass Sie offenbar Prinzipien haben, die über Geld hinausgehen und dass Sie Geheimnisse für sich behalten. Ihre Erfolgsquote in Ihrem neuen Job ist beachtlich. Es war nicht leicht, an die Unterlagen zu kommen, aber als ich Einsicht bekam, war ich doch erstaunt. In ihrem zweiten Job haben Sie im Jemen eine Familie mit einem Bruchteil des zur Verfügung stehenden Lösegeldetats befreit, indem sie aufgedeckt haben, dass es sich um zwei miteinander zerstrittene Familien handelte, die gar keine Beziehungen zu Terroristen hatten. Ein Jahr später haben Sie zwei entführte Waffenhändler dazu gebracht, für die

CIA zu arbeiten, nachdem Sie den Entführern weisgemacht haben, dass sie für einen niedrigeren Preis fortan zwei Doppelagenten hätten. Wie schafft man so etwas?« Norton deutete in die Akte hinein und zupfte nacheinander ein paar Blätter heraus. »Da stehen lauter solche Beispiele. Angeblich haben Sie in Ihrem Bewerbungsgespräch der Staatssekretärin Annelie Petterson, einer bekennenden Evangelikalen, eine ledergebundene Ausgabe des Necronomicons verkauft.«

»Meine Ex-Freundin würde sagen, dass ich ein manipulatives Arschloch bin«, murmelte James indigniert.

»Sie können offenbar Menschen lesen und so behandeln, wie Sie es brauchen. Vielleicht manipulieren, meinetwegen. Genau dafür brauche ich Sie.«

James dachte nach.

»Ihre Eierköpfe«, sagte er schließlich verstehend. »Sie arbeiten nicht so zusammen, wie Sie sollten.«

»Mhm«, machte der Major.

»Russen, Europäer und Amerikaner, geniale Wissenschaftler, also vermutlich Riesen-Egos.«

»Mhm.«

»Und in ihrer Mitte etwas, das sie an die Grenzen dessen bringt, was sie bislang über sich und das Universum geglaubt hatten zu wissen. Klingt nach dem Stoff für eine explosive Mischung.«

»Ja. Die Zusammenarbeit läuft alles andere als rund, und es steht ein kritischer Punkt des Projekts an.«

»Was für ein kritischer Punkt?«, hakte James nach.

»Einer unserer Wissenschaftler glaubt, eine Mindest-Energieschwelle errechnet zu haben, um das Objekt zu aktivieren. Dafür reichte aber die bisherige Stromversorgung der Anlage nicht aus, obwohl es sich um ein Nuklearwaffensilo handelt. Wir haben darum eine spezielle Leitung vom Atomkraftwerk in Washington verlegen lassen und bekommen in genau vier Tagen für insgesamt eine Stunde die volle Leistung des Reaktors zugespielt, was nicht gerade einfach zu erreichen war, wenn man die Geheimhaltung des Projekts betrachtet. Nur der Präsident, der Verteidigungsminister und die Außenministerin wissen im Kabinett davon. Wenn es tatsächlich gelingen sollte, das Objekt zu aktivieren, brauche ich ein Team, das an einem Strang zieht. Es kann viel schiefgehen, wie sie anhand des Bildes vom Maracaibo-See gesehen haben, und ein Rückschlag würde womöglich den sofortigen Stopp des Projekts bedeuten.«

»Sie wollen es hochfahren? Wissen Sie überhaupt, was für eine Funktion es hat?«

»Einige aus dem Team glauben, dass es sich um ein Transportmittel handelt, eine Art Teleporter, andere halten es für ein hochentwickeltes Kino und ein paar für ein trojanisches Pferd, das unsere Welt in den Untergang reißen wird«, antwortete Norton mit einer Trockenheit, die James, ob seiner Worte, die Nackenhaare zu Berge stehen ließ.

»Dann können Sie es doch nicht einfach anschalten! Sie können nicht einfach den roten Schalter drücken, nur weil er da ist!«

»Doch, weil es der einzige Weg ist, herauszufinden, welche Funktion das Objekt hat, und die zivile Leitung des Projekts will es so.« Norton klappte die Akte zu, schob sie in die Mappe und schloss sie ebenfalls, ehe er beides zurück in die Tasche stopfte. »*Sie,* Mr. Hamilton, sollen dafür sorgen, dass das Team sich einigt und auf Linie gebracht wird, damit der Test stattfinden kann.«

4

Wyoming im Herzen der USA war nicht besonders aufregend. Schöne Natur, weite Flächen, wenige Bewohner, die sich mehr um ihre Herden sorgten, als um die große Weltpolitik. Aber die Francis E. Warren Air Force Base bildete dazu einen scharfen Kontrast. Nicht nur handelte es sich dabei um die älteste noch betriebene Luftwaffenbasis der USA, sondern auch um den Hauptsitz der 20th Air Force, jener Einheit, die sämtliche amerikanischen Interkontinentalraketen kontrollierte. Nicht dass James irgendetwas davon gewusst hätte, ohne sein Handy zu bemühen, das ihm auch verriet, dass hier über dreitausend Soldaten permanent lebten und arbeiteten. Die Baracken sahen aus dem Flugzeug aus wie aneinandergereihte Schuhkartons zwischen Bäumen und weiten Wiesen, die eine eigene Kleinstadt vor der etwa fünf Kilometer entfernten Hauptstadt Cheyenne des Bundesstaates bildeten. Zu wissen, dass hier beinahe zweihundert, rund um die Uhr einsatzbereite, Atomraketen lagerten, die aus ihren versteckten Siloklappen Feuer und Tod über der Welt ausschütten konnten, war ein merkwürdiges Gefühl.

Es gab insgesamt zwei Landebahnen, die nicht besonders

lang waren und sich an einer Art verunglücktem T-Stück berührten, umgeben von mehreren Patriot-Luftabwehrstellungen, bei denen es sich um mobile Versionen handelte, die, den tiefen Reifenspuren um sie herum nach zu urteilen, vermutlich erst kürzlich aufgebaut worden waren. Sie landeten auf der längeren, die für ihre Turboprop-Maschine offenbar entgegen James' Gefühl lang genug war. Norton und zwei Zivilbeamte, die sich während des Fluges als Jeena Pavar und Ralph Kowalski vorgestellt hatten, aber ansonsten recht wortkarg geblieben waren, führten ihn zu dem Haupthaus der Baracken, einem zweistöckigen Betonbau mit begrüntem Dach, vor dem zwei Soldaten salutierten. Drinnen war niemand zu sehen, der Eingangsbereich war menschenleer und auch sonst gab es keinerlei Geräusche, die auf irgendeine Form von Gesellschaft schließen ließen. Sie gingen zu einem unscheinbaren Fahrstuhl, den Norton mit einer Schlüsselkarte aktivierte. Daneben stand eine große Plastikbox, in die er seine Armbanduhr und ein Handy legte.

»Ich muss Sie alle bitten, sämtliche elektronischen Geräte und metallischen Gegenstände hier abzulegen.«

James runzelte die Stirn und folgte der Aufforderung, genau wie die anderen beiden Zivilisten, die etwas weniger überrascht schienen.

»Wir brauchen Retinascanner«, befand Pavar. Die indischstämmige Frau mit dem strengen Blick und der hinreißenden Figur nickte Kowalski zu, der daraufhin seine Tasche abstellte und Notizen auf einem Tablet machte.

»Schlüsselkarten tun es auch. Retinascanner sind teuer und fehleranfällig. Die sind nur was für Filme«, gab der Major zurück.

»Der Präsident nimmt die Sicherheit dieser Anlage sehr ernst, Major, also sollten Sie das auch. Retinascanner«, wiederholte sie und Kowalski, der kurz innegehalten hatte, setzte seine Notizen fort. James war überrascht, als der alte Offizier widerwillig nickte.

»Sie sind die neue Leiterin dieses Projekts?«, fragte James und wäre beinahe zurückgeschreckt, als Pavar ihn musterte wie eine Löwin ihre Beute.

»Ja, Mr. Hamilton. Und ich bin auch der Grund, warum Sie hier sind. Marcus Pollock hat Sie wärmstens empfohlen, um unser Team dort unten auf Spur zu bringen.«

Und ich hoffe, dass Sie mich und Marcus nicht enttäuschen, schienen ihre funkelnden Augen stumm hinzuzufügen.

»Ich, äh, werde mein Bestes geben, Ma'am.«

»Gut. Ich gehe davon aus, dass das genug sein wird. Wie weit sind wir mit der Verlegung des Testreaktors?« Sie wandte sich wieder an Norton.

»Das ist komplizierter als gedacht.«

»Das war nicht meine Frage.«

»Drei Wochen noch. Mindestens.« Der Major sah aus, als hätte er in eine Zitrone gebissen, und James hatte so eine Ahnung, was hier passiert war. Das Militär hatte die ersten zwei Monate die Kontrolle über das Projekt innegehabt, bis man sich in Washington im engsten Kreis auf eine zivile Führungsperson geeinigt hatte, was in diesem Fall für die politischen Mühlen recht schnell gegangen war.

»Sie sind also die neue Chefin«, stellte er fest und fing sich einen prüfenden Blick ein.

Politveteranin, möchte ich wetten, dachte er. *Wittert hinter jeder Aussage einen Schachzug, hinter jedem Blick ein komplexes Manöver und hinter jedem Schriftstück ein verwinkeltes Labyrinth aus Fallen und Ködern.*

»Ich bin die kommissarische Dekanin.«

»Dekanin?« James nickte. »Passend für ein Forschungsprojekt, schätze ich.«

»Wollen Sie mein Freund sein, Mr. Hamilton?«

»Ich bin hier, um alle zu Freunden zu machen, habe ich gehört.«

Pavar lächelte kaum merklich, und James fand, dass es ihr gut stand und etwas von der Strenge dieser asketisch daherkommenden Frau im Hosenanzug nahm.

»Gut. Fangen Sie damit an, dass Sie jeden Schritt mit mir oder Kowalski absprechen und zwar ab sofort. Ihr Job beginnt ...« Der Fahrstuhl meldete sich mit einem hellen *Pling!*, und dann gingen die Türen auf. »... genau jetzt.«

»Ich habe lange genug im Spannungsfeld zwischen CIA und Außenministerium gearbeitet, um zu wissen, wie der Hase läuft«, versicherte er ihr. »Darf ich Ihnen eine Frage stellen?«

»Das *sollten* Sie sogar. Je öfter, desto besser.«

»Wie genau binden Sie Major Norton ein?«, fragte James, als sie in die große, schmucklose Kabine mit dem Wappen der Air Force gingen und der Offizier mit seiner Schlüsselkarte die Schalttafel entsperrte, ehe er auf den untersten der drei Knöpfe drückte. Wieder musterte die Dekanin ihn und schien ihn dabei gründlich zu wiegen und zu vermessen. Ob sie derweil überlegte, wie sie ihn am besten verspeisen könne, oder ob sie im Gegenteil seinen Wert neu bemaß, vermochte er ihrem Blick nicht zu entnehmen.

»Major Norton wird mein engster Berater hier vor Ort sein und bei militärischen Fragen wird sein Wort oberstes Gewicht haben. Was hat Ihnen meine Antwort jetzt über mich verraten, Mr. Hamilton?«, fragte Pavar und sah ihn ebenso neugierig an wie Norton. »Darum ging es doch, oder?«

James gab sich keine Mühe, es zu leugnen, und lächelte unverbindlich.

»Mehrere Dinge: Sie versuchen keine Front zwischen ziviler und militärischer Führung zu machen. Ihnen ist klar, dass sie neu sind und Unterstützung brauchen, von ihm und seinen Soldaten. Sie wollen ihn nah bei sich haben, das ist klug und hilft Ihnen in Washington weiter, da der Generalstab eingeweiht sein dürfte und bekanntermaßen einen großen Einfluss auf den Präsidenten hat«, erklärte James. »Sie wollen es sich also nicht verscherzen.«

Pavar nickte langsam. »Nicht schlecht, aber mit einem Haken. Das Bild der karrierefokussierten Politikerin hat ein paar Risse. Erstens war ich Staatssekretärin und bei der UN als Botschafterin im Gespräch ab nächstem Jahr. Diese Möglichkeit habe ich hierfür aufgegeben und verschwinde von der Bildfläche. Meine Karriere in Washington ist damit verwirkt. Zweitens ist mein Abfindungspaket derart gut, dass ich nie wieder etwas tun muss, wenn ich es nicht will. Unter normalen Umständen hätte ich Ihnen für den politischen Durchblick gratuliert, aber hier stehen die Dinge anders. Ich will wissen, mit was wir es zu tun haben und dabei unser Land beschützen und ich mag schwierige Aufgaben. Ich bin nicht hier, um den Präsidenten glücklich zu machen, und das habe ich ihm auch gesagt.«

»Ich verstehe. Danke.«

»Danken Sie mir nicht. Ich habe das vor allem gesagt, damit Major Norton es hört.« Pavar sah zu dem Offizier, der langsam nickte und ein wenig erleichtert schien. »Danke also für Ihre Vorlage Mr. Hamilton. Das war das letzte Mal, dass Sie versucht haben, sich in meinen Kopf hineinzuquasseln, haben Sie das verstanden?«

»Ja, Ma'am«, sagte er und schluckte.

»Sehr gut. Dann werden wir uns gut verstehen.«

Die restliche Fahrstuhlfahrt dauerte noch etwa eine Minute, dann öffneten sich die Türen in einen schlichten Flur mit rauen Betonwänden. Ungefähr auf Brusthöhe führte ein dunkelbrauner Streifen von links nach rechts, in dem ›Sublevel 3‹ geschrieben stand. Zwei schwer bewaffnete Soldaten salutierten zackig, als Norton sie nach rechts führte. Alle zehn Meter gingen sie unter automatischen Brandschotts hindurch, die mit Alarmsirenen markiert waren. Nach rechts gingen einige Türen aus schlichtem grauem Material ab, die ebenfalls nur mit Schlüsselkarten zugänglich und jeweils mit riesigen Nummern gekennzeichnet waren.

»Das sind die Wohnräume«, erklärte der Major im Vorbeigehen. »Da Sie gewünscht haben, erst die Anlage zu sehen und dann Ihre Quartiere zu beziehen, händige ich Ihnen die Schlüsselkarten nach der Führung aus.«

Pavar nickte.

Am Ende des langen Gangs gab es eine Biegung nach rechts und der Flur veränderte sich, war nicht mehr eckig, sondern bogenförmig und deutlich größer, mit riesigen Sicherheitstüren an den jeweiligen Enden, die in enormen Lastenaufzügen endeten. Auf jeder der Türen prangte ein imposantes Strahlenschutzzeichen. An der Decke verliefen dicke Kabel und Rohre, die merkwürdig weich aussahen. Links ging eine Stahltür mit der Aufschrift ›Wartung und Sicherheit‹ ab.

»Hinter der hier saßen sonst die Ingenieure, die die Atomwaffen gewartet und überwacht haben. Es handelt sich bei dieser Anlage um das zentrale Silo, das nicht etwa unter dem Hauptgebäude gebaut wurde, sondern andersherum. Das Haus dient bloß als Tarnung und ist jederzeit unbenutzt, die Wände so ausgerichtet, dass sie sich zwischen den einzelnen Siloklappen befinden. Insgesamt waren hier acht Interkontinentalraketen des Typs Minuteman-III stationiert, die mittlerweile mit der gesamten anderen militärischen Ausrüstung verlegt wurden.«

Können wir endlich das Objekt sehen?, dachte James ungeduldig, hielt sich aber zurück. Pavar erschien ihm klug und direkt, damit konnte er leben, aber wie jemand, der Nachsicht mit Dummheiten oder Hektik hatte, wirkte sie nicht. Und er würde sie brauchen, wenn er hier Erfolg haben wollte. Erfolg, den er unbedingt brauchte. Was Norton ihm erzählt hatte, war zu so etwas wie einem Pflaster für seine Seele geworden. Zum ersten Mal seit Langem dachte er nicht die ganze Zeit an Joana, obwohl jeder kurze Gedanke an sie ihm einen Stich versetzte, sondern stattdessen an das Foto von diesem schwarzen Ellipsoid und daran, was er zu bedeuten hatte.

»Sämtliche ferromagnetischen Materialien wurden aus dieser Anlage entfernt, der Rest der Kaserne wird momentan entsprechend umgebaut. Die Schutztüren sind aus Aluminium und Kunststoffkomponenten, und sämtliche Leitungen und Rohre wurden ebenfalls gegen komplexe Polymerstoffe ausgetauscht«, fuhr der Major fort. »Unsere Wissenschaftler arbeiten in Sechzehn-Stunden-Schichten, vier von ihnen hinter dieser Tür und die anderen vierzehn in einem identischen Raum auf der anderen Seite, wo es einen ähnlichen Gang gibt, über den früher Raketenteile angeliefert wurden. Am Ende des Flurs«, er deutete nach vorn, wo in etwa einhundert Metern Entfernung ein weiterer Lastenaufzug wartete, »gibt es einen Aufenthaltsraum, eine kleine Messe und zwei Büroräume, die magnetisch abgeschirmt sind.«

»Und dazwischen befindet *es* sich?«, fragte Pavar.

»Ja.«

»Dann würden wir es jetzt gerne sehen.«

»Natürlich.«

Als sie weitergingen, fragte James sich, wie tief sie wohl unter der Erde waren. Die meisten Interkontinentalraketen waren extrem groß, bis zu zwanzig Meter lang und zwei Meter breit. Die brauchten entsprechend gigantische Startschächte mit Strom- und Kühlmittelversorgung, einem Auftanksystem, Be- und Entlüftung sowie Rohren für den Abtransport der entstehenden Gaswolken bei einem Start. Jeder Schacht dürfte also mehr als doppelt so tief sein wie die Rakete hoch war. Die Wände schienen mit einem Mal erdrückend.

Vor einer weiteren Tür aus grauem Polymer blieben sie stehen. Zwei Soldaten salutierten erneut, was der Major mit einem nachlässigen Salut erwiderte. Dann benutzte er ein weiteres Mal seine Schlüsselkarte und tippte zusätzlich einen achtstelligen Code ein, ehe sie sich gemächlich zur Seite hin öffnete wie ein auf Ketten fahrender Panzer. Schließlich standen sie direkt vor einer durchsichtigen Plastikfolie, die Norton umschlug, um den Weg in einen komplett ausgekleideten kurzen Raum freizumachen, in dem ein Dutzend Chemieschutzanzüge an einer Stange hingen.

»Das ist unsere Luftschleuse. Zu unserer eigenen und der Sicherheit des Objekts müssen wir die anziehen. Hinter der nächsten Tür handelt es sich um eine keimfreie Umgebung.«

Zu James' Überraschung zögerte Pavar nicht, als der Major seine Uniform auszog und in Unterwäsche einen der Anzüge von der Stange nahm, um sich hineinzuzwängen, und tat es ihm gleich. Eine gefühlte Ewigkeit später standen sie alle in reinweißes Plastik gekleidet und mit großen Kapuzen über den Köpfen vor der nächsten Plastikplane. Ihre Klamotten hatten sie zuvor in luftdichte Kisten verpackt, die gegenüber der Kleiderstange unter einer langen Bank standen. James blickte die anderen jetzt durch ein großes flexibles Visier an und verschloss die Übergänge von Handschuhen und Gummistiefeln zum Anzug selbst mit Gummibändern, die sich eigenständig zusammenzogen. Es war, als habe er die reale Welt verlassen und befände sich jetzt in seinem ganz eigenen Mikrokosmos, in der das Rauschen seiner Atmung eine Art Hintergrundmelodie der Dringlichkeit bildete und sich jede Bewegung seiner Hände und Finger schwierig anfühlte.

»Sind Sie alle bereit?«, fragte der Major mit gedämpft klingender Stimme. Kleine Kondenswassertröpfchen bildeten sich auf der Innenseite seines Visiers, direkt auf Höhe des Mundes. Nachdem alle genickt hatten, betätigte er einen faustgroßen Knopf an der Wand und weißer Dampf zischte aus mehreren Düsen über ihren Köpfen auf sie herab und hüllte alles in einen dichten Nebel, der sich langsam verzog. Erst jetzt öffnete der betagte Offizier die Plastikplane vor ihnen und danach das nächste Sicherheitsschott.

Dahinter erstreckte sich eine riesige Halle aus Beton, so groß wie drei Tennisfelder nebeneinander und mehrere Stockwerke hoch. Vier massive Pfeiler bildeten ein Quadrat in der Mitte, wo inmitten von vier wuchtigen weißen Kränen, die im Boden verplombt waren, der Ellipsoid eingefasst war. Seine konische Unterseite verschwand im Boden, der offenbar passgenau ausgehoben worden war. Ebenso wie die Spitze, die allerdings in einem ehemaligen Startschacht steckte, von dem es noch fünf weitere gab, die an den frisch mit Beton zugegossenen runden Stellen erkennbar waren. Dazwischen schien das Objekt wie eine Pfeilspitze, die von göttlicher Hand in die Erde gerammt worden war, zu schweben. Seine Hülle war so tiefschwarz, dass keine einzige Kontur zu erkennen war, als bestünde sie nicht aus etwas Massivem, sondern aus der bloßen Abwesenheit jeglichen Lichts. Um die Ränder herum schien es leicht zu flimmern, wie man es von Hitzeschlieren auf einer von der Sonne beschienenen Asphaltstraße in der Wüste kennt. Doch die Greifarme der Kunststoffkräne schmolzen nicht, also musste es sich um eine optische Täuschung handeln. Eine lange Rampe auf Rollen führte von dem Bereich zwischen zwei der Pfeiler bis ungefähr zur Mitte des Ellipsoids und sah ebenso krude wie hässlich vor diesem Ding der schwarzen Perfektion aus.

Sprachlos ging James mit einigem Abstand um das Objekt herum, was in der riesigen Kaverne nicht besonders schwer war. Es gab viel Platz, abgesehen von ein paar Rolltischen mit wissenschaftlichen Instrumenten und Werkzeugen, die kreuz und quer in einigen Metern Abstand um den Ellipsoid angeordnet waren. Es gab definitiv eine Vorderseite, die etwas breiter war, da er von der Seite einen deutlich schlankeren Eindruck von dem aus Finsternis gegossenen Artefakt hatte. James' Blick fiel auch auf zwei große Plastikcontainer mit Biohazard-Symbolen, in denen er unscharfe Umrisse eines Rinderkopfs und ein paar Pfoten oder Hufen sah. Ob in den ersten Tagen und Wochen Tierversuche mit dem Objekt durchgeführt worden waren? Aber dann wären sie nicht mehr hier drinnen. Was hatten sie hier mit ihnen gemacht? Und warum waren sie offensichtlich tot? Er wollte etwas dazu sagen, doch die neue Einrichtungsleiterin kam ihm zuvor.

»Es ist sehr kalt hier«, stellte Pavar in einiger Entfernung fest. Sie stand mit Norton und Kowalski am Fuß der Rampe. Auch James fiel jetzt auf, dass sein Atem dichte Wolken vor seinem Mund bildete.

»Ja. Das Objekt ist sehr kalt, zweihundert Grad unter dem Gefrierpunkt, um genau zu sein. Die Wissenschaftler gehen davon aus, dass es in seinem Inneren supraleitende Strukturen aufweisen müsse, aber auch das ist nur eine Theorie, da wir bislang mit keinem bildgebenden Verfahren in der Lage waren, durch die Hülle zu blicken. Sie scheint bis auf Atomebene glatt zu sein und lässt sich auch mit keinem Werkzeug beschädigen. Wie es seine Temperatur so niedrig hält, ist ebenfalls noch ein Rätsel, das nicht gelöst ist.«

»Gibt es Ideen, woraus es besteht?«, wollte James wissen und kehrte langsam zu den anderen zurück, die zwischen zwei der großen Pfeiler standen und das Objekt musterten.

»Nein. Da sich die Hülle nicht beschädigen lässt und es nicht einmal die winzigsten Partikel absondert oder verliert, tappen wir diesbezüglich im Dunkeln«, antwortete Norton.

»Aber Sie konnten das Alter bestimmen«, wandte Pavar ein.

»Ja, aber nur anhand von Gesteinsrückständen auf der Hülle, die wir bei der Bergung entdeckten.«

»Das heißt, dass das Objekt selbst sehr viel älter als vierhunderttausend Jahre sein könnte.«

»Ja.«

»Reagiert es irgendwie auf seine Umgebung?«

»Nein, abgesehen davon, dass es etwas von seiner Kälte an die Umgebung abgibt, aber nicht besonders viel.«

»Gibt es auch etwas, das wir wissen?« James runzelte die

Stirn und versuchte die Gänsehaut zu ignorieren, die sich über seine Arme und seinen Rücken zog und ein unangenehmes Kribbeln hinterließ. Das Objekt war so mächtig vor ihm, obwohl er gute zehn Meter entfernt stand, dass er sich unwillkürlich klein und unbedeutend vorkam. Eine bedrohliche Aura ging von dem Ding aus, so als sei es voll von Bedeutung und Gefahr, ohne dass er auch nur einen kurzen Blick darauf hätte erhaschen können, weshalb. Das Bild eines mächtigen Tieres – oder Monsters? – manifestierte sich in seiner Fantasie. Von einem, das gerade im Winterschlaf war wie ein Bär. Was wohl geschehen würde, wenn es schließlich erwachte? James fühlte sich wie eine Ameise, die den schlafenden Bären untersuchte und nicht einmal im Ansatz begreifen konnte, mit was sie zu tun hatte.

James erschauderte.

»Ich habe die geheimen Berichte gelesen, die Zahlen und Fakten, und muss gestehen, dass ich in den acht Tagen seither nicht besonders gut geschlafen habe«, sagte Pavar neben ihm. Ihre Stimme war beinahe zu einem Flüstern geworden. »Aber ich glaube, dass ich von jetzt an überhaupt keinen Schlaf mehr finden werde.«

»Ich verstehe, was Sie meinen«, sagte Norton und nickte, ohne den Blick von dem Ellipsoid abzuwenden, der die zwanzig Meter zwischen Boden und Decke vereinnahmte wie ein gigantischer Splitter. »So geht es vermutlich allen hier, was nicht besonders förderlich für die Moral und die Zusammenarbeit ist, wie ich gestehen muss.«

»Alle haben Angst«, fasste James das Gehörte zusammen. »Ich schließe mich mit ein.«

»Angst wird uns nicht weiterbringen.« Pavar streckte sich. »Ich habe von dem Raum im Inneren gelesen. Ich sehe keine Öffnung.«

»Die Rampe führt direkt darauf zu.« Der Major deutete den langen Aufgang hinauf, der auf einem komplexen Geflecht aus

Verstrebungen ruhte und mit seinen freien Rillen nichts für Menschen mit Höhenangst war. Als die Dekanin eine Augenbraue hob, fügte er hinzu: »Sie öffnet sich, wenn man sich nähert.«

»Also reagiert das Objekt auf uns.«

»Ja. Aber wir wissen nicht, wie. Das Team konnte keine Sensoren erkennen und auch keine Veränderung der Temperatur des Objekts, wenn sich die Öffnung vollzieht, was darauf schließen lässt, dass es entweder genau so perfekt abgeschirmt ist, wie wir glauben, oder aber so gut wie keine Energie verbraucht.«

»Ich möchte es sehen.«

»Selbstverständlich. Es ist ganz ungefährlich. Soweit wir wissen.« Sie warf Norton bei seinem letzten Kommentar einen kurzen Seitenblick zu und zögerte, als er ihr bedeutete, vorzugehen.

»Ich gehe«, schlug James vor und machte einen prüfenden Schritt auf die Rampe, als niemand Einwände erhob. Das Kunststoffmaterial knarzte leicht und sah beinahe metallisch aus, wäre es nicht weiß gewesen, doch der Geruch erinnerte eher an Tupperdosen, die frisch aus der Verpackung kamen, bis ihm einfiel, dass es sich dabei um seinen Anzug handelte. In guten Momenten glaubte er, geschützt zu sein, als wäre das bisschen verdichtete Plastik, das zerknittert und weit um seine Haut lag, eine wirkungsvolle Barriere, was vermutlich reines Wunschdenken war. Trotzdem setzte er seinen Weg fort, überprüfte mit jedem Schritt, ob er auch nicht rutschte und die Rampe nicht umkippte. Doch offenbar war sie robuster, als sie aussah.

»Seien sie vorsichtig«, sagte Pavar hinter ihm.

»Keine Ahnung, wie ich das machen soll«, murmelte er und ging weiter auf den vor ihm anwachsenden Ellipsoid zu, der einen immer größeren Teil seines Sichtfelds ausfüllte. »Schön ruhig bleiben, Großer.«

Als er die Hälfte der Rampe überquert hatte und dabei den Blick nach unten vermied, glaubte er ein leichtes Wummern in seinen Ohren zu spüren. Sämtliche Haare auf seinem Körper stellten sich auf und er hielt abrupt inne.

»Sie sollten jetzt das Magnetfeld spüren. Es ist äußerst stark und nimmt mit abnehmender Distanz exponentiell zu«, erklärte der Major hinter ihm. Er klang wie von sehr weit weg. Entfernt genug, dass James sich mit einem Mal verloren und unglaublich einsam fühlte wie ein Neugeborenes vor einem Wolf, der gerade die Zähne fletschte. Aber er ging weiter, schluckte seine Angst herunter und ignorierte den Kloß in seinem Hals, der ihn dazu bringen wollte, umzudrehen und einfach davonzulaufen, so schnell er konnte.

Obwohl er den Blick nicht ein einziges Mal von der unheimlichen strukturlosen Oberfläche des Objekts abgewandt hatte, war die Öffnung am Ende der Rampe mit einem Mal einfach da – ein rechteckiger Ausschnitt wie eine Tür, etwas zu hoch und schmal, aber doch klar als solche zu erkennen. Sie bestand aus vollkommenem, weißem Licht und bildete einen so scharfen Kontrast zu der Hülle, dass seine Augen am liebsten weggesehen hätten. Gleichzeitig fühlte er sich aber wie magisch davon angezogen und war bereits weitergegangen, ehe er darüber nachgedacht hatte. Als ihn nur noch ein Schritt davon trennte, blieb er stehen und streckte eine Hand danach aus. Seine in Gummihandschuhen steckenden Finger glitten durch das Licht und er spürte gar nichts. Ihm war noch immer kalt, aber ansonsten war da nichts. Er stellte sich vor, wie Pavar hinter ihm wartete und schluckte, eher er einen Schritt nach vorne machte und in einen sechseckigen Raum trat. Er durchmaß vielleicht fünf Schritte, und Boden und Wände waren von einem schlichten Grau und bildeten ein Muster aus winzigen hexagonalen Waben, die fugenlos ineinander übergingen, als wären sie von selbst so gewachsen. Eine Decke über ihm war nicht zu sehen, sie verlor sich in einer undurchdringlichen Dunkelheit. Vor jeder der sechs Seiten des Raumes befand sich jeweils ein leicht nach hinten geneigter Sitz mit langer Lehne, Armlehnen und Fußstützen. Direkt gegenüber eines jeden Sitzes befand sich ein weiterer, so dicht, dass sich die Fußteile beinahe berührten. Die nach außen gerichteten in der Mitte sahen etwas anders aus mit acht kleinen, düsenartigen Öffnungen in der Rückenlehne und größerem Kopfteil. Nach dem unheimlich-fremdartigen Äußeren des Objekts wirkten sie geradezu enttäuschend mondän, wäre da nicht die Verbindung mit dem Boden gewesen, die aus sechs sich bewegenden fingerdicken Tentakeln bestand, die viel zu filigran aussahen, um das Gewicht der insgesamt zwölf Gebilde zu halten. Im Zentrum, wo sich die sechs inneren Sitze beinahe mit den Rückenlehnen berührten, befand sich ein dunkler Trichter.

Er ging auf eine der Sitzgelegenheiten zu und wollte sie berühren, zog seine Hand jedoch kurz vorher wieder zurück. Jetzt bemerkte er auch, dass das Kribbeln auf seiner Haut und das dezente Wummern in seinen Ohren verschwunden waren. Etwas an dem Möbelstück vor ihm, das so vertraut wirkte, schien *falsch* zu sein, obwohl er nicht genau sagen konnte, was es war.

»Es sieht so *normal* aus«, sprach Pavar seinen Gedanken aus, und er zuckte vor Schreck zusammen, als er ihre Stimme neben sich hörte. Heftig atmend versuchte er sich zu beruhigen und seinen Herzschlag wieder in gesunde Bahnen zu lenken.

»Ähm, ja«, sagte er und räusperte sich. »Fremdartig, aber auch normal.«

»Das ist es aber nicht.« Sie strich mit den Fingern ihres rechten Handschuhs über die Armlehne vor ihm. »Zu lang. Und die Sitzfläche ist etwas zu schmal.«

»Zu schmal für uns.«

»Ja«, entgegnete sie und die Bedeutung dieser einfachen Aussage jagte ihm einen Schauer über den Rücken.

5

Das Wissenschaftlerteam bestand aus zwei Gruppen, genau wie Norton es beschrieben hatte. Es gab die Leiter, jeweils einen Mann und eine Frau je Partei – USA, EU und Russland –, die wiederum vier weitere Kollegen unter sich hatten und so nur kleine Teams zu koordinieren hatten. Das größere lernte er als Erstes kennen, doch schien sich niemand sonderlich für ihn zu interessieren, sobald sie hörten, dass er bloß ein Sonderberater sei und keine wissenschaftlichen Funktionen ausfüllen würde. Sie arbeiteten einfach weiter, nachdem er ihnen reihum die Hände geschüttelt hatte, standen vor großen Plakaten mit wirren Diagrammen und Notizen und stritten sich wegen Details. Andere brüteten über Aluminiumtischen mit Fluten von Zeichnungen und Zahlenkolonnen. Sie alle schienen äußerst konzentriert zu sein wie Studenten kurz vor Abgabe ihrer Abschlussarbeit. Also wollte er sich danach den sechs Teamleitern im Raum auf der anderen Seite widmen, der durch eine kleine Tür zugänglich war, sodass er nicht drumherum durch die schwer bewachten Gänge gehen musste, die noch klaustrophobischer waren als die kompakten Betonräume, in denen er sich aufhielt. Doch sie waren nicht da, sondern mittlerweile in der ›Höhle‹, wie man hier offenbar den ehemaligen Wartungsbereich unter den Startschächten nannte, in dem das Objekt untergebracht war. Er überlegte, sich zu ihnen zu gesellen, um sich vorzustellen, entschied sich schließlich jedoch dagegen. In einem Gummianzug »Hallo« zu sagen, wäre vermutlich nicht der beste Eindruck, zumal er sie bei der Arbeit gestört hätte und sich vorstellen konnte, dass Wissenschaftler nicht besonders erfreut darauf reagieren würden. Also bezog er erst einmal sein Quartier, ein kleines Zimmer am Hauptflur in der Nähe des Aufzugs. Es gab ein Waschbecken, ein Bett, einen winzigen Schreibtisch und einen Schrank sowie eine einzige Lampe, die er mit einer altmodischen Schnur an- und ausmachen konnte. Ein merkwürdiger Kontrast zu dem, was sie hier unten taten – und womöglich ein äußerst passender. Toiletten und Duschen gab es am Ende des Ganges und mussten mit allen geteilt werden.

James versuchte, lieber nicht zu sehr über seine fehlende Privatsphäre in der nächsten Zeit nachzudenken, und schlug stattdessen die Akten auf, die Norton ihm vom Führungsteam ins Zimmer hatte bringen lassen. Sie enthielten erstaunlich viele Details zu jeder und jedem Einzelnen, inklusive Fotos in verschiedenen Situationen, in denen sie offenbar nicht bemerkt hatten, dass sie fotografiert worden waren.

Wie sich herausstellte, handelte es sich um eine sehr heterogene Gruppe aus verschiedensten Persönlichkeiten.

Dr. Kathryn Chazelle war eine Teilchenphysikerin der Stanford University, stammte aber ursprünglich aus Utah. Sie war so dünn, dass sie aussah wie ein Skelett, das mit frischer Haut bezogen war, und fünfundvierzig Jahre alt. Sie wirkte auf den Fotos äußerst unnahbar und abwesend, als gingen in ihrem Kopf mehrere Dinge gleichzeitig vor sich, wodurch sie keine Zeit für weltliche Dinge hatte. Seit zehn Jahren geschieden, nie wieder verheiratet gewesen, keine Kinder.

Dr. Vincent Meeks war ein fünfzigjähriger großer Mann mit mächtigem Bauch und schütterem Haarkranz, der sich um eine glänzende Glatze legte. Er grinste auf jedem zweiten Bild wie ein Clown und war Atomphysiker und Ingenieur mit zwanzig Jahren Berufserfahrung in der Forschungs- und Entwicklungsabteilung von Boeing. Seine Frau starb vor zwei Jahren bei einem Autounfall und seine Kinder, Zwillinge, studierten momentan in Deutschland und Italien.

Dr. Mette Laudrup, Dänin, war die Älteste mit zweiundsechzig Jahren, pummelig mit rosigen Wangen und einem Haarschopf, der für drei gereicht hätte. Sie schwitzte auffällig häufig auf den Bildern und sah nach einer gemütlichen Mama aus, aber beileibe nicht wie eine geniale Wissenschaftlerin und Beste ihres Fachs. Aber sie hatte über dreißig Jahre als zivile Chemikerin in den ABC-Einheiten der NATO auf dem Buckel.

Dr. Justus Falkenhagen, ebenfalls aus der EU und deutscher Staatsbürger, war so etwa das genaue Gegenteil von ihr: mit neununddreißig Jahren der Jüngste in der Runde, durchtrainiert und braungebrannt, beinahe karikaturenhaft attraktiv mit strahlend weißem Lächeln und kräftigen Muskeln. Er war außerdem als Einziger aktuell verheiratet, wenn auch kinderlos. James musste die Daten des Astrophysikers und Quantenforschers zweimal lesen, um sicherzugehen, dass es sich nicht um einen Irrtum handelte, und die Fotos nicht mit denen eines Stockfoto-Models getauscht worden waren.

Dr. Mila Schaparowa stammte aus Novosibirsk in Russland und war einundvierzig Jahre alt, Ingenieurin und Materialforscherin an einem namhaften Moskauer Institut, das James nicht aussprechen konnte. Unverheiratet, keine Kinder, hübsch mit blonden Locken und elfenhaftem Gesicht, mandelförmigen Augen und einem melancholischen Ausdruck um den Mund.

Dr. Adrian war der zweite Russe und letzte im Bunde, ein ehemaliger Kosmonaut mit zwei Touren zur ISS Anfang der

2000er Jahre und Colonel der russischen Luftstreitkräfte. Neben vielen Jahren im Cockpit arbeitete er nach seiner Astronautenkarriere immer wieder als Ausbildungsberater im Sternenstädtchen nahe Moskau und gleichzeitig als Supraleiter-Ingenieur für Gazprom.

Alles in allem hatte er es mit einer illustren Runde zu tun, so viel stand fest. Dass sie sich nicht immer einig waren, konnte er sich vorstellen, waren die einzigen Überschneidungen doch mit einer Ausnahme, dass sie alle geschieden und ungebunden waren. Leider war in den Akten nichts über die Gründe vermerkt, weswegen sich das Team uneins war. Klar, Norton hatte erwähnt, dass einige von ihnen das Objekt aktivieren wollten – oder es zumindest versuchen – und andere die Gefahr als zu groß erachteten. Aber dass sie sich deswegen stritten, konnte er sich nicht vorstellen. Einen Vorgeschmack darauf, was der Major gemeint haben könnte, bekam er dann allerdings beim Abendessen, als er bewusst als Letzter in die kleine Messe am Ende des unterirdischen Komplexes kam. Die Wissenschaftler hatten sich auf die insgesamt vier Tische verteilt, wobei das Leitungsteam am größten saß, der sich direkt neben der Essensausgabe befand. Bis auf das kleine Fenster mit den beiden Warmhaltevitrinen, hinter denen ein massiger Soldat mit Schürze stand, die Tische, zwei Abfalleimer und einen Rollschrank für die benutzten Tabletts gab es hier nichts zu sehen außer Aluminium unter den Hintern der Wissenschaftler und unter ihren Tellern. Nicht einmal Air Force Poster zierten die grauen Betonwände. Von Pavar und Kowalski fehlte jede Spur, während Major Norton bei einer kleinen Gruppe Forscher in der Ecke saß und ihm knapp zunickte, als er hereinkam. Der Rest schien ihn entweder nicht zu bemerken, oder nur mit kurzen Blicken zu bedenken.

Nachdem er sich rasch umgesehen und seine Sorgengruppe entdeckt hatte, die er aus den Akten kannte, ging er zu der Essensausgabe.

»n'Abend Sergeant«, begrüßte er den fülligen kakaofarbenen Soldaten hinter dem Fenster, der ihn mit hochgezogener Braue musterte und sich dann auf sein Abzeichen tippte.

»Private.«

James hob die Hände, als würde er sich ergeben.

»Für mich sehen Sie wie ein waschechter Sergeant aus. Sie sind Hawaiianer, oder? Ich heiße James.«

»Ruby«, antwortete der Soldat und nickte. »O'ahu.«

»Ich liebe Hawaii, meine Schwiegermutter stammte aus Maui. Na ja, Beinahe-Schwiegermutter. Sie hat jedenfalls ihre Emotionalität an ihre Tochter vererbt, so viel steht fest.«

Rubys voller Mund teilte sich zu einem Grinsen. »So sind unsere Frauen. Sie haben Feuer.«

»Oh ja. Daran habe ich mich schon mehrfach verbrannt, danke, aber es war ja auch meine Schuld.«

»Ist es immer.« Der Soldat schien etwas aufzutauen. »Was darf's sein? Spaghetti Bolognese oder Ratatouille?«

James zwinkerte seinem Gegenüber zu, worauf dieser ganz unauffällig auf die Spaghetti deutete.

»Die Spaghetti bitte.« Während Ruby seinen Teller belud, tat er, als würden ihm die Hände schmerzen. »War immer meine Schuld.«

»Was?«

»Na, alles. Ist das normal bei euren Frauen?«

»Wenn du was zwischen den Beinen baumeln hast, bist du schuld. Ist ein einfaches Leben bei uns.«

»Frauen sind eben die besseren Menschen«, seufzte James. »Ua Mau ke Ea o ka 'Āina i ka Pono.«

Die Miene des Soldaten drückte nun Anerkennung aus. »Das Leben des Landes wird durch die Rechtschaffenheit bewahrt. Sie kennen unser Staatsmotto auf Hawaiisch?«

»Oh ja, damit habe ich mich, so oft es ging, aus der Schusslinie gebracht.« Er drehte sich zu den Wissenschaftlern an dem großen Tisch und seufzte dann. »In die ich jetzt wohl rein muss.«

»Sie sind der Sonderberater, oder?«

»Mhm. Scheint so.«

»Dann viel Glück. Diese Leute sind eigentlich gar nicht so übel, nur ein bisschen verrückt.«

»Na toll.« James schnitt eine Grimasse und nickte dem Koch dann ein letztes Mal zu, ehe er sich mit seinem Tablett und einem frischen Satz Plastikbesteck aufmachte.

»Guten Abend, die Herrschaften. Darf ich mich setzen?«, fragte er, als er am Tisch der wissenschaftlichen Leiter angekommen war, die ihr Gespräch unterbrachen und ihn für einen unangenehm langen Augenblick prüfend musterten. Kathryn Chazelle schlug bloß die Augen auf wie ein scheuer Hund, während die beiden Russen ihm offenen Argwohn entgegenbrachten. Der Deutsche, Justus Falkenhagen, schien irritiert und Mette Laudrup, die dickliche Frau mit den wuchernden Haaren setzte ein breites Lächeln auf und winkte ihn zu sich.

»Hallo. Sie müssen der Sonderberater sein, den Major Norton angekündigt hat?«, fragte sie, stand auf und watschelte zum Nachbartisch, wo sie nach einer kurzen Nachfrage einen der Stühle nahm und ihm hinstellte, damit er sich zwischen sie und Vincent Meeks, den amerikanischen Atomphysiker setzen konnte.

»Danke, sehr nett.« James stellte sein Tablett ab und bemerkte, dass sie alle schon fertiggegessen hatten und ihn jetzt anschauten, als müsse er jeden Moment ein Kunststück vollbringen, das sie nicht verpassen wollten. Er sah auf und blickte in ihre Gesichter, ehe er seine Gabel senkte und nickte. »Sonderberater, ja. Das hat man Ihnen gesagt. Ich schätze Sie alle glauben, ich sei als Babysitter angestellt worden, um Sie dazu zu bringen, im Sinne der Projektleitung zu handeln.«

Niemand antwortete, doch das brauchten sie gar nicht, er

verstand auch so, was hinter ihren Augen vorging. Also lieferte er ihnen das, was sie erwarteten, aber nicht so, wie sie es erwarteten.

»Damit haben Sie vollkommen recht. Ich soll Ihnen auf die Finger schauen und dafür sorgen, dass Sie das Objekt aktivieren.«

Nun machte sich Überraschung breit. Dr. Laudrup und Dr. Falkenhagen warfen sich vielsagende Blicke zu, Dr. Meeks schnaubte und Dr. Smailow schnalzte mit der Zunge.

»Ich habe keine Ahnung von dem Objekt selbst, außer dass sich mir die Nackenhaare aufstellen, wenn ich es nur sehe, und dass ich vermutlich keinen ruhigen Schlaf mehr finden werde, seit ich von seiner Existenz weiß. Jetzt, wo ich ihm so nahe bin, finde ich wahrscheinlich eher *gar keinen* mehr.« James nickte sich selbst zu und ließ ein wenig Normalität in die angespannte Situation einfließen, indem er ein paar Spaghetti mit der Gabel auf seinem Löffel drehte und sich in den Mund steckte. Kauend fuhr er fort: »An das Besteck werde ich mich wohl auch nicht gewöhnen. Mir ist der Zacken so einer Plastikgabel mal abgebrochen und im Hals steckengeblieben. War nicht mein schönster Tag, muss ich gestehen.«

»Das ist mir auch schon passiert!«, sagte Dr. Laudrup und verzog das Gesicht. »Furchtbares Gefühl! Aber Aluminium ist eine schlechte Alternative, wenn Sie das denken. Ist giftig für den Körper, wenn etwas davon abreibt.«

Dr. Meeks warf ihr einen kritischen Blick zu, doch sie schien es nicht zu bemerken.

»Wenn Aliens aus dem Ding spazieren, haben wir wenigstens eine Verteidigungslinie. Wir lassen sie mit unserem Besteck essen und warten ab, ob sie sich an den abgebrochenen Zacken verschlucken, oder an einer Weichmachervergiftung sterben. Vielleicht sind die ja allergisch dagegen.«

Laudrup gluckste mit roten Wangen, die dabei auf und ab

wippten. Die anderen blieben jedoch angespannt und offenbar genervt von der kindlich-unbeschwerten Art der Ältesten in ihrer Runde.

»Also gut Leute, machen wir es ganz einfach: Ich bin hier und werde nicht weggehen. Nicht, solange der Major und die Dekanin wollen, dass ich hier bin. Ich war noch nie beim Militär und misstraue jedem, der eine Waffe zückt, um für ein Stück Stoff mit drei Farben sein Leben wegzuwerfen, weil alte Säcke in feinen Anzügen meinen, das wäre sinnvoll. Zu denen gehört Pavar. Ich bin auch kein Wissenschaftler wie Sie, aber ich bin jemand, der an Fakten glaubt und nicht an Gerede. Sie können in mir also einen Verbündeten haben, der vielleicht nicht alles verstehen wird, was Sie ihm erklären, der Ihnen aber – und das verspreche ich Ihnen – zuhört. Ich soll dafür sorgen, dass Sie alle an einem Strang ziehen, und das geht nur, wenn ich *Sie* kennenlerne. Nicht, um Sie zu manipulieren – und ich gebe zu, dass man das vermutlich von mir erwartet –, sondern um Ihnen dabei zu helfen, einen Konsens zu finden und dazu muss man kein Sozialwissenschaftler sein. Gott sei Dank.«

»Die Dekanin haben Sie gesagt?«, fragte Dr. Smailow mit rollendem russischem Akzent. »Pavar?«

»Ja. Etwas verstockt, aber sehr direkt und ehrlich, so wie ich sie einschätze.« James fuhr rasch fort, um ihnen gleich zu zeigen, dass er freiwillig aus dem Nähkästchen plauderte und ihr Verbündeter war. »Wenn Sie mich fragen, ist es gut, dass eine Zivilistin übernommen hat und wir uns keine Sorgen über eine militärische Nutzung dieses außergewöhnlichen Fundes sorgen müssen. Zumindest vorerst. Sie ist ein Karrieremensch, ganz klar, aber sie muss offensichtlich an dieses Projekt glauben, denn sie hat einen UN-Botschafterposten aufgegeben und mit diesem Job ihre weitere politische Karriere für immer an den Nagel gehängt. Ich denke, das ist ein gutes Zeichen.«

Der Russe sah zu den anderen und nickte James dann zu. Erst jetzt entspannte sich die restliche Runde ein wenig.

Er ist also der Rädelsführer, dachte James und machte sich eine entsprechende geistige Notiz. Das ergab Sinn, war er doch Wissenschaftler durch und durch, älter als die anderen – abgesehen von Dr. Laudrup, die wie erwartet nicht sonderlich ernst genommen zu werden schien. Hinzu kam seine Vergangenheit als Kosmonaut, was unter Akademikern so etwas wie einem Superhelden gleichkam. Also wandte er sich ihm ein wenig mehr zu, indem er seinen rechten Arm ein Stück weit zurückzog. »Sie waren im Weltraum. Sicher wissen Sie besser als wir alle hier, wie man mit schwierigen Situationen umgeht. Darf ich Sie etwas fragen?«

Smailow nickte.

»Als Sie das Objekt das erste Mal gesehen haben, was ist Ihnen da durch den Kopf gegangen? Der erste Impuls, meine ich?«

»Ungeduld.«

»Ungeduld? Dürfen Kosmonauten überhaupt ungeduldig sein?«

»Ja, sie dürfen es nur nicht zeigen.«

»Warum Ungeduld?«

»Weil wir seit Jahrzehnten nach Spuren außerirdischen Lebens suchen und sie jetzt gefunden haben. Hier unter uns, seit hunderttausenden von Jahren vor unseren Augen.«

»Irgendwelche Bedenken?«, hakte James nach.

»Nein. Wäre es gefährlich, hätten wir wohl etwas Entsprechendes bemerkt, immerhin lag es dort unten im Maracaibo-See schon seit vierhunderttausend Jahren und wurde mit Energie nur so bombardiert.«

»Aber es hat die *Deep Sea Explorer* zerstört«, wandte Falkenhagen ein. Der braungebrannte Deutsche sah in echt noch weniger wie ein Wissenschaftler aus. Er trug ein einfaches Hemd, das bei ihm aussah wie ein Muskelshirt und die Haare kurz aber akkurat frisiert, als käme er gerade von einem Fotoshooting.

»Das lag an dem Magnetfeld«, sagte Meeks. Der große Amerikaner mit dem lichten Haarkranz und dem ansehnlichen Bauch, der gegen die Tischplatte drückte, lehnte sich in seinem Stuhl zurück und machte eine Geste, die den gesamten Raum umfasste. »Ein Unfall. Jetzt wissen wir Bescheid und sollten auf der sicheren Seite sein.«

»Außer es geschieht wieder etwas, das wir vorher nicht absehen können, nur um danach darauf zu reagieren«, beharrte der deutsche Astrophysiker. »Was kann alles passieren, auf das wir nicht vorbereitet sind und wie oft können wir das überleben? Auf der *Deep Sea Explorer* sind vierzehn Menschen gestorben!«

»Wir wissen schon, dass es neutrinoundurchlässig ist«, antwortete Dr. Chazelle. Die spindeldürre Amerikanerin redete in normaler Lautstärke und doch wirkte ihre Stimme wie zerbrechliches Laub. »Sie möglicherweise sogar absorbiert. Das sollte uns zumindest vorsichtig machen.«

»Und warum? Weil wir es nicht verstehen«, schnaubte Smailow. »Wenn wir etwas nicht verstehen, wenden wir uns instinktiv gleich ab, weil wir Angst bekommen. Aber wo wären wir heute, wenn nicht große Persönlichkeiten in der Geschichte genau andersherum gehandelt hätten? Was, wenn Wilhelm Röntgen nicht die Radioaktivität entdeckt hätte, aus Angst, dass er Krebs bekommt?«

»Ohne Atomwaffen, ohne hunderttausend tote Japaner?«, schlug Falkenhagen vor.

»Um etwas zu verstehen, müssen wir es erforschen, Justus. Dank der Forschung wusste man irgendwann um die Gefahren der Röntgenstrahlen.«

»Ja, und davor hat man die ersten Geräte jahrelang als Jahrmarktsattraktionen benutzt, um Knochen sichtbar zu machen.

Ich will nicht wissen, wie viele Leute deshalb an Krebs gestorben sind, bis man weiter war.«

»Ich habe eine Frage«, ging James vorsichtig dazwischen, überrascht, dass der Konflikt offenbar tatsächlich schon so heißgelaufen war, wie Norton es angedeutet hatte. Alle Augen richteten sich auf ihn. »Von dem, was der Major mir erzählt hat, wissen Sie doch noch gar nichts über dieses Objekt, oder?«

»Gar nichts?«, Meeks wirkte, als hätte er ihn persönlich beleidigt, grinste dann jedoch unvermittelt. »Junge, wir haben hier nicht geschlafen die letzten Wochen! Klar ist, dass die Sitze für Humanoiden gemacht worden sind, die annähernd dem menschlichen Körper geähnelt haben müssten. Wir wissen, dass wir es mit jeder Energiequelle füttern können, indem wir einfach Kabelenden an die Hülle halten, so einfach. Das Ding saugt alles an Energie aus der Umgebung auf, was es kann, aber nur ab einer gewissen Stärke. Körperwärme beispielsweise nicht und auch nicht die schwache elektromagnetische Strahlung von Lampen.«

»Aber Neutrinos!«, war sich Chazelle sicher und hob einen Finger wie einen winzigen Ast. »Ich glaube, dass es sie aufsaugt.«

»Woher wissen Sie das alles?«

»Das Energieniveau nimmt zu, wir können es mit Wärmebildkameras messen. Wärme ist nichts anderes als Atome in Bewegung. Sprich Energie«, antwortete Meeks. »Dieses Energieniveau lässt sich auch von den Sitzen ablesen.«

»Haben Sie Theorien, was passiert, wenn ein bestimmtes Energieniveau erreicht wird?«, hakte James nach.

»Es ist ein Transportmittel!«

»Ein Raumschiff!«

»Unmöglich, es hat keine Antriebsgondel!«

»Für *uns* unmöglich. Nicht für diejenigen, die ...«

»Eine Art virtuelle Bibliothek. Eine Arche für Wissen! Wieso sonst, sollte ...«

»Eine Zeitkapsel aus der Vergangenheit, sage ich. Wir müssen nur herausfinden …«

»Vielleicht nicht mehr als ein Kunstwerk? Wer weiß das schon?«

»Okay, okay«, unterbrach er die Wissenschaftler erneut, die in ein wildes Durcheinander ausgebrochen waren. »Wir wissen es also nicht.«

»Nee«, gluckste Dr. Laudrup und wischte sich frischen Schweiß von der Stirn. »Aber wir finden es schon noch heraus. Wir brauchen nur mehr Zeit, und dieser Major ist wirklich ein sehr ungeduldiger Mann.«

Endlich nickten alle einhellig, wenn auch Smailow etwas zögerte.

James beugte sich ein Stück vor und die anderen taten es ihm instinktiv gleich.

»Ich verrate Ihnen etwas, aber behalten Sie es bitte für sich: Der Major will, dass das Objekt aktiviert wird, sobald es möglich ist. Und er wird Ihnen Druck machen. Und mir«, erklärte er etwas leiser. »Wenn Sie alle der Meinung sind, dass wir mehr Zeit brauchen«, das *Wir* betonte er kaum merklich, »dann werde ich mein Bestes geben, um dafür zu sorgen.«

»Guten Abend. Die Damen? Die Herren?« Major Norton war an ihren Tisch getreten und blickte in die Runde. Alle lehnten sich wieder zurück und sahen zu dem Offizier auf. »Wie ich sehe, haben Sie sich schon bekannt gemacht. Ich habe gute Nachrichten: Die Leitung aus Washington wird früher fertig als geplant.«

»Früher?«, fragte Falkenhagen überrascht.

»Ja. Morgen schon. Ich will, dass alles vorbereitet wird. Bis 1600.«

»Wir sollten doch noch eine Woche haben!«, protestierte Meeks.

»Die Dinge laufen besser als erwartet. Dr. Chazelle, Sie haben gesagt, dass sie glauben, dass ein kritisches Energieniveau bei einer Verdoppelung des aktuellen einen kritischen Punkt erreichen könnte.«

Die Amerikanerin nickte.

»Dann dürften wir morgen erfahren, was passiert, wenn es so weit ist. Ich schlage vor, dass Sie alles vorbereiten.«

Als Norton gegangen war, herrschte Stille am Tisch.

6

»Das ist nicht in Ordnung«, murrte Falkenhagen und schüttelte immer wieder den Kopf, während er einen kleinen Metallstab von der Größe einer Häkelnadel an einen der Sitze im Inneren des Objekts hielt. Der Stab war über ein dickes Kabel mit einem kleinen kastenförmigen Gerät verbunden, auf dem ein Zeiger hin und her sprang. »Absolut nicht in Ordnung!«

In seinem weißen Typ-2-Chemikalienschutzanzug sah der deutsche Astrophysiker aus wie ein Alien, das zufällig Englisch sprach. Die anderen fünf Wissenschaftler aus dem Leitungsteam befanden sich ebenfalls in dem hexagonalen Raum mit seinen zwölf Sitzen, die sich in Zweierpaaren gegenüberstanden. Meeks war dabei, industrielle Infrarotthermometer aufzubauen, die auf dünnen Dreibeinen und jeweils dicht an einer der sechs Wände standen. Chazelle tat das Gleiche mit den Sitzen und klemmte spinnenartige Konstruktionen mit kleinen Messfühlern, die aussahen wie Pistolen, an die Kopfteile, sodass sich die Mündungen nach innen richteten. Mette Laudrup, die füllige Dänin, kniete in dem winzigen Bereich in der Mitte, wo die Lehnen der nach außen gerichteten Sitze sich auf Kopfhöhe beinahe berührten, und beugte sich über einen großen Koffer, wo sie etwas zusammenbaute, das James von seiner Position aus nicht erkennen konnte. Er fragte sich, wie sie das Ding über den Trichter im Boden hatte klemmen können. Smailow, der russische Supraleiteringenieur war dabei, eine Batterie aus sechs wuchtigen Akkuzellen mit Kabeln zu verbinden, die vermutlich im Laufe der nächsten Viertelstunde mit den Geräten gekoppelt werden würden, die seine Kollegen in diesem Augenblick aufbauten.

»Und? Wonach sieht das für Sie aus?«, fragte Mila Schaparowa, die neben ihm auftauchte und die Hände unter ihren Brüsten verschränkte. Da sie fast einen Kopf kleiner war als er, sah sie mit der riesigen Helmkapuze ihres Schutzanzugs beinahe breiter aus als lang.

»Oh«, tat er überrascht, obwohl er sie aus den Augenwinkeln bereits gesehen hatte, nachdem er irritiert darüber gewesen war, dass jeder aus dem Team zu arbeiten schien, außer ihr. Sollte sie ihn ruhig für etwas zerstreut halten. Er hatte Angst, ja, und die Gänsehaut auf seinem Körper machte keine Anstalten zurückzugehen, aber es half ihm, seinen Job zu machen. Sich auf das zu besinnen, was er gut konnte, bewahrte ihn davor, einfach wegzulaufen, wie wild auf die Schalttafel des Fahrstuhls einzuhämmern und dann das Weite zu suchen – etwas, das sein Verstand die ganze Zeit über lautstark von ihm verlangte.

»Nicht erschrecken. Ich bin es nur, die Überflüssige.«

»Überflüssig? Wollen Sie mir etwa den Job wegnehmen?«

»Mila.«

»Wie bitte?«

»Mein Name ist Mila.«

»James«, erwiderte er lächelnd und wollte ihr die Hand hinstrecken, doch als er seinen wuchtigen Gummihandschuh betrachtete, empfand er die Geste vor seinem geistigen Auge als lächerlich.

»Wir duzen uns hier unten alle.«

»Heißt das, ich werde nicht gleich von euch verjagt?« Er schmunzelte und drehte sich zu ihr, damit sie es durch sein Plastikvisier sehen konnte. Selbst unter dem Haarnetz und der Kapuze sah ihr Gesicht elfenhaft schön aus mit den geschwungenen slawischen Zügen und mandelförmigen Augen.

»Vorerst nicht. Wir haben ja einen gemeinsamen Gegner.«

»Norton.«

»Zeit.«

»Verstehe. Und beide arbeiten zusammen gegen uns.« James nickte und deutete auf die anderen. »Was genau tun die da? Und warum solltest du überflüssig sein?«

»Ich bin Materialforscherin und konnte bislang so gut wie nichts herausfinden. Ich habe einfach keine Möglichkeit gefunden, Materialproben zu nehmen. Selbst mit einem Diamantbohrer nicht.« Die Russin schnaubte und schüttelte den Kopf, was ihre Kapuze unberührt ließ. »Zumindest bei diesen Stühlen hier hätte ich mit einem zylindrischen Stechheber etwas beproben können müssen. Die werden normalerweise für die Probenentnahme von Schüttgut verwendet. Ich habe auch mit einem Nobbe-Probenstecher versucht, kleinere Teile aufzufangen und ...«

»Tut mir leid«, unterbrach er sie. »Ich habe leider nicht den blassesten Schimmer, was das bedeutet. Die Oberflächen sind zu hart, um etwas von ihnen abzukratzen, oder?«

»So ungefähr. Sie sind zu verdichtet. Keine Ahnung, wie das geht, aber offenbar geht es *irgendwie.* Seit ich hier bin, mache ich Notizen, stelle Vermutungen an, während die anderen messen.«

»Aber selbst Diamant kann man beschädigen.«

»Ja, aber hier haben wir es mit etwas anderem zu tun. Normale Atome werden durch elektromagnetische Kräfte zusammengehalten, die gestört werden können, beispielsweise durch grobe physische Einwirkung. Meine *Theorie* ist, dass die

Atome dieser Oberflächen durch starke Kernkräfte zusammengehalten werden.«

»Herrschen die nicht eigentlich im *Inneren* einzelner Atome?«, fragte James.

»Ja. Gleiche elektrische Ladungen stoßen sich üblicherweise ab, da scheint es erstaunlich, dass Atomkerne stabil sind. Dort sind schließlich viele positiv geladene Protonen anzufinden und zwar auf engem Raum. Aber sie fliegen nicht auseinander. Das liegt an der *starken Kernkraft,* eine deutlich stärkere Kraft als die elektromagnetische. Manchmal wird sie auch starke Wechselwirkung genannt. Sie wirkt unter den Nukleonen, also nicht auf Elektronen. Normalerweise hat sie eine so geringe Reichweite, dass sich eben nur Protonen und Neutronen gegenseitig anziehen und nicht die Atomkerne benachbarter Atome.« Mila musterte ihn und hob dann die Hände. »Zu viel, verstehe schon. Kurz gesagt: Durch irgendeinen unbekannten Effekt scheint zwischen den Atomkernen dieser Oberflächen hier die starke Kernkraft zu wirken, was es geradezu unmöglich für uns macht, sie zu beschädigen und zu beproben.«

»Aber man kann doch Atomkerne spalten?« James dachte darüber nach und schüttelte dann den Kopf. »Dumme Idee, schätze ich.«

»Ja. Aber wenigstens wäre es eine Erklärung dafür, warum die Hülle des Objekts nach Hunderttausenden von Jahren, in denen es den tektonischen Kräften der Erde ausgesetzt war, in der Erdkruste nicht einen einzigen Kratzer aufweist. Es könnte auch eine Erklärung für die Energieaufnahme liefern, die offenbar ohne direkt erkennbare Anschlüsse funktioniert. Aber da bin ich nicht sicher und auch nicht die Expertin für.« Mila deutete nach oben. »In einer Viertelstunde stellt die Air Force den Energie-Output eines ganzen Atomkraftwerks zur Verfügung, um diese fremdartige Maschine mit Strom zu versorgen.

Rohem Strom, der nicht durch ein Umspannwerk gelaufen ist, wohlgemerkt.«

»Wie die Blitze, die in den Maracaibo-See gekracht sind?«

»So ähnlich. Eine Simulation dessen, nur deutlich stärker, nehme ich an.«

»Du bist gegen diesen Versuch, habe ich recht?« James sah sie direkt an und wartete, bis sie seinen Blick erwiderte. Zu seiner Überraschung schüttelte sie den Kopf.

»Dieses Objekt ist allem, was wir kennen und verstehen, was wir bauen können, so weit überlegen wie ein Space Shuttle dem, was ein Bienenschwarm erschafft. Wir verstehen quasi nichts davon, außer diesen Sitzen.« Sie deutete auf die geradezu normal aussehenden Sitzgelegenheiten vor ihnen. »Deren Funktion scheint recht eindeutig zu sein: man sitzt auf ihnen. Aber durch die vollkommene Fremdartigkeit der ganzen Verpackung dieses Funds haben wir keinen Schimmer, was ihre Funktion über einfaches Sitzen hinaus sein könnte. Justus ...«

»Das ist der deutsche Sunnyboy?«

»Ja. Er glaubt, dass wir nichts versuchen sollten zu aktivieren, das wir nicht einmal im Grundsatz verstehen, und sein Argument macht Sinn.«

»Aber du siehst das anders.«

»Ich bin Russin.« Sie zuckte mit den Achseln.

»Eher praktisch orientiert.«

»Ja. Pragmatismus hat noch niemandem geschadet. Wenn ich als Kind geweint habe, hat meine Oma immer abgewunken und gesagt: *Heul du ruhig, Kind, was du heulst, brauchst du nicht zu pissen.*«

James lachte bellend auf und handelte sich damit irritierte Seitenblicke der anderen aus dem Team ein, die sich jedoch nur kurz zu ihm umdrehten und dann mit ihrer Arbeit fortfuhren.

»Entschuldigung«, sagte er und zog eine Grimasse, als habe

er körperliche Schmerzen, ehe er sich wieder an Mila wandte. »Das ist *sehr* pragmatisch.«

»So wie ich das sehe, stehen wir vor einem endlosen Enigma, das wir nicht ohne Weiteres auflösen können. Justus und Mette haben vorgeschlagen, dass wir das Objekt von größeren Energiequellen fernhalten und studieren sollten, wenn nötig über viele Generationen und Jahrhunderte hinweg. So lange eben, bis Wissenschaft und Technik weit genug sind, um besser zu verstehen, mit was wir es zu tun haben. Das Argument ist gut, und ich würde es unterstützen, wenn wir in einer wissenschaftlichen Welt leben würden. Das tun wir aber nicht. Wir denken immer nur im Horizont eines Menschenlebens, und das ist kosmisch gesehen sehr kurz. Solange wir keinen größeren Betrachtungshorizont besitzen – und dazu haben wir momentan einfach nicht die Mittel oder die gesellschaftliche Möglichkeit – werden wir ohnehin jeden roten Knopf drücken, den wir finden können. Also können wir es genauso gut hinter uns bringen. Wir waren als Spezies schon immer besser darin, die Scherben aufzusammeln und neu zusammenzufügen, als den Hammer in der Hand beiseite zu legen und *nicht* das Glas zu beäugen.«

»Ich verstehe, was du damit sagen willst. Danke.«

»Danke wofür?«, fragte die Materialforscherin überrascht.

»Mir ist klar, dass ich nicht der Beliebteste in dieser Runde bin.«

»Ach, ich glaube, dass du da zu viel rein interpretierst. Meine Kollegen sind ziemlich gute Leute und misstrauen grundsätzlich jedem Politiker.«

»Aber ich bin kein Politiker!«, protestierte James.

»Du bist kein Wissenschaftler, oder?«

»Nein.«

»Also bist du ein Politiker.«

»Wie muss ich das verstehen?«

»Unter uns Wissenschaftlern gibt es – zumindest bei der

Arbeit – einen tief verwurzelten Argwohn gegenüber allen Nicht-Wissenschaftlern, die in unsere Projekte involviert sind und dabei etwas zu sagen haben. In der Pharmabranche können das Betriebswirte im Projektmanagement sein, die monetäre Fragestellungen und Verfahrensoptimierung vor Methodik und Erkenntnisgewinn stellen, im Maschinenbau die Bosse, die einem Produkt die besten Qualitätsmerkmale wegkürzen, weil sie eine größere Marge einfahren wollen.« Mila winkte ab. »Es gibt Beispiele wie Sand am Meer. Alle diese Leute, die nicht forschen und entwickeln, haben politische Motive. Sie wollen befördert werden, Geld machen, gut dastehen – such dir was aus. Politiker eben. Unter ihnen leiden wir schon seit Beginn der Wissenschaft, als Politiker noch *Geistliche* hießen. Daher der Vorbehalt. Aber Sie haben das clever gemacht in der Messe.«

»Was habe ich denn gemacht?«

Milas geschwungenen Mund umspielte ein Lächeln. Sie schien gerade etwas antworten zu wollen, als eine Stimme im Ohrstück von James' Headset fragte: »Wie weit sind Sie?«

Es war Norton, und er war gerade so zu verstehen.

»Fertig«, meldete Meeks. Der große Amerikaner trat vom letzten Infrarotmessgerät weg und auch die anderen lösten sich nach und nach von ihren Gerätschaften.

»Fertig«, sagte auch Falkenhagen.

»Bereit«, bestätigte Smailow.

»Wenn hier gleich Gase austreten, werden wir sie auffangen können«, sagte Laudrup und watschelte von dem offenen Koffer im Zentrum des Raumes weg. Ihr rosiges Gesicht strahlte hinter dem Visier, als sei das alles ein großer Spaß.

»Sekunde noch.« Es war Chazelle, die Kleinste von ihnen, die noch an einem der Sitze herumfummelte. Offenbar machte sie sich an einem der metallisch glänzenden Induktionsstreifen auf den Armlehnen zu schaffen.

»Räumen Sie jetzt das Objekt«, forderte Norton sie auf, und es brauchte einige Fantasie, um ihn zu verstehen.

»In Ordnung. Wir kommen jetzt raus«, sagte Smailow und hob eine Hand, ehe er mit ausgestrecktem Zeigefinger kreisende Bewegungen in der Luft machte. »Also los, Leute, raus hier.«

Wie Kosmonauten gingen sie vorsichtig um die Sitze herum, stiegen über Kabel hinweg, als befänden sie sich in Mikroschwerkraft. James machte ihnen Platz, um ihnen den Vortritt zu lassen.

»Wir haben ein Problem«, meldete sich erneut Norton zu Wort. Er klang diesmal lauter und drängender.

»Ein Problem?«, fragten James und einige der anderen gleichzeitig.

»Das Energieniveau steigt«, antwortete Meeks anstelle des Majors. Er hatte bei einer der Infrarotmessgeräte neben der Tür angehalten und blickte auf das kleine Display. »Ach du Scheiße. Es steigt schnell. Wir sollten verschwinden.«

»Was genau passiert da, Vincent?« Smailow blieb an der Tür aus reinem Licht stehen, die sie von der ›Höhle‹ trennte, und drehte sich um.

»Keine Ahnung, vielleicht zieht es den Strom schneller aus der Leitung als wir dachten. Ich weiß es nicht. Aber wir sollten verschwinden«, wiederholte der Amerikaner.

»RAUS DA!«, rief Norton über Funk. Diesmal war er trotz des Kratzens und Knackens in der Verbindung deutlich zu hören. »Wir haben die Zufuhr noch nicht gestartet, aber ...«

Der Rest ging in statischem Rauschen unter.

»RAUS, RAUS, RAUS!«, brüllte Meeks, und Smailow machte auf dem Absatz kehrt und verschwand durch die Lichtbarriere. Laudrup folgte ihm watschelnd, dann Falkenhagen.

»Kathryn!«, rief Mila aufgeregt und winkte ihre zierliche Kollegin zu sich, die noch immer an der Armlehne stand und an zwei Kabelenden herumfummelte, die sie mit Panzertape auf den Induktionsstreifen geklebt hatte.

»Sekunde«, antwortete die Teilchenphysikerin, ohne sich umzudrehen, und die Russin wollte auf sie zu laufen, doch James hielt sie am Arm zurück.

»Nein. Geh – ich schnappe sie mir.«

»Das ist …«

»Ich kann einen weiteren Stein im Brett gebrauchen, oder nicht?« James drehte sie um und versetzte ihr einen sanften Schubs, sodass sie durch das Licht glitt, als würde es sie verschlucken.

»Ma'am?« Er blieb an der Öffnung stehen und blickte zu Dr. Chazelle, die keine vier Meter entfernt an dem Sitz stand, der direkt in seine Richtung zeigte. Sie hob bloß einen Arm und fummelte dann weiter an ihren Kabeln herum.

»Dr. Chazelle, die anderen scheinen sehr aufgebracht zu sein, wir sollten wirklich verschwinden!« Als sie sich noch immer nicht rührte, verzog er das Gesicht und lief zu ihr, schnell genug, um seiner wachsenden Angst nachzugeben, und so langsam, dass er noch über die Kabellage auf dem Boden steigen konnte, um sich nicht vor lauter adrenalingetriebener Unachtsamkeit den Schutzanzug an einer Kante aufzureißen. Er fragte sich, wieso er das getan hatte – zurückzubleiben und die Russin wie ein klischeehafter Möchtegernheld nach draußen zu befördern. Er war kein Held, sondern ein meisterhafter Betrüger, wie er sich schon mehr als einmal hatte eingestehen müssen. Er konnte Menschen lesen und verstehen, weil er ihre negativen Seiten aus eigener Erfahrung kannte, und er wusste diese Seiten gegen die positiven auszuspielen, um sie dazu zu bringen, etwas zu tun. Praktischerweise hatte sein Job ihn in den letzten Jahren ausschließlich mit schlechten Menschen zusammengebracht. James Hamilton war niemand, der sich für andere in Gefahr brachte, warum also war er jetzt noch hier drinnen und nicht da draußen mit ein paar Metern Beton zwischen sich und diesem unheimlichen Artefakt?

Die vielen Stimmen im Funk ließen ihn aus seinen Gedanken hochschrecken, ehe er sich in ihnen verlieren konnte.

»Dr. Chazelle!«, rief er mit Nachdruck, als er neben ihr angekommen war, und zu seiner Erleichterung drehte sie sich um und nickte.

»Alles klar. Fertig. Gehen wir!«

»Endlich!«, seufzte James erleichtert und bedeutete ihr, vorzugehen, obwohl er am liebsten sofort losgerannt wäre.

»Warten Sie«, sagte die Teilchenphysikerin und blieb zu seinem Entsetzen stehen. »Sehen Sie das?«

»Was?«, fragte er ungeduldig, doch als sie einen Finger ausstreckte und das weiße Gummimaterial auf einen winzigen leuchtenden Punkt deutete, erstarrte er.

»Was ist das?«

»Ein Licht. Es war vorher noch nicht da.«

Fasziniert und wie gebannt blinzelte er einige Male und kam näher. Tatsächlich: zwischen den beiden Teilen der Kopfstütze – oder dessen, was er instinktiv als Kopfstütze betrachtete – leuchtete ein rotes Licht auf, winzig, vom Durchmesser einer Nadel vielleicht, aber definitiv ein rotes Licht. Zuerst wollte sein Verstand es als Sehstörung abtun, zumal es schwer zu sehen war, wenn er direkt darauf schaute. Aber aus den Augenwinkeln, wo das Sehvermögen stärker war, blieb es klar zu erkennen.

»Das ist neu«, war sich Chazelle sicher und lief zu dem linken Nachbarsitz, ehe er sie aufhalten konnte.

»Doktor, wir sollten ...«

»Hier leuchtet es grün.« Wieder lief sie weiter zum nächsten. »Hier auch.«

»Doktor ...« James brach ab, als ihm etwas auffiel: Stille. Es war totenstill geworden, obwohl sich eben gerade noch die

Stimmen im Funk überschlagen und sein rechtes Ohr hatten schmerzen lassen. Er drehte sich zur gleißenden Öffnung des Raumes, nur um mit Entsetzen feststellen zu müssen, dass sie verschwunden war. Statt eines türartigen Durchgangs aus Licht gab es an jeder der sechs Wände nur noch genau das: Wände. Sie bestanden aus dem gleichen Wabenmuster wie zuvor, nur dass es keine Ausnahme mehr gab, keinen Weg nach draußen – oder nach drinnen – und keine Anzeichen dafür, dass es so etwas überhaupt jemals gegeben hätte.

»Alle Sitze haben grün leuchtende Lämpchen. Winzig klein«, fuhr Chazelle fort, offenbar ohne davon Notiz zu nehmen. Wie ein weißer Derwisch lief sie zwischen den Sitzen umher und auf denjenigen zu, den sie mit den Kabeln präpariert hatte. Jetzt erst bemerkte er, dass ihre rechte Hand nicht mehr in einem Handschuh steckte, sondern ohne Schutz die Armaturen berührte.

»DOKTOR!«, brüllte er und endlich drehte sie sich zu ihm.

»Was? Sehen Sie nicht, dass …«

»Der Durchgang!«, unterbrach er sie. »Er ist weg!«

Statt zu antworten, runzelte die Wissenschaftlerin die Stirn und drehte sich einmal um die eigene Achse.

»Oh«, machte sie schließlich. »Das ist interessant.«

»Interessant?« James schnaubte. »Wir sind eingesperrt!«

Er spürte, wie sich kalter Schweiß auf seiner Stirn bildete. Kleine Tröpfchen, die sich durch die Poren seiner Haut drückten und schwerer wurden, bis sie in seine Augenbrauen und über seine Nase liefen und ein kaum merkliches Brennen hinterließen wie eine Spur aus Feuer.

»Das ist wahrscheinlich ein automatischer Mechanismus zur Vorbereitung der Aktivierung. Ein gutes Zeichen.«

»Was?«

»Es gibt eine Reaktion auf die Energiezufuhr«, erklärte Chazelle langsamer, als habe sie es mit einem begriffsstutzigen Kind zu tun. Allein ihr Sprechtempo machte ihn beinahe wahnsinnig. »Das heißt, dass das Objekt sich verändert. Seine Arbeit aufnimmt, möglicherweise. Es funktioniert.«

»Wir kommen nicht mehr raus!« Er lief zu der Wand, in der sich die Öffnung befunden hatte – doch dann war er sich nicht mehr sicher. Sie sahen alle identisch aus und es hätte genauso gut eine weiter links oder rechts in dem Hexagon gewesen sein können. Keine Schalter, keine Tasten, keine Hebel – nicht einmal so etwas wie Fugen gab es in dem glatten Material, nur diese seltsamen Wabenmuster, die ineinander verschwammen, als handle es sich um optische Täuschungen. »Sie ist weg! Einfach weg!«

Fassungslos streckte er die Hände aus, in dem verzweifelten Versuch, doch einen Ausgang zu ertasten – vergeblich.

»Die Energie baut sich auf. Ich spüre zwar nichts, aber womöglich ist dieser Raum von dem Magnetfeld abgeschirmt«, fuhr Chazelle fort, als gehe sie James' Panik gar nichts an. »Aber ich bin mir sicher, dass sich hier Potenzial aufbaut. Ein Atomkraftwerk generiert ungefähr elf Milliarden Kilowattstunden Strom pro Jahr. Durch dreihundertfünfundsechzig Tage macht das dreißig Millionen und einhundertsechsunddreißigtausendneunhundertsechsundachtzig Komma drei Kilowattstunden pro Tag. Das sind dann eine Million, zweihundertfünfundfünfzigtausendsiebenhundertsieben Komma … sieben-sechs Kilowattstunden die Stunde. Ein Tag hat … sechsundachtzigtausendvierhundert Sekunden. Summasumarum also knapp vierzehneinhalb Kilowattstunden die Sekunde.« Chazelle nickte zufrieden. »Das ist eine Menge Energie, die irgendwo hin muss. Aber für eine Maschine wie diese hier vermutlich nur ein Tröpfchen.«

»Entschuldigen Sie«, rief James indigniert. »Haben Sie nichts von dem mitbekommen, was gerade passiert ist? Wir sind hier drinnen eingesperrt!«

Zu seiner Überraschung drehte sich die Teilchenphysikerin zu ihm um und hob die Hände in einer fragenden Geste.

»Ja, das habe ich verstanden, Mr. Hamilton. Und? Hilft es, jetzt hysterisch zu werden? Ich denke nicht. Wir sind hier drinnen und kommen nicht raus. Zumindest in diesem Moment nicht. Das sind die Fakten. Es gibt hier genug Sauerstoff für eine halbe Stunde oder mehr, bei der Größe des Raumes. Ich sehe keine akuten Gefahren für unsere Leben, aber dafür ein großes wissenschaftliches Rätsel, das wir von innen beobachten können, während es aktiv wird. Wenn Sie also nichts Sinnvolles beizutragen haben, würde ich vorschlagen, dass Sie wenigstens ruhig sind. Einverstanden?«

Vollkommen verdutzt nickte James. Zum ersten Mal seit sehr langer Zeit wusste er nicht, was er sagen sollte, und es lag nicht an der Furcht, die ihn fest im Griff hielt. Er fühlte sich wie ein Tier, das man wie aus dem Nichts in einen Käfig gesperrt hatte. Doch sie hatte natürlich recht, auch wenn er sich das im ersten Moment nicht eingestehen wollte.

»Wunderbar.« Chazelle schien zufrieden zu sein und wandte sich wieder dem Sitz zu. James dachte derweil an Joana, und Erinnerungen an den Geldkoffer in Mombasa kamen hoch, ihr, von tiefer Enttäuschung erfüllter, letzter Blick, als er von den Soldaten zum Hubschrauber eskortiert wurde, dann Bilder von ihrem heftigen Streit nach dem Tod ihres Vaters, der sie so hart getroffen hatte. Wenn er hier starb, würde er sie nie wiedersehen und ihr all das niemals sagen können, was er ihr unbedingt sagen *musste* und was ihn jede Nacht für Stunden wach hielt – seit Jahren.

»Hey, was tun Sie da?«, unterbrach er seine eigenen düsteren Gedanken, die ihm das Herz bis zum Hals schlagen ließen, als Chazelle sich auf den Sitz setzte, in dessen Kopflehne das winzige rote Lämpchen aufgeleuchtet hatte.

»Ich teste eine Hypothese.«

»Was?«

Statt zu antworten, begann die Wissenschaftlerin an dem Verschluss der Kapuze ihres Schutzanzuges herumzufummeln.

Ehe er etwas sagen konnte, hatte sie sie schon abgezogen und achtlos neben sich gelegt. Ihr verschwitztes, knöchernes Gesicht kam zum Vorschein und sie tat einen tiefen Atemzug.

»Sind Sie verrückt geworden? Das ist viel zu gefährlich!«, protestierte er und ging zu ihr.

»Warum?«

»Ich weiß nicht, Toxine in der Luft, fremde Umgebung! Es wird doch einen Grund gehabt haben, warum wir die Dinger getragen haben!«

»Ja. Vorsicht. Die brauchen wir jetzt nicht mehr, und ich muss meine Hypothese überprüfen«, wiederholte Chazelle und schälte ihre Arme aus dem Anzug, der dabei knisternde Geräusche von sich gab. Als James einschreiten wollte, warf sie ihm einen warnenden Blick zu. »Lassen Sie's!«

»Na schön, und was ist Ihre Hypothese?«, brummte er und sah sich aus den Augenwinkeln nach irgendwelchen Veränderungen um sie herum um.

»Diese Induktionsfelder hier.« Sie legte ihre Unterarme auf die glänzenden Leisten auf der Oberseite der Armlehnen. »Ich glaube, dass sie für irgendeine Art elektromagnetische Wechselwirkung sorgen. Dass der Raum magnetisch abgeschirmt ist, könnte bedeuten, dass es elektromagnetische Vorgänge gibt, die nicht gestört werden dürfen, und da wir Menschen ein eigenes elektromagnetisches Feld besitzen, würde ein Austausch oder eine Angleichung über diese Felder hier Sinn machen.«

»Ich verstehe kein Wort davon.« James deutete auf das Kopfteil. »Aber da leuchtet etwas rot, also sollten Sie sich von allen Sitzen doch nicht gerade auf diesen hier setzen.«

»Und warum nicht?«

»Rot?«, fragte er, als sei sie schwer von Begriff. »Rot steht immer für *Gefahr*. Böse, schlecht, nein!«

»Das ist eine extrem anthropologische Sichtweise«, entgegnete sie unbeeindruckt. »Die meisten Lebewesen auf der Erde können mit dem Konzept der Farbe *Rot* gar nichts anfangen, weil lediglich unser Gehirn die Reflexionen und ihre Wellenlängen als solche interpretiert. Wer auch immer das hier gebaut haben sollte, wird ein ganz anderes System des Symbolismus besitzen.«

»Ach, genauso wie sie ganz andere Sitzgelegenheiten bauen als wir?«

»Es gibt noch einen Hinweis. Wir können davon ausgehen, dass die zugeführte Energie für das Objekt ein Tropfen auf den heißen Stein ist. Also wird es wie jede Maschine auf Sparflamme laufen, wie bei einem Notstromaggregat. Wir haben hier zwölf Sitze und alle haben dieselbe Farbe in den Leuchtdioden, bis auf diesen einen. Also ist es viel wahrscheinlicher, dass das einzige andere Licht Funktionalität anzeigt. Und falls nicht – was soll schon passieren? Wir können ohnehin nicht erwarten, Antworten zu finden, indem wir jahrhundertelang dieses Ding studieren, ohne nach den Möglichkeiten zu greifen, die sich uns bieten.« Chazelle lehnte den Kopf an die Lehne und stellte ihre Füße auf die Fußstützen, ehe sie die Augen schloss und ausatmete.

James sah, wie sich die Haare auf ihren dürren Ärmchen aufstellten, und schreckte zurück. Doch die Wissenschaftlerin sah sehr entspannt aus.

»Erstaunlich«, hauchte sie und dann erschlaffte sie mit einem Mal. Ein heftiger Kopfschmerz durchfuhr James im selben Moment und er hielt sich schreiend die Schläfen. Es war ein Gefühl, als würden ihm tausende glühender Nadeln gleichzeitig durch die Kopfhaut gerammt und ihm wurde kurz schwarz vor Augen. Dann war alles vorbei, selbst wenn ihm die Ohren dröhnten. Chazelle lag noch immer erschlafft da und rührte sich auch nicht, als er sie vorsichtig am Arm anfasste und leicht daran zu rütteln begann. Ohne jede Körperspannung rutschte ihre Hand von der Lehne und der gesamte Arm hing an der Seite herab.

Vor lauter Schreck stolperte er einen Schritt zurück und stieß mit etwas zusammen, schrie auf und fuhr herum, nur um zu sehen, dass es der nächste Sitz war und kein Monster, das ihn fressen wollte.

»Chazelle! Hören Sie mich? Ach, verdammt!« Er riss sich achtlos die Kapuze vom Kopf und den rechten Handschuh vom Arm, streckte zwei Finger aus und suchte nach ihrem Puls, als aus seinem Helm am Boden wieder Stimmen im Funk erklangen.

7

Die Stimmung im Arbeitsraum des Leitungsteams war wie bei einer Beerdigung. Als James aus dem Objekt gestolpert war, rechts und links von zwei Soldaten gestützt, als sei er ein gebrechlicher Greis, hatte er kaum wahrgenommen, was um ihn herum geschah. Er hatte Gestalten in den gleichen weißen Schutzanzügen gesehen, wie er ihn trug, nur dass ihre Gesichter noch hinter Visieren steckten. Es hatte große Aufregung geherrscht und irgendjemand hatte auf ihn eingeredet, ohne, dass er auch nur ein Wort verstanden hätte.

Jetzt saß er an einem langen Arbeitstisch voller Zeichnungen und Kalkulationstabellen und starrte indigniert auf seine Hände, die er über den verknoteten Ärmeln seines Schutzanzugs abgelegt hatte. Um ihn herum saßen Meeks, Smailow, Falkenhagen und Laudrup auf ihren eigenen Stühlen und blickten wahlweise finster oder entsetzt ins Nichts. Noch immer waren es die Notstromlampen, die sie mit Licht versorgten und in einen rötlichen Schimmer tauchten, der das Gefühl einer Katastrophe nur noch verstärkte.

»James?«, fragte jemand und als er aufsah, blickte er in das verschwitzte Gesicht von Mila Schaparowa. Er wusste nicht, wie lange die Ingenieurin schon vor ihm auf der Tischplatte saß. »Ich weiß, dass das gerade schwierig ist, aber können wir dir bitte ein paar Fragen stellen?«

Sie sind neugierig. Schockiert, aber neugierig, dachte er und spürte Wut in sich aufsteigen. Wut darüber, dass sie sogar jetzt noch ihrer wissenschaftlichen Neugier nachgingen. Gleichzeitig wusste er, dass diese Wut irrational war, und war selbst überrascht, dass er so konsterniert war. Woher kam dieses tiefsitzende Entsetzen, das sich in seinen Eingeweiden ausgebreitet hatte wie ein Geschwür? Dr. Kathryn Chazelle lag seit über einer Stunde auf der Krankenstation an der Oberfläche – im Koma. Von dem Wenigen, was er mitbekommen hatte, seit er schweigend hier im Zwielicht saß, war sie hirntot. Was auch immer geschehen war, hatte ihr Gehirn einfach leergefegt, gelöscht, ausradiert. Zu sehen, wie die Wissenschaftlerin einfach starb, war kein schöner Anblick gewesen, aber er hatte in den letzten Jahren berufsbedingt mitansehen müssen, wie der Unterhändler eines Warlords vor ihm ein Kind mit einer Machete amputiert hatte, nur um ihm eine Botschaft zu senden. Hatte erhängte Mütter an einem Baum im Tschad gesehen, wo eine Verhandlung stattfinden sollte und viele ähnlich traumatisierende Dinge. Obwohl diese Erlebnisse noch heute in seinem Kopf herumspukten und ihn mehrmals im Jahr aus furchtbaren Albträumen hochschrecken ließen, hatte er sich damit arrangiert und es hatte ihn in gewisser Weise auch abgehärtet. Warum also war er da drinnen so sehr in Panik geraten und wurde er die Bilder in seinem Kopf nicht los, wie Chazelle kraftlos in sich zusammensackte?

Natürlich wusste er es, wenn er ehrlich zu sich selbst war.

»Sie hätte nicht den roten Sitz nehmen sollen«, murmelte er und schüttelte den Kopf.

»Wie bitte?«, fragte Mila.

»Die Sitze. In den Kopfteilen sind winzige Lämpchen zum Leben erwacht. Alle haben grün geleuchtet, aber eine war rot.

Sie wollte unbedingt herausfinden, welche Funktion das Objekt hat und glaubte, dass diese Induktionsstreifen auf den Armlehnen für irgendeinen elektromagnetischen Ausgleich zwischen dem Feld des Körpers und irgendeinem anderen sorgen. Ich habe es nicht verstanden.« James machte eine Pause und rieb sich mit den flachen Händen durchs Gesicht, um seine Züge zu glätten. Als er aufsah, bemerkte er, dass sämtliche Blicke auf ihm ruhten. Meeks sah aus, als hätte er einen Monat nicht geschlafen, Smailow hatte die kräftigen Arme vor der Brust verschränkt und kaute unablässig auf seiner Unterlippe, und Falkenhagen hielt die Dänin Laudrup im Arm, die leise weinte.

Mila nickte ihm zu, damit er fortfuhr.

»Ich habe ihr gesagt, dass Rot immer für Gefahr steht, aber sie meinte, das sei eine zu anthropologische Sichtweise. Sie war überzeugt, dass das Objekt extrem viel Energie verbrauche und deshalb nur einen der Sitze mit Energie versorgen könne.« Er schüttelte den Kopf. »Aber eine anthropomorphe Sichtweise auf dieses Ding ist doch das einzig Logische bisher. Ich weiß, dass Sie alle kluge Wissenschaftler mit Doktortiteln und herausragendem Leumund sind, aber vielleicht hilft es Ihnen, mal jemanden mit einfachem Sachverstand auf Ihr Problem schauen zu lassen. In diesem schwarzen Teil gibt es Sitze, die in jedem Bürokomplex stehen könnten. Der Durchgang passt zu unserer Körpergröße und es gibt grüne und rote Lichter. In jeder Kultur steht Rot in irgendeiner Form für eine Warnung, oder nicht? Viele Pflanzen und Beeren nutzen unter anderem roten Farbstoff als Giftanzeiger, um Fressfeinde abzuschrecken. Warnsymbole im Straßenverkehr, Alarmsignale – alles rot. Und Grün ist die Farbe des Lebens. Warum sollten wir zwei anthropomorphe Hinweise direkt vor unserer Nase sehen, aber den dritten vollständig ignorieren oder auf den Kopf stellen, nur weil wir extreme Komplexität oder maximale Fremdartigkeit erwarten? Selbst ein komplexer Raketentriebwerk besteht aus einfachen Teilen.«

Die anderen schwiegen eine Weile und tauschten kurze Blicke aus.

»Hat sie noch irgendwas gesagt?«, wollte Meeks wissen.

»*Erstaunlich.*«

»Wie bitte?«

»Sie sagte: *Erstaunlich.* Dann war sie tot.«

»Also hat sie etwas gesehen«, war sich der große Amerikaner sicher. »Oder gefühlt. Irgendwas!«

»Das wissen wir nicht, Vincent«, gab Falkenhagen zu bedenken. »Wir wissen rein gar nichts, außer, dass sie jetzt hirntot ist.«

»Denkst du nicht, dass ich das weiß?«, fauchte Meeks zurück, und der Deutsche drückte Laudrups Schulter, als sie laut aufschluchzte.

»Beruhig dich, Mette«, sagte Smailow ruhig, aber mit einigem Tadel im Blick. »Das bringt sie uns auch nicht zurück. Wir müssen uns jetzt zusammenreißen, damit wir klar denken können. Das Objekt ist immer noch aktiv.«

»Was?«, fragte James halb bestürzt, halb überrascht.

»Es gab kaum einen Energieverbrauch und die Verbindung zum Kraftwerk ist getrennt, aber das Objekt selbst ist noch immer extrem warm und seine Oberfläche knistert vor Energie.«

»Lediglich das Magnetfeld hat nachgelassen, darum ist der Stromfluss auch wieder zur Normalität zurückgekehrt. Jetzt müssen nur die beschädigten Leitungen repariert werden. Du glaubst nicht, was hier los war, als ihr da drinnen wart«, erklärte Mila.

»Was ist mit Pavar?«

»Die Politikerin? Haben wir noch nicht wiedergesehen. Aber Norton ist im Krisenmodus. Kann man ihm nicht verübeln, immerhin hat das Objekt beinahe zehn Minuten lang die volle Leistung eines Atomkraftwerks in sich aufgesogen und allem Anschein nach nichts davon wieder abgegeben.« Die Russin wandte sich an ihre Kollegen. »Wir müssen wieder rein, solange es aktiv ist!«

»Bist du verrückt?«, sagte Falkenhagen und schüttelte energisch den Kopf. »Wir wissen nicht einmal was mit Chazelle passiert ist!«

»Doch«, widersprach Smailow, und alle Augen richteten sich auf ihn. »Wir wissen, dass sie hirntot ist, weil sie auf einem der Sitze saß – mit aktivem rotem Lämpchen. Nach der Aussage von Mr. Hamilton hatte sie mit den Induktionsfeldern auf den Armlehnen herumexperimentiert. Ihm ist nichts passiert. *Das* sind die Fakten. Alles andere sind unsere Angst und Betroffenheit.«

James entging nicht, dass er immer noch von allen außer Mila gesiezt wurde, obwohl angeblich alle im Team sich duzten. Es war bloß ein sprachlicher Beweis, den es gar nicht gebraucht hätte.

Mila nickte zustimmend, und auch Laudrup schien sich ein wenig zu beruhigen, zog ein Taschentuch aus ihrem Ärmel und schnäuzte sich vernehmlich. Lediglich Meeks blickte noch finster drein und wandte sich ab, während Falkenhagen mit sich zu ringen schien.

»*Das* sind die Fakten«, wiederholte der ehemalige Kosmonaut, und sein russischer Akzent verlieh seiner Stimme etwas besonders Nachdrückliches. »Genau dafür sind wir hier. Für die Fakten.«

»Es gibt bislang keine Anhaltspunkte dafür, dass wir in Gefahr sind, wenn wir in das Objekt zurückkehren – und wir *müssen* in das Objekt zurückkehren. Wir sind hier, um es zu studieren und zu untersuchen, seinen Zweck und seine Funktion herauszufinden. Jeder von uns wusste, dass das Unbekannte Gefahren birgt, aber als Wissenschaftler ist es unsere Aufgabe, Licht ins Dunkel zu bringen, Erkenntnis in die

Unwissenheit. Uns einzubunkern und der Angst hinzugeben, gehört nicht dazu. Ich schlage also vor, dass wir weitermachen.«

»Jetzt?«, fragte Meeks und schüttelte fassungslos den Kopf. »Sie ist *tot,* Adrian. *Tot!* Und du willst einfach weitermachen?«

»Wenn man vom Pferd stürzt, steigt man sofort wieder auf«, beharrte der Russe. »Sonst tut man es nie wieder.«

»Leider haben wir es hier nicht mit einem Reitausflug zu tun. Kathryn ist nicht von einem Pferd gestürzt, sondern in einem verdammten Alien-Artefakt gestorben, weil ihr Hirn frittiert wurde!«, knurrte Meeks wütend.

»Das war ein Beispiel, aber es gilt auch hier.«

»Er hat recht«, meldete sich Laudrup zu Wort. Die Dänin hatte sich vom jungen Falkenhagen gelöst und wischte sich die Tränen aus den geröteten Augenwinkeln. »Ich habe schreckliche Angst, dahin zurückzugehen, aber das heißt nicht, dass es die richtige Lösung ist, jetzt den Kopf in den Sand zu stecken.«

»Im Gegenteil«, stimmte Mila ihr zu, und James erkannte sofort, dass sie klug die Dynamik ausnutzte, um sie zu verstärken. Er hätte es so gemacht. »Wir schulden es ihr doch, weiterzumachen. Kathryn war extrem mutig, das wissen wir alle und sie hat uns möglicherweise mit ihrem Mut einen Weg geebnet, das Objekt besser zu verstehen! Das sollten wir nutzen und nicht einfach wegwerfen.«

Es schien zu funktionieren. Der ehemalige Boeing-Ingenieur rang ganz offensichtlich mit sich und fuhr sich mit den Händen über den kahlen Kopf, aber er sagte nichts und rutschte von seinem Stuhl, um rastlos auf und ab zu gehen. Die Stimmung kippte langsam.

»Und was genau haben wir herausgefunden?«, wollte Falkenhagen wissen.

»Das rote Licht. Es scheint tatsächlich eine Warnung zu sein, oder eine Fehlfunktion anzuzeigen«, antwortete Mila.

»Eine Hypothese.«

»Ja, aber eine mit Indiz.«

»Ein Indiz, für das du dein Leben verwetten würdest?«, hakte der Deutsche nach.

»Im Zweifelsfall müssen wir uns fragen, wie weit wir gehen würden, um diesem Objekt seine Geheimnisse zu entreißen«, wich Mila aus.

»Wie weit? Am besten nehmen wir Häftlinge und setzen sie da als entbehrliche Versuchskaninchen rein, was?«

»Hey, es gibt keinen Grund, uns gegenseitig Dinge an den Kopf zu werfen«, ging Smailow dazwischen. »Wir sind alle aufgebracht wegen Kathryn, und das ist in Ordnung, aber wir gehen hier nicht aufeinander los, klar? Wir sind besser als das. Wir arbeiten seit sechs Wochen zusammen an etwas, für das uns Millionen Kollegen auf der Welt beneiden würden. Also reißt euch zusammen.«

»Ich gehe«, sagte James und richtete sich auf. Seine Glieder protestierten, fühlten sich schwach an, und doch zwang er sich dazu. Er wusste, dass die Stimmung auf der Kippe stand, und Smailow hatte mit jedem einzelnen Wort recht. Abgesehen davon hielt er es nicht länger aus, hier in diesem Betongrab zu sitzen und sich den Kopf zu zerbrechen. »Ich gehe wieder rein.«

Alle Augen richteten sich auf ihn. Smailow nickte anerkennend, und Milas Miene zeigte eine Mischung aus Mitgefühl und Tadel, während Meeks und Falkenhagen ungläubig dreinschauten und Laudrup aussah, als müsse sie ihn bedauern, weil er sich gerade für irgendetwas opferte.

Wie sich herausstellte, war die gesamte Anlage von großer Betriebsamkeit erfüllt, die sich in dem Arbeitsraum des Leitungsteams nicht hatte erahnen lassen. Überall waren Techniker dabei die Rohre und Leitungen zu öffnen und Reparaturen vorzunehmen. An mehreren Stellen blitzten Schweißgeräte auf und es herrschte ein helles Durcheinander. James fragte sich, wie viele von diesen Leuten überhaupt wussten, was hier unten vor sich ging, oder noch davon ausgingen, dass es sich um ein Raketensilo handle. Mila erklärte ihm flüsternd, dass die EMP-sicheren elektronischen Schaltungen der Anlage das extrem starke Magnetfeld des Objekts überstanden hätten, aber viele der Leitungen durch den magnetisch induzierten Stromstoß durchgebrannt seien. Da es keine Alternative gab, wurden diese einfach ersetzt.

In der Luftschleuse zogen sie sich schweigend und mechanisch an. Mila half James mit den Verschlüssen und dem Tape um seine Arme und Beine, und er revanchierte sich, indem er den Gefallen bei ihr erwiderte. Auch die anderen unterstützten sich gegenseitig, nachdem Smailow auf Meeks zugegangen war. Es herrschte eine bedrückte, aber entschlossene Atmosphäre und irgendwie half sie ihm, die Tür in die ›Höhle‹ mit etwas weniger Angst zu sehen. Sie war noch immer bedrohlich, wirkte dunkler, als sie sein sollte, und er fühlte sich wie ein Häftling auf dem Weg in den Todestrakt, doch eine zunehmend kräftiger werdende Stimme in seinem Inneren überzeugte ihn davon, dass er irrational reagierte.

Major Norton stand mit zwei ebenfalls in Schutzanzügen steckenden Soldaten, die Notizen auf Klemmbrettern festhielten, an der ganz linken Wand und deutete immer wieder auf das Objekt. Ansonsten war die riesige Kaverne leer. Selbst die Rolltische und Container mit dem Arbeitsgerät der Forscher waren hinausgebracht worden, sodass nur noch die Rampe dort stand, wo James sie das letzte Mal gesehen hatte.

Der Ellipsoid selbst klemmte nach wie vor zwischen der Decke ganz oben und dem Betonboden, als sei nichts geschehen. Seine konturlose schwarze Hülle schimmerte an den Rändern und James konnte *fühlen*, dass die Kälte, die ihn erfasste, von ihm ausging.

»Was haben Sie vor?«, fragte der Major, der seine Soldaten hinter sich ließ und auf sie zu kam.

»Wir machen weiter«, antwortete Smailow für die Gruppe.

»Ich halte das für keine gute Idee. Wir sollten erst abwarten, ob die Dekanin grünes Licht gibt. Wir befinden uns gerade in einer Reparaturphase und können uns keinen weiteren magnetischen Ausbruch leisten.«

»Ich verstehe das. Aber Mrs. Pavar ist doch die Leiterin, oder nicht?«

Nortons Mund wurde schmal.

»Fragen Sie sie einfach, bis dahin machen wir uns schon mal an die Arbeit.« Smailow, wohlwissend, dass es hier unten keine Telefonverbindungen nach oben gab, nickte dem Offizier zu und wandte sich dann ab. Norton sagte nichts, verließ jedoch die Höhle und zog sein Funkgerät vom Gürtel. »Also gut, legen wir los.«

Sie gingen zu der weißen Rampe, die sich scharf vor ihrem pechschwarzen Hintergrund abgrenzte, als bestünde sie aus Licht, das von einem schwarzen Loch aufgesogen wurde. James schluckte schwer, doch es war eher die frische Erinnerung an seine eigene Panik, als sie eingesperrt gewesen waren, als an Chazelles Tod. Auch wenn es sich herzlos anfühlte, hatte er sie nicht besonders gut gekannt und sie hatte nicht einmal sonderlich sympathisch auf ihn gewirkt. Es war mehr die Art und Weise, wie es geschehen war. Abrupt und geradezu sanft, ohne einen Knall, Blut oder auch nur irgendeinen Effekt. Sie hatte die Augen geschlossen und war gestorben. Einfach so.

Smailow hielt am Fuß der Rampe nicht an, sondern ging direkt mutig den ersten Schritt, sodass sich der Rest im Gänsemarsch hinter ihm einordnen konnte. James fürchtete, dass die Öffnung diesmal möglicherweise nicht auftauchen könnte, doch ehe er den Gedanken zu Ende gedacht hatte, war sie von einem zum anderen Moment wieder da, ein aufrechtes Rechteck aus gleißendem Licht. Der Kosmonaut trat, ohne zu zögern, hindurch, gefolgt von Mila und James.

Alles sah aus, wie er es zurückgelassen hatte. Die Sitze befanden sich noch dort, eine Reihe außen, eine Reihe innen, einander entgegengerichtet. Der offene Koffer mit den Chemieschnüfflern, die Akkupacks, von denen kleine Kabel zu den Infrarotmessgeräten und jeder Menge Kameras führten. Und da war der Sitz, auf dem Chazelle gestorben war. Die Wabenmuster der Wände schienen dunkler zu werden und sich zu nähern, alles enger und bedrohlicher zu machen, doch James straffte sich und atmete tief durch.

»... oder nicht?«

James schüttelte den Kopf, als er bemerkte, dass Laudrup ihn angesprochen hatte. Die Frau mit den rosigen Wangen und dem mächtigen Haarschopf lächelte ihn mitfühlend an und fasste ihn an den Armen. Ihre Hände waren weich und warm.

»Entschuldigen Sie bitte, Doktor«, sagte er und blinzelte ein paar Mal. »Was haben Sie gesagt?«

»Ist schon in Ordnung. Nehmen Sie sich die Zeit, die Sie brauchen.«

»Schon gut.«

Die Chemikerin drückte ein letztes Mal seine Handgelenke und ließ ihn dann los.

»Die offenen Kabel, die Kathryn ... die sie an die Induktionsstreifen angeschlossen hat. Wissen Sie noch wo genau das war?«

James blickte über ihre Schulter, was nicht besonders schwer war, da sie zwar übergewichtig, aber auch sehr klein war. Das blaue und das rote Kabel, die Chazelle festgetapt hatte, lagen neben dem Sitz jeweils rechts und links auf dem Boden. Er zeigte es ihr, so gut er sich erinnerte, und es waren Meeks und Falkenhagen, die ihm dabei ganz genau zuschauten und über »Ausgleichsspannungen«, »Induktionsfelder« und »Frequenzbänder« diskutierten. Er verstand kein Wort und sah stumm zu, wie die anderen die Instrumente überprüften und die verschiedenen Sitze studierten, als gäbe es etwas Neues zu entdecken, was natürlich nicht der Fall war.

Es ist nur ein Raum, ermahnte er sich. *Und Joana ist nicht hier. Du hattest deine Chance, und du hast sie vergeigt. Akzeptiere es endlich. Du bist hier unten und kannst sie nicht kontaktieren. Selbst wenn: Was würdest du ihr sagen? Was könntest du jemals sagen, um das zu erklären, was geschehen ist? Du darfst ja nicht einmal verraten, weshalb du von den Soldaten mitgenommen wurdest! »Ich wurde gar nicht verhaftet« vielleicht? Wieso sollte sie dir glauben? Es ist vorbei, ganz einfach. Am besten gewöhnst du dich an den Gedanken.*

Nur, dass er sich daran *niemals* würde gewöhnen können, und das wusste er.

James sah auf, als plötzlich ein Streit zwischen Meeks und Smailow ausbrach. Der große Amerikaner hatte sich vor dem Kosmonauten aufgebaut und die Arme über dem mächtigen Bauch verschränkt.

»Was soll das sein? Russisches Roulette?«

»Nein. Wir schließen Kathryns Drähte einfach an einen der Sitze mit grünem Lämpchen an und überprüfen die Hypothese, dass Grün für *funktionsfähig* oder *sicher* steht«, entgegnete der Russe bemüht ruhig.

»Ach ja, weil wir eben eine Vermutung haben. Wie sollen wir denn sterben? Im Uhrzeigersinn oder gegen den Uhrzeigersinn?«

»Am besten keiner.«

»Ach was«, schnaubte Meeks. »Ich sage dir mal was: In Sibirien schlägt man vermutlich auf alles mit dem Hammer ein, was nicht funktioniert, aber hier benutzen wir unseren Grips.«

»Ich weiß, dass du wegen Kathryn betroffen bist.« Smailow hob beschwichtigend die Hände. »Aber das ist kein Grund, die Nerven zu verlieren. Wir haben einen klaren Anhaltspunkt, und wenn du dich nicht freiwillig meldest, kann ich das verstehen.«

»Ein Anhaltspunkt in Form einer Farbe? In welcher Testreihe ist das ein Indiz?«

»Wir reden hier von einem Versuch. Ohne Versuch kein Erkenntnisgewinn.«

»Er hat recht«, schaltete sich Falkenhagen ein und deutete auf Meeks. »Es ist zu gefährlich, Adrian. Wir können nicht den nächsten von uns in den Hirntod schicken. Denk doch einmal daran, was das mit unserem Team machen würde? Wir sollten nichts überstürzen.«

»Ich bin zwar Adrians Meinung«, sagte Mila von der anderen Seite des Raumes und deutete mit knisterndem Handschuh in Richtung der Öffnung aus Licht, wo es hinaus zur Rampe ging. »Aber das Objekt scheint ohnehin nicht bereit zu sein für einen weiteren Versuch.«

»Was ist, wenn Kathryns Idee mit der Ausgleichsspannung der richtige Impuls war? Das Objekt reagiert unbestreitbar auf eine gewisse Art und Weise intelligent, was wir daran sehen, dass die Öffnung sich nur bildet, wenn sich jemand von außen nähert. Erinnert euch an die ersten Versuche: Bei Tieren hat es nicht geklappt. Hier drinnen herrscht eine atembare Atmosphäre und wir konnten immer noch keine Toxine finden. Das hier«, Smailow zupfte an seinem klobigen Anzug, »ist eine reine Vorsichtsmaßnahme vor dem Unbekannten. Vielleicht hat das Objekt erkannt, dass einer der Sitze bereit war.«

»Bereit für *was?*«, fragte Meeks, und auch Falkenhagen schaute auffordernd zu dem Russen, der mit den Schultern zuckte.

»Ich weiß es nicht.«

»Natürlich nicht! Wir wissen gar nichts! Wir sind wie Ameisen, die mit Feuer spielen wollen und deshalb in ihrem Bau anfangen zu zündeln!«

James sah, dass Smailow einen Blick zu Mila warf, die kaum merklich nickte. Jemand anders hätte es vermutlich nicht gemerkt, doch einem wie ihm, der auf Mikrogesten spezialisiert war, um in seinem Job Erfolg zu haben, entging es nicht.

»Kann ich euch beide mal sprechen?«, fragte der Kosmonaut schließlich in Richtung seiner beiden Kollegen, und Meeks und Falkenhagen nickten nach kurzem Zögern. »Draußen. Ich glaube, wir brauchen ein bisschen Ruhe und Abstand von diesem Ort hier.«

Die drei verließen den Ellipsoid durch die Öffnung aus Licht und plötzlich war James mit Mila und Laudrup allein. Die russische Ingenieurin lief wie auf Kommando zu dem Sitz mit dem roten Lämpchen und nahm erst die beiden Drähte unter der linken Armlehne auf, dann die unter der rechten, ehe sie sich die große Batterie schnappte, die dahinter gestanden hatte.

»Was tust du da?«, fragte James irritiert.

»Die Zeit nutzen«, antwortete sie knapp und winkte ihn zu sich, während sie die Batterie neben dem Nachbarsitz positionierte und ihm eine Rolle Panzertape entgegenstreckte. »Nimm das und jetzt sag mir ganz genau, wie und wo sie die Enden der Drähte angebracht hat.«

James tat es, und sie folgte seinen Gesten gewissenhaft, riss immer wieder Stücke vom Tape ab und befestigte die metallischen Kabelenden am Ende der Induktionsstreifen, bis es so aussah, wie er es in Erinnerung hatte. Zum Glück war es nicht besonders kompliziert.

»Was hast du jetzt vor?«

»Was denkst du denn? Wir überprüfen deine Hypothese.«

»Das sollten wir nicht tun«, meldete sich Laudrup zu Wort. »Es ist nicht richtig.«

»Glaubst du, die einigen sich noch, bevor Norton kommt und der ganzen Sache einen Riegel vorschiebt, der uns so tief in den Arsch gesteckt wird, dass wir uns wochenlang nicht mehr rühren können?«, schoss Mila zurück, ohne innezuhalten.

»Das Objekt scheint es anders zu sehen.« Die Dänin deutete zu der Öffnung aus Licht. »Vielleicht hat es nicht mehr genug Energie?«

James betrachtete die Sitze und die winzigen grünen Lämpchen darin.

»Wozu sollte es so viel Energie brauchen oder überhaupt verbraucht haben?«, fragte die Russin. »Kathryn ist gestorben, aber es ist nichts passiert, was wir mit sehr hohem Energieverbrauch in Verbindung bringen würden.«

Wieder musterte James seine Umgebung und sah zu der Öffnung, versuchte sich, zu erinnern, wann genau sie verschwunden war.

»Vielleicht entscheidet es selbst, wann der richtige Zeitpunkt ist?«

»Dann sollten wir ihm aber nicht trauen, wenn es Kathryns Versuch als richtigen Zeitpunkt interpretiert hat«, sagte Laudrup.

»Es ist womöglich nicht *so* intelligent. Es könnte sich um intelligente Sensoren handeln, nicht um eine vollständige KI, oder mehrere KI-Systeme, die einfach nur bestimmten Schemata folgen. Bedingung A ist erfüllt, also wird Zustand B eingeleitet«, erklärte Mila. »Hey! Was machst du da?«

James warf den Handschuh seiner rechten Hand achtlos fort und legte ihn auf die Armlehne des Sitzes, den Mila gerade präparierte. Er sah sich über die Schulter und hörte Laudrup schon laut nach Luft schnappen. Die Öffnung war verschwunden.

»Ich habe etwas ausprobiert.«

»Du ...«

»Ja, ich.«

Mila sah ihm in die Augen und verzog den Mund.

»Nicht du«, bekräftigte er.

»Ich kenne diese Art von Blick, James. Es ist der Blick eines gebrochenen Mannes. Du solltest das nicht tun.«

»Warum nicht?«

»Weil du willst, dass es nicht funktioniert.«

»Ein Teil von mir wünscht es sich, ja«, gab er freimütig zu und umarmte die Melancholie in seinem Herzen, die er seit Jahren zu unterdrücken versuchte, weil er die Hoffnung nicht aufgegeben hatte, seine Fehler aus der Vergangenheit doch noch zu korrigieren. »Aber das ist es nicht. Ich habe einmal jemandem gegenüber etwas falsch gemacht, und ich werde es nicht wiederholen. Dieses Projekt braucht euch mehr als mich, glaube mir. Und es ist *meine* Theorie. Ich sollte sie überprüfen und notfalls für sie geradestehen.«

Mila blickte ihm lange in die Augen. Dann nahm sie seine Hand und drückte sie kurz, ehe sie nickte und ihm dabei half, auch den anderen Arm freizumachen und den Kopf von Kapuze und Helm zu befreien.

Er atmete ein letztes Mal tief durch, dann drehte er sich um und setzte sich. Die Haut, mit der er die Induktionsfelder berührte, fühlte sich erst kalt an, dann begann sie zu kribbeln, bis sich dieser Effekt legte.

»Alles in Ordnung?«, fragte Laudrup besorgt.

James nickte stumm.

Bist du jetzt lebensmüde? Oder willst du dich durch eine Heldentat freikaufen?, dachte er im Zwiegespräch mit sich selbst und wusste keine Antwort darauf. Das Einzige, was er mit vollkommener Sicherheit wusste, war, dass seine Entscheidung, nicht dabei zuzusehen, wie Mila das Risiko einging, die richtige war. Es fühlte sich gut an, nicht an sich selbst zu denken oder das, was andere von ihm verlangten, sondern einfach nur für seine Idee geradezustehen und etwas Selbstloses zu tun. Warum? Weil es so einfach war. Es gab nichts Schwieriges an dieser Entscheidung. Er hatte einfach nur als Erster handeln und damit andere vor der Gefahr beschützen müssen. Was konnte jemals leichter sein?

»Mhm, die Batterie zeigt moderate Spannung. Passiert irgendwas?«, fragte die Russin und sah James mit einer Mischung aus Tadel, Mitgefühl und Respekt an.

»Nein. Ich weiß nicht«, antwortete er heiser. Er suchte nach Zeichen der Aufregung in seinem Inneren, einem Kloß im Hals, einer Schwere im Magen, oder auch nur einer vibrierenden Unruhe in seinen Knochen. Doch da war nichts dergleichen. Im Grunde genommen saß er bloß auf einem Stuhl, und alles andere fand in seinem Kopf statt: Die Gedanken an Außerirdische, die dieses merkwürdige Objekt gebaut hatten, an eine Maschine, die in ihrer Komplexität alles jemals von Menschen Geschaffene wie Keilwerkzeuge aussehen ließ und doch so mondän daherkam. Das war seine Realität in diesem Moment, und sie war so surreal, dass sein Geist davor zurückschreckte, sich damit zu beschäftigen.

»Du kamst mir gar nicht wie der Kavalier vor«, meinte Mila und schenkte ihm ein Lächeln, während sie die Anschlüsse der Kabel an den Induktionsfeldern überprüfte. Ihre Stimme klang beiläufig – vermutlich hatte sie seine glatte Miene als Angst oder zumindest Anspannung fehlinterpretiert.

»Das bin ich auch nicht. Ich war es einmal, glaube ich.«

»Jetzt bist du es jedenfalls wieder.«

James sah auf den Sitz vor ihm, der nahe genug stand, dass sich die Fußstützen – die sie zumindest als solche interpretiert hatten – beinahe berührten. Dann schloss er für einen Augenblick die Augen, um seinen Körper zu entspannen, und legte den Kopf zurück an die Lehne.

8

James öffnete die Augen und spürte sofort die Kälte auf seiner Haut. Ihn fröstelte, als sein Blick wieder auf den Sitz ihm gegenüber fiel. Doch etwas war anders. Mila war nicht mehr da und auch von Dr. Laudrup fehlte jede Spur. Er blickte auf seine Arme hinab und runzelte die Stirn, als er sich vollkommen nackt wiederfand. Kein Schutzanzug, nicht einmal Unterwäsche. Er hob seine Hände vors Gesicht und musterte die feine Maserung der vielen Falten in den Innenseiten, die ihm so vertraut waren, drehte sie einige Male und wackelte mit den Fingern. Dann sah er zwischen ihnen hindurch erneut auf den gegenüberliegenden Sitz und bemerkte, dass die Perspektive eine andere war.

Er saß im inneren Kreis!

»Was …«, murmelte er und schluckte. Vorsichtig packte er die Armlehnen und stand auf. Es gab keine Kabel, die zu den Induktionsstreifen führten, auch keine Batterie hinter seinem Sitz, auch nicht hinter dem anderen Stuhl gegenüber, der mit der Lehne zur Wabenwand zeigte. Erschrocken drehte er sich ein paar Mal um die eigene Achse und fand rein gar nichts wieder: keine Infrarotmessgeräte, nicht diese kleinen Pistolen auf Dreibeinen, kein Akkupack über dem Trichter in der Mitte, wo sich die Lehnen der sechs inneren Sitze beinahe berührten, keine Kabel, keine Kameras. Der Raum war leer. Leer, bis auf ihn selbst. Es gab keine Anzeichen, dass jemals jemand hiergewesen war, auch keine dagegen, aber auch keine dafür, dass es sich *nicht* um den fremdartigen Raum handelte, in dem er eben noch die Augen geschlossen hatte. Alles war genau so wie vorher: das Wabenmuster an den Wänden des Hexagons, in dessen Zentrum er sich befand, die Sitze mit ihren makellosen Polstern aus merkwürdigem Material, der Boden, der aussah wie eine Mischung aus gehärtetem Metall und Kunststoff, die Decke über ihm, die gar keine war, weil sie sich einfach in einem konturlosen Schwarz verlor, das gleichzeitig massiv und stofflose Dunkelheit sein konnte.

Aber die Öffnung war wieder da, dieses perfekte Rechteck aus Licht, aus dem die Photonen wie gleißendes Plasma über die Ränder zu lecken schienen. Hell und doch nicht so, dass es in den Augen schmerzte.

»Wo sind denn alle?«, fragte er laut und drehte sich erneut einige Male um die eigene Achse.

Keine Antwort.

»Das ist nicht witzig!«

Was haben die gemacht? Mich ausgezogen und umgesetzt? Warum habe ich nichts bemerkt?, dachte er und berührte seine nackte Haut an Bauch und Hüften. Alles fühlte sich normal an. Er war nicht erschöpft – im Gegenteil kam er sich sogar vitaler als zuvor vor, so als hätte er eine lange Nacht durchgeschlafen. Die erste seit vielen Jahren. *Wollen die jetzt, dass ich nackt da raus komme? Oder gab es einen Unfall?*

James erstarrte. Was, wenn er ebenfalls in ein Koma gefallen war, so wie Chazelle, und sich jetzt in einem Dauerdelirium befand, einer geistigen Traumwelt, die ihn nicht wieder losließ? Das würde bedeuten, dass sein Gehirn die letzten Erfahrungen in einer Art Schleife immer wieder zu verarbeiten versuchte. Das ergab sogar Sinn, da er diesen Raum gut verinnerlicht hatte, aber von den Gerätschaften der Wissenschaftler nicht das Mindeste verstanden hatte. Kabel leiteten Strom, so viel hatte er noch gewusst, aber da hatte es auch schon aufgehört. Blendete sein komatöser Verstand also einfach all das aus und gab ihm das, was er sich unterbewusst wünschte? Den Ausgang? Aber wo waren dann die anderen? Mila mochte er, und Laudrup mit ihrer mütterlichen Erscheinung hatte er irgendwie als beruhigend empfunden. Das wurde ihm jetzt klar, wo sie nicht mehr da waren.

Hirntot, dachte er und schluckte. *Ist das möglich? Liege ich gerade genau wie Dr. Chazelle auf der Krankenstation der Air Force Base, während die anderen unter mir in der Tiefe des Raketensilos lange Gesichter machen und sich gegenseitig an die Gurgel gehen, um zu ermitteln, wer schuld an dem Ganzen ist?*

Die Vorstellung ließ ihn frösteln und erinnerte ihn daran, wie kalt ihm eigentlich war. Sollte ein Mann im Koma so frieren? Was, wenn er jetzt durch das Licht ging? War der Traum dann vorbei und startete von vorn mit seinem Aufwachen auf dem falschen Sitz? Einem Impuls folgend ging er zu dem Stuhl, der schräg rechts von seinem mit der Lehne zu einer der Wabenwände zeigte und suchte nach dem Lämpchen. Er fand es auch und es leuchtete grün. Nacheinander lief er sie alle ab und stellte fest, dass jedes einzelne grün war.

Kein Rot! James ging zur Mitte, stellte sich zwischen die sechs Kopfteile, die dort zusammenkamen wie ein Kokon, der ihn umgab. Tatsächlich: Es gab keine einzige Abweichung, kein bedrohliches rotes Flackern oder Blinken. Was, wenn er gar nicht im Koma lag, sondern etwas mit dem Objekt geschehen war? Ein noch stärkerer magnetischer Impuls, der die Anlage zerstört hatte, oder ein Strahlungsausbruch, der lediglich die Kammer im Inneren verschont hatte?

Aber wo waren dann Mila und Laudrup? Bei einer Evakuierung hätten sie ihn doch mitgenommen? Wieder überkam ihn ein Frösteln und er erschauerte vor Kälte. Er musste sich irgendwie aufwärmen und das ging nicht hier drinnen. Also ging er zu dem rechteckigen Ausschnitt aus Licht in einer der Wabenwände. Ohne die Gerätschaften der Wissenschaftler als Orientierung war es unmöglich zu wissen, in welcher der Wände sich die Öffnung aufgetan hatte, da alles exakt gleich und symmetrisch aussah. Aber in der unterirdischen Anlage der Air Force war sie immer an derselben Stelle aufgetaucht. Er fragte sich, ob es auch so gewesen wäre, hätten sie die Rampe auf die andere Seite gestellt? Schließlich war die Kammer zwar symmetrisch, aber das Objekt selbst ein Ellipsoid. Nicht zum ersten Mal fragte er sich, wieso seine Erbauer solch eine Form gewählt hatten. Aus ästhetischen Gründen? Oder aus funktionalen? Wäre bei Letzterem nicht eine Kugel sinnvoller gewesen?

Vor dem Licht blieb er stehen und hielt prüfend eine Hand hinein, vorsichtig, erst mit den Fingerkuppen, dann etwas forscher, bis sie bis zum Handgelenk verschwand. Sie fühlte sich warm an. Sehr warm sogar.

Nach einem tiefen Atemzug ging er hindurch und schrie auf, als er ins Leere stürzte. Mit einem schmatzenden Geräusch landete er in einer zähflüssigen Masse und stöhnte, als seine Schulter anfing zu schmerzen. Benommen rappelte er sich auf und fand sich in einem schlammigen Morast aus stinkendem Matsch wieder, der aus alten Blättern und Erde zu bestehen schien. Der Ellipsoid ragte aus einer eintönigen, erdfarbenen Tundra auf, schwarz und konturlos, ein mächtiger Monolith inmitten einer trostlosen Natur. Von der Öffnung war nichts mehr zu sehen, aber sie musste sich mehrere Meter über dem Boden befunden haben.

Um James herum war die gesamte Umgebung von diesem dunklen Morast bedeckt, unterbrochen von Ansammlungen knotiger, hüfthoher Büsche, die aussahen, als wären sie vor einigen Tagen oder Wochen einem Brand zum Opfer gefallen.

Dunkle Brauntöne gingen in noch dunklere Brauntöne über und sorgten für das depressive Bild einer leblosen Umgebung, die sich nach einer Sonne zu sehen schien, die es nicht gab. Dichte graue Wolkenberge verhüllten den Himmel wie ein fleckiges Leichentuch, und ein strenger Geruch nach faulen Eiern lag in der Luft.

»Wo zur Hölle bin ich hier?« James richtete sich auf und hielt sich die Schulter, ignorierte den stinkenden Schlamm, der wie zäher Kaugummi ohne besondere Eile an seinem Körper entlang der Schwerkraft folgte. Es war entgegen seiner Befürchtung nicht besonders anstrengend, zu dem Objekt zurück zu waten, obwohl der Matsch an seinen Füßen zu zerren schien, wann immer sie sich schmatzend daraus lösten. Direkt vor der schwarzen Hülle wurde es wieder kalt, und als er beinahe die Nase daran drückte, weil sich kaum erkennen ließ, wo das Objekt aufhörte und wo es anfing, bemerkte er, dass stetige Wassertropfen davon abperlten, als fänden sie keinen Halt. Das schwarze Etwas war glatt und trocken, und es brauchte ein flinkes Auge, um die Tropfen überhaupt zu sehen. Von einem plötzlichen Durst überkommen, öffnete er den Mund und drückte seine Wange dagegen, fing so viel davon auf, wie er konnte, und trank gierig.

Es schmeckte ein wenig bitter, stillte aber rasch seinen Durst. Sobald er sich wieder von dem Objekt entfernte, wurde ihm warm, brach ihm augenblicklich der Schweiß aus.

»Wo bin ich hier?«, hauchte er und fühlte sich schlagartig einsam. Diese Umgebung, in der er sich plötzlich wiederfand, war so dermaßen trostlos, dass sie ihm sämtliches Leben in den Adern auszusaugen schien. Die Sichtweite war auf etwa hundert Meter begrenzt, da dann ein diesiger Schleier aus Nebel einsetzte. Doch es gab ohnehin nichts zu sehen, außer den immer selben farblosen Büschen in einem Meer aus Morast.

»Ist da jemand?«, rief er und fühlte sich dabei reichlich

dämlich, war er doch so offensichtlich allein, wie man nur allein sein konnte. Nach einigen endlosen Minuten begann er in Richtung Süden zu gehen. Er hatte zwar keinerlei Anhaltspunkte, um Himmelsrichtungen festzustellen, entschied sich jedoch dazu, den schwarzen Ellipsoid als seinen persönlichen Norden zu definieren. Das Objekt zeichnete sich klar vor der dunstigen Umgebung ab, dem schwitzenden Sumpf ringsum, und bildete eine scharfe Kontur vor dem wolkenverhangenen Horizont, der immer näher war, als ihm lieb sein konnte.

James setzte einen Fuß vor den anderen, drehte sich alle paar Schritte um, damit er sicher sein konnte, dass das Objekt noch da und in Sichtweite war. Es gab keinerlei Geräusche, abgesehen von einem leichten Rauschen, das der warme Wind an seine Ohren trug und vermutlich von den Büschen stammte, die stets in leichter Bewegung waren.

Keine Vögel, dachte er. *Keine Insekten. Nichts.*

Er ging zu einem der Büsche und hockte sich davor, wischte sich mit dem sauberen Handrücken den Schweiß von der Stirn und berührte dann einen der Zweige. Mit den Fingern rieb er leicht daran und zog die Augenbrauen hoch, als sich feuchte Asche von dem Holz löste, das darunter sehr trocken war. Winzige Knospen kamen zum Vorschein, kaum größer als ein paar Millimeter im Durchmesser. Ein Hauch von Grün war darin zu erkennen, doch vor allem rostfarbene Flecken, die nach Krankheit und Zerfall aussahen.

Als er ein wenig fester zudrückte, um mehr Knospen freizulegen, brach der Zweig mit einem schaurigen Knacken ab, das in der Stille laut genug wirkte, um James zusammenzucken zu lassen. Er sprang auf und sah sich um wie ein aufgeschrecktes Reh, das in den Schatten Raubtiere witterte. Jedes Zittern eines Zweiges, jedes lauter werdende Rauschen jagte eine prickelnde Gänsehaut über seinen aufgeheizten Körper. Er suchte nach dem Objekt, fand es erst nicht, als er sich im Kreis drehte und atmete dann erleichtert auf, als er den Ellipsoid am Horizont erkannte, schwarz und beständig. Er unterstrich die Eintönigkeit der zerrütteten Natur ringsherum mit seiner eigenen simplen Form und ragte doch aus ihr heraus wie ein minimalistisches Kunstwerk.

James ging weiter, suchte nach jemandem oder etwas, und beschrieb dabei konzentrische Kreise mit dem Objekt als Mittelpunkt. Er fand kleine, knorrige Gräser mit vergilbten Blättern, viele abgebrochene Äste und sogar graue Steine, die von dunklem Moos bewachsen waren, das mit Feuchtigkeit vollgesogen war. Er roch daran, verzog jedoch angewidert den Mund und warf es schnell wieder fort. Der Gestank drohte sich in sein Hirn zu fressen und Kindheitserinnerungen an den erdigen Duft des Mooses unter der Terrasse seines Elternhauses gewaltsam zu überschreiben.

Er wusste nicht, wie lange er letztendlich umherlief und herauszufinden versuchte, wo er sich befand und ob es überhaupt real war, doch irgendwann ließ er sich mit dem Rücken an dem Objekt im Morast nieder, sackte bis zu den Hüftknochen ein und genoss die Kälte, die der Kontakt mit der Hülle durch seinen Körper sandte. Seine Schulter schmerzte, doch er fand keine direkte Verletzung, also handelte es sich vermutlich um eine Prellung. Sie störte ihn nicht, gab sie ihm wenigstens das Gefühl, dass das hier real war und er sich nicht in einem Traum befand.

Aber wo war er dann? Und warum schien alles um ihn herum im Sterben zu liegen? Abgesehen von dem Objekt natürlich.

James rieb sich mit den Handflächen über das Gesicht und vergrub es irgendwann darin, sperrte die Hässlichkeit der toten Natur aus, die bedrohlichen Wolkenberge und den Gestank und versuchte, zu ergründen, was passiert war.

»Ich saß in einem der äußeren Sitze, von denen es einen pro Wand gibt«, zählte er zusammen und seine Stimme bildete in seinen Händen ein merkwürdiges Echo. »Dann habe ich die

Augen geschlossen. Da muss etwas passiert sein. Chazelle ist gestorben, als sie die Augen geschlossen hat. Und sie hat *erstaunlich* gesagt, ehe sie tot war. Ist es das? Induziert das Schließen der Augen eine Art Übergang? Aber warum saß ich dann in einem der inneren Sitze, die nach außen zeigen, als ich sie wieder geöffnet habe? War es vielleicht der Sitz gegenüber meinem? Aber selbst wenn: Wie bin ich dorthin gekommen? Und warum?«

Ein Rascheln ließ ihn erstarren. Es zeichnete sich klar vor dem beständigen Rauschen des Windes ab. Kurz nur, dann stoppte es abgehackt. Die Kälte in James' Rücken breitete sich schlagartig in seinem ganzen Körper aus, und er zog langsam die Hände vom Gesicht.

Vor ihm befand sich eine Gestalt.

Etwa fünf Meter entfernt stand sie einfach da, eine Person, etwas kleiner als er vielleicht, in dunkle Kleidungsfetzen gehüllt, die in mehreren Schichten übereinander lagen. Um die Hüfte schwang sich ein mächtiger Stoffgürtel, in dem ein krudes Beil, ein Messer und eine Art Jutesack steckten. Das Gesicht war verhüllt von einem Turban, sodass nur die Augen und ein Teil der Nase zu sehen waren. Es handelte sich zweifellos um einen Menschen, von der eher schmalen Silhouette her möglicherweise eine Frau, auch wenn das unmöglich zu sagen war. Da sie keine ihrer Waffen gezogen hatte, schluckte er seinen ersten Schrecken herunter und hob beide Hände mit den Handflächen nach vorne.

»Äh, hallo!«, sagte er heiser und räusperte sich.

Beim Klang seiner Stimme erschrak die Gestalt und machte zwei Schritte zurück.

»Nein, nein!« Beschwichtigend hob und senkte er die Hände. »Ich ... ich brauche ein paar Antworten: Was ist passiert? Wo bin ich?«

Statt zu antworten, legte seine Besucherin den Kopf schief und musterte ihn prüfend. James leckte sich über die Lippen und stand dann auf, was für einen erneut größeren Abstand zwischen ihnen sorgte.

»Ich bin unbewaffnet und verletzt«, fuhr er fort und lächelte freudlos. »Keine besonders große Gefahr. Im Gegenteil sollte ich wohl eher vor dir Angst haben.«

Die Gestalt kam einen Schritt näher, vorsichtig wie eine Katze auf der Pirsch, die Augen stets auf ihn gerichtet und unruhig hin und her springend.

»Wirklich nicht.« Er folgte einem Impuls und drehte ihr den Rücken zu, legte die Hände an die Hülle des Objekts wie jemand, der verhaftet wurde. »Du kannst dich selbst überzeugen. Ich bin ein nackter, schlammbedeckter Kerl, der nicht weiß wo er ist und echt Schmerzen in der Schulter hat.«

Warum spricht sie denn nicht?

»Mahru tek qasadu?«, hörte er hinter sich eine Stimme. Sie klang weich und doch leicht angespannt. Und sie war deutlich näher, als er erwartet hatte.

»Was? Ich verstehe nicht. Sprechen Sie vielleicht Englisch?«, fragte James und schnaubte über seine eigenen Worte. Er drehte den Kopf, um sie zu sehen, und konnte sich gerade noch davon abhalten, zusammenzuzucken. Sie stand direkt hinter ihm und machte einen Schritt zurück, als er sich umdrehte. In dem Augenblick, in dem er sich daran erinnerte, dass er nackt war, bedeckte er seine Scham mit den Händen. »Ähm … ich heiße *James.*«

»James?«, sprach sie seine Worte umständlich nach. Sie hatte einen sehr merkwürdigen Akzent, der ihn an keinen erinnerte, den er direkt zuordnen konnte. Aber vielleicht war das auch gar nicht möglich, weil er … nicht auf der Erde war?

»Nasaku!«

»Nasaku. Das ist dein Name?« James zeigte auf sie, ohne die andere Hand von seinen Genitalien zu nehmen. »Nasaku?«

Zur Antwort hob sie eine in Handschuhen steckende Hand in seine Richtung und drehte die Handfläche nach oben.

»Was bedeutet das? Willst du, dass ich dir etwas gebe? Ich habe leider nichts.« Ehe er ausgesprochen hatte, hatte sie ihre Hand schon wieder gesenkt und musterte ihn schweigend. »Nasaku, ich muss wissen, wo ich hier bin! Ein Komatraum scheint es nicht zu sein, so viel steht fest, aber wo bin ich dann? Hat es einen Unfall gegeben? Wurde die Anlage zerstört?«

Wieder gab es keine Reaktion.

»Du verstehst mich nicht«, murmelte er und drehte sich halb zu dem Objekt um, das er mit einer Hand berührte. »Du kennst das hier, oder?«

Nasaku folgte seiner Geste und streckte wieder die Hand aus mit der Handfläche nach oben. Es war eine rasche, beiläufige Bewegung. Sie musste etwas zu bedeuten haben. Vielleicht ein Nicken in ihrer Kultur? In den verschiedenen Kulturen gab es viele Beispiele für Gesten, die sich unterschiedlich entwickelt hatten, beispielsweise das Nicken der Europäer, das Zustimmung bedeutete, bei den Indern aber Ablehnung, während ein Kopfschütteln Zustimmung bedeutete. Das mit der Hand hatte er noch nicht gesehen, aber er war auch kein Anthropologe, der Naturvölker erforschte.

»ASAR!«, rief die Frau – mittlerweile war er sich sicher, dass es sich um eine Frau handeln musste, da ihre Stimme zwar etwas verzerrt, aber definitiv feminin klang.

»Asar?«

Wieder hob sie ihre Handflächen.

»Asar ...«, murmelte er. »Was bedeutet das?«

»ASAR!«, wiederholte Nasaku und hielt sich einen Finger unter ihr rechtes Auge. James glaubte, dass es grün war. Er zeigte auf sein eigenes.

»Auge?«

Sie runzelte die Stirn. Eine Form der Mimik, die er verstand. Zur Verdeutlichung blinzelte er einige Male und sie hob wieder die Handflächen. Er imitierte die Geste und lächelte vorsichtig. Dabei fiel ihm auf, dass sich auf seinen

Händen offene Stellen gebildet hatten, die jetzt, wo er sie sah, furchtbar juckten und brannten. Die Ränder waren dunkel, fast schwarz und wurden nach außen hin tiefrot. In der Mitte befand sich eine zähe Flüssigkeit, die aussah wie Eiter. Erschrocken runzelte er die Stirn und drehte prüfend seine Finger. Er fand gleich mehrere Stellen, an denen sich ähnliche nässende Abszesse bildeten.

Nasaku kam so schnell auf ihn zu, dass er zurückzuckte, packte sein rechtes Handgelenk und zog es zu sich, ehe sie die Verletzung inspizierte. Sie roch nach einer Mischung aus Morast und Zimt und ihre Kleidung war noch schmutziger, als er gedacht hatte. Der Stoff ihres Handschuhs war kratzig wie verfilzte Wolle.

»Timbak anu!«, sagte sie und stieß ein langgezogenes Brummen aus, ehe sie zurückwich und ihm bedeutete, ihr zu folgen. Ohne sich zu vergewissern, ob er ihr folgte, lief sie los, jeder ihrer Schritte erzeugte hässliche schmatzende Geräusche.

»Was ist?«, fragte er besorgt und lief ihr hinterher. »Warte!«

9

Nasaku lief durch den Morast, als tanze sie mit dem Schlamm. Während er selbst sich fühlte wie ein Trampeltier. Jeder seiner Schritte erzeugte ein hässliches Schmatzen, das in der Stille dieses Ortes wie ein akustischer Frevel klang. Noch immer wurde er die diffuse Angst nicht los, dass er beobachtet wurde und die vielen Schatten ringsherum Augen hatten. Die Anwesenheit der fremden Frau war ja schließlich Beweis genug dafür, dass sein Gefühl sich bestätigt hatte. Was, wenn es noch mehr Beobachter gab? Wenn all das hier nicht so verlassen war, wie es ihm vorkam?

Aber wie sollten hier Menschen überleben? Es gibt nichts zum Essen, nur sterbende Vegetation und stinkende Luft, dachte er und versuchte keuchend, mit Nasaku Schritt zu halten. Sie wich geschickt den Sträuchern aus, die wie im Wind hin und her schnappende Krallen nach ihrer aus Fetzen bestehenden Kleidung zu zerren schienen. Sie führte ihn immer weiter davon und das machte ihn nervös, wurde der Ellipsoid hinter ihm doch blasser und blasser, je länger der anstrengende Marsch dauerte.

»Warte!«, keuchte er, als er drohte, außer Sichtweite des

Objekts zu laufen. Als sie vor ihm nicht reagierte, blieb er stehen und blickte hin- und hergerissen zwischen ihrem sich entfernenden Rücken und dem hochaufragenden Schatten weit hinter ihm hin und her. In ihm fochten zwei Impulse miteinander: sich an die einzige Person zu klammern, die er hier angetroffen hatte, oder an das einzige Etwas, das er kannte und das diesem Ort eine gewisse Konstanz verlieh. Er hätte Angst haben sollen, vor der Fremden, ihren Waffen, ihren Motiven, aber stattdessen war da bloß der Wunsch, sich an der Gesellschaft festzuklammern, um nicht mehr allein zu sein in diesem trostlosen Moder. Auch das Objekt hätte ihm eine Gänsehaut über den Rücken jagen müssen, so wie bisher auch, und doch sah er es wie eine Hand, die ihn geschlagen hatte, aber die immerhin eine Hand war, an die er sich klammern konnte.

»Manatu?«

James sah auf und bemerkte, dass Nasaku offenbar stehengeblieben war und in seine Richtung schaute. Sie stand zu weit entfernt, um ihre Augen klar erkennen zu können, aber er bildete sich ein, dass sie ihn fragend ansah.

»Ich ...« Er seufzte und ließ dann alles aus sich heraus, was ihm durch den Kopf ging, als würde er sich so davon befreien. »Ich kenne dich nicht, ich kenne all das hier nicht.« Er drehte die Arme hin und her, um den gesamten Ort mit einzuschließen, und setzte sich in den warmen Schlamm zu seinen Füßen. »Ich sitze hier *nackt* wer weiß wo und verstehe nicht einmal, was passiert ist. Meine Kollegen sind alle weg. Du sprichst eine Sprache, die ich nicht verstehe, und ich habe Angst. Ja, ich.« Ein Schnauben entwich seiner Nase. Es klang deprimierend. »Ein *toller* Lösegeldverhandler bin ich. *Nerven wie Drahtseile,* hat man mir in den Berichten nachgesagt. Ich habe mit Warlords verhandelt, Anführern von Milizen voller Kindersoldaten, die in ihrem Leben schon mehr Menschen auf brutale Weise abgeschlachtet haben, als in einen *Rambo*-Film passen. Das habe ich als Nervenkitzel empfunden, eine Abwechslung von meinen Gedanken an eine Zeit und an Dinge, die ich nicht ändern kann. Aber das hier ... das jagt mir eine solche Angst ein, dass sich mir die Kehle zuschnürt.«

Nasaku legte den Kopf schief und kam näher.

»Du verstehst mich auch nicht, ich weiß. Aber weißt du was? Das ist vielleicht gut. Wenigstens kann ich zum ersten Mal seit sehr, sehr langer Zeit sagen, was ich wirklich denke. Dieses Objekt dort hinten, es hat irgendwas mit mir gemacht. Ich weiß nicht, was, aber ich scheine in einer Art Traum gefangen zu sein. Was macht das aus dir? Einen Traumwanderer? Eine Einbildung meines Unterbewusstseins?«Wieder schüttelte er den Kopf und sah auf seine vollkommen verdreckten Hände hinab.

»James.«

Erschrocken sah er auf, als er seinen Namen hörte – mit etwas merkwürdiger Betonung, aber klar verständlich. Nasaku hockte sich vor ihn und löste die Stoffbahnen vor ihrem Gesicht, die mit dem braunen Turban vernäht waren. Zum Vorschein kam ein ovales Gesicht mit gebogener Nase, schrägstehenden, grünen Augen und einem schmalen Mund mit Falten in den Winkeln. Sie sah nicht so weich aus, wie ihre Stimme es vermuten ließ, aber freundlich.

»Iwok Dab«, erklärte sie eindringlich.

»Ich ... ich verstehe dich nicht. Iwock Dap? Was bedeutet das?«

Nasaku schürzte frustriert die Lippen und packte dann seine rechte Hand – so schnell, dass er nicht einmal Zeit hatte, sich zu erschrecken. Sie zog sie zu sich und drehte sie so, dass er die Wunde sehen konnte, die mittlerweile beängstigend groß geworden war. Was vorher wie ein hässlicher Abszess ausgesehen hatte, nässte jetzt und zeigte einen feurig roten Kranz um eine mächtige Eiterblase.

»Iwok Dab«, wiederholte sie und deutete nach oben, dann auf die Büsche um sie herum. »Noctum Dab.«

»Ich weiß nicht, was das ist. Aber es sieht nicht gut aus.«

Ungeduldig wippte sie mit dem Kopf auf und ab, was aussah wie ein recht seltsames Nicken, aber vermutlich etwas vollkommen anderes bedeutete. Nach einem frustrierten Zischen faltete sie ihre Hände über dem Kopf und machte dann mit zwei Fingern Bewegungen, als würden zwei Beine laufen.

»Wir müssen weg?«, fragte er.

»Weg«, wiederholte sie, schien die Worte auf ihrer Zunge abzuschmecken und drehte dann ihre Handflächen nach oben. Ehe er etwas sagen konnte, erklang ein unheimliches Röhren in der einsetzenden Dunkelheit. Es erinnerte ihn an den Brunftschrei eines Elchs, nur deutlich tiefer und furchteinflößender.

»Was war das?«

»Weg.« Nasaku war nun sichtlich angespannter und sah sich mit mahlenden Kiefern um, ehe sie aufsprang und loslief, ohne zu ihm zurückzublicken.

James blinzelte konsterniert, als das Röhren wieder zu hören war, nur diesmal deutlich lauter.

»Warte!« Er rappelte sich auf und folgte ihr mit pochendem Herzen, so schnell er konnte.

Doch nicht so allein, dachte er panisch.

Nasaku lief so flink, dass er das Brennen in seinen Beinen ignorieren musste, um nicht zurückzufallen. Durch den Widerstand, den seine Schritte in dem klebrigen Morast verursachten, verließen ihn seine Kräfte schnell. Das unheimliche Geräusch, das ihnen folgte, ließ ihn jedoch nicht einmal zum Luftholen innehalten. In seinen Gedanken malte er sich die schlimmsten Horrorbilder aus, von einem vielköpfigen Monster mit riesigen Klauen, das ihnen auf den Fersen war und sie jeden Moment auffressen würde. Nach einiger Zeit veränderte sich die Umgebung, wurde steiniger und der allgegenwärtige Schlamm wurde durch felsigen Untergrund abgelöst, der von schwarzem Moos bedeckt war. Es sah aus wie Schimmel, der einen dichten, weichen Rasen gebildet hatte. Dem Geruch nach zu urteilen, war das sogar recht wahrscheinlich. Große monolithische Felsen ragten aus dem Boden hervor, jeder von ihnen schief wie Zähne, die vom ewig aus derselben Richtung wehenden Wind abgeschliffen und nach und nach umgeknickt worden waren. Sie sahen bizarr aus und wurden mit jeder Minute zahlreicher.

Wie auch die Schreie des Monsters – oder handelte es sich um die Echos von den bis zu zehn Meter hoch aufragenden Monolithen? Nasaku blieb jetzt ab und zu stehen und änderte die Richtung, schien sich an Dingen zu orientieren, die James nicht zu erkennen vermochte. Immer wieder drehte er sich um – kurz nur, aus Angst den Anschluss zu verlieren – und spähte in den Dunst hinein, um das Objekt wiederzufinden, aber es war natürlich längst zu weit entfernt.

Es wurde langsam dunkel, als Nasaku endlich stehen blieb und er beinahe mit ihr zusammengestoßen wäre, weil er wieder das Röhren hörte und herumgefahren war.

»Was ist?«, fragte er hechelnd.

»Dak.«

»Dak?«

»Dak.« Sie kniff die Augen zusammen und schien dann dem Wind zu lauschen, ehe sie ihm bedeutete, ihr zu folgen.

Langsam schlichen sie um einen mächtigen Gesteinsmonolithen mit rauer Spitze herum und standen plötzlich vor einer großen Struktur aus glänzendem Material. Sie war länglich, zwanzig oder dreißig Meter lang mit einem dreieckigen Ausläufer, der wie ein Dach in ihre Richtung ragte. Die Vorderseite war klein und gedrungen mit blassen Fenstern, und die Hinterseite bestand aus zerfallenen Trichtern.

»Ist das …«, murmelte er ungläubig. »Ein *Raumschiff?*«

»ASARU«, antwortete Nasaku und ging auf einen dunklen Bereich unter dem von Schimmel übersäten Flügel zu. James folgte ihr und musterte staunend das massive Metall, aus dem das Luftfahrzeug gebaut war. Es sah fremd aus und doch vertraut genug, um es wie eine Mischung aus Spaceshuttle und Kampfjet aussehen zu lassen, wenn auch etwas größer und bulliger. Ganz offensichtlich war es abgestürzt, mit tiefen Narben in den Flanken, wo ganze Stücke fehlten, als hätte eine riesige Raubkatze ihre Krallen hineingeschlagen.

Wie sich herausstellte, handelte es sich bei der dunklen Stelle um eine Öffnung, ein großes Loch, durch das sie gebückt hindurchgehen konnten. Es gab einen Vorhang, den Nasaku beiseiteschob, ehe sie den Kopf zur Hälfte hindurch steckte und schnüffelnde Geräusche machte. Dann wartete sie und ging schließlich hinein, hielt den Stoff zur Seite, damit er ihr nachfolgen konnte.

Im Inneren herrschte das absolute Chaos. Es gab keine echten Wände, nur in- und übereinander verkantete Metallplatten, von denen Kabel und dünne Schlingpflanzen herabhingen. Jede Menge Stoffberge und so viele Gegenstände von Dosen über Scherben, bis hin zu kruden Äxten und Messern, Seilstücken, die notdürftig aneinander geknotet waren und mehrere ramponierte Kisten mit abgerundeten Ecken. Es gab viel Platz, in etwa so viel Fläche wie ein halbes Badminton-Feld, und doch sah alles gedrungen und eng aus aufgrund des vielen Mülls – anders konnte er nicht bezeichnen, was er hier vor sich sah. Hinzu kam ein recht großer Bereich mit Sand, der sich halbkreisförmig vor dem Eingang ausbreitete, den Nasaku gerade versperrte, indem sie vorbereitete Schlaufen im Stoff an gebogenen Haken festklemmte, die sich um das Loch in der Hülle gebildete hatten. Die Decke – falls es denn mal eine gewesen war – zappelte an den Rändern im stärker aufziehenden Wind, schien jedoch robust genug, um ihm zu widerstehen, und erzeugte so etwas wie ein Gefühl von Schutz und Geborgenheit.

»Ist das dein ... Zuhause?«, fragte er, während er sich langsam um die eigene Achse drehte und sich genauer umsah. Als sein Blick auf eine Zeichnung mit Kohle auf einem Stück Blech fiel, sprang Nasaku so schnell davor und drehte sie um, dass er erschrocken zurückfuhr. Er hatte einen kleinen Jungen oder ein kleines Mädchen gesehen.

»Was war das? Dein Kind? Ein Geschwisterteil?«

»MOKADAB!«, zischte sie und warf ihm einen scharfen Blick zu.

Abwehrend hob er die Hände.

»Geht mich nichts an, ich verstehe.«

Sie beruhigte sich etwas und ging zu einer der Kisten, ehe sie ihn zu sich winkte. Gehorsam folgte er ihr und setzte sich auf einen dicken Stein, der auf der Oberseite glattgeschliffen war. Als sie die Kiste öffnete, blinzelte er verwundert. Sie war voller merkwürdiger Gerätschaften: kleine Schatullen mit Knöpfen darauf, die von innen heraus leuchteten, improvisierte Kanülen aus Gummischläuchen, ein Plastikbeutel, der kaum vom erwartbaren Zerfall gezeichnet war und jede Menge Blister mit Tabletten darin.

Nasaku schnappte sich einen fingerdicken Kegel, der nach Plastik aussah und auf einer Seite eine glatte Fläche mit winzigen Löchern besaß und auf der anderen einen roten Knopf, der aussah wie ein Fingerhut. Sie drückte ihm das flache Ende an den Hals und er zuckte zurück.

»He!«, protestierte er. »Was machst du da?«

Entnervt verdrehte sie die Augen, hielt es sich selbst knapp unter das Ohr und tat als würde sie den Knopf drücken.

»Du willst mir das doch nicht injizieren? Was ist das? Ein Medikament? Eine Droge?«, fragte James und schluckte. Mit einem Mal fühlte er sich bedroht, rief sich in Erinnerung, dass er keine Ahnung hatte, wie er von hier zum Objekt zurückkehren konnte, geschweige denn mit wem er von dort geflohen war. Er war eingesperrt im Wrack einer Maschine, die Jahrzehnte oder Jahrhunderte Wind und Wetter ausgesetzt gewesen sein musste, und jetzt wollte ihm diese fremde Frau etwas in den Hals jagen?

»Nein!«

»TIIT!«, fauchte sie und funkelte ihn wütend an. Immer wieder tippte sie auf das kleine Ding in ihrer Hand. »TIIT!«

»Ich. Weiß. Nicht. Was. Das. Heißt!«, knurrte er zurück, angesteckt von ihrer Wut, frustriert darüber, dass sie sich nicht einfach verständigen konnten.

Ein toller Lösegeldverhandler bin ich, dachte er.

»Ich kann dich nicht verstehen, aber dieses Zeug ... *warte!*« James stand so abrupt auf, dass Nasaku erschrak, ein Stück zurück krabbelte und dann eine Hand an die Axt in ihrem Gürtel wandern ließ. Er registrierte es nicht einmal, dachte auch nicht daran, dass er noch immer splitternackt und nur von einer dicken Schlammschicht bedeckt war.

»Was hast du da gerade gesagt?« Er fokussierte sie mit seinem Blick wie ein Habicht eine Maus. Angst und Beklemmung fielen von ihm ab wie alte Blätter von einem Baum. »Das Wort!«

Die Fremde sah ihn an, als hätte er den Verstand verloren.

»TITT? TI-IT?«

»TIIT?«, wiederholte sie und blinzelte irritiert.

»TIIT, ja! Das habe ich schon einmal gehört!« Er klatschte in die Hände und sie zuckte zusammen, als hätte er sie geschlagen. »Meine ehemalige Verlobte, sie hat mir einen Satz gesagt, auf Sumerisch oder so, als wir uns das letzte Mal gesehen haben. Wie war das noch ...?«

Unruhig ging er zwischen der Kiste und dem Sand vor der Tür auf und ab, stieß dabei mit dem Zeh schmerzhaft gegen den Stein, auf dem er eben noch gesessen hatte, ignorierte es aber, als er sich zu konzentrieren versuchte.

»Irgendeine Weisheit, die sie bei einer Ausgrabung gefunden hatte«, murmelte er und tippte sich unablässig mit dem Zeigefinger ans Kinn. *Ich hätte mich mehr für diesen alten Mist interessieren sollen!* »Leben findet vor der Zukunft statt, oder erst das Leben, dann die Zukunft. *TIIT* war das erste Wort, glaube ich. Ich habe es mir gemerkt, weil ich Idiot fand, dass es lustig klingt. Das hieße, dass *TIIT* folgerichtig *Leben* heißen muss.«

»TIIT.« Nasaku drehte die Handflächen nach oben.

»Leben.« James deutete auf sich und wiederholte es: »TIIT.« Dann deutete er auf sie. »TIIT.« Als Nächstes klopfte er auf den Stein und wackelte verneinend mit dem Zeigefinger. »Kein TIIT.«

Sie neigte den Kopf.

»Ul Tiit.«

»Ul, nein.«

»Nein.« Nasaku öffnete die Handflächen und er nickte eifrig, ehe er ihre Geste imitierte.

Sie beruhigte sich wieder etwas und ließ von ihrer Axt ab. Dann hob sie das, was er für einen modernen, nicht zu der postapokalyptischen Umgebung passenden Injektor hielt. Er beachtete es gar nicht.

»Du sprichst *Sumerisch.* Wie ist das möglich? Bin ich in der Zeit zurückgereist?« Die Idee durchfuhr ihn wie ein kalter Schauer und ließ ihn frösteln. »Eine Zeitmaschine ... das ist eine Zeitmaschine!«

Als sie ihm den Injektor an den Hals drückte, wurde die Stelle kurz warm. Er erschrak nicht einmal und wehrte sie auch nicht ab. Kraftlos plumpste er auf den Stein hinter sich, nur um festzustellen, dass er sich gar nicht davor befunden hatte und auf irgendetwas anderem landete. Auch das interessierte ihn nicht.

»Du sprichst eine uralte, tote Sprache. Die Sumerer haben sie gesprochen. Die ersten Menschen mit eigener Schrift und aufgezeichneter Sprache. Weißt du, was das bedeutet?« Er blickte auf, sah ihre verwirrte Miene und seufzte. »Nein, das weißt du vermutlich nicht.«

»TIIT«, antwortete sie, wackelte mit dem Injektor vor seinem Gesicht und warf ihn dann achtlos zu Boden. Draußen heulte der Wind so stark, dass es über ihnen durch die vielen kleinen Löcher und Ritzen pfiff und unheimliche Geräusche das Versteck erfüllten.

»Ja, *Tiit.* Aber wann? Das ist die Frage. Sah so die Welt vor zehntausend Jahren aus? Haben die Sumerer überhaupt zu der Zeit gelebt? Ich hätte mich wirklich mehr für Joanas Arbeit interessieren sollen.« James hielt inne und runzelte die Stirn. »Aber das kann nicht stimmen. Die Sumerer haben in Mesopotamien gelebt und der Name, den sie sich selbst gegeben hatten, war *saggigo* oder *saggiga,* was *Schwarzköpfe* heißt. Daran erinnere ich mich. Du siehst aber nicht dunkelhäutig aus.«

Er blickte auf den leeren Injektor vor seinen Füßen hinab.

»Und sie hatten auch ganz sicher keine medizinischen Geräte, geschweige denn Flugzeuge.«

Nasaku wartete seine Selbstgespräche ab und kniete sich dann neben den großen versandeten Bereich vor dem zuckenden und peitschenden Stoff, der das Loch bedeckte. Sie winkte ihn zu sich, und zögernd kam er näher, kniete sich ebenfalls hin und sah zu, wie sie mit dem Zeigefinger zu malen begann. Die erste Form war klar: ein Ellipsoid.

»Das ist das Objekt«, sagte er und nickte. Sie warf ihm einen langen Seitenblick zu und imitierte dann sein Nicken.

»Ob-Objeck.« Nasaku zeichnete fünf weitere Ellipsoide in den Sand und verband sie nacheinander mit direkten Linien miteinander, bis sie alle miteinander und untereinander verbunden waren.

»Sie sind verbunden. Es gibt sechs Stück? Willst du mir das sagen?« Nachdenklich rieb er sich das Kinn. »Aber es sind zwölf Sitze.«

Als sie ihn unverständlich ansah, malte er mehr schlecht als recht die Sitzkreise in dem Objekt nach. Eine Reihe außen, weiter voneinander entfernt, und einer engeren Reihe innen mit den Kopflehnen nach außen gerichtet, auf ihr Gegenpart. Darunter zeichnete er eine Zwölf.

»Ah«, machte sie, schob seine Hand weg und malte einen Strich neben die Zahl, nur um dann eine Sechs dahinter zu schreiben.

»Wir teilen schon mal die gleiche Mathematik. Es sind nur sechs. Aber warum?« Wieder überlegte er und sah auf den Ellipsoid, den sie als Erstes aufgemalt hatte. Er deutete darauf und dann auf sich selbst. Wieder nickte sie, als müsse sie sich an diese Geste gewöhnen.

Nasaku malte einen Pfeil vom untersten Objekt in dem Kreis, der auf dasjenige zeigte, an dem sie ihn gefunden hatte, und dann einen zurück in die andere Richtung, den sie aber durchstrich, ehe sie einen kleinen Zweig nahm, der neben dem Loch lag und ihn durchbrach.

»Beschädigt. Die Verbindung funktioniert nur in eine Richtung, weil die andere defekt ist?«, dachte er laut. »Was du da aufzeichnest, sieht aus, als würde es sich um eine Verbindung handeln, durch die ich hergekommen bin.«

Aufgeregt klopfte er sich auf die Brust und tippte auf den untersten Ellipsoid, sagte »TIIT« und tippte dann auf den ganz oben. »TIIT«.

Sie hob die Handflächen.

»Ja. Du glaubst, dass ich so hergekommen bin. Von einem Objekt zum anderen gereist. Wie in einem Teleporter?«

Sie schien ihn zu verstehen, deutete auf seinen Ursprungsteleporter und sagte: »James TIIT.« Dann auf den Pfeil. »Ul.«

»Warte, *Ul* heißt nein.«

»James TIIT. James Ul.« Ein Tippen auf den hiesigen Teleporter. »James TIIT.«

»Du willst sagen, dass ich auf beiden Seiten lebe, aber auf

dem Weg nicht? Wenn stimmt was du sagst, dann befinde ich mich auf beiden Seiten? Deswegen bin ich auf dem Sitz gegenüber wach geworden… Aber wie ist es möglich, dass es meinen Körper zweimal gibt?«

Er sah auf und in Nasakus Augen.

»Du stammst nicht von hier, oder? Hier gibt es nichts.« James zeigte auf ihren hiesigen Teleporter und wackelte mit dem Zeigefinger. Sie schien erst nicht zu wissen, was er ihr sagen wollte, doch schließlich öffnete sie den Mund und hob die Handflächen. Mit einem Stück des kleinen Zweigs, den sie zerbrochen hatte, tippte sie auf den rechten Ellipsoid, und ihre Miene wurde düster, als sie sämtliche Verbindungspfeile, die zu ihm führten oder von ihm weg, mit einer Furche im Sand durchtrennte.

»Er funktioniert nicht mehr? Kaputt?«

»Kaputt.« Sie schien dieses für sie fremdartige Wort auf der Zunge abzuschmecken und senkte dann traurig den Blick. »Anak Tab. Ina Pani Aksu.«

»Du kannst nicht zurück in deine Heimat. Das … das tut mir leid.« Ein lautes Donnergrollen erklang von draußen, als wolle es die deprimierende Erkenntnis dieses Satzes unterstreichen. »Wie bist du hierher gekommen?«

Nasaku sah ihn lange an und zeichnete dann eine Frau und zwei kleinere Personen – Kinder? – in den Sand, ehe sie auf ihren Teleporter zeigte, der nicht mehr funktionsfähig war. Unter die Frau malte sie eine Eins, dann eine Zwei unter das eine Kind und eine Drei unter das andere. Sie fasst sich an die Brust.

»Situ Bas.« Nun deutete sie wieder auf ihren hiesigen Ellipsoid, malte sich und ihre beiden Kinder unter ihn in den Sand und deutete dann auf die zerstörte Verbindung, ehe sie die beiden kleinen Strichmännchen durchstrich und sich ihre Augenwinkel mit Tränen füllten.

»Ihr wart gestrandet und sie sind gestorben. Oh, verdammt.

Aber wieso seid ihr hierher gekommen? Dieser Ort – diese ... *Welt?* – ist schrecklich.« James plumpste zurück auf sein Gesäß und rieb sich die Schläfen. »Außer, was auch immer hier passiert ist, ist erst nach eurer Ankunft geschehen. Aber was könnte das sein? Weißt du, was diese Welt zerstört hat? Eine Naturkatastrophe?«

Er betrachtete das Wrack um sich herum und schluckte.

»Oder etwas anderes?«

»Aksu«, entgegnete sie und wirkte äußerst angespannt. »Rabum Aksu.«

»Rabum Aksu?«

Nasaku malte eine zackige Sphäre in den Sand.

»Was ist das? Eine Explosion? Gefahr?« In einer pantomimischen Bemühung schlang er die Arme um sich und sah sich demonstrativ um wie ein scheuendes Tier.

»Rabum Aksu!« Sie hob die Handflächen.

»Gefahr. Große Gefahr. Das dauert zu lange. Du weißt offensichtlich eine Menge über diese Maschinen, aber ich spreche deine Sprache nicht. Bei uns«, er drückte einen Zeigefinger auf den hiesigen Teleporter, »gibt es Leute, die deine Sprache sprechen. Ich kann dich mitnehmen. Aber du musst mir zeigen, wie das geht, okay?«

Nasaku runzelte die Stirn, deutete dann auf ihn und sich und den Teleporter.

»Ja. Wir haben Medizin, Nahrungsmittel, Wasser.« Er nickte eifrig. »Du weißt, wie man ihn benutzt. Du kannst uns helfen zu verstehen, vielleicht können wir dann *dir* helfen.«

James' Blick fiel eher zufällig auf seine Hand und er bemerkte, dass der eitrige Abszess sich sichtlich zurückgebildet hatte.

»Diese Medizin, ist sie von dir? Oder hast du sie hier gefunden?«

Nasaku sah ihn fragend an, und er nickte frustriert.

»Ja, ich weiß. Wir verstehen einander nicht und diese Malereien haben ihre Grenzen.« Wieder donnerte es, diesmal so laut, dass ihm die Knochen schlackerten. Regen setzte ein und prasselte von einem auf den anderen Moment ohrenbetäubend laut auf die Hülle des Schiffswracks.

»Damiq«, sagte sie und machte eine beruhigende Geste.

»Gewitter?«

Nasaku zeichnete ein *Plus*-Zeichen in den Sand. »Damiq.«

»Plus? Positiv? Könnte auch *gut* heißen. Ich soll mir keine Sorgen machen, was?«

Anstatt etwas zu sagen, malte sie einige Blitze über ihren Teleporter, die in dessen Spitze schlugen.

»Damiq.«

»Die Blitze laden den Teleporter auf.« James nickte wissend. »Wie im Maracaibo-See.«

»Sittu«, sagte sie. »ASAR damiq.«

»ASAR ist der Teleporter, das hast du schon einmal gesagt. Der Teleporter lädt auf, es ist gut. Ich verstehe. *Sittu.*«

Nasaku faltete ihre Hände und legte den Kopf darauf.

»Schlafen, ausruhen.« Er war tatsächlich sehr erschöpft, aber nicht müde. Vermutlich würde er kein Auge zubekommen, schon gar nicht bei all den Gedanken, die in seinem Kopf verrückt spielten und das, was er gehört und gesehen hatte, sinnvoll zu verarbeiten versuchten. Er sah ihr noch dabei zu, wie sie sich in einer Ecke des Wracks, in der mehrere Decken übereinander lagen, einwickelte und die Augen schloss. Allerdings sah er mehrfach etwas darin glitzern, vermutlich Reflexionen der leuchtenden Pilze, die wie ein schwammiger Rasen an der Decke wucherten. Sie waren ihm vorher gar nicht aufgefallen, obwohl sie die einzigen Lichtquellen gewesen waren.

»Lumineszente Pflanzen«, murmelte er fasziniert.

Nasaku beobachtete ihn mit Sicherheit, aber er konnte es ihr nicht verübeln. Es war schon erstaunlich, dass sie sich überhaupt so vertrauensselig und hilfsbereit gezeigt hatte. Immerhin war er ein schmutziger, nackter Mann von einem fremden Planeten – ein Gedanke, den er immer noch nicht zu fassen vermochte. Sechs Teleporter auf sechs Planeten, die alle miteinander in Verbindung standen – wenn das stimmte, waren die potenziellen Konsequenzen und Chancen so groß, dass ihm allein bei dem Versuch sie alle abzusehen, schwindelig wurde.

So saß er auf einem Stück Stoff und lauschte dem heftigen Gewitter, zuckte einige Male in einer Art Halbschlaf zusammen, als sich die Erschöpfung in seinen Gliedern ausbreitete und wie eine schwere Decke über ihn legte.

Dass er an irgendeinem Punkt eingeschlafen war, bemerkte er erst, als ihn jemand schüttelte und er mit verklebten Augen in Nasakus Gesicht blickte. Um sie herum war es still und die Luft kühler als zuvor.

»SITU«, sagte sie leise.

»Gehen? Zum Teleporter? Ähm, *ASAR*?«

Ihre Handflächen drehten sich nach oben.

»Ist gut.« Ächzend stand er auf und versuchte, die Müdigkeit aus seinen Knochen zu vertreiben. Er deutete auf die Decke, auf der er gelegen hatte, und als sie nickte, wickelte er sie sich um den Körper.

»Arhis! Arhis!«, trieb sie ihn zur Eile und ein wenig überrumpelt folgte er ihr durch das Loch, von dem sie den Vorhang abgezogen hatte. Zu seiner Überraschung hängte sie ihn nicht wieder zu und lief stattdessen los.

Es war noch immer dunkel, aber nicht mehr so, dass man die Hand vor Augen nicht sehen konnte. Es wehte kein Wind, nicht einmal ein laues Lüftchen. Die Stille war beinahe unheimlich, und als James sich den letzten Schlaf aus den Augen rieb und umschaute, wusste er auch wieso. Über ihnen war der Himmel in einem riesigen kreisförmigen Bereich frei. Das schwarze Firmament schien aus Dutzenden von Lampen zu bestehen, doch natürlich waren es keine Lampen, sondern gigantische Trümmer. Der hiesige Mond war in der Mitte zerbrochen und die Bruchstücke zogen wie eine unregelmäßige Perlenkette hinter ihm her.

»AKSU!«, rief Nasaku von vorne und winkte ihn eilig herbei. James wandte sich von den leuchtenden Trümmerstücken ab und blickte auf die pechschwarzen Wolken, die in allen Richtungen einige Kilometer entfernt waren. Sie türmten sich tausende von Metern auf und sahen aus, als hätte sie jemand mit einem Skalpell aufgeschnitten. Blitze zuckten stumm darin hin und her, verästelten sich zu gleißenden Fraktalen. Sie befanden sich im Auge eines so gewaltigen Sturms, wie er ihn noch nie gesehen hatte, nicht einmal in einem Spielfilm mit Computereffekten. Nicht auszumalen, wie es hier draußen sein würde, wenn das Auge weitergewandert war.

»AKSU!«, wiederholte die Fremde mit Nachdruck, und er schüttelte den Kopf, wandte sich von dem martialischen Naturschauspiel ab und folgte ihr. Seine Fußsohlen schmerzten auf dem felsigen Boden bereits nach wenigen Metern. Gestern hatte er es vor Aufregung kaum bemerkt. Aber er ignorierte es und rannte zwischen den großen Fangzähnen einher, die ringsherum ein bizarres Feld aus grauen Gesteinsformationen bildeten. In der absoluten Stille hörte er jeden einzelnen Laut seiner Schritte, jedes Knirschen von Kies und jeden Atemzug so laut, dass es störend war.

Als sie gerade an den Rand des steinigen Bereichs gelangten, der etwas höher lag als die schlammige Sumpflandschaft, die sich vor ihnen erstreckte, ertönte wieder das unheimliche Röhren des vergangenen Abends, gefolgt von einem markerschütternden Schrei.

»Nasaku!«, rief er und sah sich über die Schultern nach einem Monster in den Schatten um. Doch diese Schatten waren so viele und sie waren so lang, dass jeder einzelne von ihnen Monster zu gebähren schien. Adrenalin schoss in seine Adern und trieb ihn zu noch mehr Eile an.

Anders als am Vortag fühlte sich der Rückweg deutlich

kürzer an, und er atmete erleichtert auf, als er in der Ferne die dunkle Silhouette des Teleporters sah, die sich aus dem Zwielicht der mondbeschienenen Nacht schälte. Das Röhren und Kreischen hinter ihnen schwoll an, war so laut, dass er ständig damit rechnete, dass ihn etwas ansprang, doch er sah sich nicht mehr um, rannte um sein Leben und betete ununterbrochen in Gedanken, dass sie es rechtzeitig schaffen mögen. Der Morast, der mittlerweile wieder seine Füße umhüllte und jeden einzelnen Schritt um ein Vielfaches anstrengender machte, verschlimmerte sein Gefühl nur noch, eine schutzlose Beute zu sein.

Als sie schließlich in dem Matsch direkt vor dem Ellipsoid standen und die Umgebung bereits kühler wurde, begann Nasaku links von der schmalen Seite im Schlamm zu wühlen.

»Was tust du da?«, fragte er hastig und drehte sich mehrfach um die eigene Achse, die Augen zusammengekniffen, die Knie leicht durchgedrückt. Er sah die vielen Sträucher, die sich knotig und gezackt an den Boden drückten, vollkommen reglos in der Windstille, während um sie herum der Riesensturm rasende Kreise um sein Zentrum beschrieb. Die Wand kam näher und würde in den nächsten Minuten hier eintreffen, so viel stand fest. Die Frage war nur, ob das Monster, das in diesem Moment heulte, sie vorher erreichen würde.

»Nasaku!«

»DAMIQ!«, hörte er sie triumphieren und fuhr herum. Sie zog eine krude Leiter aus zusammengebundenen Ästen aus dem Schlamm und hielt sie triefend und tropfend hoch wie eine Trophäe, ehe sie zu ihm gelaufen kam und sie an die Vorderseite des Teleporters stellte. Sie wollte ihm den Vortritt lassen, doch er schüttelte den Kopf und scheuchte sie hinauf. Dabei hielt er die unteren Sprossen fest, damit sie nicht stürzte, und sah sich über die Schulter.

Da bewegte sich ein Schatten! Groß wie ein Kleinbus und der Rücken gezackt wie Schwerter.

»Nasaku«, murmelte er und schluckte. Dann sagte er lauter: »NASAKU!«

Die Frau drehte sich nicht um, hatte die letzte Sprosse jedoch beinahe erreicht, als der Durchgang aus Licht erschien und sie darin verschwand. Hastig kletterte er ihr hinterher, wurde heftig durchgeschüttelt, als ein mächtiges Röhren so nah war, dass die Lautstärke ihn erzittern ließ. Von Panik und Adrenalin angepeitscht, krabbelte er durch das Licht und stieß die Leiter mit dem Fuß um, damit ihm nichts folgen konnte.

Erleichtert rollte er sich auf den Rücken und atmete heftig ein und aus, als aus der leuchtenden Öffnung eine vertraute Wand aus kleinen Waben wurde. Die ganze Welt schien mit ihr ausgesperrt worden zu sein und James spürte ein Gefühl der Sicherheit in sich aufkommen, obwohl dieser Teleporter ihm immer noch die Nackenhaare aufstellen ließ.

Er rappelte sich auf und nahm dankbar Nasakus Hand, als sie sie ihm hinstreckte. Dann ging sie zu den Sitzen, sah sich um und deutete auf einen auf der rechten Seite, der mit dem Rücken zur Außenwand angebracht war und auf sein Gegenstück im inneren Kreis ausgerichtet war.

»Das ist die Verbindung zur Erde?«, fragte er und kam näher.

Obwohl sie ihn nicht verstehen konnte, hob sie ihre Handflächen.

»Du kommst nach mir, okay?« James deutete auf sich und dann auf den Sitz und anschließend auf sie und den Sitz.

Wieder hob sie die Handflächen und mahnte ihn mit einem Winken zur Eile.

»Also gut. Ich hoffe es funktioniert.« Er dachte daran, wie sein Körper noch immer auf der anderen Seite saß, komatös. Was, wenn sie ihn für ebenso tot hielten, wie Chazelle? Was, wenn sie tatsächlich zu einem der anderen Planeten gereist war? Oder aber sie hatte auf dem Sitz gesessen, der zu Nasakus

Heimat führte, die nicht mehr erreichbar war? Deswegen der rot leuchtende Punkt?

Seine Unterarme berührten die Induktionsstreifen und dann legte er den Kopf zurück und sah ein letztes Mal zu Nasaku.

»Wir helfen dir, Nasaku.«

»Damiq.« Sie nickte, und zum ersten Mal spielte so etwas wie ein Lächeln um ihren Mund, obwohl ihre Augen noch immer Schmerz und Melancholie ausdrückten. Er dachte an die beiden Kinder zurück, die sie gemalt und durchgestrichen hatte, und schloss dann die Augen.

10

James schlug die Augen auf und atmete ein wie ein Ertrinkender, der es mit dem letzten Sauerstoff durch die Wasseroberfläche geschafft hatte. Sein Herz raste, als er unruhig nach rechts und links sah. Um ihn herum waren Lichter, so viele Lichter, und Farben, die sich wild miteinander vermischten, aber unscharf blieben. Seine Pupillen protestierten gegen den Ansturm von Photonen auf seiner Netzhaut und begannen zu schmerzen, dass er das Gefühl hatte, sie bis in die hintersten Winkel seines Schädels zu spüren. Da waren auch Geräusche, unruhig und störend, so laut, dass ihm die Ohren dröhnten. Erst nach und nach wurde ihm klar, dass es sich um Stimmen handelte, unter anderem einige ihm bekannte.

»James? James!«

Über ihm tauchte eine helle Fläche auf. Ein Gesicht?

»James, hörst du mich?«

»Au!«, machte er, als etwas in seine linke Armbeuge pikste.

»James, ich bin es!«

»Was?«, murmelte er verwirrt und erkannte nach neuerlichem Blinzeln das Gesicht von Mila Schaparowa, die hübschen großen Augen, das blonde Haar, das ihr ovales Gesicht umrahmte wie flüssiges Gold, und den geschwungenen Mund. Dass in ihrem Blick Sorgen und Bedrückung lagen, kam ihm wie ein Frevel an ihrem Antlitz vor.

»So schön …«

»Was? James, was ist passiert?«

Langsam legte sich seine Verwirrung wie bei einem Patienten, der aus einer Narkose erwachte. Er sah bei Mila auch Laudrup neben dem Sitz stehen, in dem er eben noch gesessen hatte – nur in einem anderen Teleporter mit Nasaku neben sich.

Was, wenn sie auch kommt und der Sitz besetzt ist?, dachte er und sah sich einer aufkommenden Panik gegenüber, ehe sein Blick an Mila vorbei auf den anderen Sitz vor ihm fiel und er sich etwas beruhigte. *Die äußeren Sitze sind für die Abreise, die inneren für die Ankunft. Es muss so sein.*

»Was ist passiert?«, fragte er und versuchte schmatzend, den metallischen Geschmack von seiner Zunge zu vertreiben.

»Das habe ich dich gerade gefragt«, sagte die Russin. »Du warst mehrere Stunden im Koma.«

»Mehrere Stunden?«

»Ja.«

»Aber ich bin noch hier?« Er sah sich um, sah das Wabenmuster der Wände, die schwarze Unendlichkeit über ihm und die anderen Sitze. Da waren die Kameras und Infrarotsensoren, die vielen Kabel und Akkupacks. Zwei Frauen in weißen Kitteln waren damit beschäftigt, die vielen Nadeln in seinen Armbeugen zu managen und einen Tropf abzuhängen, der neben ihm auf einem Plastikständer hing.

»Ja. Ich konnte Mrs. Pavar davon überzeugen, dich hier untersuchen und behandeln zu lassen, nachdem der hiesige Stabsarzt bescheinigt hat, dass du nicht hirntot bist, wie …« Mila räusperte sich. »Wie Kathryn. Du bist einfach nur in ein Koma gefallen mit normalen Vitalfunktionen. Zumindest denen eines Schlafenden.«

»Ihr habt mich also hier drinnen gelassen?«

»Ja. Es war nicht besonders leicht, Norton zu überzeugen, aber Pavar hat sich ein wenig offener gezeigt gegenüber einem gewissen Risiko.« Milas Gesichtsausdruck war noch immer besorgt, was ihm wiederum Sorgen zu bereiten begann.

»Was ist? Stimmt etwas nicht?« Prüfend wackelte er mit den Fingern und seinen Füßen und atmete erleichtert aus, als er sie sowohl spüren, als auch bewegen konnte.

»Ich habe das entschieden«, sagte die Russin. »Ich habe mir zwar Sorgen gemacht, war aber davon überzeugt, dass es hier einen Unterschied gibt, und wir abwarten müssen.«

»Du hast ein schlechtes Gewissen, weil du den General davon abgebracht hast, mich auf die Krankenstation zu schaffen?«

»Ja.«

James schnaubte. »Du hast mir damit vermutlich das Leben gerettet.«

»Ich wünschte, wir hätten mit unserer Aktion Erfolg gehabt«, sagte Laudrup und klang traurig. Als er sie ansah, war ihr rosiges Gesicht aber entspannt und sie drückte sanft seine Schulter.

»Ja, ich auch«, stimmte Mila ihr zu. »Aber wenigstens haben wir es versucht.«

»Wartet mal, wovon redet ihr da? Es hat funktioniert!«, protestierte er. »Ich war ... auf der anderen Seite.«

Mila und Laudrup wechselten einen kurzen Blick und beide runzelten die Stirn.

»Glaubt mir, es wird gleich jemand hier durch kommen. Ihr Name ist Nasaku und sie spricht Sumerisch!«

Die Falten auf ihren Stirnen wurden tiefer.

»Ihr glaubt mir nicht«, hauchte er entsetzt und wollte aufspringen, doch die beiden Krankenschwestern und die beiden Wissenschaftlerinnen drückten ihn sanft aber bestimmt zurück auf den Sitz.

»Ruhig. Du musst noch ein wenig sitzenbleiben, bis die zwei Damen grünes Licht geben und der Stabsarzt hier war. Ich bin mir sicher, dass auch die anderen mittlerweile unterwegs sind.«

James sah der Russin direkt in die Augen.

»Ich meine es ernst. Ich bin in einem anderen Teleporter aufgewacht …«

»Teleporter?«, fragte sie.

»Ja. Diese Maschine, sie ist ein Teleporter oder zumindest ist das seine Funktion. Ich bin in einem anderen aufgewacht, er war identisch mit diesem hier. Der einzige Unterschied war, dass ich auf dem Sitz gegenüber wach geworden bin. Nackt allerdings, aber es war mein Körper, soweit ich das sagen kann.«

Wieder wechselten die beiden einen Blick, was eine schleichende Wut in ihm aufkommen ließ.

»Hey, seht mich an! Ich rede kein dummes Zeug und ich lag auch nicht im Koma.«

»Also gut«, gab Mila mit neutraler Stimme zurück. »Was genau ist geschehen?«

»Ich bin durch die Öffnung aus Licht gegangen und gestürzt, es gab dort keine Rampe. Der Teleporter stand inmitten eines Sumpfgebiets, stinkendem Morast. Es gab Büsche, vertrocknet und von Asche bedeckt und dicke Wolkenberge. Die Luft hat nach Schwefel und Ozon gerochen. Dann habe ich jemanden getroffen, oder besser *sie* hat *mich* gefunden. Ihr Name ist Nasaku und sie stammt von einer anderen Welt, die auch mit dem Teleporter verbunden ist, aber sie kann nicht zurück. Ihre beiden Kinder sind mit ihr dorthin gekommen, aber gestorben …«

»Moment mal«, unterbrach Laudrup ihn sanft. »Eine andere Welt? Eine dritte?«

»Ja, es gibt insgesamt sechs Teleporter auf sechs unterschiedlichen Welten. Sie alle bilden ein Netzwerk miteinander, sodass man mit jedem Teleporter jeden anderen erreichen kann. Außer den einen, der nicht mehr funktioniert. Es gibt keinen Weg hin oder zurück.«

»Das hat diese *Nasuku* Ihnen gesagt?«

»Nasaku«, korrigierte er sie. »Das Ödland ist ein schrecklicher Ort, es gibt kein Leben, außer Sträuchern und Büschen und Schimmelpilzen, und alles scheint in einem schleichenden Verfall gefangen zu sein. Es hat mich sogar krank gemacht, aber Nasaku hat mir irgendetwas aus einem Injektor verabreicht, was den Abszess zurückgebildet hat. Es waren auch mehrere Monster dort, vielleicht aber auch nur eins, ich habe nur seinen Schatten gesehen, glaube ich.«

James hielt inne, als er selbst merkte, wie verrückt das alles klingen musste.

»Ah, der Patient ist wach«, meldete sich eine neue Stimme zu Wort und ein hagerer Mann im weißen Kittel kam herein, unter dem Arm ein Plastikklemmbrett. »Ich bin Captain Miller. Schön, dass Sie wieder unter uns weilen, Mr. Hamilton.«

»Sie sind der Doc?«

»Ja.« Der Arzt kam näher, zückte eine kleine Stiftlampe und leuchtete ihm abwechselnd in die Augen, ehe er ein paar kurze Sätze an die beiden Krankenschwestern richtete, von denen James nicht einmal zehn Prozent verstand.

»Er sagt, dass er in einen anderen Teleporter gereist ist«, meinte Mila, und James wollte mit ihr schimpfen, weil sie mit dem Captain sprach und nicht mit ihm. Wie sollte ein Arzt denn so etwas verstehen können?

»Ah, ganz normal. Es gibt viele Untersuchungen über Komapatienten, die wieder aufgewacht sind. Die einen wachen bereits nach Stunden auf, wie Mr. Hamilton hier, andere nach Tagen oder Wochen oder Jahren und andere gar nicht mehr. Da wir nichts über die Induktion des Komazustandes wissen, lässt sich auch kein Grund ausmachen. Träume während eines Komas sind aber ganz normal und alltäglich, da würde ich mir keine Sorgen machen.« Captain Miller lächelte ihm aufmunternd zu und machte dann Notizen auf seinem Klemmbrett.

»Moment mal, ich habe nicht fantasiert!«, protestierte er. »Ich war wirklich auf der anderen Seite. Ich habe mich bei dem Sturz verletzt und Schmerzen gehabt. Ich hatte Angst, wusste nicht, wo ich bin. Das war alles real!«

»Das Gehirn verarbeitet in Träumen das, was es im Wachzustand erlebt. Es sortiert quasi seine Neuronen, wenn man so will«, erklärte Miller ohne aufzusehen. Die Tatsache, dass er nicht einmal darüber nachzudenken schien, ob es die Möglichkeit gebe, dass James recht hatte, war entmutigend. Er tat das nonchalant als Spinnerei eines Komapatienten ab.

»Das war kein Traum!«

»Nein? Sie hatten Angst vor dieser fremden Maschine, gerade erst den Verlust einer Kollegin zu beklagen gehabt und machen sich vielleicht sogar Vorwürfe, weil Sie mit ihr hier drinnen waren. Dann fallen Sie ins Koma, wachen auf einem anderen Sitz auf als dem, vor dem Sie so sehr Angst hatten, dass Sie sicher nervös waren. Sie sind nackt, was unterbewusst darauf hinweist, dass Sie sich schutzlos fühlten, ausgeliefert. Die Vegetation draußen, die Sie beschrieben haben, ist trostlos und ein Spiegel von Tod und Niedergang – dessen, was Sie kurz vorher erleben mussten. Dann treffen Sie aber eine Rettergestalt – ausgerechnet eine Frau, die Sumerisch spricht. Ihre ehemalige Verlobte spricht fließend Sumerisch, habe ich recht?«

Nun schauten auch Mila und Laudrup ihn mit einer Mischung aus Irritation und Verständnis an. Letzteres war am schwersten auszuhalten.

»Ja, schon, aber …« James schluckte. Konnte er überhaupt etwas sagen, um sie davon zu überzeugen, dass es kein Traum gewesen war? Konnte er überhaupt ganz sicher sein? »Es war kein Traum, ich glaube das nicht. Es war zu real. Ich bin nicht geflogen oder so was, die Zeit lief linear, sämtliche Empfindungen waren nicht abstrakt, sondern unmittelbar. Ich weiß, wie sich Träume anfühlen!«

»Lagen Sie jemals im Koma, Mr. Hamilton?«, fragte der Arzt, machte eine letzte Notiz und reichte das Klemmbrett dann an eine seiner Krankenschwestern weiter.

»Nein«, gab er zu.

»Dann wissen Sie auch nicht, wie es ist, einen Komatraum zu haben.« Miller drückte seinen Arm und zwinkerte ihm aufmunternd zu. »Schön, dass Sie wieder bei uns sind. Sie sollten es jetzt langsam angehen lassen und sich ein bisschen erholen. Das wird schon wieder! Wenn Sie so weit sind, würde ich gerne noch einen MRT-Scan durchführen, aber das müssten wir oben in der Klinik machen. Die Damen?«

Der Captain nickte ihnen der Reihe nach zu und verließ sie dann durch den Lichtdurchgang. Kurz darauf tauchten nacheinander Meeks, Falkenhagen und Smailow auf. Während Letzterer recht verhalten aussah, schienen der Amerikaner und der Deutsche erleichtert, als sie ihn sahen und lächelten.

»Sie sind wieder da!«, freute sich Meeks und knuffte ihn gegen die Schulter, als wären sie langjährige Freunde. »Wir haben uns echt Sorgen gemacht!«

»Schön, dass es Ihnen wieder gut geht«, stimmte auch Falkenhagen ein und nickte ihm zu. Jetzt, von einer Traube Menschen umgeben, im Mittelpunkt der Aufmerksamkeit, fühlte James sich mit einem Mal noch unwohler. Zwar blickten sie ihn alle freundlich an, aber er wurde das Gefühl nicht los, dass Sie ihn mitleidig und als unzurechnungsfähig sahen.

»Danke«, sagte er und deutete auf die Kameras. »Ich weiß, dass Sie mir zugehört haben. Ich weiß, dass Sie mir nicht glauben.«

»James, so ist es nicht, es ist bloß so, dass«, hob Mila zu einem Protest an, doch er brachte sie mit einer erhobenen Hand zum Schweigen.

»Nein, schon gut. Ich verstehe es ja. Vermutlich würde ich

mir auch nicht glauben, weil es zu unglaublich klingt. Ich möchte Sie nur bitten, einmal außerhalb des Gewohnten zu denken. Dieses Artefakt hier, der Teleporter, ist ein Wunder. Ein technisches Wunder von Außerirdischen, die uns meilenweit überlegen sind oder waren. Das haben Sie selbst gesagt. Wieso soll es nicht möglich sein, dass es stimmt, was ich sage?«

»Weil Sie die ganze Zeit hier waren«, antwortete Meeks geradezu sanft. »Sie sind in ein Koma gefallen. Ihre Theorie mit den grünen Lichtern scheint sich tatsächlich als anthropologische Falle entpuppt zu haben, so leid es mir tut.«

»Sie brauchen Beweise.« James nickte verstehend. »Die werden Sie bekommen, wenn auf dem Sitz mir gegenüber Nasaku auftaucht.«

Alle Blicke richteten sich auf den leeren Sitz ihm gegenüber, und es wurde einen Moment still, als alle erwartungsvoll auf das dunkle Sitzpolster aus dem unbekannten Material schauten. Nichts geschah.

Komm schon, Nasaku!, dachte er und kaute auf seiner Unterlippe. *Wo bleibst du? Du warst doch direkt hinter mir!*

Er dachte an das Röhren des Monsters und erschauderte. Konnte es sie erwischt haben? Aber das war unmöglich. Es würde niemals durch den Durchgang passen und außerdem war der hoch genug, dass niemand ohne Leiter hinein kommen konnte.

Oder?

Alle Augen richteten sich wieder auf ihn, und das Mitgefühl in den Blicken traf ihn wie eine Ohrfeige.

»Ihr glaubt mir nicht«, hauchte er und seufzte enttäuscht. Ein winziger Funke erwachte in seinem Geist zum Leben, es war ein Funke des Zweifels. War es möglich, dass sie recht hatten? Sie waren immerhin ziemlich kluge Leute.

Nein! Ich weiß, was ich gesehen habe, so etwas denke ich mir nicht aus. Die sumerischen Vokabeln, die habe ich noch nie vorher gehört!

»Es spielt eigentlich keine Rolle, ob wir Ihnen glauben«, sagte Falkenhagen und sah aus, als hätte er auf eine rohe Zwiebel gebissen. »Mrs. Pavar ist äußerst wütend über Ihren Alleingang.«

»Und Sie sind es auch.«

Der Deutsche schürzte die Lippen. Es war Meeks, der antwortete und sich dabei äußerst unwohl zu fühlen schien.

»Sie lagen im Koma, ich möchte nicht mit Ihnen streiten.«

»Ist schon gut.« James winkte nachlässig.

»Smailow hat uns rausgelockt, wir haben das schon verstanden!«, ärgerte sich der Amerikaner, als würde in ihm ein Damm brechen, der schon lange zu große Wassermassen zurückgehalten hatte. »So ein Alleingang«, er sah aus den Augenwinkeln zu Mila, die trotzig das Kinn vorschob, »ist weder kollegial, noch klug! Wir sind hier als ein Leitungs*team*, verstehen Sie das? Wir können nicht einfach unsere Dispute dadurch lösen, das einige von uns tun und lassen, was sie für richtig halten.«

»Das hier ist *gefährlich!*«, stimmte Falkenhagen seinem Kollegen zu. »Wir können es uns nicht leisten, einfach so draufloszulaufen. Wir brauchen Konsens und kluge Entscheidungen, die von uns allen getragen werden. Wie sollen wir uns sonst jemals genug vertrauen? Wir stammen aus drei verschiedenen Kulturen und Gruppen mit anderen Überzeugungen und müssen zusammenarbeiten, zum Wohle von allen und der Wissenschaft. Sie haben dieses Vertrauen untergraben.«

Mila schien protestieren zu wollen, doch James kam ihr rasch zuvor. Es war schon genug Porzellan zerschlagen, um sie noch tiefer in die Scherben fallen zu lassen.

»Ich verstehe das, und es tut mir leid«, sagte er. »*Ich* übernehme dafür die Verantwortung. Ich gehöre nicht zu Ihrem Team. Aber ich sage Ihnen: Hören Sie mir wenigstens zu. Lassen Sie mich Ihnen alles erzählen von vorne bis hinten und dokumentieren Sie es. Wenn Sie sich umentscheiden, haben Sie wenigstens das Wissen, das nur ich Ihnen geben kann.«

Meeks und Smailow tauschten einen kurzen Blick, dann nickte der Amerikaner.

»Wenn es nach uns geht, machen wir das ganz sicher«, sagte er.

»Aber es geht nicht nach Ihnen, schätze ich?« James fragte sich, wo Major Norton war.

»Nein, Pavar war außer sich vor Wut, und sie ist es vermutlich noch immer. Wahrscheinlich ist sie schon auf dem Weg hier runter zu uns.«

»Das ist sie«, mischte sich eine tiefe, feste Stimme in ihr Gespräch. Es war Major Norton, der durch die Lichtöffnung kam, die Uniform frisch gebügelt, der Blick hart wie Granit. »Es freut mich, dass Sie nicht mehr im Koma liegen, Mr. Hamilton, aber für Sie ist hier Endstation.«

»Was?«, fragte er entsetzt.

»Sie sind raus. Dieser Alleingang war der erste und der letzte. Sie sind raus aus dem Projekt. Aber keine Sorge, Sie erhalten Ihren ersten Monatslohn.«

»Aber Major, ich habe …«

»Sparen Sie sich das. Mrs. Pavar hat bereits die entsprechenden Papiere vorbereitet. Sie musste eine Entscheidung treffen, und ich kann sie nachvollziehen.«

»Aber Sie teilen Sie nicht!«, sagte James hoffnungsvoll.

»Das ist irrelevant. Sie vertraut Ihnen nicht mehr, und Sie verstehen offenbar nicht, wie heikel dieses Projekt mit all seinen Beteiligten ist. Es war nicht leicht, die EU und Russland mit uns an einen Tisch zu bekommen und das Projekt auf unserem Grund und Boden durchzuführen. Wenn jemand wie Sie kommt und das alles gefährdet, weil er sich nicht mit uns abspricht und tut was er will, dann kann kein Genie auf dieser Welt dieses Projekt zu einem Erfolg führen.«

»Major, wir haben …«, setzte Mila an, doch der Offizier schnitt ihr sofort das Wort ab.

»Nein, Sie sind ruhig, verstanden? Reden Sie sich in keine Dummheit hinein. Dieses Leitungsteam muss bestehen bleiben, verstehen Sie das besser. Oder wollen Sie dem Kreml erklären, dass das Projekt gescheitert ist?«

Mila verstummte und warf James einen gequälten Blick zu.

»Sollten wir ihn nicht wenigstens anhören?«, fragte sie trotzig.

»Pavar will ihn draußen haben, weil er unberechenbar ist.«

»Aber was, wenn es stimmt?«, merkte ausgerechnet Falkenhagen an. Der deutsche Posterboy zuckte mit den Schultern, als Norton ihn fixierte. »Es mag unwahrscheinlich klingen, aber können wir es uns bei einem Projekt wie diesem leisten, nicht sämtliche Möglichkeiten in Betracht zu ziehen? Das hier ist immer noch ein unglaubliches Alien-Artefakt, was haben wir denn erwartet? Dass wir es sofort verstehen?«

»Nein, und deshalb können wir auch nicht davon ausgehen, dass wir einschätzen können, ob die Effekte, die wir sehen, real sind oder nicht. Wir müssen vollkommen neue Maßstäbe ansetzen«, stimmte Laudrup mit ein und drückte James' Schulter. Erst jetzt bemerkte er, dass ihre Hand die ganze Zeit dort gewesen war, und die Berührung tat ihm gut.

Auch die anderen nickten eindringlich, bis auf Smailow, der sich mit verschränkten Armen bedeckt hielt und äußerst nachdenklich wirkte. James konnte gar nicht glauben, dass sie ihm jetzt zwar nicht unbedingt glaubten, aber sich doch vor ihn stellten, obwohl zumindest Meeks und Falkenhagen Grund genug gehabt hätten, sauer auf ihn zu sein – und es offenbar auch waren.

Er fühlte sich angerührt von ihrer Unterstützung.

»So, Sie wollen ihm also Glauben schenken und sich dafür mit Pavar anlegen?«, fragte der Major und hob eine Augenbraue. »Das sollten Sie sich gut überlegen.«

»Da gibt es nichts zu überlegen«, brummte Mila. »Es geht nicht darum, dass wir uns *mit jemandem anlegen* wollten, sondern darum, jemanden nicht zu diskreditieren, weil seine Geschichte unglaublich klingt. Wir sollten wenigstens gut zuhören – er ist doch gerade erst zehn Minuten wach!«

»Ich spare Ihnen die Zeit, denn Sie wissen doch rein gar nichts über Mr. Hamilton. Ich aber schon.«

James warf dem Offizier einen finsteren Blick zu.

Nein!

»Mr. Hamilton hat vor einigen Jahren eine Unternehmensfusion eingeleitet, die der PR-Agentur, bei der er als Seniorberater gearbeitet hat und die des Vaters seiner damaligen Verlobten gehörte. Der Lohn war ein Platz am Tisch als Partner. Er hat damals viel Geld verdient. Nach einiger Zeit hat er dafür gesorgt, dass ihr Vater und sein Gönner aus dem Board gedrängt wurde. Er hat sich später in seinem Auto das Leben genommen, indem er gegen einen Baum gefahren ist.«

»Das war kein Selbstmord! In der Nacht war die Straße glatt!«, knurrte James.

»Sie sagen also nicht, dass Ihre Aktion ihn depressiv gemacht hat?«

Als er nicht antwortete, nickte Norton verstehend.

»Aber das ist noch nicht alles. Die letzten vier Jahre arbeitete er als Lösegeldverhandler für das Außenministerium. Sie haben ihn immer da eingesetzt, wo Amerikaner für Lösegeld aus den Händen von Barbaren freigekauft werden sollten. Mit bahnbrechendem Erfolg«, fuhr der Major fort.

»Das ist geheim!«

»Alles hier unten ist geheim und jeder hier hat NDAs unterschrieben, die Ihnen nicht einmal erlauben, hinter den nächsten Busch zu pinkeln und sich selbst davon zu erzählen!« Alle Augen waren auf Nortons Mund gerichtet. »Seine Erfolgsquote war beeindruckend, nur dass er meistens Deals mit den

Erpressern gemacht hat, die ihm selbst die Taschen gefüllt haben.«

James erstarrte. In seinen Adern schien plötzlich flüssiges Feuer zu fließen.

»Ja, Mr. Hamilton. Man wusste über Ihre Machenschaften Bescheid. Man hat es nur ignoriert, weil die Resultate stimmten und Sie nie *zu* gierig geworden sind. Sie sind ja nicht dumm.« Nun richteten sich die entsetzten Blicke auf ihn. »Er ist ein Berufsschwindler und Betrüger, der mit den kriminellsten Barbaren dieses Planeten krumme Geschäfte gemacht hat, um sich selbst zu bereichern. Sein ganzes Leben ist ein Konstrukt der Lüge, was ihn zu einem perfekten Manipulator macht. Aber nicht zu jemandem, dem man eine Geschichte glaubt, die ihm aus der Patsche hilft.«

»Was?«, fiel James ihm empört ins Wort, doch er spürte bereits die Blicke auf sich, als würden sie ihn wie Laserstrahlen zerkochen. »Ich habe keine Geschichte erzählt, um meinen Hals zu retten, ich …«

»Ach nein?« Norton schnaubte. »Kommen Sie schon, Mann! Sie wachen wieder auf und erzählen eine wirre Fantasiegeschichte von einer Frau, die Sie auf einem anderen Planeten gerettet hat und geben vor, wichtige Informationen über ein angebliches Teleporternetzwerk zu besitzen, in dem vollen Wissen, dass Sie zur Rechenschaft gezogen werden. Wonach sieht das für Sie aus? Sie wollen sich bloß unersetzlich machen, aber Sie können diesen Leuten hier Ihren Mist verkaufen – mir nicht. Und Pavar auch nicht, was das angeht.«

»So ist es nicht«, sagte James und schluckte schwer, als er die düsteren Blicke des wissenschaftlichen Leitungsteams sah, die ihn umringten. Laudrup schien traurig, Mila verwirrt und Meeks und Smailow offen feindselig, während Falkenhagen aussah, als versuche er, in Gedanken ein schwieriges Puzzle zusammenzufügen.

»Und was war das hier?« Norton zückte sein Tablet, tippte

darauf herum und drehte es so, dass jeder das Foto sehen konnte. Es zeigte James in einem Wirbelwind aus Dollarnoten, der von zwei Soldaten auf die Kamera zu bugsiert wurde, im Hintergrund war gerade noch Joanas enttäuschtes Gesicht zu sehen, wenn auch undeutlich, im Standbild verzerrt wie eine Geisterscheinung.

James wusste, dass er verloren hatte. Er sah es in den Blicken, die auf ihm lasteten wie das Gewicht ganzer Welten. Er öffnete seinen Mund und schloss ihn wieder, unfähig, etwas zu sagen. Stattdessen blickte er auf den leeren Sitz ihm gegenüber.

Wo bist du, Nasaku?, dachte er entmutigt. *Hat es dich jemals gegeben?*

11

James ging in seinem Zimmer auf und ab und raufte sich dabei unablässig das kurze Haar. Es war eng und stickig, und er hatte das Gefühl, dass die Atemluft knapp wurde. Mehrmals hielt er seine Hand vor das Lüftungsgitter, nur um sicherzustellen, dass noch ein leichter Wind hindurchwehte und er nicht dabei war, zu ersticken.

Norton hatte ihn mit zweien seiner Männer auf sein Quartier eskortiert und James war es vorgekommen, als wandle er durch einen traumartigen Drogentrip. Die teils entsetzten, teils enttäuschten Blicke des Teams verfolgten ihn wie Pfeile, die ihn in den Rücken stachen und es ihm schwer machten, zu atmen. Sie erinnerten ihn an Joanas letzten Blick, und das tat weh. Aber was hätte er schon sagen können? Alles abstreiten, und damit die letzten Jahre seines Lebens und einige seiner wichtigsten Entscheidungen im Nachhinein zu entwerten? Nein, das konnte und durfte er nicht. Pavar wollte ihn loswerden, er konnte es aus ihrer Sicht sogar verstehen, wenn er seine Frustration einmal beiseiteschob. Doch was bedeutete das für ihn? Nichts. Es hatte keine Bedeutung, weil es nichts ändern würde.

Als der Major ihn vor den anderen an die Wand gestellt und vorgeführt hatte, wäre ihm beinahe etwas über die Lippen gekommen, was ihm noch nie passiert war. Es lag an Nasaku. Er konnte – oder wollte – einfach nicht glauben, dass er sich das alles bloß eingebildet hatte. Es war echt gewesen, weil es echt sein *musste.* Man wusste doch, wie sich ein Traum anfühlte, wenn man aus ihm erwachte – meist sogar noch im Traum selbst. Aber wenn es real gewesen war, wo blieb dann Nasaku? Warum kam sie nicht?

Als es an seiner Tür klopfte, erschrak er. Der Major hatte ihm zwei Stunden Zeit gegeben, seine Sachen zu packen – natürlich viel mehr, als er für den kleinen Rucksack gebraucht hätte. Waren die wirklich schon um?

»Herein«, sagte er heiser und schluckte, bereitete sich darauf vor, Pavar gegenüberzutreten, oder zwei Soldaten, die ihn zum Fahrstuhl eskortierten und dafür sorgten, dass er keinen Ärger machte.

Es war Mila, die zuerst den Kopf durch den Türspalt steckte und dann zu ihm hereinschlüpfte, als er sie verwundert ansah, ihr jedoch mit einem Winken bedeutete, einzutreten.

»Äh, hallo«, begrüßte er die Russin und spürte Scham in sich aufsteigen.

»Ich weiß, dass wir nicht viel Zeit haben, aber ich muss noch mal mit dir reden.«

James schluckte und nickte dann. Er deutete auf sein Bett und sie setzten sich mit einigem Abstand nebeneinander.

»Das was der Major gesagt hat: Stimmt das?«, fragte sie unumwunden.

»Ja«, gab er nach kurzem Zögern zu und zwang sich zu einem festen Blick. Selbstmitleid hatte noch nie jemandem geholfen, und er drohte, darin zu ertrinken. Es war vorbei, da konnte er zumindest noch erhobenen Hauptes gehen, ehe er unweigerlich in sich zusammenfiel. Es gab nur so viel, das ein Mensch aushalten konnte, und seine Grenze war eigentlich schon vor vier Jahren erreicht gewesen. Er hatte es bloß irgendwie geschafft, wie ein Roboter weiterzumachen, obwohl er sich innerlich auffraß.

Milas Miene versteinerte, doch sie stand nicht auf, faltete stattdessen die Hände auf ihren übergeschlagenen Beinen und sah ihn an.

»Vermutlich willst du das nicht, aber bevor du gehst, will ich die ganze Geschichte hören. Du bist ein Betrüger, ich verstehe. Man sollte dir kein Wort glauben, auch das verstehe ich«, sagte sie und jedes ihrer Worte traf ihn wie ein Peitschenhieb. »Trotzdem hattest du zumindest mit einer Sache recht: Wir können es uns nicht leisten, deine Geschichte einfach zu ignorieren. Selbst wenn sie einfach nur als Transkript vorliegt, können wir möglicherweise immer noch etwas daraus gewinnen, und sei es nur eine Inspiration.«

»Mila«, entgegnete er eindringlich und rutschte ein Stück auf sie zu, doch sie rückte sofort von ihm ab und er hielt inne, sobald er es bemerkte. Traurig fuhr er fort: »Ich schwöre dir, dass ich es mir nicht eingebildet habe. Bin ich ein Lügner? Ja. Und Lügnern glaubt man nicht, das weiß ich. Aber ich bin zu einem anderen Teleporter gereist, da bin ich mir sicher. Entweder das, oder ich bin ein Wahnsinniger.«

»Erzähl es mir«, gab sie ungerührt zurück.

James nickte und begann zu erzählen, vom ersten Schließen seiner Augen, über das Aufwachen auf dem gegenüberliegenden Sitz, dem Aufeinandertreffen mit Nasaku, seiner Angst und ihrem Unterschlupf, dem unheimlichen Gebrüll des Monsters, dem Sturm, dem zerbrochenen Mond und seinem Abszess, dem Injektor und ihrer Flucht im Auge des Supersturms. Er erzählte ihr von den monolithischen Felsen und dass sie wie Zähne ausgesehen hatten, der offensichtlich hochentwickelten Technologie in dem Wrack und der Leiter, die er hinter sich umgeworfen hatte, nachdem er mit Nasaku in den Teleporter zurückgekehrt war. Als er merkte, dass er all das nicht in der korrekten Reihenfolge erzählte und immer wieder Sprünge machte, ermahnte Mila ihn, tief durchzuatmen. Er tat es und versuchte es noch einmal chronologisch, ließ Gefühle und Gedanken außen vor und konzentrierte sich auf die Fakten. Die russische Materialforscherin nickte immer mal wieder und hakte nach, wenn ihr etwas nicht präzise genug war, ließ ihn ansonsten jedoch ausreden, kritisierte und hinterfragte nichts und machte sich dabei Notizen auf einem kleinen Block, den sie aus ihrer Hosentasche zog.

Nachdem er geendet hatte, fühlte er sich erschöpft – geistig, aber auch körperlich, so als sei mit seiner Erinnerung auch sämtliche Kraft aus ihm herausgeflossen. Oder bloß die Aufregung darüber, dass seine Erlebnisse für nichts gewesen sein könnten. Immerhin war Nasaku immer noch auf diesem schrecklichen Planeten gefangen.

»Nehmen wir mal an, das alles stimmt, und das sollten wir, solange wir uns über dieses Thema unterhalten, weil es sonst keinen Sinn macht«, sagte Mila und tippte sich mit dem Ende ihres Kugelschreibers gegen ihr kleines Kinn. »Du bist auf dem gegenüberliegenden Sitz wach geworden und warst nackt. Auf unserer Seite bist du nicht verschwunden, sondern saßt oder lagst weiterhin auf dem Sitz, in dem du die Augen geschlossen hattest. Mit deiner Kleidung.«

James lächelte über ihren Scherz, nur um es schnell wieder fortzuwischen, als er keinerlei Anzeichen von Belustigung in ihrer Miene erkennen konnte.

»*Wenn* es sich wirklich um einen Teleporter handelt, teleportiert er also ganz offensichtlich nicht den Körper.«

»Sondern nur das Bewusstsein.« James nickte und stand auf, um einige Schritte auf und ab zu gehen, wie er es gerne tat, wenn er nachdenken musste. »Aber wo kommt dann der Körper her?«

»Ein Klon.«

»Ein Klon?« Überrascht von ihrer sofortigen Antwort auf seine Frage blieb er stehen und sah sie stirnrunzelnd an.

»Ja. Das ist naheliegend. Wenn der *Teleporter* keine Körper teleportiert – was physikalisch ohnehin so gut wie unmöglich wäre –, dann tut er es vielleicht bloß mit Informationen. Eine DNA-Sequenz würde möglicherweise reichen.« Mila nickte gedankenversunken. »Das wäre mit einem viel geringeren Energieaufwand verbunden und könnte über die Induktionsfelder oder einen anderen Weg – vielleicht sogar die Atemluft – geschehen. Auf der anderen Seite wird dein Körper dann in Form eines Klons aufgebaut und dein Bewusstsein, das immerhin nicht aus Materie zu bestehen scheint, würde einfach hineingeladen. Eine perfekte Kopie.«

»Also war das gar nicht ich?«

»Das ist eine Definitionsfrage.« Sie winkte ab. »Die korrekte Frage lautet: Wo kommt das Material für den Klon her. Er war biologisch, hast du gesagt, keine Maschine. Sonst hättest du nicht unter der Bildung eines Abszesses leiden können.«

»Ein menschlicher Körper ist doch nur ein Sack aus Fleisch und Blut, der von Knochen aufrecht gehalten wird, oder?«

»Ja. Er ist in seiner Grundstruktur sehr simpel. Es ist erst die Emergenz, die ihn zu etwas Komplexem macht, das Zusammenspiel sehr vieler *dummer* Einzelteile, die in ihrer Summe ein komplexes, intelligentes Wesen bilden«, erklärte sie. »Sechzig Prozent sind Wasser, etwa sechzehn Prozent Proteine, zehn Prozent Lipide, eins Komma zwei Prozent Kohlenhydrate und noch fünf Prozent Mineralstoffe und ein Prozent Nukleinsäuren, wie unter anderem die DNA. Auf der Ebene der Elemente sechsundfünfzig Prozent Sauerstoff, achtundzwanzig Kohlenstoff, neun Wasserstoff, zwei Stickstoff, eins Komma fünf Calcium, ein Prozent Chlor, ein Prozent Phosphor, etwas Magnesium und Schwefel und noch ein paar Elektrolyte wie Kalium und Natrium. Das war's. Jedes komplexe Lebewesen weist diese Stoffe in leicht abweichenden Zusammensetzungen auf.«

»Aber wo bekommt der Teleporter das alles her?«

»Es muss eine Quelle für Biomasse besitzen, die es irgendwie gewinnt.«

»Oder die ihr zugeführt werden muss«, wandte er ein und sie nickte.

»Oder das, ja. Ich muss darüber nachdenken«, sagte sie und stand auf.

»Warte!«, entfuhr es ihm und er schluckte. Er wollte nicht, dass sie ging. Er mochte Mila und die Kälte in ihrem Blick zu sehen, schmerzte ihn.

»Worauf?«

»Ich …« James biss sich auf die Zunge und machte ein gequältes Gesicht.

»Möchtest du mir etwas sagen?«

Er dachte an den Augenblick im Teleporter, als Norton ihn konfrontiert und vorgeführt hatte, diesen einen Moment, in dem er beinahe etwas gesagt hätte – *alles* gesagt hätte. Aber das durfte er nicht.

»Ich kenne diesen Ausdruck im Blick eines Mannes«, sagte Mila. »Von meinem Vater. Er hat im Afghanistankrieg gekämpft und Dinge erlebt, die niemand erleben will. Gesprochen hat er darüber nie, er wollte uns angeblich nicht damit belasten. Irgendwann ist er an Krebs gestorben und ich bin mir sicher, dass es die Mauer in seinem Inneren war, die er zwischen sich und denjenigen, die er geliebt hat, bauen musste. Zumindest hat er geglaubt das zu müssen. Uns zu schützen. Ich hätte lieber meinen Vater gehabt, als seine Entscheidung, die er für mich und die ganze Familie getroffen hat, ohne, dass wir ein Mitspracherecht haben.«

James schluckte, sagte aber nichts. Mila nickte.

»Du sollst ein Lügner sein, ein Betrüger. Das bist du auch, ich sehe es in deinen Augen. Aber ich sehe das Gleiche, was ich bei meinem Vater gesehen habe. Lügen ist dir zur Gewohnheit geworden, diese innere Mauer, die du nicht einreißt. Sie wird dich irgendwann umbringen. Das tut sie mit allen guten Männern.«

»Guten Männern?«, fragte er.

»Ja. Du hättest mich im Teleporter verpfeifen können. *Ich* hatte den Plan, den anderen Sitz auszuprobieren, ohne die anderen zu fragen. Das war *meine* Verantwortung und du bist mir zuvor gekommen, um mich zu schützen. Welcher Kriminelle tut das?«

James schwieg und Mila seufzte, drehte sich um und ging zur Tür, ehe sie sich noch einmal umdrehte.

»Ich weiß nicht, ob du dich irgendwann erhängst oder den Rest deines Lebens in deinem selbstgeschaffenen Gefängnis verbringst. Aber eines weiß ich: Ehe du stirbst, wird es dir wie meinem Vater ergehen, und du bereust, dass du sämtliche Entscheidungen für andere getroffen und nie die Wahrheit gesagt hast. Die Wahrheit kann sich nämlich gut um sich selbst kümmern und braucht deine Hybris nicht, die zu wissen glaubt, was gut für andere ist. Frag dich einfach, ob dein bisheriges Verhalten die Welt deiner Mitmenschen besser oder schlechter gemacht hat.« Damit drehte sie sich um und öffnete die Tür.

»Warte!«, hielt er sie im letzten Moment auf und sie machte einen Schritt zurück, ohne sich umzudrehen. »Schließ bitte die Tür.«

Sie tat es, und er holte tief Luft, ehe er sich aufs Bett fallen ließ und das Gesicht in den Händen vergrub.

»Es hat angefangen mit der Agenturfusion. Es stimmt, ich war ein Seniorberater bei Benson&Schuster, als ich Joana kennenlernte. Ihr Vater war so etwas wie der Star der New Yorker Public Relations Szene. Jeder, der etwas auf sich hielt, wollte ihm mal die Hände schütteln. Ein echtes Urgestein der Branche. Viele haben mir vorgeworfen, mich an seine Tochter rangeschmissen zu haben, um an ihren Vater zu gelangen, weil ich zugegebenermaßen sehr karrierefixiert war damals. Ich hatte ja sonst auch nichts in meinem Leben, das mir Bedeutung und Antrieb gegeben hätte. Ich wollte Geld und Erfolg und oben mitschwimmen. Vielleicht war es anfangs sogar so, dass ich gewisse Hintergedanken hatte, als ich sie bei einem Empfang der Agentur ihres Vaters, *Bretoni&Partners,* angesprochen habe. Aber falls es so war, änderte es sich schnell. Sie war umwerfend. Intelligent, witzig und vor allen Dingen so *lebensfroh.* Sie wollte nichts zu tun haben mit der Geldgeilheit der New Yorker Oberschicht, dem endlosen Small Talk und den prüfenden Blicken, ob man auch die neueste Mode trägt, oder schon auf dem absteigenden Ast ist. Sie wollte die Welt verändern, sie sehen, spüren, besser machen. Und ihr Vater Augustus hat sie bei allem unterstützt. Er hat sie nie in eine Richtung gedrängt, und sie hat ihn geliebt. Sie hat ihn so sehr geliebt, dass sie über nichts anderes geredet hat, als über *ihren Papi.* Ich glaube, es hat auch damit zu tun, dass ihre Mutter an Krebs gestorben ist, als sie zwölf war. Das hat tiefe Narben in ihr hinterlassen und letztendlich wohl dazu geführt, dass sie ihr Leben der Kinderhilfe verschrieben hat.« James seufzte langgezogen. Es fühlte sich merkwürdig an, über eine Vergangenheit zu reden, die er bislang nur mit sich selbst und in sich selbst ausgemacht hatte. Jedes Wort, das seinen Mund verließ, hatte etwas Erleichterndes, als blättere ein Stück Beton von ihm ab. »Er war ein guter Mann, weißt du? Er war willensstark in der Sache und weich im Detail. Er wusste immer, was er wollte, war aber nicht bereit, anderen auf dem Weg dahin zu schaden. Seine Mitarbeiter liebten ihn, die Kunden sowieso. Aber auch er hatte seine Schatten. Und dazu gehörte ...«

»Du hast noch nie darüber gesprochen, oder?«, fragte Mila.

»Nein. Aber es ist richtig. Wenn nicht in einem unterirdischen Bunker, wo dann?« Er lächelte traurig und schluckte den Kloß in seinem Hals herunter. »Dazu gehörte eine Affäre mit

Joanas ehemaligem Kindermädchen *Dorina*, während ihre Mom noch am Leben war. In der Zeit ihrer Krebserkrankung war er vollkommen überfordert und flüchtete sich in die Arme einer anderen Frau. Joana hätte dieses Wissen zerstört, und das wusste er. Er wollte es unbedingt wiedergutmachen und sah nur eine Lösung, er folgte seinem eigenen Rat, den er anderen häufig gegeben hatte: *Klaust du jemandem zwei Bonbons, musst du ihm drei zurückgeben.* Er stand also vor einem Dilemma: Seiner Frau hatte er Unrecht getan und seiner Tochter auch, indem er ihr die Wahrheit vorenthielt. Gleichzeitig war er nicht bereit, sie im Namen der Wahrheit zu verlieren oder ihr Leben zu zerstören, also brachte er ein Opfer: seine Agentur. Er machte mich zum Partner und überschrieb mir den Großteil seiner Anteile. Joana hätte ihm niemals geglaubt, dass er einfach so sein Lebenswerk abgibt, also gab er mir ein paar belastende Dokumente über Ungereimtheiten in der Buchführung. Ich sollte sie den anderen Partnern anonym zukommen lassen. Seine Idee war, dass er mehr Zeit mit Joana verbringen könnte, wenn er die Agentur nicht mehr hatte, aber die Sache flog auf, und es wurde bekannt, dass ich die Unterlagen lanciert hatte. Joana hat es mir nie verziehen, und ich konnte ihr die Wahrheit nicht sagen. Ich hatte es Augustus versprochen, und ich sah, wie sehr sie die Zeit mit ihm genoss. Sie fuhren zusammen in den Urlaub, fuhren Ski, zogen in die Nähe voneinander. Sie trennte sich von mir, und ich hatte an meinem emotionalen Tiefpunkt erwogen, ihr die Wahrheit auf den Tisch zu legen, um sie zurückzubekommen, aber wie egoistisch wäre das gewesen? Wer war ich, der lange nach ihrem Vater in ihr Leben gekommen war, zu entscheiden, dass sie ihn von nun an hassen musste, um mich lieben zu können?«

Mila setzte sich neben ihn, die Miene ruhig, aber in ihren Augen glänzte Mitgefühl.

»Anfangs lief es gut für die beiden, doch Joana gründete eine eigene Non-Profit-Organisation und erwog, nach Afrika zu ziehen. Ihr Dad wollte mit, doch es wurde immer deutlicher, dass er seine Arbeit vermisste. Er stand sein Leben lang im Mittelpunkt, gehörte zur New Yorker High Society und war selbst mit dem Senator und dem Gouverneur per du. So etwas gibt man nicht ohne Spuren von einem auf den anderen Tag ab. Eines Tages besuchte er mich in der Agentur und erwog, ein paar Beratertätigkeiten pro bono für uns zu machen und ich stimmte natürlich zu. So wollte er auch endlich meinen Namen reinwaschen, was ihm nie gelang, obwohl er Joana stets versicherte, dass er mir nicht böse sei. Auf dem Rückweg geriet er in Glatteis und fuhr gegen einen Baum auf der 6th Street und starb noch im Krankenwagen. Danach wollte Joana nie wieder mit mir reden. Sie glaubte, dass es ein Suizid war, obwohl der Polizeibericht das nicht bestätigt. Aber er war unklar genug, um ihre Meinung zu stärken.«

»Sie hat dich verantwortlich gemacht«, meinte Mila. »Oh nein.«

»Ja. Sie hat gesagt, dass ich ihr nie wieder nahekommen solle.«

»Hast du deshalb diesen neuen Job angefangen? Als Lösegeldverhandler?«

»Ich glaube schon. Ich habe meine Agenturanteile verkauft, wollte damit nichts mehr zu tun haben und habe alle Einnahmen davon, insgesamt sechzehn Millionen Dollar, anonym an ihre neugegründete Hilfsorganisation gespendet. Das klingt, als wollte ich meine Weste reinwaschen, aber so war es nicht. Trotz meiner eigenen Trauer über das Aus mit der Frau, die ich liebte, tat sie mir unendlich leid. Ich wollte einfach alles tun, was ich konnte, um ihr Leid zu mindern und der Start in ein neues Leben mit ihrer eigenen Hilfsorganisation, die ihr am Herzen lag, erschien mir ein guter Weg zu sein. Bei meiner neuen Arbeit habe ich das Adrenalin genossen, die Angst vor dem Tod, meiner Auslöschung, die mir wie eine verheißungsvolle Erlösung vorkam. Ich weiß, das klingt schwächlich, aber vermutlich war ich nicht mutig genug, mich einfach von einer Brücke zu stürzen. In vielen Augenblicken hätte ich es gerne getan, um meinem Selbstmitleid zu entkommen. Aber ich fand einen anderen Grund, um am Leben zu bleiben: Ich sah eine Chance und machte krumme Geschäfte mit den Erpressern. Ich sicherte mir einen eigenen Anteil dafür, dass ich ihnen Informationen weitergab, die ihnen dabei halfen, in Zukunft noch mehr Geschäfte zu machen. Das sicherte mir gute Ergebnisse mit geringeren Lösegeldern, häufig bis zu einer halben Million Provision und gute Kontakte.«

»Die Einnahmen hast du auch an Joanas Organisation gespendet, nehme ich an?«

»Ja. Ich hatte eine etwas romantisierte Vorstellung davon, dass ich das Geld schlechten Leuten wegnahm, und in etwas Gutes investierte. So konnte ich wenigstens etwas wieder gutmachen, auch wenn sie es niemals erfahren würde. Eine Zeit lang habe ich mich tatsächlich besser gefühlt.«

»Weißt du, was dein größter Fehler war? Die größte Verletzung, die du ihr zugefügt hast?«, wollte Mila wissen.

Er antwortete nicht, sah aber auf und erwiderte ihren Blick durch wässrige Augen.

»Dass du sie für nicht stark genug gehalten hast, um die Wahrheit zu ertragen. Sieh, was du ertragen hast die ganze Zeit. Du musst sehr wenig von ihr halten, wenn du ihr nicht ansatzweise die gleiche Stärke zutraust. Du hast kein Recht, die Wahrheit für sie vorzukauen und zu sortieren. Jeder muss seinen eigenen Weg mit dem Schicksal finden, und auch wenn du ein Versprechen hättest brechen müssen, hättest du es wenigstens nach seinem Tod tun können. Das kleinere Übel.«

»Sie würde mir nicht mehr glauben«, war er sich sicher. »Jetzt nicht mehr.«

»Schon wieder denkst du für sie!«, schalt ihn Mila und boxte ihm so heftig gegen die linke Schulter, dass er für einen

Augenblick glaubte, dass die Verletzung von seinem Sturz aus dem Teleporter wieder zurück sei.

»Au!« Er rieb sich die schmerzende Stelle und blinzelte Mila überrascht an. »Ich schätze, das habe ich verdient.«

»Ja.« Sie stand auf. »Du musst die Wahrheit sagen.«

»Was? Norton und Pavar? Die ...«

»Nein, *slaboumnyy!*« Mila verdrehte die Augen. »Die geht das einen feuchten Kehricht an, außerdem wollen sie dich nicht raushaben, weil du deine ehemalige Verlobte belogen oder den Staat um Geld geprellt hast, das wussten sie offenbar schon, bevor sie dich für den Job hier wollten. Sie haben dich falsch eingeschätzt und glauben, dass du ein unberechenbares Element bist. Ich schätze sie dachten, dass du ein Angsthase und Egoist wärst und glaubten dich so gut einschätzen und führen zu können. Da siehst du, wie gut du darin warst, das Versprechen an deinen Beinahe-Schwiegervater einzuhalten.«

»Ja ...«

»Wenn du hier raus bist, wirst du zu ihr fliegen und ihr die Wahrheit sagen, verstanden?«

»Aye-aye, Ma'am«, versprach er mit einem traurigen Lächeln. Allein die Vorstellung, es umzusetzen, ließ ihn frösteln.

Es klopfte an der Tür. Hart und kurz.

»Ein letzter Tipp noch«, sagte Mila. »Sprich mit Pavar. Geh nicht einfach kampflos und versuch, sie von deiner Geschichte zu überzeugen. Vielleicht hilft es dir nicht mehr, aber uns. Nimm dir die Zeit, um ihr alles zu erzählen, was du mir erzählt hast. Dann kannst du erhobenen Hauptes gehen.«

Sie kam zu ihm und nahm ihn fest in die Arme.

»Danke.«

Ehe er – überrascht von der Umarmung – reagieren konnte, war sie schon auf dem Weg zur Tür und öffnete sie. Davor stand Major Norton und hinter ihm zwei Soldaten mit grimmigem Blick.

12

James erlebte gleich zwei Überraschungen. Die eine war, dass er Norton wirklich darum bat, ein letztes Mal mit Pavar reden zu dürfen, um ihr *wichtige Informationen* mitzuteilen, und dass die Einrichtungsleiterin tatsächlich nicht widerstehen konnte und zustimmte. Die andere war, dass er keinerlei Angst vor dem Gespräch hatte, weil er sich geradezu befreit fühlte. Seine Beteiligung an dem Projekt war vorbei, daran gab es keinen Zweifel, aber Mila die Wahrheit mitgeteilt zu haben, die er so lange mit sich herumgeschleppt hatte wie eine Kugel aus Blei, die immer größer geworden war, war befreiend gewesen. Vielleicht konnte er es tatsächlich schaffen, Joana die Wahrheit zu sagen, ohne allein bei dem Gedanken daran zugrunde zu gehen. Norton wollte zuerst nicht einmal bei Pavar anfragen, doch James konnte ihn davon überzeugen, dass er dann weniger Probleme mit ihm bekommen würde und er ohnehin einverstanden sei, zu gehen. Als die Dekanin dann auch noch zustimmte, war nicht zu übersehen, dass der Major weder damit gerechnet hatte, noch besonders glücklich mit dem Ergebnis war.

Pavars Büro befand sich zu seiner Überraschung im Erdgeschoss, weit über der Höhle mit ihrem mysteriösen Teleporter. Ein ehemaliger Lagerraum war ausgeräumt und mit zwei großen Schreibtischen – einer für sie und einer für Kowalski – Aktenschränken und Fernsehern ausgestattet worden. Sie brauchte offenbar ihre Laptops und Computer, um arbeiten zu können, und dem wie verrückt auf einer Tastatur tippenden Assistenten nach zu urteilen, brauchte er sie noch mehr.

»Mr. Hamilton.« Pavar stand nicht auf, als er eintrat, scheuchte aber die beiden Soldaten hinaus, die ihn begleiteten. Major Norton ließ sie die Tür von innen schließen. Sie war noch dabei, Dokumente zu unterzeichnen, und hob nicht den Blick. James fühlte sich wie ein Schulkind, das vor die Rektorin zitiert wurde, aber er konnte keinen Missmut darüber in sich finden, da er noch zu sehr damit beschäftigt war, sich vorzustellen, wie es sein würde, Joana anzurufen. Würde sie überhaupt abheben? Oder hatte sie seine Nummer längst blockiert? Vielleicht musste er über ihre Hilfsorganisation gehen?

»Ich habe mir schon gedacht, dass Sie nicht einfach so ihre Sachen packen und verschwinden«, sagte Pavar irgendwann und bedeutete ihm endlich, auf dem einzigen Stuhl vor ihrem Tisch Platz zu nehmen. Er war aus Aluminium und seine Arm- und Rückenlehnen ungepolstert und kalt. Genau so, wie sie es wollte, schätzte er. »Laut geltenden Arbeitsgesetzen steht Ihnen ein Vier-Augen-Gespräch zu, und anders als gewisse Personen halte ich mich an Vorschriften.«

»Danke«, gab er zurück, ohne auf ihren Tadel einzugehen. »Ich verstehe Ihre Entscheidung und bin nicht hier, um Ihnen eine lange Rede zu halten, damit Sie sie ändern.«

»Gut.« Sie wirkte überrascht, wusste es aber gut zu verbergen – sogar für jemanden wie ihn. »Was kann ich also dann für Sie tun?«

»Ich bin mir sicher, dass Sie glauben, ich sei durchgedreht, oder hätte etwas erfunden, damit Sie mich nicht rauswerfen.

Das ist nicht so, aber mir ist auch klar, dass Sie mir das so oder so nicht abkaufen würden.«

Pavar entwirrte ihre vor sich verschränkten Finger in einer Geste, die auszudrücken schien, dass er sie ertappt hatte.

»Trotzdem denke ich, dass Sie eine rational denkende Frau sind und Entscheidungen nach ihren logischen Konsequenzen treffen. Wenn Sie mich jetzt rauswerfen, ohne meine Informationen zu haben, entgeht Ihnen womöglich ein Puzzlestück, über dessen Fehlen sie sich in Zukunft ärgern könnten«, fuhr er fort.

»Die Chance schätze ich als sehr gering ein.«

»*Sehr gering* bedeutet nicht, dass es sie nicht gibt.«

»Also gut, Mr. Hamilton.« Pavar schob demonstrativ den Papierstapel vor ihrer Brust von sich und lehnte sich in ihrem Stuhl zurück. »Kowalski? Protokoll bitte.«

»Natürlich, Ma'am!«

James räusperte sich und begann ihr dann, jedes Detail von seinem Erlebnis auf dem fremden Planeten zu schildern, chronologisch und ruhig, so wie er es bei Mila im zweiten Anlauf geschafft hatte. Jetzt, beim dritten Mal, fiel es ihm schon viel leichter, Ordnung in das Chaos zu bringen. Wirklich detailliert zu sein, half auch ihm dabei, sich alles genau bewusst zu machen, und die Dekanin unterbrach ihn nicht ein einziges Mal. Lediglich das unablässige Tippen von Kowalskis Fingern auf der Tastatur begleiteten seine Wörter.

Als er geendet hatte, nickte Pavar.

»Danke für Ihren Bericht. Mein Assistent wird Sie noch bitten, ihn zu unterzeichnen, dann können Sie gehen.«

James blinzelte überrascht. Er hatte mit allem gerechnet; Protest, Belustigung, sogar einer brüsken Abfuhr. Aber da hatte er sich offenbar getäuscht. Die Dekanin blieb so unterkühlt wie ein Herbstwind und beugte sich wieder nach vorne, verschränkte die Hände vor sich auf der Tischplatte.

»Das wäre dann alles, Mr. Hamilton.«

»Eine Frage noch«, sagte er.

Pavar hob tadelnd eine Augenbraue, machte jedoch einen beschwichtigenden Wink, der vermutlich Major Norton in seinem Rücken gegolten hatte.

»Wie glauben Sie, dass Sie dieses Projekt zu einem Erfolg führen wollen, wenn Sie das Eingehen von Risiken nicht dulden? Ich kann mir vorstellen, dass die politischen Implikationen durch die zwangsweise Beteiligung der Europäer und Russen ein tägliches Hickhack mit sich bringen, das Ihnen am meisten Sorgen macht. Dieses Projekt wird Ergebnisse liefern müssen, ehe es zu echten Differenzen zwischen den Vertragspartnern kommen kann. Mit einem zu engen Regelbuch werden Sie keine Ergebnisse erzielen.« James beugte sich vor. »Der Teleporter ist vielleicht die größte Chance der Menschheit, ein Tor zu anderen Welten. Was Sie mit meinem Rauswurf erreichen, ist, dass Sie das Leitungsteam einschüchtern und vor Alleingängen warnen.«

Ihre reglose Miene war Bestätigung genug für seine Vermutung.

»Aber überlegen Sie sich gut, ob das der richtige Weg ist. Wenn Sie die Forscher an eine zu kurze Leine nehmen, werden Sie gar nichts herausfinden. Um zu wissen, was Schwarzpulver ist, mussten die Chinesen es erst einmal anzünden, und es gab viele Unfälle, bis man es nutzen konnte. Sehen Sie nur, wie weit wir jetzt damit gekommen sind – trotz all der negativen Auswirkungen.«

»Danke für Ihre Einlassungen«, sagte Pavar und wedelte ihn mit einer Hand fort. »Sie dürfen jetzt gehen. Denken Sie an die Geheimhaltungsvereinbarungen, die Sie unterzeichnet haben.«

»Keine Sorge. Ich nehme an, das die NSA mich gut genug im Blick haben wird, um sicherzustellen, dass nicht einmal mehr die Wörter *Objekt* und *Wisconsin* in meinem Wortschatz auftauchen.«

»Leben Sie wohl.« Pavar zog ihre Akten wieder zu sich und klappte die oberste auf.

»Kommen Sie«, forderte Norton James auf und fasste ihn am Ellenbogen. James leistete keinen Widerstand, stand auf und ließ sich von dem Major nach draußen führen. Auf der anderen Seite des künstlichen Empfangsbereichs standen die beiden Soldaten an den Fahrstühlen und wollten gerade zu ihnen herüber kommen, als der Offizier sie mit ausgestreckter Hand davon abhielt und sich vor James stellte.

»Was auch immer das wert ist: Ich denke, dass Sie in der Sache recht haben. Wir müssen etwas wagen, mutig in die Dunkelheit schreiten, weil wir nur so Licht hineinbringen können«, erklärte Norton ernst. »Dementsprechend bin ich für mein weiteres Wirken hier froh, dass Sie der Dekanin diese Ansprache gehalten haben.«

»Sie ... Sie stimmen mir zu?«, fragte James verwirrt.

»Ja. Ich habe Sie da unten vor den anderen runtergemacht und da bin ich nicht stolz drauf, aber es musste sein.«

»Um das Team zusammenzuschweißen und nicht gegen sich aufzubringen.«

»Das ist richtig. Dieses Projekt ist wichtiger als ich und auch wichtiger als *Sie.* Und ich bleibe dabei: Sie hätten nicht einfach so einen Alleingang machen dürfen. Dafür ist diese Sache viel zu gefährlich! Was Sie hier und jetzt getan haben, hätten Sie vorher tun sollen. Pavar ist kalt wie Stahl, aber sie ist auch klug und besonnen und offen für gute Argumente. Sie zu übergehen und Fakten zu schaffen, ohne sie einzubeziehen, war aber ein Fehler, der Sie nun Ihre Beteiligung gekostet hat. Vielleicht denken Sie daran, wenn Sie in Zukunft noch einmal eine Chance bekommen.«

»Ich glaube nicht, dass es für mich ein Zurück in meinen alten Job gibt, oder?«, fragte James und Norton schüttelte erwartungsgemäß den Kopf.

»Nein. Man hat in Washington und Philadelphia offensichtlich ein Auge zugedrückt, weil Ihre Ergebnisse gestimmt haben, aber mit Ihrem Wissen über ein Projekt, das nicht einmal ihre Arbeitgeber in den Ministerien kannten, wird man Sie nicht mehr in die Nähe von Kriminellen lassen. Zumindest gehe ich davon aus.«

»Ich verstehe. Vermutlich ist es besser so.«

»Mit Ihren Gaunereien dürften Sie ja ohnehin ausgesorgt haben«, meinte der Major und die beißende Kritik in seiner Stimme war nicht zu überhören. James hatte den Eindruck, dass der ältere Soldat zwischen einer merkwürdigen Sympathie und gleichzeitig moralischer Ablehnung ihm gegenüber hin- und hergerissen war. Das konnte er gut verstehen, ging es ihm selbst doch genauso.

»Nein.«

»Nein?«

»Das würden Sie nicht verstehen. Aber danke der Nachfrage. Ich werde schon durchkommen.« James warf einen letzten Blick auf die Fahrstuhltüren und seufzte innerlich. Er hoffte, dass es Nasaku gut ging und ihr nichts zugestoßen war. Obwohl er furchtbare Angst gehabt hatte, wäre er am liebsten noch einmal zu ihrem Planeten gereist, einfach nur, um sicherzustellen, dass er existierte. Während seines unfreiwilligen Aufenthalts dort hatte er nichts mehr gewollt, als wieder nach Hause zu kommen, weg von diesem unheimlichen Ort mit seinem Gestank, der depressiven Trostlosigkeit und den schrecklichen Geräuschen. Jetzt wollte er zurück. Es war verrückt. Doch die Einsicht, dass er nie wieder dort unten sein würde und sich die nächsten Wochen und Monate – vielleicht sogar Jahre – den Kopf darüber zerbrechen musste, was hier wohl geschah, ob die anderen Teleporter gefunden wurden und was das Team noch herausfand, stimmte ihn traurig.

»Die beiden Privates werden Sie zum Flughafen von Cheyenne fahren«, unterbrach Norton seine Grübeleien, als die Soldaten vor ihnen ankamen und in Richtung der Tür deuteten.

Das war's dann also, gestand er sich ein und nickte bloß, unfähig, etwas zu sagen. Er fühlte sich wie fremd im eigenen Körper, als er langsam zum Ausgang schlurfte, flankiert von den Soldaten. Seine Glieder fühlten sich schwer an wie Blei und sein Kopf seltsam leer. Bis eben noch hatte er unter Adrenalin gestanden, oder zumindest unter der Aufregung dessen, was geschehen war: Seine Rückkehr, die Erleichterung, gefolgt von dem Schock über Nortons Anschuldigungen vor dem Team und ihre enttäuschten Blicke. Dann das Gespräch mit Mila, das ihn vollkommen durcheinandergebracht hatte. Jetzt war er wie ein Passagier in seinem Kopf, beobachtete, wie er einen Fuß vor den anderen setzte und realisierte zum ersten Mal, dass es tatsächlich vorbei war. Was sollte er jetzt tun? Wo sollte er hingehen? In seine Wohnung nach New York? Arbeitslos mit einem ordentlichen Betrag auf dem Konto, aber ohne etwas zu tun? Er hatte in den letzten Jahren nicht viele Freunde gehabt, da seine Schulfreunde über das Land verstreut waren und er sie nach seiner Begegnung mit Joana vernachlässigt hatte. Sein Job als Lösegeldverhandler war dann schließlich so etwas wie der letzte Sargnagel für sein Sozialleben gewesen. Nie konnte er wissen, wann er wieder losmusste und für wie lange. Manchmal eine Woche, manchmal zwei und immer spontan. Jetzt aber hatte er keine Joana, keinen Job und keine Freunde und die Aussicht darauf, alleine in seiner Wohnung in Manhattan zu sitzen, zu der er nie einen Bezug hatte aufbauen können, jagte ihm Angst ein. Er würde viel zu viel Zeit haben, über all das nachzudenken, was hier geschehen war. Er war Teil von etwas Großem gewesen, ein Schwenk des Schicksals aus seiner Misere des Selbstmitleids heraus in das größte Abenteuer der Menschheitsgeschichte hinein. Was für ein Geschenk das doch gewesen war, trotz der Umstände mit seiner Extraktion aus Mombasa.

Wie habe ich das nicht sehen können?, dachte er und hielt an, sah zurück zu den Fahrstühlen und es traf ihn wie ein Schlag. Er wollte losstürmen, die beiden Soldaten überrumpeln und auf die Schalttafel einhämmern, einfach nur, um zurückzukommen. Es durfte einfach noch nicht vorbei sein.

»Weitergehen!«, forderte ihn der rechte, ein kräftiger Private mit kühlem Blick, auf.

James schluckte und folgte der Anweisung mit hängenden Schultern. Das Licht, das durch das milchige Glas der Eingangstür fiel, war hell genug, dass es ihm in den Augen weh tat. Für ihn wirkte es wie eine Luftschleuse in ein anderes Leben, der endgültige Beweis, dass all das hier bloß ein Traum gewesen sein würde, wenn er erst einmal hindurchgetreten war.

Plötzlich erklang ein Alarm. Ein hohes Jaulen, das durch Mark und Bein ging und die Scheiben in der Tür klirren ließ. Er zuckte zusammen und fuhr herum. Die beiden Soldaten waren für einen Augenblick überrascht und drehten sich ebenfalls um.

James nutzte diesen kurzen Moment der Unachtsamkeit seiner Aufpasser und stürmte an ihnen vorbei in Richtung von Pavars Bürotür.

»HEY!«, brüllte einer von ihnen, doch da hatte er bereits einige Schritte Vorsprung.

Die Sirenen schrillten so unangenehm in seinen Ohren nach, dass er sie sich am liebsten zugehalten hätte, doch dafür blieb keine Zeit, als er auf die Tür zustürzte. Adrenalin ließ seine Haut prickeln und das Gefühl, gejagt zu werden und plötzlich von hinten gepackt werden zu können, elektrisierte ihn auf unangenehme Weise. So war er erleichtert, als er die Klinke runter drückte und hinter sich unterdrückte Flüche hörte.

Ehe er sich davon abbringen konnte, drehte er sich um und sah, dass die Soldaten mit beiden Händen ihre Pistolen in den Hüftholstern festhielten. Seine Zunge begann zu kribbeln.

»Das Magnetfeld!«, rief er an niemanden Bestimmtes gerichtet und stürmte in das Büro der Dekanin, als seine Aufpasser sich wieder gesammelt hatten und die Verfolgung aufnahmen. Einer von ihnen hätte ihn beinahe geschnappt, doch James wich der nach ihm schnappenden Hand aus und schlüpfte durch den offenen Türspalt. Einer der beiden krachte so laut gegen die Tür, dass man es selbst über den Alarm hinweg hören konnte. Zu seinem Glück drückte der Aufprall die Tür zurück ins Schloss.

Pavar und Norton standen vor einem der großen Fernseher an der Wand und hatten sich in seine Richtung gedreht, die Gesichter in einer Mischung aus Überraschung und Tadel verzogen. Kowalski.

»Wurde er aktiviert?«, rief James atemlos. »Der Teleporter?«

»Möglicherweise. Es gab wieder einen Anstieg im Magnetfeld, aber ich wüsste nicht, was Sie das noch anginge. Sie sollten längst …«

»Tut uns leid, Ma'am!« Die Stimme gehörte einem seiner Aufpasser und James' Mut sank. Als er grob an den Armen gepackt wurde, war das Kribbeln auf seiner Zunge verschwunden. Auch die Dekanin und der Major schienen es zu merken und sie gab Kowalski, der an dem Fernseher stand, einen ungeduldigen Wink, der daraufhin das Display einschaltete und zwei Schritte zurückmachte. Auf dem Bild war das Innere des Teleporters tief unter ihnen zu sehen. Zwei Gestalten in weißen Schutzanzügen standen mit den Rücken zu einer der Wabenwände, zwischen zwei aufgestellten Infrarotkameras, und starrten auf einen der inneren Sitze, auf dem etwas passierte.

»Meine Güte!«, hauchte Pavar.

James merkte, dass der Griff um seine Arme etwas nachließ und riss sich los, um zu ihr und dem Major zu laufen. Er stellte sich neben sie, und sie schienen ihn nicht einmal zu bemerken, so gebannt starrten sie auf das, was sich auf dem Kamerabild abspielte.

Der eine Sitz – er glaubte, dass es derjenige gegenüber demjenigen war, auf dem er selbst gesessen hatte – schien in Bewegung geraten zu sein, obwohl es sich vermutlich um eine optische Täuschung handelte, denn bewegen tat sich etwas *in* dem Sitz. Als würden aus unsichtbaren Poren winzige Schweißperlen herausgedrückt werden, bildete sich eine milchige Schicht auf der Sitzfläche und floss ineinander wie Quecksilber, bildete Verbindungen, die mit großer Oberflächenspannung Blasen bildete. Nach und nach wuchs die Flüssigkeit an, als würde sie mit Luft im Zeitraffer aufgepumpt. Es bildeten sich zwei lange Auswüchse, die nach unten krochen.

»Was ist das, Major?«, fragte Pavar mit dünner Stimme und starrte gebannt auf das, was dort im Teleporter geschah.

Norton antwortete nicht, offenbar unfähig, sich auf etwas anderes zu konzentrieren als das, was er dort sah.

»Ein Klon«, murmelte James.

»Was?«

»Ein Klon!«, wiederholte er heiser, nachdem er sich geräuspert hatte. Mittlerweile war grob die Form eines humanoiden Körpers erkennbar, milchig weiß und zähflüssig, doch die Farben änderten sich bereits, wurden rötlich und gelb an einigen Stellen, ehe sich ein cremefarbener Schimmer darüber legte. »Der Teleporter, er erzeugt Klone, in die das Bewusstsein seiner Reisenden geladen wird. Mila hatte recht!«

»Doktor Schaparowa?« Pavar packte ihn am Handgelenk. »Was wissen Sie darüber, Mann?«

»Wenn die Reisenden nicht den heimischen Teleporter verlassen, dann muss es sich um eine Maschine handeln, die nur das Bewusstsein transportiert. Aber um ein Bewusstsein nutzen zu können, braucht es einen Körper. Es braucht *den* Körper, da es unwahrscheinlich ist, dass es in einem anderen funktionieren würde. Zumindest müsste man mit negativen psychischen Konsequenzen rechnen. Aber wie hat sie das Problem mit der Biomasse gelöst?«

Mittlerweile war klar erkennbar, dass sich auf dem Sitz in der Mitte des Kamerabildes, das ab und zu stockte und von weißem Rauschen durchsetzt war, ein menschlicher Körper bildete. Haare sprossen aus der frischen Haut, drückten sich über der Stirn durch die Kopfhaut. Aus weißer Masse schälten sich Zeh- und Fingernägel heraus, Augen nahmen eine Farbe an, versteckten sich dann unter Lidern mit langen Wimpern, die aus ihnen hervorwuchsen.

»Nasaku!«, rief er triumphierend, als er ihr knöchernes Gesicht mit den schrägstehenden Augen und dem von Falten umgebenen Mund zu erkennen begann. Sie sah aus wie ein Habicht, unverwechselbar. Sie war natürlich nackt, und er war erstaunt, wie zart sie gebaut war. Sehnig und mit straffen Muskeln, aber doch zarter als die harte Überlebenskünstlerin, als die er sie mit all den Lagen stinkenden Stoffs in Erinnerung gehabt hatte.

»Das ist die Frau, die Sie gesehen haben?«, fragte Pavar ungläubig.

»Ja! Das ist sie! Sie lebt! Und sie hat es doch hierher geschafft. Mila, du verdammtes Genie!«

Pavar und Norton wechselten einen Blick. Auf dem Fernseher war zu sehen, dass Nasaku zum ersten Mal blinzelte und mit gerunzelter Stirn ihre Hände betrachtete. Die beiden Gestalten in den weißen Schutzanzügen harrten noch immer wie erstarrt an der Wand aus, die Hände hinter sich an die Waben gedrückt, als versuchten sie, rückwärts zu verschwinden.

»Sie hat Angst«, sagte James und streckte eine Hand nach dem Bild aus.

»Major, schaffen Sie Mr. Hamilton da runter. Sofort.«

»Sind Sie ...«

»Ja. Jetzt machen Sie schon! Das ist ein Erstkontaktszenario, bis wir besser wissen, mit was wir es zu tun haben. Also halten wir uns ans Protokoll.«

»Sie meinen, dass ich …«, setzte James an, doch Pavar bedeutete ihm mit einem Wink, zu schweigen.

»Vielleicht hatten Sie recht«, gab die Dekanin zu. »Solange wir davon ausgehen müssen, lasse ich Sie nicht gehen.«

»Ich würde für kein Geld der Welt gehen. Ich muss mit ihr sprechen. Wenn sie mein Gesicht sieht, wird es sie beruhigen, da bin ich sicher.«

»Dann verschwenden Sie keine Zeit.«

»Danke, Ma'am!«

Pavar hatte sich bereits wieder zum Fernseher gewandt und sah mit blassem Gesicht mit an, wie Nasaku sich vorsichtig aufrichtete und die beiden Wissenschaftler anstarrte.

13

James stand in der Luftschleuse und wippte ungeduldig mit den Füßen auf und ab. Das Gummi unter seinen Gummistiefeln gab dabei quietschende Geräusche auf dem Plastik von sich. Als endlich das erlösende Rauschen des septischen Gases erklang und die Schutztür zur Höhle entriegelte, stürmte er vor und drückte sie nach außen.

In der großen, mit Beton ausgegossenen Kaverne war es deutlich voller als sonst.

Zehn Gestalten in Schutzanzügen bildeten einen weiten Halbkreis um den Teleporter und hatten Sturmgewehre auf den Durchgang gerichtet, der wie eine himmlische Pforte am Ende der Rampe aufleuchtete. Drei Unbewaffnete standen dahinter dicht zusammen und waren offensichtlich in eine wilde Diskussion vertieft.

»Hey! Nehmt die Waffen runter! Sie ist keine Gefahr!«, rief James, doch keiner der Soldaten wandte ihm auch nur den Kopf zu. Sie beachteten ihn nicht, als wäre er gar nicht da. Also lief er zu den Wissenschaftlern. Es waren Meeks, Falkenhagen und Smailow, die sich voneinander lösten, als er auf sie zu gelaufen kam.

»Mr. Hamilton!«, sagte der ehemalige Kosmonaut und blinzelte erstaunt.

»Pavar hat sich umentschieden.«

»Sie hatten offenbar recht«, meinte Falkenhagen und der Deutsche nickte anerkennend. Trotzdem lag in seinem Blick – genau wie in dem der anderen beiden – ein unübersehbarer Vorbehalt. Vermutlich versuchten sie immer noch, Nortons Aussagen über James für sich zu sortieren. Aber das kümmerte ihn jetzt nicht.

»Was soll das mit den Waffen?«, fragte er und deutete auf die Soldaten. »Sind die verrückt geworden?«

»Wieso? Da hat sich eine Art Golem in dem Objekt gebildet. Was sollen die denn sonst tun? Den roten Teppich ausrollen?«, wollte Smailow wissen und schnaubte. »Das ist nicht bloß eine Sensation, sondern eine potenzielle Gefahr.«

»Blödsinn! Ich kenne Nasaku.« James wollte sich von ihnen lösen und zur Rampe laufen, doch eine kräftige Hand packte ihn an der Schulter und hielt ihn zurück. Als er sich umdrehte, sah er in das Gesicht von Meeks. Dem ehemaligen Boeing-Ingenieur liefen einzelne Schweißperlen unter der Bundhaube ins Gesicht, als hätte er gerade ein schweres Workout hinter sich.

»Junge, selbst wenn Sie recht haben: Sie kennen diese Frau doch nicht einmal. Sie haben sie *wie lange* erlebt? Einige Stunden? Einen halben Tag? Selbst, wenn all das stimmt, dann kann sie sonst wer sein. Wir wissen weder etwas über sie, noch über ihre Spezies.«

»Sie ist ein Mensch.«

»Das sollte uns umso stutziger machen. Soweit wir wissen, gibt es Menschen nur auf der Erde und ...«

»*So weit wir wissen*«, stimmte James ihm zu. »Genau. Vielleicht haben wir dank ihr gelernt, dass es eben noch andere Dinge gibt, als die, die wir wissen. Andere Antworten. Und diese Frau hat sie. Abgesehen davon, dass sie sich wie ein *guter*

Mensch verhalten hat, als ich vollkommen verängstigt und allein in ihrer Welt gelandet bin. Das Mindeste ist doch, dass auch wir uns von unserer besten Seite zeigen.«

Damit riss er sich los und das Gummi von Meeks Handschuhen rutschte vom Plastik seines Anzugs ab wie Seife von einem Waschbecken. Er lief zwischen zwei der breit gebauten Soldaten vorbei in ihr sich überlappendes Schussfeld hinein, doch er dachte gar nicht daran, was passieren konnte, wenn jetzt Nasaku durch den Eingang zum Teleporter marschierte und einer von ihnen mit nervösem Finger etwas Dummes tat.

Es war kein Traum, frohlockte er innerlich und ließ seiner Begeisterung und Erleichterung freien Lauf. *Keine Einbildung! Sie ist hier und die Teleporter sind genau das: Teleporter!*

Mit langen Schritten hastete er die Rampe hinauf, die ein wenig schwankte, doch er sah nicht nach rechts und links, wurde von dem gleißenden Licht vor ihm magisch angezogen. Er schlüpfte hindurch und wie immer war es, als sei er durch ein mystisches Portal von einer Welt in die andere getreten. Die hinter ihm war bedrohlich, vom Rauschen der Leitungen und Kühlkörper erfüllt, dem Knistern der Schutzanzüge, hohen Decken und mächtigen Säulen. Die andere, in der er sich jetzt befand, eng, fremdartig und doch vertraut mit einem Gefühl der Sicherheit durch die kompakte Bauweise und die herrschende Stille.

Nasaku stand vor ihrem Sitz und vor ihr – den äußerst unterschiedlichen Umrissen nach zu urteilen – Laudrup und Mila. Die beiden Wissenschaftlerinnen gestikulierten vorsichtig in Richtung der Fremden, die laut auf Sumerisch mit ihnen sprach, aber immer wieder innehielt und die vielen Instrumente beäugte, die sie aufgestellt hatten.

»Nasaku«, sagte er und sein Herz machte einen Sprung, als sie sich ihm zuwandte. Es war ein merkwürdiges Gefühl, so als habe er eine lange vermisste Freundin wiedergefunden, obwohl er sie gar nicht kannte. Ob es die Angst und die besonderen Umstände seines Erlebnisses auf ihrem Planeten gewesen waren, dass er sich ihr hatte nahe fühlen müssen, um nicht den Verstand zu verlieren, oder die Erleichterung darüber, dass er nicht auf dem Weg nach New York war, ausgeschlossen von diesem Projekt? Er wusste es nicht und es war ihm egal. Hier und jetzt konnte er einen Beitrag leisten. Für sie und für das Projekt. Und für sich.

Als sie seinen Blick irritiert erwiderte, riss er sich den Helm vom Kopf. Wieso hatte er das nicht gleich getan, anstatt sie so zu verschrecken.

»Ich bin's. James. Tut mir leid für diesen Aufzug, ich will nicht, dass du dich wie eine Labormaus fühlst.«

Nasakus Züge entspannten sich, als sie sein Gesicht ohne Schutz und Visier sah.

»James«, sagte sie und legte leicht den Kopf schief.

»ASAR«, gab er zurück und deutete um sich herum, ehe er sich auf die Brust fasste. »Unser ASAR. Unser Teleporter.«

»Damiq.« Nasaku wirkte nachdenklich und bedeckte sich die Scham.

»Oh, entschuldige!« Er schälte sich aus seinem Anzug, bis er nur noch in Funktionswäsche dastand und reichte ihn ihr. »Kein Armani, aber es sollte vorerst reichen.«

Sie nahm ihn entgegen und begann sich anzuziehen. Der Anzug war ihr viel zu groß und sie sah aus wie ein Kind in der Kleidung ihrer Eltern, nur dass *diese* Kleidung aussah wie Verpackung.

»Mila, Dr. Laudrup?«, fragte er in Richtung der beiden Wissenschaftlerinnen. »Alles in Ordnung?«

»Nenn mich ruhig Mette«, flüsterte die Dänin, ohne den Blick von Nasaku abzuwenden. Sie hatte ihre kurzen Finger in die Lehne eines der nach innen gerichteten Sitze vergraben, als wolle sie sich dahinter verstecken. Ihr weißer Anzug war über und über mit roter Farbe bespritzt.

»Alles in Ordnung«, sagte Mila und nahm ebenfalls ihren Helm ab, den sie auf eine der Sitzflächen legte.

»Das ist Mila«, sagte er in Nasakus Richtung und deutete auf die Russin, die ein freundliches Lächeln aufsetzte. Ihre Besucherin quittierte das mit nach oben gehobenen Handflächen. »Das ist so was wie ein Nicken.«

»Ah. Freut mich.«

»Wie hast du ... wie hast du das geschafft?«, wollte er von ihr wissen.

»Die verstorbenen Versuchstiere«, entgegnete sie. »Ich habe über unsere Theorie mit den Klonen und der Biomasse nachgedacht und dann an den Trichter in der Mitte dieses Raumes gedacht.«

James sah dorthin, wo beim letzten Mal Mettes offener Koffer mit den Akkus gelegen hatte. Er war jetzt nicht mehr da und nur noch der schwarze Trichter mit dem kleinen Loch unten war zu sehen.

»Es musste eine Zuführungsmethode für Biomasse geben, wenn es stimmt, damit der Teleporter mit Rohstoffen für den Klonvorgang gefüttert werden kann«, fuhr Mila fort. »Ich glaube, ich habe ihn gefunden.«

James sah erneut zu Mette und der roten Flüssigkeit, die die Vorderseite ihres Anzuges über und über besudelte, und ihm wurde schlecht.

»Deshalb wolltest du, dass ich nochmal zu Pavar gehe«, sagte er. »Du hast versucht, Zeit zu gewinnen und zu beweisen, dass ich recht habe.«

»Ein letzter Versuch sozusagen, auch wenn ich gestehen muss, dass ich selbst nur begrenzt daran geglaubt habe. Aber ich musste es versuchen, und niemand hatte etwas dagegen, dass Mette Tierkadaver zersägt und ich die Stücke in den Trichter werfe.«

»Allerdings haben wir hier ein Verständigungsproblem«,

meinte die Dänin und starrte scheu Nasaku an, als wäre sie ein Raubtier.

»Wir brauchen jemanden, der Sumerisch spricht.«

»Ich denke, dass die da oben schon an einer entsprechenden Lösung arbeiten«, sagte Mila.

»Das hoffe ich.« James wandte sich an ihre Besucherin, die in Richtung der Öffnung aus Licht schaute. »Wir sollten noch etwas warten.«

»Warum?«, fragte die Russin. »Wir sollten sie hier raus lassen, ihr etwas zu Essen und zu Trinken geben und sie in richtige Kleidung stecken.«

»Ja, aber da draußen steht ein Dutzend Soldaten und hat auf die Tür angelegt. Die sollen erst verschwinden. Es gibt keine zweite Chance für einen ersten Eindruck, wie man so schön sagt.« Er blickte in eine der Kameras und machte mit der rechten Hand eine Geste, als würde jemand plappern. »Wartet hier.« An Nasaku gerichtet hob er die Hände und bedeutete ihr, ihm nicht zu folgen, als sie sich daran machte, genau das zu tun. Dann ging er durch das Rechteck aus Licht und blieb ganz oben auf der Rampe stehen. Wenn sie trotzdem hinter ihm her lief, würde sie wenigstens gegen ihn stoßen und nicht in die Mündungen von zehn Gewehren blicken.

»Nehmt die Waffen runter, Jungs!«, rief er den Soldaten zu, deren Gesichter hinter den Visieren ihrer Helme verschwommen aussahen, wie verwaschene Zeichnungen. Natürlich rührten sie sich nicht, bis sich die Luftschleuse öffnete und eine neue Gestalt die Höhle betrat. Dem Gang nach zu urteilen konnte es sich nur um Major Norton handeln.

»Tut was er sagt!«, bellte der Offizier. Sofort senkten die Männer ihre Waffen, sicherten sie und hielten sie sich lässig vor dem Körper, wie in einer einstudierten Choreographie. Norton ging zu ihnen und gab Anweisungen, die James von seiner Position aus nicht verstehen konnte, woraufhin sich seine Leute in drei Gruppen aufteilten und im Raum verteilten.

Es sah beinahe so aus, als wären sie äußerst gelassen und beiläufig in diesem Raum. Aber er war sich sicher, dass sie Instruktionen hatten, die Besucherin von einem anderen Planeten nicht aus den Augen zu lassen.

»Danke«, sagte er, als der Major zur Rampe kam.

»Sie haben Ihren Helm abgenommen.«

»Ja. Ich war ohnehin schon ohne im Teleporter.«

»Was, wenn sie eine Krankheit mitbringt, an die unser Immunsystem nicht gewöhnt ist?«

»Das halte ich für unwahrscheinlich, da sie schließlich nicht von einem anderen Planeten stammt, sondern von dem Teleporter ... *zusammengesetzt* wurde«, erwiderte er.

»Ja, ein fremdes Biom ist nicht zu erwarten«, mischte sich eine dritte Stimme ein. Sie gehörte Falkenhagen. Der Deutsche kam mit Meeks und Smailow gerade um einen der Betonpfeiler herum und deutete zu James hinauf. »Aber wir wissen nicht, wie genau der Klon aussieht, ob er durch das extreme Alter dieser Maschine an die herrschenden mikrobiellen Bedingungen angepasst ist.«

»Ich denke, dass eine Zivilisation, die *so was* erschaffen kann«, meinte Smailow und streckte die Hand nach dem Ellipsoid aus, »auch an Details wie diese gedacht haben wird.«

»Wir wissen nicht einmal grundlegend, *wie* sie gedacht haben!«

»Doch, wir wissen, dass sie ...«, setzte Meeks, der Dritte im Bunde, zu einem Einwand ein, als Norton dazwischen ging.

»Dafür ist jetzt keine Zeit. Hamilton, holen Sie unsere *Besucherin* da raus. Das ist ein Befehl.«

»Wo soll sie hin?«, fragte er zurück.

»In die Luftschleuse, dort wird sie untersucht und dann in eins der freien Quartiere gelassen, wenn alles gut aussieht. Wir müssen sie auf bestimmte Krankheiten und Erreger testen und all so was. Ich will, dass Captain Miller mir sagt, dass keine direkte Gefahr für diese Anlage und die Menschen in ihr besteht. Sie wird unter Bewachung bleiben, aber gut behandelt werden, bis dann endlich unser Dolmetscher da ist.« Norton schien die Sorge in James' Blick zu bemerken, und obwohl sein Blick ungeduldig zu werden begann, sprach er äußerst gelassen weiter: »Wir werden ihr Videos von dem zeigen, was wir tun und warum, dann wird sie es hoffentlich verstehen.«

James nickte und drehte sich um. Zurück im Teleporter waren Mila und Nasaku gerade dabei, ein paar Vokabeln auszutauschen, indem sie auf Dinge wie die Kameras, die Sitze, den Boden, die Wände, zeigten und dann die entsprechenden Wörter ihrer Sprachen wiederholten. Mette und Mila hatten nun beide ihre Helme abgenommen und sahen mit ihren weißen Bundhauben aus wie merkwürdige Comicgestalten.

»Nasaku«, sagte er, und als sie ihn ansah, führte er keine kleine Pantomime auf, zeigte auf sie, tat so als würde er sich einen imaginären Injektor an den Hals halten, wie sie es bei ihm getan hatte, und drückte dann zwei Fäuste übereinander, in der Hoffnung, dass sie diese Geste als Zeichen für Sicherheit erkannte. Am Ende öffnete sie jedenfalls beide Handflächen.

Als sie alle gemeinsam den Teleporter verließen, machte er sich Sorgen, dass Nasaku Angst bekommen würde. Doch stattdessen wirkte sie eher erstaunt und neugierig, blickte sich mit großen Augen in der Höhle um und wäre dabei beinahe von der Rampe gefallen, hätte er sie nicht aufgefangen.

»Guten Tag, mein Name ist Major Norton, United States Air Force. Willkommen ... willkommen auf der Erde«, begrüßte Norton ihren extraterrestrischen Gast und streckte eine Hand aus. Nasaku schien die Geste nicht zu verstehen und beäugte die in Handschuhen steckenden Finger, als wolle er ihr etwas zeigen, das sie nun suchte. James tippte sie an die Schulter, deutete auf seine eigene Hand und dann auf die von Norton. Sie verstand und drückte die ihr angebotene Hand umständlich.

»Ubla Nasaku.«

»Folgen Sie mir bitte.« Der Offizier deutete auf die Luftschleuse zur rechten Seite, die offen stand und in der eine Pritsche und zwei in weiß eingepackte Personen warteten, vermutlich Captain Miller und eine Krankenschwester. Nasaku stockte erst und sah fragend zu James, der ihr nach kurzem Zögern zunickte. Meeks, Falkenhagen und Smailow beobachteten alles von der Seite, die Münder offen und die Augen geweitet vor Staunen.

Eine Viertelstunde später saß er mit den wissenschaftlichen Leitern in ihrem Arbeitsraum um den runden Tisch herum. Die vielen Dokumente darauf lagen kreuz und quer verteilt, viele sogar auf dem Boden. Sie alle waren verschwitzt und es roch wie in einem Raubtiergehege, doch niemanden schien es zu kümmern.

»Wir wissen wirklich nichts«, gab Falkenhagen wieder zu bedenken. Der Schönling sah, anders als der Rest von ihnen, nicht aus wie ein gerupftes Huhn, sondern wie ein glänzender Adonis, der sich mit Öl eingeschmiert hatte. »Also sollten wir vorsichtig sein.«

»Worüber wissen wir nichts? Über Nasaku?«, fragte Mila. »Das stimmt, darum sollten wir nicht nur vorsichtig, sondern vor allem freundlich und hilfsbereit sein.«

»Gut, selbst wenn wir davon ausgehen, dass der Teleporter einen Klon aus den Überresten einiger der größeren Versuchstiere von ihr gebaut hat, dann besteht immer noch die Gefahr, dass die Maschine, die dafür verantwortlich ist, Fehler eingebaut hat.«

»Fehler?« Mila hob fragend eine Augenbraue.

»Krankheiten, uralte Erreger, die mit ihr für die Hunderttausenden von Jahren unter der Erde darauf gewartet haben, wieder das Licht der Welt zu erblicken. Denkt nur an die vielen Sachen, die in Sibirien im Permafrost konserviert sind.«

»Ich bin sicher, dass eine Zivilisation, die einen verdammten Teleporter bauen kann, auch daran denkt, dass die Klone sauber zur Welt kommen müssen«, wandte Meeks ein.

»Da gibt es aber einen Denkfehler«, wandte Falkenhagen ein, und die Miene des Amerikaners verfinsterte sich bei dieser ungewollten Zurechtweisung. »Ein Klon kann nicht *sauber* zur Welt kommen. Wenn er in so kurzer Zeit entsteht, muss er über ein funktionierendes Immunsystem verfügen, also auch über ein intaktes Mikrobiom. *Sauber* ist er also nicht, sonst hätte das Immunsystem kein Training gehabt. Es ist also sehr wohl möglich, dass bestimmte Erreger …«

»Ah-ah«, machte Mila und wackelte mit einem Finger. »Wir müssen davon ausgehen, dass der Klon aus dem Material zusammengesetzt wurde, das wir zugeführt haben. Also eine Ziege und ein Rind. Alles was in und auf diesen Tieren war, dürfte auch in irgendeiner Form für die Erschaffung von Nasaku genutzt worden sein. Also wissen wir ziemlich genau, aus was sie besteht und mit welchen Erregern und Mikroben sie belastet ist. Dürfte nichts sein, das unser Immunsystem nicht kennt.«

»Klingt logisch für mich«, pflichtete Smailow ihr bei, der als Einziger nicht saß, sondern mit verschränkten Armen an einer der kühlen Betonwände hinter dem Tisch lehnte.

»Wir wissen doch nicht einmal das Entfernteste über die Erbauer dieser Teleporter – oder ob es wirklich Teleporter sind«, ließ Falkenhagen sich nicht beirren. »Es könnte auch sein, dass diese Maschine bloß Träume oder Visionen erzeugt und dann Teile davon materialisiert.«

»Du meinst, dass sich James' Reise nur in einer Art virtueller Realität innerhalb des Objekts abgespielt hat?«, fragte Mette und rieb sich die rosigen, verschwitzten Wangen. »Wozu?«

»Was, wozu?«

»Jede Maschine folgt einem Zweck. Sie hat eine Aufgabe, die sie erfüllt, klassischerweise, um uns Menschen das Leben leichter zu machen. Wieso sollte jemand so etwas Fortschrittliches bauen, nur um eine VR-Welt zu erzeugen? Das müsste doch auch einfacher gehen, als mit so etwas.«

»Es gibt genügend Maschinen, die bloß dem Zeitvertreib dienen. Spielekonsolen zum Beispiel.«

»Du glaubst doch nicht etwa, dass das eine Spielekonsole ist?«, schnaubte Mila. »Wir haben nur ein einziges Relikt von ihnen gefunden bisher. Nur eine Sache, die die Zeit überdauert hat. Ich bin mir sicher, dass es keine Spielekonsolen sind, die sie für die Ewigkeit gebaut haben.«

Einige der anderen kicherten zustimmend. Der Deutsche schien dennoch nicht überzeugt.

»Was ich damit sagen will, ist, dass wir alles aus einer anthropologischen Sichtweise heraus betrachten. Wie *wir* das machen würden. Was für *uns* Sinn oder Unsinn ist. Eine außerirdische Kultur könnte und würde vermutlich, ganz anders denken und handeln als wir.«

»Und welchen Anhaltspunkt haben wir dafür?«, fragte Meeks nachdenklich. »Ich meine ja nur: In der Maschine stehen Sitze, offenbar hochentwickelt und von einem Material, das wir noch nicht durchschaut haben, aber letztendlich doch banale Sitzgelegenheiten, wie wir selbst sie nutzen. Die Öffnung in den Teleporter hinein entspricht der Größe eines Menschen oder zumindest Humanoiden unserer Ausmaße. Selbst Sechsecke haben in unserer Kulturgeschichte einen festen Platz. Es handelt sich um euklidisches Polygon. Vollkommen symmetrisch von allen Seiten, wenn man seine gegenüberliegenden Ecken verbindet, teilt man es in sechs gleichseitige Dreiecke, verbindet man die nicht gegenüberliegenden, ein Hexagramm aus zwei ineinander verschobenen gleichseitigen Dreiecken, die wiederum nur fünf Spitzen haben und damit aus der Symmetrie fallen. Bienenwaben sind sechseckig, aber auch Basalt, der in der Magmaphase nur langsam abkühlt. Sogar der Nordpol von Saturn ist ein Sechseck.«

»Was kümmert diese Maschine der Nordpol von Saturn?«, brummte Falkenhagen.

»Ich sage bloß, dass wir viele Zeichen dafür sehen, dass die Erbauer dieses Dings uns ähnlicher gewesen sein müssen ...«

»... oder immer noch sind«, warf James ein.

»Ja, oder *immer noch* ähnlicher sind, als wir glauben. Sie sind auf die andere Seite gereist, wenn es denn eine gibt, und haben was getroffen? Einen anderen Menschen! Das kann auch kein Zufall sein. Vielleicht sollten wir den Ellipsoid fortan *nur noch* aus menschlichen Augen heraus betrachten, und zwar ganz bewusst.«

»Zwei Fragen stellen sich da – mindestens: Warum haben wir von diesen Erbauern nichts gefunden, außer diesem Teleporter? Nicht einmal eine Schraube haben wir sonst. Und wieso gibt es keine Betriebsanleitung?«

Als sich ihm sämtliche Blicke zuwandten, hob James abwehrend die Hände.

»Ich will damit nur sagen, dass ich nicht glaube, dass es sich bei dem Teleporter um ein Relikt handelt, das absichtlich für zukünftige Zivilisationen wie uns vergraben wurde. Dann hätte man sich sicher darum gekümmert, seine Anwendung und seine Gefahren zu erklären. So etwas haben wir aber nicht gefunden. Darum denke ich, dass wir die Erbauer nicht mehr antreffen werden. Entweder sie hatten keine Zeit mehr, uns einen Brief zu hinterlassen, oder sie haben die Teleporter gebaut, bevor sie untergegangen sind.«

»Gebaut wofür? Warum sollte man sie direkt vor seinem Untergang bauen?«, wollte Smailow wissen.

»Ich weiß es nicht, aber wir sollten darüber nachdenken.«

»Wir sollten vor allem über diese Frau reden ...«, hob Meeks an.

»Nasaku«, korrigierte James ihn.

»Nasaku meinetwegen. Wir müssen über sie reden.«

»Über was genau?« Milas Stimme ließ keinen Zweifel daran, dass sie Sorgen darüber hegte, an was ihr Kollege denken könnte.

»Hier steht ein Elefant im Raum, aber niemand will ihn sehen. Sie ist entweder eine Außerirdische oder ein besessener Klon. Ich weiß nicht, was mir davon weniger gefällt. Ganz sicher nicht gefällt mir allerdings, dass wir rein gar nichts über sie wissen.«

14

»Sie hat sich geweigert, sich ins MRT schieben zu lassen!«, schimpfte Pavar. Die Politikerin straffte ihren Hosenanzug und ihre zimtfarbene Haut schien eine Nuance dunkler zu werden.

»Das ist kein Grund, sie einzusperren!«, protestierte Mila lautstark. Das Licht über dem runden Tisch im Arbeitsbereich des wissenschaftlichen Leitungsteams flackerte, und alle Blicke richteten sich kurz nach oben, ehe sie zurück in die düstere Stimmung sanken.

»Ach nein?« Pavar funkelte die Russin angriffslustig an. »Was denken Sie denn, warum sie sich weigert?«

»Ich kenne selbst Leute, die panische Angst davor haben, sich in diese enge Röhre zu zwängen. Es gibt mehr Menschen, die unter Klaustrophobie leiden, als Sie denken!«

»Wir sollten auch nicht außer Acht lassen, dass sie von einem archaischen Planeten stammt«, warf Mette ein. Die Dänin war gerade dabei, eine Tafel Schokolade zu vertilgen, und schien sich mit jedem Bissen ein wenig zu beruhigen. »Vermutlich fürchtet sie sich einfach vor einem fremdartigen Gerät, dass dazu auch noch sehr ungewöhnliche Geräusche macht.«

»Aber Mr. Hamilton sagte, dass sie von einem anderen Planeten stamme und lediglich dort gestrandet sei«, gab Major Norton zu bedenken. »Wir können also davon ausgehen, dass sie eben nicht von einer primitiven Welt stammt, sondern von einer, die es geschafft hat, den Teleporter zu benutzen und zu einem anderen zu reisen. Von einer, die herausgefunden hat, dass es sechs dieser Maschinen gibt.«

»Das könnte sie auch auf andere Art und Weise herausgefunden haben«, widersprach Mila.

»Wie denn? Eine Höhlenmalerei? Ich bitte Sie.«

»Ihr Heimatplanet muss nicht weit entwickelt sein. Der Teleporter, aus dem ich ausgestiegen bin, lag mitten im Nirgendwo. Genau wie hier auf der Erde in Venezuela, wurde er ganz offensichtlich von atmosphärischer Energie aufgeladen. Von Blitzen. Wieso sollte das nicht auch woanders funktionieren?«

»Sie wusste – Ihrem Bericht zufolge – genau, welche Injektion sie Ihnen geben muss. Sie verstand das Funktionsprinzip des Teleporters, welche Sitze funktionieren und welche nicht. Sie haben auch gesagt, dass es noch mehr Technologie in diesem Raumschiffwrack – erneut: *Ihre* Worte – gab.« Pavar machte eine kurze Pause, um sich der Aufmerksamkeit der anderen zu versichern. »Das alles lässt mich daran zweifeln, dass sie bloß eine drollige Wilde ist, eine Alice im Wunderland, die wir vor uns selbst beschützen müssen.«

»Das ist das typische misstrauische Gerede, das ich befürchtet habe«, brummte James. »Alles, was sie sagt oder tut, wird vor dem Lichte des Misstrauens verstanden und interpretiert. So hat sie ja nicht einmal eine Chance, einen guten Eindruck zu machen und auf freundschaftlicher Basis mit uns zu arbeiten.«

»Er hat recht«, pflichtete Mila ihm bei. »Einen ersten Eindruck gibt es nur einmal.«

»Sehen Sie«, sagte James in Pavars Richtung und schloss

auch Norton in seinen Blick mit ein. »Wir stehen in der Gefahr, durch Missverständnisse alles zu verspielen. Im Altertum waren die Worte für *Werkzeug* und *Waffe* lange Zeit dieselben. Eine Axt war Werkzeug und Waffe, genau wie Messer, Machete und Hammer. Wenn Nasaku Werkzeug sagt, hören wir vielleicht Waffe, um nur ein Beispiel zu nennen. Winzige Details können zu einer vollkommen falschen Reaktion führen.«

»Aber wenn sie Waffe sagt, und wir Werkzeug verstehen – oder verstehen wollen – ist das ein Fehler mit potenziell großer Auswirkung. Da muss ich mir als Leiterin dieses Projekts …«

»Dieser *Einrichtung*«, korrigierte Smailow sie und parierte ihren scharfen Blick ungerührt.

»Da muss ich mir die Frage stellen, welches Risiko ich eingehen kann. Immerhin sprechen wir hier von potenziellen Konsequenzen für den ganzen Planeten.«

»Sie sagen sehr oft *potenziell*«, befand James und sprach rasch weiter, ehe sie wütend werden konnte: »Ich erkenne ja an, dass wir es hier mit einer nicht sofort auflösbaren Zweifelskette zu tun haben. Wir wissen nicht, ob wir ihr vertrauen können, und sie weiß nicht, ob sie uns vertrauen kann. Es gibt auch keine direkten Möglichkeiten, das zu ändern. Wir haben also die Möglichkeit, ihr Vertrauen oder Misstrauen gegenüberzubringen.«

»Sie entscheiden sich für Vertrauen, habe ich recht?«

James war überrascht von ihrer ruhigen Frage. Der Gesichtsausdruck der Politikerin war neugierig.

»Ja«, sagte er vorsichtig, und auch Mila und Mette nickten.

»Ist das die Meinung des wissenschaftlichen Leitungsteams?«

Meeks und Falkenhagen tauschten einige kurze Blicke aus, Smailow hatte die kräftigen Arme vor der Brust verschränkt und wirkte nachdenklich.

Wir brauchen Einheitlichkeit, dachte James und sah jeden

Einzelnen der drei Kollegen bittend an. Wenn sie Pavar jetzt nicht die Stirn boten und sich zerstritten und uneins zeigten, würde sie das als Beweis dafür anfügen, dass es sich hier um eine Situation handelte, in der die Unklarheit dazu führte, dass auch ihre Bewertung unklar bleiben musste. Eine weitere Kerbe im Holz ihrer Argumentation – sie brauchte das, schließlich wurde jede ihrer Entscheidungen von gleich drei Machtblöcken beäugt. James konnte sich vorstellen, dass es nicht leicht gewesen war, die EU und vor allem die Russen von einer amerikanischen Dekanin für das Projekt zu überzeugen. Er wollte jedenfalls nicht an ihrer Stelle stehen.

Als Smailow sich als Erster rührte und James in seinem Blick sehen konnte, dass er sich auf seine Seite schlagen würde – und wenn auch nur, weil der Astronaut Zusammenhalt immer hochhielt, kam Pavar ihm zuvor wie eine Schlange, die nur auf den richtigen Moment gewartet hatte, um vorzuschnellen und zuzubeißen.

»Ehe Sie etwas sagen, habe ich hier etwas für Sie.« Die Dekanin gab Kowalski einen Wink, der wie ein gezähmter Pinguin die ganze Zeit hinter ihr stand und jetzt ein Stück Papier aus seiner Tasche zog, das er ihr über die Schulter hielt. Sie nahm es, ohne sich umzudrehen, und legte es auf den Tisch. Sämtliche Köpfe – James' eingeschlossen – beugten sich wie von einem Magneten angezogen nach vorne und über das Bild, das auf dem Zettel zu sehen war.

»Ist das eine Röntgenaufnahme?«, fragte Falkenhagen und verrenkte seinen Kopf so, dass James allein vom Anblick der Nacken schmerzte. Er musterte die surrealen Umrisse eines Körpers, der nur aus Schatten und weißen, geisterhaften Schlieren zu bestehen schien, wie er es auch von eigenen Aufnahmen kannte. Als Kind hatte er sich einmal beim Inline-Hockey die Hand und sämtliche Finger gebrochen und seine Mutter nach dem traumatischen Krankenhausbesuch gefragt, ob er ein Geist sei, weil er nicht hatte glauben können, dass das seine Hand war, die man ihm da auf bläulichem Plastik zeigte.

»Ja.« Pavar nickte. »Schauen Sie ruhig genauer hin.«

Die Köpfe der Wissenschaftler stießen nun beinahe aneinander und James konnte die Mischung aus saurem Atem und ungewaschenen, verschwitzten Haaren riechen, die sie – vermutlich wie er selbst – verströmten. Lange Zeit ohne Essen und Trinken, ohne zu duschen, waren dem Odeur des menschlichen Körpers nach dem Tragen der luftundurchlässigen Schutzanzüge nicht gerade zuträglich. Ihr Getuschel ignorierte er, um sich nicht selbst zu verwirren. Das war nicht besonders schwer, sobald er die hellen weißen Umrisse sah, die sich sowohl im Hals- und Nackenbereich, im Kopf und entlang der Wirbelsäule befanden. Hell bedeutete, dass etwas die Röntgenstrahlung reflektierte, beziehungsweise für sie undurchlässig war, wenn er sich richtig erinnerte.

»Was ist das?«, fragte er frei heraus, während die Wissenschaftler noch flüsternd diskutierten.

»Wir wissen es nicht genau«, antwortete Pavar. »Aber Captain Miller geht davon aus, dass es sich um Implantate handelt. Er hat die Aufnahmen einem Radiologen geschickt, der sie genau untersuchen soll. Offenbar sehen Herzschrittmacher und Cochlea-Implantate auf Röntgenbildern recht ähnlich aus.«

»Wie haben Sie die überhaupt gemacht?«

»Diese Kaserne besitzt ein eigenes Krankenhaus, in dem Soldaten in ganz Wyoming behandelt werden. Außerdem liegt es einen Kilometer entfernt auf der anderen Seite der Rollbahn«, antwortete Norton an ihrer Stelle. »Dort ist nicht bloß das MRT weit genug weg, um vom Magnetfeld des Teleporters unberührt zu bleiben, sondern auch einige Ausstattung aus den Sechzigern und Siebzigern verblieben. Unter anderem eine Röntgenwand, mithilfe derer damals fünf Soldaten gleichzeitig geröntgt werden konnten.«

»Als man noch dachte, Strahlung sei lustig«, schnaubte Meeks kopfschüttelnd.

»Sie wird es schon überleben«, sagte Pavar. »Ich denke, dass wir Ihre nette Geschichte von der freundlichen Pocahontas damit zu den Akten legen können.« Sie warf James einen scharfen Blick zu, den er mit säuerlicher Mine erwiderte. »Diese Frau besitzt Implantate, was gleich mehrere Fragen aufwirft: Sind sie aktiv? Was sind ihre Funktionen?«

»Und wie kann es sein, dass der Teleporter sie miterschaffen hat? Die Theorie, dass er einen Klon aus Biomasse erzeugt, stimmt also nur zum Teil«, entgegnete Falkenhagen. »Das ist eine gefährliche Erkenntnis.«

»Für dich ist immer alles gefährlich«, meinte Mila augenrollend.

»Ich darf daran erinnern, dass wir es hier mit einem außerirdischen Klon von einem anderen Planeten zu tun haben!«

»Sie haben gesagt, dass Nasaku im Krankenhaus untersucht wurde, aber jetzt ist sie offenbar eingesperrt. Wo?«, versuchte James die aufkommende Diskussion, die seiner Meinung nach aktuell irrelevant war, zu ersticken.

»Hier unten in einem Quartier. Sie hat genug Essen und Trinken, bevor Sie fragen«, antwortete Major Norton.

»Ich nehme an, dass Sie die Röntgenaufnahmen mit dieser *Wand* ohne ihre Zustimmung gemacht haben? Vermutlich ganz ohne ihr Wissen?«

»Ja. Es ist ja nicht so, dass es für diese Untersuchung Regeln gibt oder jemals gegeben hätte.«

James wollte erneut protestieren, brauchte aber nicht einmal einen Blick in die Gesichter der Wissenschaftler zu werfen, um zu wissen, dass er verloren hatte. Pavars Argumente waren nicht von der Hand zu weisen – schon gar nicht mit Meinungen im Sinne von *wir müssen einen Vertrauensvorschuss leisten* oder *ich habe ein gutes Gefühl bei Nasaku.* Für so etwas war die Dekanin nicht zugänglich, das war ihm seit dem ersten Augenblick klar gewesen, den er sie erlebt hatte. Wahrscheinlich war sie genau deshalb ausgewählt worden, um hier das Sagen zu haben.

»Ihr Körper könnte also über Implantate verfügen, deren Funktion uns unbekannt ist«, fasste James zusammen und nickte. »Ich verstehe, dass das beunruhigend sein könnte, aber wir wissen nicht einmal, ob es ihre eigenen sind, oder der Teleporter sie standardmäßig *verbaut,* wenn man das so sagen kann. Wir haben einfach keine Daten darüber, zumal …«

»Ganz genau, wir haben keine Daten«, stimmte Pavar ihm zu und er verzog den Mund. »Deshalb werden wir sehr vorsichtig vorgehen und keine übereilten Schlüsse ziehen, die uns dazu veranlassen, unseren Gast durch die rosarote Brille zu betrachten.«

»Und was soll jetzt passieren?«, fragte Meeks mit vor sich verschränkten Fingern, deren Knöchel weiß hervortraten.

»Eine Übersetzerin ist auf dem Weg, damit wir mit ihr kommunizieren können.«

Als James *Übersetzerin* hörte, schoss ihm unwillkürlich ein Bild von Joana durch den Kopf und er erschauderte. Allein die Vorstellung, dass genau sie angerufen worden sein könnte, um ihre Sumerischkenntnisse einzusetzen, versetzte ihm einen Stich mitten ins Herz. Doch selbst mit der sehr geringen Zahl an Fachleuten für Sumerisch war die Chance extrem gering, dass gerade seine Ex-Verlobte gemeint gewesen war.

»Aber das wird Sie doch auch nicht umstimmen«, sagte Mette mit ungewöhnlich scharfem Tonfall. Die Überraschung unter ihren Kollegen war so groß, dass sich sämtliche Blicke auf sie richteten und niemand etwas sagte. Nicht einmal Pavar. Also fuhr die Dänin mit geröteten Wangen fort: »Sie haben die Aufgabe, nach bestem Wissen und Gewissen ausgewogene Entscheidungen zu treffen. Aber ich sehe, dass Sie dieses

Gespräch hier mit Ihrem Röntgenbild in der Hinterhand strategisch angegangen sind mit einer eigenen Agenda, einem eigenen Narrativ zu der Situation, in das Sie uns unbedingt hineinziehen wollten. Das zeigt mir, dass Sie in dieser Sache bereits eine Meinung haben und sich mehr darauf konzentrieren, sie durchzusetzen, als nach wirklichen Fakten zu suchen.«

Pavar blinzelte ein paarmal, als könne sie nicht glauben, dass sie gemeint war. Die sonst so freundliche Chemikerin mit dem korpulenten Körperbau ließ sich davon aber offensichtlich nicht aus dem Konzept bringen und legte die Überreste ihrer Schokoladenpackung vor sich auf dem Tisch ab.

»Was es braucht, ist ein kühler, *neutraler* Kopf. Keine Agenda, keine Tendenz, nichts, das sämtliche Handlungen und Aussagen Nasakus in ein entsprechendes Licht rückt. Gerade mit einer Fremden – womöglich Außerirdischen – könnte jede Fehlinterpretation fatal sein. Die Gefahr ist zu groß, dass wir unsere Interpretationsmuster über sie legen wie ein Leichentuch.«

Mila nickte als Erste zustimmend, doch Meeks und Smailow folgten kurz darauf und warfen ihrer Kollegin überraschte Blicke zu, ehe auch Falkenhagen sein Okay signalisierte und sich sämtliche Augenpaare auf Pavar richteten.

»Ich verstehe Ihre Argumente«, versicherte die ihnen. »Die Befragung findet in einer halben Stunde statt, Raum 04. Für die Transparenz schlage ich vor, dass einer oder eine von Ihnen daran teilnimmt, um sich davon zu überzeugen, dass wir keiner *Tendenz* in die Falle gehen. Ich würde aber sagen, dass es wirklich nur eine Person sein sollte, damit sich unser *Gast* nicht wie eine Laborratte fühlt, der ein ganzes Forschergremium gegenübersitzt.«

Ach, jetzt auf einmal ist sie um Nasakus Befindlichkeiten besorgt?, dachte ein sehr zynischer Teil seiner selbst, doch James nickte stattdessen zustimmend. Auch die anderen schienen zumindest keine Einwände zu erheben.

»Ich schlage vor, dass es Mr. Hamilton ist, der aus Ihrer Runde an dem Gespräch teilnimmt«, schickte Pavar zu seiner Überraschung hinterher, und auch in der Gruppe rief dieser Vorschlag eine rege Mischung aus Protest, Unglauben und Zustimmung hervor. Smailow schüttelte schnaubend den Kopf, Falkenhagen sagte etwas von *kein Wissenschaftler* und Meeks blinzelte bloß, als hätte er etwas im Auge. Lediglich Mila nickte wohlwollend, während Mette keinerlei Reaktion zeigte, als wäre sie die Hauptdarstellerin in einem Film, der unvermittelt eingefroren war.

»Ich weiß, dass Mr. Hamilton nicht aus dem wissenschaftlichen Leitungsteam stammt, aber Ihre bisherigen Aktionen haben mir gezeigt, dass Sie einander vertrauen«, erklärte Pavar, und James machte sich keine Illusionen, dass irgendjemand von ihnen diese kaum verhohlene Kritik im Gewand eines guten Zuredens missverstehen konnte. »Außerdem werden wir alles hierher übertragen, sodass Sie zusehen können, und wir zeichnen natürlich auch auf. Wenn also der Teleporter nicht spontan entscheidet, aktiv zu werden und sein Magnetfeld intensiviert, sollte es sein, als wären Sie live dabei.«

Niemand sagte etwas, doch ihre Worte hatten ihre Wirkung nicht verfehlt. Pavar hatte mit der Geschicklichkeit einer verschlagenen Politikerin das geschafft, weswegen sie eigentlich hier runter gekommen war: Sie hatte einen Keil zwischen ein wissenschaftliches Leitungsteam, das ohnehin aufgrund der kulturell unterschiedlichen Hintergründe zahllose Sollbruchstellen aufwies, und denjenigen getrieben, der sie eigentlich zusammenhalten sollte – auch wenn er immer mehr Zweifel daran hatte, dass das tatsächlich der Fall war. Das Resultat, das sie sich erhoffte, war natürlich eine bessere Kontrollierbarkeit derjenigen, die sie als unkontrollierbar empfunden haben musste, nach allem, was geschehen war. Und wenn Politiker eines hassten, dann war es ein wahrgenommener Kontrollverlust, ob eingebildet oder real.

James machte es wütend, dass er jetzt wieder als der Sonderling dastand, der eine Störung in die Gruppe brachte, einfach nur durch seine Anwesenheit und Sonderbehandlung. Zweifellos wollte jeder der Wissenschaftler an diesem Tisch gerne dabei sein, wenn die erste Außerirdische, die jemals einen Fuß auf die Erde gesetzt hatte, befragt wurde. Er konnte ihnen keinen Vorwurf machen, wollte er doch selbst brennend dabei sein und war heimlich erleichtert darüber, dass er nicht darum streiten musste. Gleichzeitig konnte er Pavar verstehen, denn so verschlagen und kühl sie rüber kam, sosehr stand sie auch unter Druck. Er wollte nicht mit ihr tauschen, mit der Leitung eines gefährlichen Geheimprojekts, dem vielleicht wichtigsten der Menschheitsgeschichte, das so klein daherkam. Tief unter der Erde mit einer überschaubaren Mitarbeiterzahl, aber einer unüberschaubaren Anzahl an Risiken und Gefahren, die niemand absehen konnte, weil keiner Erfahrung mit einem Alien-Teleporter besaß. Es musste sich anfühlen, als reite sie einen wilden Bullen, der ständig ausschlug, ohne Zügel, Sattel oder Steigbügel, und das auf vollkommen unvorhergesehene Weise. Was sie hier tat, war Schadensbegrenzung und der Versuch, sich Zügel und Sattel selbst zu bauen, bevor sie endgültig in den Dreck stürzte und zermalmt wurde.

Ich selbst hätte es an ihrer Stelle genau so gemacht, gestand er sich ein.

»Ich gehe nicht, wenn ihr nicht einverstanden seid und gebe jemandem von euch den Platz«, sagte er an die Wissenschaftler gewandt, wohl wissend, dass er damit nichts erreichen würde, weil sie einerseits nicht Pavar widersprechen würden und andererseits der- oder diejenige als egoistisch dastehen würde. Trotzdem sah er keinen anderen Weg, den Schaden zu begrenzen.

»Nein, es ist richtig, dass du gehst«, meldete sich erstaunlicherweise Mette zu Wort und blickte auf, um ihm ein warmes

Lächeln zu schenken, das ihr offenbar nicht leicht fiel. Um so mehr bedeutete es ihm. »Sie kennt dich, und ihr habt eine – wenn auch sehr kurze – Vergangenheit zusammen. Es wird gut sein, wenn sie ein bekanntes Gesicht sich gegenüber sitzen hat, das ihr wohlgesonnen ist.«

Nun nickte auch Mila.

»Sie hat recht. Die Situation wird für unseren Gast schon unangenehm genug sein. Außerdem ist hier zwischenmenschliches Geschick gefragt und davon hast du von uns allen am meisten.« Die Russin sah betont zu Pavar, die vorzugeben schien, es nicht zu bemerken. »Wir sind Wissenschaftler, keine Verhandler und Letzteres ist hier mehr gefragt, denke ich.«

»Danke«, murmelte er und atmete durch.

»Gut, dann begeben wir uns jetzt in den Raum, der gerade vorbereitet wird.« Pavar gab Kowalski einen Wink, der daraufhin seine Sachen zusammenpackte und zur Tür eilte, um sie ihr aufzuhalten, ganz wie der aalglatte Schoßhund, der er war.

Das *Interview,* wie die Politikerin immer mal wieder betonte, fand in dem Raum neben Nasakus Zelle statt, die Norton euphemistisch *Quartier* nannte. Vier Soldaten in schwerer Kampfmontur standen davor und nahmen Haltung an, als sie kamen. James kam sich vor wie der Zeuge in einem Traum, empfand den Gedanken, dass Nasaku hier bei ihm war, auf *seiner* Seite und nicht irgendwo auf einem stinkenden, sterbenden Planeten, als surreal. Es war, als sei ein Charakter aus einer Serie, die er gerade im Fernsehen gesehen hatte, plötzlich real geworden und aus einer Wundermaschine getreten. So schaute er immer wieder auf die rechte Wand des Raumes, der genauso aussah wie sein eigenes Zimmer, vier Türen weiter rechts den Flur entlang, und stellte sich vor, durch sie hindurchsehen zu können, wie Nasaku im Nachbarraum nervös auf und ab ging.

Ein Tisch und zwei Stühle wurden vorbereitet, jeweils einer auf jeder Seite. Auf der einen wurden noch zwei weitere schräg hinter dem vorderen positioniert. Andere Soldaten waren damit beschäftigt, Kameras auf großen Stativen aufzustellen, und auf die Seite zu richten, auf der Nasaku mit der kalten, unverputzten Betonwand im Rücken sitzen würde, die Linsen auf sie gerichtet wie Gewehre. James konnte nur erahnen, wie sie sich fühlen würde, wenn sie in die fremden Gesichter sah, ihre fremde Sprache hörte und all die Geräte auf sich gerichtet sah. Er brauchte sich nur vorzustellen, dass die Rollen vertauscht waren und erschauderte.

Als alles vorbereitet war, setzte sich Pavar auf den vorderen Stuhl und Norton auf den hinter ihr. Zwei Soldaten blieben drinnen und stellten sich mit verschränkten Händen in die Ecken des Raumes, die dem leeren Stuhl am nächsten waren.

»Würden Sie sie bitte reinholen?«, befahl die Politikerin in Form einer scheinbaren Frage.

»Klar«, brummte James und ging zur Tür.

Nasaku stand bereits auf der anderen Seite, flankiert von zwei kräftigen Airmen. Sie war noch immer einen Kopf kleiner als er mit einem etwas gedrungenen und kräftigen Körper, der selbst unter der recht schlabberigen grauen Freizeitkleidung der Air Force erkennbar war. Ihr Vogelgesicht war angespannt, hellte sich aber ein wenig auf, als sie ihn sah.

»James«, sagte sie etwas umständlich, als versuche sie, mit vollem Mund zu sprechen.

»Hallo, Nasaku.« Er schenkte ihr ein aufmunterndes Lächeln und winkte sie dann herein. »Die Dekanin möchte dir einige Fragen stellen.«

Auch wenn er wusste, dass sie ihn nicht verstand, kam es ihm doch darauf an, durch seinen Tonfall Normalität zu suggerieren, Ruhe auszustrahlen und nicht den Anschein einer großen Besonderheit zu erwecken, obwohl es sich natürlich um genau das handelte.

Pavar und Norton standen auf, als sie hereinkam und geradezu schüchtern neben James stehen blieb. Diese Art der Scheu wollte einfach nicht zu der Frau passen, die er auf dem anderen Planeten kennengelernt hatte – entschieden, pragmatisch und schnörkellos. Doch wie konnte er ihr verübeln, sich wie ein in die Enge getriebenes Tier zu fühlen? Sie war allein unter Fremden, ebenfalls Menschen zwar, aber doch Fremde von einem anderen Planeten, die etwas anders aussahen und eine andere Sprache sprachen. So ähnlich mussten sich die ersten europäischen Entdecker gefühlt haben, als sie zum ersten Mal auf die Indianer in Mittelamerika getroffen sind. Eine ganz andere Welt, die gleichzeitig gerade noch genug Ähnlichkeit hatte, um nicht verrückt zu werden. In vielerlei Hinsicht hatte er es wohl einfacher gehabt als sie, als er nackt und verdreckt auf ihrem sterbenden Planeten herumgestolpert war. Diese Einsamkeit und bedrohliche Natur hätte er jederzeit einem Szenario wie diesem vorgezogen.

»Willkommen«, sagte Pavar und deutete auf den freien Stuhl auf der anderen Seite des Tisches mit der Wand dahinter. Nasaku sah James an und er nickte ihr zu. Erst dann ging sie zu ihrem vorgesehenen Platz. Als er gerade die Tür zuziehen wollte, bemerkte er einen Widerstand und sah überrascht auf. Eine Frau mit dunklen Haaren und dunklem Teint tauchte in dem Spalt auf. Mit den Händen jonglierte sie einen mächtigen Stapel aus Zetteln und Akten und einen Kaffeebecher. Für einen Augenblick – lang genug, ihm einen Stich zu versetzen – glaubte er, Joana zu sehen.

»Äh, hallo.«

»Hi! Ich bin Anosha Eikes.« Als er offenbar nicht reagierte, wie sie es erwartet hatte, fügte sie hinzu: »Sprachforscherin.«

»Ah, die Übersetzerin!« James winkte sie ungeduldig herein. »Schön, Sie kennenzulernen!«

»Danke, Sie auch, Mr. …«

»Das da sind Mrs. Pavar und Major Norton.«

»Wir kennen uns bereits aus einem Videocall.«

»Setzen Sie sich, Mrs. Eikes.« Pavar deutete auf einen Stuhl, den einer der Soldaten gerade auf die linke Seite des leeren Tisches stellte, der sie von Nasaku trennte, die gerade Platz nahm.

»Danke, Ma'am.« Die Übersetzerin wirkte irgendwie fehl am Platz mit ihrer modischen Zivilkleidung und dem Kaffee, als wäre sie gerade von einem Meeting gekommen und müsse jetzt nur noch schnell das nächste abhaken. Ob sie überhaupt wusste, um was es hier ging?

»Kowalski hat mir schon berichtet, dass Sie das gesamte Paket mit den Geheimhaltungsvereinbarungen unterschrieben haben. Was Sie hier sehen und hören, verlässt diese Anlage nicht«, stellte Pavar klar.

»Natürlich.« Eikes' Grinsen verriet, dass sie keine Ahnung hatte, welche Tragweite das Unterschriebene gehabt hatte. Vermutlich hielt sie das hier bloß für einen kurzen Abstecher zu einer Regierungsbehörde, die mal wieder nicht wusste, was sie tat. »Eine Frage nur.«

Die Dekanin hob eine Augenbraue, als die Übersetzerin mit einer Schlüsselkarte wedelte.

»Die hat nicht funktioniert. Ich muss doch wieder über den Aufzug raus, oder?«

»Geben Sie einfach den Code 1604 in der Schalttafel ein. Der ist für Sie vorbehalten und noch bis morgen Abend gültig. Falls wir Ihre Dienste länger benötigen, stellen wir eine neue Karte aus. Verschwenden wir damit keine Zeit.«

Norton räusperte sich und Pavar sah ihn fragend an. Als sie seinen Blick in Richtung Nasaku sah, zuckte sie mit den Achseln.

»Sie versteht uns doch ohnehin nicht. Also gut, Mrs. Eikes, ich würde gerne direkt in medias res gehen, wenn es Ihnen nichts ausmacht.«

»Selbstverständlich!« Anosha Eikes schien noch immer ein

wenig belustigt über den ernsten Tonfall der Politikerin, ein weiteres Zeichen dafür, dass sie nicht wusste, um was es hier ging. Sie setzte sich, legte den Stapel Akten und Bücher vor sich ab und nickte Nasaku zu. »Diese Frau spricht tatsächlich Sumerisch?«

»Ja.«

»Ich verstehe. Ist sie …« Eikes zwinkerte, als teilten sie ein Geheimnis.

»Sie ist nicht verrückt, wieso?«

»Nun ja, das Sumerische ist eine tote Sprache. Niemand *spricht* Sumerisch. Man studiert es, sucht nach alten Schiefer- und Steintafeln, um die Keilschrift noch besser zu entschlüsseln. Einige aus meinem Bereich, die sowohl Archäologie, als auch altertümliche Sprachwissenschaft studiert haben, werfen manchmal untereinander mit einzelnen Sätzen um sich, aber das war's dann auch schon.«

»Nasaku – das ist ihr Name – spricht Sumerisch. Zumindest sieht es danach aus«, beharrte Pavar mit ernster Miene, und als sich der Zug um ihren Mund auch dann nicht änderte, als die Übersetzerin gluckste, straffte sie ihre Züge und nickte eilig.

»Also gut. Dann fangen wir mal an. Wie soll das laufen? Sie, äh, stellen Ihre Fragen? Ist das eine Art Interview?«

»So etwas in der Art, ja«, brummte Norton ungeduldig.

»Fragen Sie sie nach Ihrem vollen Namen, ihrem Alter und ihrem Beruf. Wir müssen erst einmal ein bisschen warm werden«, sagte die Dekanin im Befehlston.

»Ich muss Sie vorwarnen, dass das nicht sonderlich präzise wird. Die Sumerer hatten ein recht eingeschränktes Vokabular, das sich vor allem um ihre Bürokratie und Mystik drehte. Vergessen Sie nicht, dass die mesopotamische Hochkultur zwar erstaunlich hoch entwickelt war, aber immer noch eine Agrargesellschaft mit starker Priesterschaft war, ohne Technologie oder moderne Gesellschaftsformen.«

»Was wollen Sie sagen?«

»Ihr Vokabular – zumindest das uns bekannte – war um ein Vielfaches kleiner als das unsere.«

»Ich verstehe.«

»Gut.« Eikes räusperte sich und sah zu Nasaku. Eine Reihe fremdartiger Wörter verließen ihren Mund. Immer wieder machte sie kurze Pausen und fuhr dann fort, bis sie schließlich schwieg. Nasaku musterte die Übersetzerin mit einer Mischung aus Überraschung und Staunen, dann antwortete sie mit derselben fremdartigen Sprache, die er auf ihrem Planeten als Sumerisch, oder zumindest dem Sumerischen ähnlich, identifiziert hatte. »Sie sagt, dass ihr voller Name Nasaku ist, sie achtundsiebzig Jahre alt ist und ihr Beruf ist Mammi.«

»Mammi?«, fragten Norton und James gleichzeitig.

»Ja, ähm, das ist kompliziert. Das sumerische Wort *Mammi* bedeutet so etwas wie *Mutter der Götter*. Aber wie ich schon sagte, ist das Sumerische schwer in unseren heutigen Sprachgebrauch zu übersetzen. Es könnte *Priesterin* heißen, aber auch etwas ganz anderes.«

Nasaku begann wieder zu sprechen, ehe Pavar ihre nächste Frage stellen konnte. Diesmal dauerte es beinahe eine Minute und Eikes musste immer wieder eine Hand heben, um sie auszubremsen.

»Was sagt sie?«, wollte Norton wissen.

»Sie stammt von der Menschheit und wollte das Licht zu einem neuen Ort bringen, aber dieser Ort war gefährlich, und sie war nicht willkommen. Die Mauer hat sie eingesperrt, bevor sie die Vereinigung abschließen konnte«, übersetzte Eikes.

»Wie bitte?« Pavar blinzelte über ihre Brille hinweg, die sie auf die Nasenspitze hatte rutschen lassen.

»Wie ich schon sagte, ein über fünftausend Jahre altes Vokabular ...«

»Jaja, das habe ich verstanden!« Die Dekanin wedelte ungeduldig mit einer Hand. »Aber was soll das heißen? Was für ein Licht? Und was für eine Menschheit?«

»Das Wort für Mensch ist kompliziert. So wie bei uns *Homo* gleich bedeutet, eigentlich aus dem alten Griechisch *wie ich,* also *gleich*, tat es das auch bei den Sumerern. Aber sie haben noch differenziert zwischen Menschen, deren Land man erobert hatte, *NISE MATATI KISITTI QATIYA*, der Menschheit – damals alle ihnen bekannten – *SALMAT QAQQADI*, und den Sumerern, der *zivilisierten* Menschheit *NAMLUGALLU.*«

»Und welches davon hat sie benutzt?«

»Das Letztere. *Die, die wie ich sind,* scheint eine komische Bezeichnung für diejenigen zu sein, von denen sie stammt, aber es ist dieselbe, die wir mit *Menschheit* geben, zumindest aus sprachwissenschaftlicher Perspektive.«

James lehnte sich in seinem Stuhl zurück und raufte sich die Haare. Er wusste nicht, was er erwartet hatte – dass sie einen launigen Plausch hielten und nach einer Stunde Klarheit darüber hatten, wer Nasaku war, von wo sie stammte und was die Geheimnisse ihrer Kultur waren? Worum es sich bei dem Planeten handelte, auf dem er gestrandet war? Was in den nächsten vier Stunden geschah, sah allerdings ganz anders aus und war ermüdend. Allein das Hin und Her zwischen Übersetzung in die eine Richtung, den vielen Notizen von Anosha Eikes und der Übersetzung in die andere Richtung war nervenzehrend. Die Übersetzerin bemühte sich redlich, doch es wurde zusehends klarer, dass sie mit all ihren Warnungen vor Einschränkungen recht hatte. Viele Dinge blieben unklar oder vage, offen für verschiedene Interpretationen und Bedeutungen und es zeigte sich, dass eine direkte Kommunikation Wunschdenken war. Am Ende fanden sie heraus, dass sie von einem anderen Planeten stammte – was Eikes zu belustigen schien –, ihre Kinder auf einem fremden Planeten gestorben waren – dem sterbenden offenbar – und es dort eine Mauer gebe, die irgendwie damit zu tun habe, dass sie nicht zurück in ihre Heimat konnte. Sie war achtundsiebzig Jahre alt und hatte eine hohe Position eingenommen in ihrer

Gesellschaft. Es gab andere wie sie, aber die hielten sie für tot. Das war nach all der Zeit alles, was sie mit relativer Klarheit herausgefunden hatten. Hinzu kam eine ganze Liste mit Dingen, die unklar und offen für Interpretation waren, weil es keine gute Übersetzung gab: Sie war entweder eine Forscherin, oder *Werkzeugfrau,* was wohl so etwas wie Handwerkerin oder Technikerin sein mochte. Ihre Mitmenschen flogen entweder zu den Sternen, oder zu den Fischen im Meer, es hatte einen Krieg gegeben, oder aber eine große Versammlung. Von den Teleportern gab es sechs oder zwölf, sie waren alle miteinander verbunden, oder nur die Hälfte. Nasaku wollte unbedingt Kontakt mit ihren Mitmenschen aufnehmen, oder aber ins Jenseits gehen. James schätzte, dass Ersteres der Fall war. Am Ende dieses langwierigen und frustrierend schleppenden Prozesses, war Pavar sichtlich müde, und auch Norton zeigte eine Mischung aus Erschöpfung und Enttäuschung, die auch er selbst in sich spürte. Er hatte sich so viel davon erhofft, endlich mit Nasaku reden zu können, nur um festzustellen, dass er einem Trugschluss, genährt von seiner naiven Hoffnung, aufgesessen war.

»Wir wiederholen das morgen und bereiten eine Liste mit einfach gehaltenen Fragen vor«, entschied die Dekanin abschließend, als Nasaku hinausgeführt wurde. »Ich will, dass Sie mir einen Lügendetektor organisieren, Major.«

»Was? Sie …«, setzte James zum Protest an.

»Ersparen Sie sich das. Ein Lügendetektor ist ein nichtinvasiver Eingriff und verstößt nicht einmal gegen unsere Menschenrechte.«

»Aber gegen …«

»Bürgerrechte?«

Als er selbst bemerkte, dass er kein gutes Argument auf seiner Seite hatte, seufzte er.

»Also. Ein Lügendetektor und kürzere, prägnante Fragen, die einfach gehalten sind. Das war wenig ergiebig heute, aber immerhin wissen wir jetzt, mit was wir es zu tun haben und womit wir arbeiten können.«

»Sie will einfach nur Kontakt mit ihrer Welt aufnehmen. Dabei können wir ihr doch bestimmt helfen, oder?«

»Wie denn? Ihr eine Sternenkarte zeigen und einfach eine Nachricht schicken lassen? Selbst wenn sie das könnte, wäre das wohl nicht besonders klug«, entgegnete Pavar.

»Sie ist gut, wissen Sie?«

»Nein, das weiß ich nicht. Und *Sie* wissen es auch nicht.«

James wollte einen ganzen Schwall Beteuerungen von sich geben, doch ein Blick in die unterkühlte Miene der Dekanin reichte aus, um ihm den Mut zu nehmen, dass es etwas bringen würde. Und sie hatte auch recht. Immerhin wussten sie faktisch wirklich nicht viel, und er verließ sich bloß auf sein Gefühl – etwas, das er sonst niemandem geraten hätte.

»Lassen Sie uns dieses Verfahren wenigstens durch Nachforschungen ergänzen.«

»Nachforschungen?«

»Lassen Sie mich nochmal zurückgehen zu dem Planeten. Wir wissen jetzt, wie der Biomasse-Trichter im Zentrum des Teleporters funktioniert. Ich kann zurückgehen und mehr Hinweise über sie und den Planeten suchen, damit wir ein klareres Gesamtbild haben.« Er sah, wie sich in ihrem Gesicht Protest anbahnte und fügte schnell hinzu: »Sie können jemanden mitschicken, um alles zu überprüfen. Einen Zeugen. Vielleicht einen Soldaten, oder meinetwegen Kowalski, jemand, dem Sie trauen.«

James hätte sich am liebsten dafür geohrfeigt, nicht früher darauf gekommen zu sein. Seit Nasaku hier war, hatte er nur daran gedacht, mehr von ihr zu erfahren, aber während sie ein Beweis dafür war, dass der Teleporter in beide Richtungen funktionierte, stand bislang noch immer sein Wort gegen die Fantasie aller anderen, dass das, was er berichtet hatte, stimmte.

Und ich weiß es selbst nicht, weil es mir mittlerweile wie ein Traum vorkommt.

»Ich denke nicht, dass …«

»Ich kann mit ihm gehen«, sagte Norton und James blinzelte überrascht. Der Major sah zu Pavar. »Sie vertrauen mir doch, oder?«

15

»Keine Sorge wegen der fehlenden Anzüge«, sagte James, als er sich auf dem Sitz niederließ, mit dem er beim letzten Mal den Teleporter benutzt hatte. Norton stand vor ihm und sein Gesicht war hart, wie aus Granit gemeißelt. Sie waren allein mit den vielen Kameras und Infrarotsensoren, umgeben von einem Gewirr aus Kabeln, das ihm mittlerweile wie eine Art beruhigender Anker vorkam, der ihm versicherte, dass er zu Hause war und nicht irgendwo sonst zwischen den Sternen.

Oder in einem Traum?, fügte er in Gedanken hinzu. *Ich werde es wohl bald erfahren.*

»Das ist es nicht. Ich habe gedacht, dass ich zuerst gehen sollte«, entgegnete der rüstige Major mit den grauen Schläfen und dem kräftigen Körperbau.

»Glauben Sie mir: Wenn Sie auf der anderen Seite ankommen, dann freuen Sie sich darüber, ein bekanntes Gesicht zu sehen.«

»Wir wissen nicht einmal, ob es möglich ist, zwei Personen zu schicken.«

»Wir haben es noch nicht ausprobiert, aber es spricht nichts dagegen, solange es auf der anderen Seite genügend Biomasse gibt, mit der der Trichter gefüttert werden kann«, sagte James.

»Wenn es nicht genug gibt, hängen Sie wohl im Zwischenspeicher, schätze ich.«

»Wollen Sie immer noch vor?«

Norton schnaubte und gab ihm einen Wink, woraufhin James die Ärmel seiner Funktionswäsche nach oben schob, damit seine Unterarme auf den Induktionsfeldern rechts und links aufliegen konnten. Nach Pavars überraschender Einwilligung und einem kurzen Briefing, in dem sie das Ziel ihrer kleinen Expedition ausgab – Nasakus Geschichte überprüfen, das Raumschiffwrack nach nützlichen Informationen oder Technologien durchsuchen, keine Gefahren eingehen – hatte sie das wissenschaftliche Leitungsteam dazu angehalten, alles für eine reibungslose Dokumentation vorzubereiten. Da sie maximal zwölf Stunden für alles vorgesehen hatte, was der Zeit bis zum Anbruch des nächsten Tages entsprach, hatten James und Norton kaum mit Mila, Mette oder den anderen gesprochen und sich gleich ohne Schutzanzüge in den Teleporterraum begeben. Dem Major war dabei anzusehen gewesen, dass er angespannt war, allerdings bei Weitem nicht so sehr, wie James bei seinem ersten Übertritt. Vermutlich lag das daran, dass er diesmal mit dem Einverständnis der Dekanin und der Aussicht auf Gesellschaft auf der anderen Seite im Rücken agieren konnte.

Als sein Offizier keine Anstalten mehr machte, etwas zu sagen, atmete er langgezogen aus und ließ seinen Kopf an die Kopflehne zurücksinken, ehe er die Augen schloss.

Der Übergang war wie beim letzten Mal unwirklich, so als sei gar nichts geschehen. Er öffnete bloß die Augen und fand sich auf der anderen Seite des Sitzes wieder, auf dem er sie eben noch geschlossen hatte. Er blickte auf die leere Sitzfläche und an seinem nackten Körper hinab. Als Allerserstes bewegte er prüfend seine linke Schulter und atmete erleichtert aus, als er keine Verletzung spürte. Dann erst stand er auf und sah sich in dem Teleporterraum um. Er war allein mit dem kalten Licht, das keine Quelle zu haben schien, sämtliche Sitze waren leer und der Durchgang gleißend wie eh und je. Als ein kaum hörbares Rauschen ertönte, drehte er sich um und blickte auf den Sitz, in dem er gerade zu sich gekommen war. Die weiße Quecksilberflüssigkeit floss aus winzigen Öffnungen, die nur mit viel Fantasie zu erkennen waren. Sie drückte sich aus dem Material wie Schweiß aus Hautporen und fügte sich zu einer zähen Masse zusammen, die immer weiter anschwoll, als sauge sie gierig mehr von sich selbst auf. Die Farbe veränderte sich zu einem stumpfen Grau und nach und nach bildeten sich Ausstülpungen, die zu bizarren Arm- und Beinformen mutierten. Fleisch bildete sich in langen Strängen, als würden sie von einer unsichtbaren Maschine nach einem kühlen aber klaren Plan zusammengefügt. Dann folgte der Kopf, ein unförmiges Ei aus wabernder Masse, die mit der Zeit detailliertere Formen erkennen ließ, bis immer mehr Nortons Gesicht erkennbar wurde. Als sich die Außenhaut zu einem bräunlichen Rosa veränderte, räusperte sich James und sah auf.

Die Augen des Majors öffneten sich wie in Zeitlupe, dann blinzelte er einige Male und hob die frisch erschaffenen Hände vor sein Gesicht, um sie prüfend zu mustern. Dann sah er James an und nickte kaum merklich, eher er sich umblickte.

»Ich will verdammt sein«, flüsterte der in die Jahre gekommene Soldat. »Ich will verdammt noch mal verdammt sein. Sie hatten recht.«

»Manchmal ist das so.«

»Es riecht hier etwas anders.«

»Höherer Ozongehalt, glaube ich. Vermutlich sind es all die Geräte, die wir in unseren Teleporter geschafft haben, die bei uns für den seltsamen Geruch sorgen.« James zuckte mit den Achseln und hielt dem Major eine Hand hin, die der mit einem weiteren Nicken annahm und sich hochziehen ließ.

»Ich habe nie darüber nachgedacht, weil wir immer die Schutzanzüge anhatten und es bloß nach Plastik roch.«

»Jetzt wissen Sie, dass es Steak ist.«

»Wie bitte?«

»In unserem Teleporter riecht es irgendwie nach Steak, finden Sie nicht?«

Norton schnaubte. »Nach verbranntem vielleicht.«

James deutete auf den Durchgang aus Licht.

»Wir müssen vorsichtig sein, wenn wir rausgehen. Es geht etwa zwei Meter steil abwärts zum Boden. Beim letzten Mal bin ich gestürzt und hatte mit einer gemeinen Verletzung zu kämpfen.«

»Gibt es auch irgendwo etwas zum Anziehen?«, fragte Norton und sah betont *nicht* auf James' blankes Gemächt.

»In Nasakus Unterschlupf gibt es Decken. Ich habe ganz vergessen, wie prüde wir Amerikaner sind.«

Der Major hob eine Augenbraue.

»Ich habe zwei Jahre in Europa gelebt«, erklärte er. »Die gehen da mit dem nackten Körper anders um. Aber dafür sind wir nicht hier. Wir sollten das Beste aus der Zeit machen, die wir haben.«

»Ja. Auch wenn wir keine Möglichkeit haben, sie zu messen.«

»Ich wünschte auch, dass man Uhren mitnehmen könnte. Oder zumindest *irgendetwas*«, brummte James. »Wer auch immer das hier erschaffen konnte, hätte doch bestimmt auch einen Weg gefunden, Gegenstände mit zu synthetisieren.«

»Schwer zu sagen, was es dafür brauchen würde, wenn wir nicht einmal die grundlegenden Prinzipien verstehen, auf denen die Technologie basiert«, gab Norton zu bedenken und auf seinem Gesicht war abzulesen, dass er sich durch die für ihn ungewöhnlich vielen Worte von etwas abzulenken versuchte. Ob es ein generelles Unbehagen darüber war, dass James offenbar recht gehabt hatte, oder an dem fremden

Planeten lag, den er noch gar nicht sehen konnte, war schwer zu sagen. Fest stand, dass der Offizier augenscheinlich außerhalb seiner Komfortzone operierte und seine Contenance zumindest für James gut sichtbar bröckelte.

»Mhm«, machte er, während er auf die Öffnung aus Licht zuging. Norton folgte ihm nach kurzem Zögern.

»Vielleicht gibt es auch eine Funktion für den Teleport von Gegenständen. Immerhin hat Mila die Funktion des Trichters auch erst gestern herausgefunden.«

»Schon möglich, aber darum können wir uns ja noch kümmern, wenn wir Pavar etwas geliefert haben, das sie bezüglich Nasaku ruhiger schlafen lässt.«

»Wir sind nicht hier, um jemanden zu entlasten, sondern um mehr herauszufinden, über unseren Gast *und* diesen Ort. Das funktioniert nur, wenn wir unvoreingenommen beobachten und keiner Agenda folgen, durch deren Brille wir alles verzerrt wahrnehmen. Wenn Sie Hinweise darauf suchen, dass sie ein gutmeinender Flüchtling ist, gestrandet auf einem furchtbaren Planeten, werden Sie alles nur vor diesem Hintergrund fehlinterpretieren.«

»Sie glauben ihr nicht, oder?«, fragte James und drehte sich um. Der Durchgang befand sich nun direkt hinter ihm und er hatte das Gefühl, dass er ihm den Rücken wärmte, auch wenn er das für eine Einbildung hielt. »Warum ist es denn so schwer?«

»Unser Teleporter liegt seit vielen hunderttausend Jahren vergraben unter der Erdkruste und als wir ihn ausbuddeln und benutzen, wartet beim ersten Benutzen auf der anderen Seite ein Mensch, der bloß auf genau diese Rettung gewartet hat. Wie wahrscheinlich klingt das?« Norton deutete auf einige der Sitze, in denen gerade so erkennbar rote Lämpchen leuchteten. »Sie ist nicht älter als vierzig Jahre. Entweder wir haben ein verdammt gutes Timing, oder sie.«

»Sie wird wohl kaum ein Alien im Menschenkostüm sein,

dass bloß darauf gewartet hat, dass der Zufall ihr die Möglichkeit bietet, zum trojanischen Pferd zu werden.«

»Nein, aber sie ist praktischerweise eine Frau, hilfsbereit und potent, aber nicht so sehr, dass sie keinen Beschützerinstinkt wecken würde. Sie spricht eine Sprache, die vor Tausenden von Jahren auf der Erde gesprochen wurde und hat Ihnen genug nützliche Informationen gegeben, um Ihr und unser Interesse zu wecken, aber nichts so Substanzielles, dass es uns darüber hinaus etwas einbringen oder ihr etwas entlocken würde.«

»Sind Sie immer so misstrauisch?«

»Ich bin nicht misstrauisch, sondern vorsichtig.«

»Ich schlage vor, dass wir zu dem Raumschiffwrack gehen und Sie sich ansehen, wie sie gelebt und überlebt hat. Vielleicht haben Sie dann ein bisschen mehr Mitgefühl«, sagte James und setzte sich in den Durchgang, sodass seine Beine bereits nach draußen schwangen und von der Kante baumelten. Ihm schoss ein Bild durch den Kopf, wie das röhrende Monster vom letzten Mal sie ihm abbiss, und er schluckte. Schließlich schob er sich jedoch nach vorne und rutschte nach draußen, fing den größten Schwung mit den Händen ab und ließ dann los.

Mit einem hässlichen Schmatzen landete er im schlammigen Morast und wurde sofort von dem modrigen Gestank empfangen, an den er sich nur zu gut erinnerte. Er erhob sich aus der Hocke und ging zur Seite, blickte über die im Wind raschelnden Büsche mit ihren dornigen, von Asche überzogenen Zweigen, die wie Abszesse aus der eintönigen Landschaft aus Brauntönen wuchsen.

Als es hinter ihm *Platsch!* machte, erschrak er heftig und fuhr mit pochendem Herzen herum. Der Major war erstaunlich elegant gelandet und wischte sich den Schlamm von den Händen, ehe er sich mit geweiteten Augen umsah. Der Himmel war schmutzig-grau, die Wolken hingen so tief, dass James das

Gefühl hatte, sie mit ausgestreckten Händen beinahe erreichen zu können. Es roch nach Verwesung, Moder und faulen Eiern, was auf einen nicht unbedeutenden Anteil von Schwefel in der Atmosphäre schließen ließ. James versuchte zu erkennen, in welche Richtung sich die Wolken bewegten, doch es schien, als würden sie sich nicht von der Stelle rühren, obwohl hier unten ein leichter Wind wehte. Ein Blitz zuckte irgendwo durch den Himmel, erkennbar als Aufflackern des Horizonts, was kurzfristig so etwas wie Struktur in der fleckigen Watte hinterließ, die hier den Himmel aussperrte.

»Sie kennen den Weg, hoffe ich?«, fragte Norton mit angespannter Stimme. »Ich würde wirklich gerne etwas anziehen.«

Dass er überhaupt an Kleidung denken kann, dachte James. Er selbst hatte beinahe das Atmen vergessen, als er durch den Durchgang gestürzt war und sich an diesem Ort wiedergefunden hatte, der die Definition von Trostlosigkeit war. Aber es machte wohl einen Unterschied, ob man wusste, mit was man es zu tun bekommen würde, oder ahnungslos in eine noch nie dagewesene Situation geworfen wurde.

»Ich denke schon«, antwortete er schließlich und bemühte sich um eine selbstbewusste Miene. Er erinnerte sich daran, dass sie in direkter Linie von dem Durchgang in Richtung Süden gegangen waren – wenn er auch jetzt willkürlich den Teleporter als Norden definierte. Auch wenn das Licht bereits wieder verschwunden war und der mächtige Ellipsoid schwarz und ohne jede Unebenheit im Zwielicht stand, war seine flachere Vorderseite doch gut zu erkennen, und sobald sie die Steinzähne erreicht hatten, würde er auch das Raumschiff finden, da war er sich sicher. Also ging er los und watete durch den Morast, sparte sich diesmal seine Kräfte auf und gab Norton damit Zeit, sich an die Umgebung zu gewöhnen und sich zu sortieren. Selbst wenn der Offizier es nicht zeigte, war James sicher, dass er die Bedeutung all dessen nicht einfach ignorierte, sondern mit einer Fülle von Gedanken zu tun hatte, die alle gleichzeitig in seinem Kopf nach Aufmerksamkeit schrien.

Der Marsch war so kräftezehrend, wie er ihn in Erinnerung hatte. Immer wieder zog er sich kleinere Kratzer zu, wenn er unachtsam war und einem der Büsche zu nahe kam. Der Wind zog merklich an, je weiter sie sich von dem Teleporter entfernten, der in einer größeren natürlichen Mulde zu liegen schien, was ihm beim letzten Mal gar nicht aufgefallen war. Es erklärte aber, warum es anstrengender war, in diese Richtung zu gehen, als in die andere. Es war leicht, in der Eintönigkeit dieser Umgebung das Gefühl für die Zeit zu verlieren, da dem Auge kaum Abwechslung geboten wurde und sich eine Minute wie eine endlos langgestreckte Stunde anfühlte. Immer wieder sah er zurück zu Norton, der stets zwei Schritte hinter ihm blieb und sich mit zusammengekniffenen Augen umschaute, wie ein Paranoider. Wenn James sich zu ihm drehte, war ihm anzusehen, dass er sich bemühte, so zu tun, als falle es ihm nicht auf. Ob es an der Scham wegen seiner Nacktheit lag, oder an etwas anderem, wusste er nicht.

Als sie die monolithischen Felsformationen erreichten, die wie gebogene Reißzähne aus dem felsigen Boden ragten und sich gen Norden streckten, hätte es ihn nicht überrascht, wenn es über ein oder zwei Stunden gedauert hätte.

Das Raumschiffwrack sah er eher durch Zufall, als er nach einer Weile eine Pause machte und einen besonders großen Reißzahn musterte, der mindestens dreißig Meter in die Höhe ragte und drei Meter an seiner Basis maß, die aus grauem Granit oder etwas ähnlichem bestand. Erst war es bloß ein großer Schatten im Westen, der ihm einen Schreck einjagte, sodass er sich fluchtartig hinter die Wand zurückzog, die der Fels neben ihm bildete. Doch nach einem vorsichtigen Blick um die Ecke war ihm klar, dass der Schatten sich nicht bewegte, es sich also nicht um das Monster handelte, das er schon einmal gehört hatte.

»Alles in Ordnung?«, fragte Norton flüsternd und scannte ihre Umgebung wie ein Habicht.

»Ja, ich glaube, ich habe das Raumschiff gefunden«, erwiderte James und ging vorsichtig weiter nach Westen. Es war noch einen halben Kilometer entfernt, doch mit jedem Meter, den sie sich durch den Wald aus bizarren Monolithen kämpften und behutsam die schärfsten Steine umgingen, die ihm bereits einige blutige Schrammen an den Füßen eingebracht hatten, wurden seine Beine schwerer.

Das Raumschiff sah aus wie eine bruchgelandete Turboprop-Maschine der Air Force mit wuchtigem Bauch und großen, abgebrochenen Flügeln, die einmal Dreiecke von der Mitte des Rumpfs zum hinteren Leitwerk gehabt haben mussten. Das Cockpit – oder zumindest der Teil, der aus James' Sicht einmal das Cockpit gewesen sein müsste – steckte tief in einem aufgeschichteten Schuttberg, der offenbar bei der Bruchlandung entstanden war. Die Hülle war von tiefen Wunden übersät und von Schimmel überzogen.

»Der Zugang ist da vorne.« James wollte weitergehen, spürte jedoch, dass der Major ihm nicht folgte. Also drehte er sich um und sah den Offizier neben einem kleinen Monolithen verharren und konsterniert das fremde Flugobjekt mustern, das irgendwie vertraut wirkte und doch mysteriös genug, um aus einem Science-Fiction-Film stammen zu können. Nahm man die dunklen Krater und Löcher hinzu, vielleicht auch aus einem Horrorstreifen. »Alles in Ordnung?«

»Ja«, sagte Norton nach einem Räuspern und schien sich aus einer Starre zu befreien. »Definitiv ein Flugobjekt, vielleicht eine Orbitalfähre.«

»Oder ein Flugzeug?«

»Nein. Deltaflügel sind nur für sehr bestimmte Einsatzbereiche und Geschwindigkeiten effizient. Außerdem gibt es keine Triebwerke an den Flügeln. Wenn es im Rumpf gesteckt hat, wäre das für einen Einsatz im normalen Luftverkehr schwer zu kontrollieren, außer es handelt sich um einen Raketenantrieb.«

James hatte den Eindruck, dass Norton sich mit dem Fachsimpeln einen Teil seiner Anspannung von der Seele redete und schluckte seine Ungeduld herunter.

»Ich verstehe«, sagte er nickend. »Können Sie aus den Schäden herauslesen, was passiert sein könnte?«

»Das ist nicht schwer«, entgegnete der Major zu seiner Überraschung und streckte eine Hand aus, um auf eines der vorderen Löcher zu deuten, das aussah, als hätte jemand von schräg vorne eine Wasserbombe mit schwarzer Flüssigkeit auf den Rumpf geworfen. »Sehen Sie, wie der vordere Teil in etwa so groß ist wie ein Medizinball und sich der Schaden dahinter trichterförmig und in Streifen durch die Hülle gefressen hat? Das ist ein klassischer Impaktschaden von einem massiven, möglicherweise kinetischen Geschoss, das bei einer hoher Eigengeschwindigkeit des Ziels eingeschlagen ist. Das Projektil trifft auf, der Schaden ist eigentlich minimal, geht man von der reinen Fläche auf der Hülle aus. Aber die strukturelle Schwächung sorgt dafür, dass Druck und relativer Wind ins Spiel kommen und nach hinten weg aufreißen. Das ist es, was Sie da sehen. Eine weitere Möglichkeit, Flugzeuge abzuschießen, sind Splittergefechtsköpfe, die nicht selbst einschlagen, sondern vor oder unter dem Ziel explodieren. Die darin enthaltenen Splitter zerfetzen dann den Rumpf und sorgen für einen Absturz.«

»Also wurde dieses Raumschiff oder Flugzeug – was auch immer es nun sein mag – abgeschossen?«, fragte James erschaudernd.

»Ich kann es nicht mit hundertprozentiger Gewissheit sagen, aber wäre ich ein hinzugezogener Experte nach einem Flugzeugabsturz, hätte ich sofort meine Hand dafür ins Feuer gelegt, dass es sich um einen Abschuss handelt.«

James hielt die Luft an und sah sich um, empfand den

Schweiß auf seiner Hand plötzlich als kalt, die um sie herum aufragenden Monolithen als bedrohlich und die wenigen Büsche, die es hier noch gab, als unheimliche Beobachter.

»Wir sollten reingehen«, schlug er vor und ging voran, ohne auf eine Antwort zu warten. Als er beim letzten Mal mit Nasaku in Richtung des Teleporters aufgebrochen war, hatte er offenbar nicht den Vorhang hinter sich zugezogen, oder aber der Sturm hatte ihn aus seinen Haken gerissen, denn die dunkle Stelle unter dem einen Flügel, der leicht geneigt war, bestand lediglich aus Schatten und nicht aus Stoff. Vorsichtig steckte er den Kopf hinein und blinzelte, bis seine Augen sich an das Zwielicht gewöhnt hatten, das noch einige Nuance dunkler war als draußen. Es sah noch immer so chaotisch aus, wie er es in Erinnerung hatte mit Decken und Stofffetzen überall, kleinen und großen Kisten mit abgerundeten Ecken und leeren Verpackungen dazwischen. Steine und Sand bildeten einen schmutzigen Boden, auf dem kleinere Verwehungen zu sehen waren.

»Das ist ihr Unterschlupf?«, fragte Norton, der mittlerweile neben ihn getreten war und sich umsah. Offenbar hatte er für kurze Zeit vergessen, dass sie noch immer beide splitternackt waren. Bei der hier herrschenden Hitze, die ihre Haut mit einem konstanten Schweißfilm bedeckte, war es leicht, sich daran zu gewöhnen.

»Das ist er, ja.« James nickte und sah sich ebenfalls um. Er hatte das Innere des Raumschiffs – oder zumindest dieses Teils davon, der sicher nicht dem gesamten Innenraum entsprach – viel kleiner und beengter in Erinnerung. Es lag wohl an seiner Angst und Verwirrung beim letzten Mal, schließlich hatte er auch da versucht, diesen Ort in sich aufzusaugen, aber da hatte er nur einen Bruchteil dessen entdeckt, was er jetzt fand. Da waren Zeichnungen an den wenigen Teilen der Wände, die nicht zerstört oder von Schimmel und Flechten übersät waren. Sie zeigten eine Frau mit drei Kindern und eine Gruppe anderer Strichmännchen. Andere waren mit Symbolen oder Buchstaben vollgekritzelt, die sich gerade so erkennen ließen, weil sie oberflächlich in das metallische Material geritzt worden waren.

Norton ging zu einem Stapel von drei Kisten, zog die Überreste einer Decke an sich, die darüber lag, und schlang sie sich um die Hüften, ehe er die oberste Kiste öffnete. James trat neben ihn und blickte auf eine Sammlung von Injektoren, von denen Nasaku ihm einen gegeben hatte, als sich der Abszess auf seiner Hand gebildet hatte.

»Ist das …?«

»Ja. Da ist das Medikament drin, das sie mir verabreicht hat.« James deutete auf Nortons Unterarm, auf dem sich ein hässlicher roter Fleck unter dem glänzenden Schweiß zeigte.

»Der Injektor sah genauso aus, meinen Sie.«

»Ja.« Der Major hatte natürlich recht. Es könnte eine Art der kleinen Ampullen mit Injektionsfeld geben, die unterschiedlichste Chemikalien beinhalten. »Ich schätze, Sie werden bald eins davon brauchen.«

»Ah.« Norton winkte ab. »Das ist bloß eine Hautirritation, nichts weswegen ich russisches Roulette mit außerirdischen Medikamenten spiele.«

»Aber wir sind noch nicht besonders lange hier. Die Reaktionen scheinen sehr schnell zu gehen.«

»Wir sollten auch die anderen Kisten durchsuchen, fangen Sie da drüben an«, befahl Norton und James nickte. Gerne hätte er die Klarheit und Entschlossenheit des Offiziers besessen. Er ging zu einem der Stoffberge und durchwühlte ihn, bis er etwas gefunden hatte, das er sich als improvisierten Rock um die Hüfte binden konnte. Ein blaues Stück mit vor lauter Schmutz kaum erkennbaren Symbolen darauf, die vage an Sterne erinnerten, riss er in ein Dutzend Streifen auseinander und wickelte sich jeweils einen davon um die Füße, um seine zerschundenen Sohlen vor Steinen zu schützen. Den Rest stopfte er in eine kleine Tasche, die Nasaku improvisiert zu haben schien. Er fand auch eine Jacke, die widerlich nach Schimmel roch und bordeauxfarbene Flecken hatte, die ihn unangenehm an altes Blut erinnerten, doch auch die zog er an und gab sich redlich Mühe, den beißenden Gestank zu ignorieren. Dann erst machte er sich daran, eine der kleineren Kisten zu öffnen, was ihm nicht gelingen wollte, da sie keinen sichtbaren Verschluss hatte. Als er Norton darauf ansprechen wollte, der hinter ihm dabei war, durch die längeren Behälter zu wühlen, fiel sein Blick auf etwas Merkwürdiges an der hinteren Wand, in der ein kopfgroßes Loch klaffte.

James ging wie gebannt darauf zu, fühlte sich wie eine Motte, die dem Drang nicht widerstehen konnte, ins Licht zu fliegen. Hastig wischte er mit den Händen die klebrige Patina von dem angenehm kühlen Metall und legte nach und nach eine Schrift frei, die teilweise verwaschen und ausgeblichen war, sich aber klar als solche erkennen ließ. Es gab Buchstaben, die aussahen wie eine Mischung aus fernöstlichen Zeichen und arabischen, die durch kurze Häkchen und Striche miteinander verbunden waren. Es ergab keinen Sinn, aber nur in der Hinsicht, dass er auf eine ihm unbekannte Sprache blickte, so wie es ihm auch in Zentralasien oder Afrika hätte passieren können. Was hätte er dafür gegeben, ein Smartphone oder einen Fotoapparat bei sich zu haben, um das zu dokumentieren und daheim Linguisten vorzulegen, die sich an die Entschlüsselung machten.

»Haben Sie was gefunden?«, fragte Norton über das Klackern und Poltern hinweg, das sein Gewühl in den Kisten verursachte.

»Ja, hier steht etwas an der Wand geschrieben«, antwortete James. Überflüssigerweise fügte er hinzu: »Ich kann es aber nicht lesen.«

»Was ist mit den Kisten?«

»Verschlossen?« James ging auf die Zehenspitzen, um durch

das Loch in der Wand blicken zu können, und wartete mit zitternden Waden, bis seine Pupillen sich maximal weitgestellt hatten. In der Dunkelheit eines neuen Raumes dahinter ließ sich kaum etwas erkennen, da es dort offenbar keine Löcher in der Hülle gab, die etwas von dem spärlichen Licht von draußen hineinließen, aber das wenige, das an seinem Kopf vorbei durch das Loch fiel, reichte offenbar aus, um Reflexionen erkennen zu lassen. James sah penibel aufgereihte, längliche Metallgegenstände von bizarrer Form, auch wenn er sicher war, dass Licht und Schatten seinen Augen Streiche spielten und seine Fantasie unter diesen Umständen zu viel Mitspracherecht hatte. Hätte er raten müssen, hätte er darauf getippt, dass sein Blick gerade auf Waffen fiel.

Er machte einen Schritt zurück und betrachtete das Loch mit ein wenig Abstand. Es war nicht rund, sondern eher rautenförmig und scharfkantig, mit nach innen gebogenen Rändern. Tiefe Scharten zierten sie rechts und links, grob und ungleichmäßig. James dachte an Nasakus improvisierte Axt und schwang sie mit der rechten Hand, als würde er auf die Wand einhacken.

»Was machen Sie da?«, riss Nortons Stimme ihn aus seinen pantomimischen Überlegungen, und er ließ die Hand sinken, drehte sich um und schüttelte den Kopf.

»Nichts, schon gut.«

»Haben Sie etwas entdeckt?«

»Nein«, log James. Das Letzte, was er jetzt gebrauchen konnte, war ein Soldat, der das Wort *Waffe* hörte und fortan bloß noch ein Kitzeln im Abzugsfinger verspürte. Dafür waren sie nicht hier, und er wollte sich nicht ausmalen, was passieren konnte, sollte der Major bei ihrer Rückkehr von Waffen sprechen, die sie in einem Raumschiffwrack gefunden hatten. Außerdem bestand noch immer eine große Chance, dass er die wenigen Umrisse und Reflexionen, die er gesehen hatte, fehlinterpretierte. Es konnte sich um alles Mögliche handeln und das war nicht genug, um einen Berufskrieger aufzuscheuchen. »Wie sieht es bei Ihnen aus?«

Er drehte sich um und ging zu Norton, um ihm jeglichen Reflex zu nehmen, selbst ein größeres Interesse an dem Loch in der Wand zu entwickeln.

»Das meiste davon sind Injektoren, wie Sie sie beschrieben haben«, erklärte der Soldat und deutete auf zwei Dutzend fein aufgereihte Plastikampullen. Daneben befand sich in der Kiste ein wilder Haufen weiterer, die ein wenig blasser waren. »Das sind die vollen, die anderen die leeren.«

Norton ging zur nächsten Kiste, die offen daneben stand und voller Geräte war, die für James Empfinden dem Reißbrett eines Fantasten entsprungen sein könnten.

»Was das hier ist? Keine Ahnung.« Gemeinsam starrten sie eine Weile auf das, was da vor ihnen lag, merkwürdige Kuben aus etwas, das Plastik sein mochte, oder etwas ganz anderes, mit runden und eckigen Anschlüssen und teilweise abgerissenen Kabeln. Bei anderen handelte es sich um kleine Scheiben mit matter Unterseite und lange Kolben mit konischen Verschlusskappen, die sich allerdings nicht bewegen ließen.

»Keine Knöpfe, Hebel oder sonst irgendetwas, mit dem man interagieren könnte.«

»Vielleicht benutzen diejenigen, die das alles gebaut haben, ihre Maschinen und Geräte auf andere Art und Weise als wir«, schlug James vor. »Aber mir will nichts einfallen, wofür man es benutzen könnte.«

»Das wäre etwas, das unsere Wissenschaftler herausfinden könnten«, war sich Norton sicher.

»Also sind Sie dafür, sie hierher zu bringen?«

»Natürlich. Das hier ist erstaunlich. Aber wir sollten vorsichtig sein und dafür sorgen, dass die Ankunft so reibungslos funktioniert wie möglich.«

16

James und Norton improvisierten aus zwei fleckigen Decken große Säcke, in die sie einige der leeren und einige der vollen Injektoren steckten, zusammen mit so viel Stoff, wie sie finden konnten. Sie fertigten weitere Stoffstreifen aus dem dünnsten Material, das sie finden konnten, an, und wickelten sie auf, bevor sie auch die verstauten. In dem Gewühl dieser Höhle, die Nasaku sich geschaffen hatte, fanden sie noch eine Axt, bestehend aus einem harten Ast und einem dreieckigen, geschärften Metallsplitter, der mithilfe einer Art Draht in eine Kerbe eingefasst war, und ein Messer, ebenfalls aus einem Stück Metall geschliffen. James gab Norton die Axt und nahm das Messer. Bei all dem fühlte er sich wie ein Einbrecher, der den privaten Raum von Nasaku entweihte, und fragte sich mehr als einmal, ob er gerade einen Fehler machte – zumindest einen moralischen. Diese Frau hatte hier ihre Kinder verloren und war ganz alleine an einem so furchtbaren Ort gestrandet, womöglich Lichtjahre von ihrer Heimat entfernt, ohne zu wissen, ob es jemals Rettung geben würde. Schutz hatte ihr dieses Wrack geboten, das bei Wind und Wetter ihr Zuhause geworden war, und jetzt kamen sie daher und nahmen alles auseinander, um nachfolgenden Kollegen die Ankunft etwas zu erleichtern.

Als sie sich schließlich auf den Rückweg zum Teleporter machten, war es draußen dunkler geworden und die Wolken schienen sich ein wenig zurückgezogen zu haben. Jedenfalls sah die dunkelgraue Masse über ihnen nicht aus, als wollte sie sie zerquetschen. Die gebogenen, spitz zulaufenden Monolithen schienen ihnen den Weg zu weisen, als deuteten sie mit erstarrten Gesten gen Norden.

Da Norton ziemlich schweigsam war, während sie mit den Säcken auf ihren Schultern über den steinigen Boden gingen, der jetzt kein Martyrium mehr darstellte mit den Stoffbahnen um ihre Füße, sprach er ihn an.

»Woran denken Sie?«

»Nasakus Geschichte.«

»Und?«

»Sie ergibt für mich keinen Sinn«, erklärte der Major.

»Warum nicht?«

»Gehen wir es doch mal durch: Sie kommt her, offenbar ohne zu wissen, wie es auf dieser Seite des Teleporters aussieht. Sonst wäre sie sicher lieber zu Hause geblieben. Aber sie bringt direkt ihre Kinder mit?«

»Vielleicht waren es ja viele wie sie«, gab James zu bedenken.

»Und wo sind die? Warum hat nur sie überlebt? Eine einzelne Frau, die sich in einem Wrack versteckt? Und das mit den Kindern verstehe ich immer noch nicht. Wer bringt denn Kinder mit in so eine Welt?«

»Mhm. Wir wissen nicht, wie lange sie lebt. Vielleicht ist ihre Zivilisation so weit entwickelt, dass sie Jahrhunderte leben? Das ist nicht einmal bei uns heutzutage ein Ding der Fantasie, sondern wissenschaftlich durchaus denkbar. Sie könnten also in längeren Zeiträumen denken.« James umrundete einen der knorrigen Büsche, der im Wind mit seinen

Dornen nach ihm auszuschlagen schien. »Es wäre doch möglich, dass es hier zu einer Katastrophe kam, *nachdem* sie mit ihren Kindern als Siedler herkam oder etwas in der Art.«

»Das ist möglich, ja«, gab Norton zu, klang aber nicht sonderlich überzeugt. »Wo sind dann all die anderen? Es müsste doch zumindest Überreste von Behausungen geben oder Gräber. Meinetwegen auch Maschinen …«

»Wie zum Beispiel ein Fluggerät?« James machte eine beschwichtigende Geste mit dem Messer in seiner Hand, was er im Nachhinein als etwas paradox empfand. »Ich will damit nur sagen, dass sie offenbar schon länger hier gewesen sein müssen. Nasaku und ihre Leute, meine ich. Der Teleporter teleportiert, soweit wir wissen, keine Gegenstände, und selbst wenn er es täte, dann wohl kaum etwas von der Größe dieses Raumschiffs. Also waren sie lange genug hier, um es selbst zu bauen, und das ohne mitgebrachte Werkzeuge. Das muss Jahrhunderte gedauert haben. Man kommt ja nackt und ohne alles. Allein die Metalle zu fördern und zu raffinieren – ohne Werkzeuge. Es ist, als wollte man eine Zivilisation von Null starten, was bei uns Jahrtausende gedauert hat.«

»Mit dem Wissen unserer heutigen Welt würde es deutlich schneller gehen. Außerdem können sehr wohl Gegenstände teleportiert werden, wie wir an den Implantaten in Nasakus Körper gesehen haben. Vielleicht sind die mit ihrem Gehirn verbunden und beinhalten detaillierte Anleitungen? Aber das sei dahingestellt, selbst dann ergibt es für mich keinen Sinn«, beharrte der Major. »Wieso ist nur noch sie hier? Warum gibt es hier sonst nichts weit und breit, außer hässlichen Pflanzen, die in einem endlosen Tod gefangen zu sein scheinen und einer bizarren Landschaft?«

»Vielleicht eine Naturkatastrophe? Dieses graue Zeug auf dem Boden und den Büschen sieht aus wie Asche und es stinkt nach Schwefel. Was, wenn ein Supervulkan ausgebrochen ist?«

»Das mag ja sein, aber warum sind sie dann nicht zurückgegangen? Wenn es eine Expedition hierher gab, dann konnten sie auch zurück. Wieso dann nicht mehr?«

»Sie haben evakuiert, als auf dieser Seite etwas passiert ist, und alle sind nacheinander zurück – das kann dauern, wenn immer nur eine Person reisen kann. Nasaku und ihre Kinder könnten als Letzte dran gewesen sein, und dann ist etwas anderes passiert, das dafür gesorgt hat, dass es keine Verbindung mehr gibt.«

»Zwei Katastrophen zur selben Zeit auf zwei Planeten?« Norton schnaubte ungläubig.

»Unwahrscheinlich, aber wie viele unwahrscheinliche Dinge sind schon geschehen?«

»Warum sind ihre Kinder dann hier gestorben? Kinder würde man doch als Erstes evakuieren.«

»*Wir* würden Kinder als Erste evakuieren«, berichtigte James ihn. »Ihre Kultur könnte ganz andere Priorisierungen hervorgebracht haben. Vielleicht leben sie in einem Kastensystem, das bestimmte Personengruppen altersunabhängig vorzieht.«

»Eine solche Gesellschaft würde mir angst machen.«

»Das erscheint mir nicht wie ein logisches Argument.«

»Ich habe eher den Eindruck, dass Sie sich sehr ins Zeug legen müssen, um die Geschichte dieser Nasaku zu rechtfertigen, dabei ist sie löchriger als ein Schweizer Käse«, war sich Norton sicher. »Ich will sie ja nicht an den Pranger stellen, ich sage nur, dass wir mehr Informationen brauchen und vorsichtig vorgehen sollten. Dieser Erstkontakt ist anders, als es sich jeder von uns vorgestellt hat, aber das sollte nicht dazu führen, dass wir nachlässig werden und unseren gesunden Menschenverstand vergessen.«

»Da haben Sie wohl recht«, gab James mit einem Widerwillen zu, den er nicht leugnen konnte. Er *wollte* Nasaku glauben, spürte, dass sie es gut meinte, und wollte ihr helfen, aber die Logik des Majors war nicht von der Hand zu weisen, und *ich habe da ein gutes Gefühl* war wohl kaum ein überzeugendes Argument. Um es nicht auf eine Diskussion ankommen zu lassen, entschied er sich, das Thema zu wechseln: »Den Erstkontakt habe ich mir auch anders vorgestellt. Ich habe ehrlich gesagt sofort an Außerirdische gedacht, als ich den Teleporter das erste Mal gesehen habe, aber mir kleine dürre Männchen mit großen Köpfen vorgestellt.«

»Wir alle sind durch die Fantasie von Filmschaffenden geprägt worden. Ob Tentakelwesen, Bugs, Spinnenmonster oder kleine grüne Männchen, ich bin mir sicher, dass all das und noch ganz andere Vorstellungen in den Köpfen der im Projekt Arbeitenden herumgegeistert sind.«

»Aber ganz sicher keine von Menschen wie uns«, stimmte James ihm zu. »Nasaku könnte, so wie sie ist, auf der Erde leben und niemand würde es bemerken.«

Er dachte über seine eigenen Worte nach, und die Vorstellung gruselte ihn. Was, wenn es schon seit langer Zeit Aliens unter ihnen gab, die einfach nicht auffielen, weil sie genauso aussahen wie Menschen? Menschen waren – vielleicht?

»Daran habe ich auch schon gedacht. Die Frage ist bloß, ob beide Seiten recht haben.«

»Beide Seiten?«

»Diejenigen, die sich fremdartige Wesen vorgestellt haben und diejenigen, die Nasaku als Mensch von einem anderen Planeten sehen«, sagte Norton und wechselte den Sack auf seinem Rücken von einer Schulter über die andere. »Sie könnten beide recht haben.«

»Sie meinen, dass Nasaku und ihre Art wie Menschen aussehen, aber nicht wirklich Menschen sind?«

»Lassen Sie mich mit einer Frage antworten: Für wie wahrscheinlich halten Sie es, dass an mehreren Orten unserer Galaxie Menschen genau wie Sie und ich entstanden sind?«

»Wenn Sie das so sagen: nicht sehr wahrscheinlich. Die Evolution hat uns zu dem gemacht, was wir heute sind, und das hat Millionen von Jahren gedauert und wir sind auf exakt die Erde spezialisiert, auf der wir leben. Wenn nur die Anziehungskraft etwas anders wäre, oder die atmosphärische Zusammensetzung, die Intensität der Sonnenstrahlen oder die Fauna. Allein zwischen Menschen in Asien und Afrika oder Europa gibt es optische Unterschiede, weil sie auf das Klima auf unterschiedlichen Kontinenten spezialisiert sind«, überlegte James laut. »Aber es ist auch nicht unmöglich, dass es mehrere Erden gibt, oder? Die ähnlich genug sind?«

»Und dann sind zufällig auf jeder davon Menschen wie Sie und ich entstanden?« Als James dem Major einen Seitenblick zuwarf, konnte er aus dessen Miene genau ablesen, was er von dieser Vorstellung hielt. Er konnte es ihm nicht verübeln, es klang wirklich absurd.

»Aber es könnte eine Begründung geben, die wir noch nicht sehen. Das war doch immer Ihr Argument in Bezug auf alles, was den Teleporter betrifft«, gab er zu bedenken.

»Ja, und deshalb bin ich mit Ihnen hierher gekommen. Vermutlich stimmt nichts von dem, was Sie oder ich denken, umso behutsamer müssen wir beginnen, selbst nach Antworten zu suchen, als sie uns von anderen zu erhoffen.«

»Hören Sie bloß auf, am Ende sind wir doch noch einer Meinung.«

Nach einer Weile des Schweigens kamen sie zum Rand des Steinwalds, wo die Felszähne kleiner wurden und nicht mehr groß wie Hochhäuser aus dem Boden ragten. Der Wind wurde etwas stärker und die Dunkelheit nahm zu, und da geschah es, dass James erneut das hörte, wovor er sich insgeheim gefürchtet hatte, seit er das letzte Mal an diesem gottverlassenen Ort gewesen war: das unheimliche Röhren, das aus dem Nichts zu kommen schien. Es war ein heiserer Laut, der ihn an ein zahnbewehrtes Maul denken ließ, ein animalischer Urschrei, tief und gleichzeitig kratzig.

»Was ist das?«, fragte Norton alarmiert und blieb wie angewurzelt stehen. Reflexhaft stellten sie sich Rücken an Rücken und gerieten ins Taumeln, als ihre Säcke gegeneinanderstießen. Still sahen sie sich um, kniffen die Augen zusammen und versuchten, die Bewegungen der Büsche im Wind von etwas Anderem, Gefährlichem zu unterscheiden.

»Das Monster«, flüsterte James.

»Was?«

»Ich weiß es nicht, aber das war beim letzten Mal auch da, nur deutlich näher.«

»Wir sollten jedenfalls nicht hierbleiben, um es herauszufinden«, entschied der Offizier und begann wieder zu laufen, diesmal deutlich schneller. Der Wind und das Rauschen, das er in den knotigen Gebüschen erzeugte, die sich wie strubbelige Katzen an den feuchter werdenden Boden drückten, trieben sie zur Eile an. James' Nebennierenmark entsandte eine Flut heißen Adrenalins in sein Gefäßsystem, das ihm sämtliche Haare zu Berge stehen ließ und eine prickelnde Gänsehaut hinterließ.

Es geschah schon wieder. Das Monster jagte sie mit seinem schrecklichen Röhren, und sie mussten um ihr Leben rennen, auf der Flucht vor einer unsichtbaren Gefahr, die ihnen zweifellos auf den Fersen war, denn sie wurde lauter, drängender. Als sie den Steinwald verließen, wusste er, dass sie es diesmal nicht schaffen würden. Das Röhren war zu einem markerschütternden Brüllen geworden, das ihm die Knie schlottern ließ.

»Wir schaffen es nicht!«, schrie er über den albtraumhaften Lärm hinweg und sah sich reflexhaft über die Schulter. Ein mächtiger Schatten kam aus dem Osten auf sie zu, lief diagonal in ihre Richtung, sodass er ihnen bald den Weg abschneiden würde. »Wir müssen nach links!«

Norton nickte bloß atemlos und sie bogen nach Westen hin ab, schlugen einen Haken, hielten auf einen der Reißzähne zu, die besonders stark gebogen waren. Kurz bevor sie ankamen, ertönte das nächste ohrenbetäubende Brüllen, diesmal so nah, dass James nicht einmal mehr wagte, über seine Schulter zu blicken. An der Basis des Monolithen angekommen ließen sie wie auf ein unausgesprochenes Kommando hin ihre Säcke fallen und der Major verschränkte seine Hände, um ihm mit einer Räuberleiter hinauf zu helfen.

James diskutierte nicht, drückte seinen schlammbesudelten rechten Fuß auf die Handflächen des Offiziers und kletterte hinauf, dorthin wo die zerklüftete Oberfläche der Steinformation so schräg war, dass er sich gut halten konnte. Dabei brach er sich den kleinen Finger seiner rechten Hand, weil er in einer Ritze hängen blieb und sein Messer nicht loslassen wollte. Er schrie vor Schmerzen auf, hielt jedoch nicht inne und drehte sich um, damit er Norton dabei helfen konnte, es ebenfalls hinauf zu schaffen. Der hatte sich die Axt längst in den Gürtel gestopft und zog sich erstaunlich geschickt nach oben, ließ sich von James unter die Achseln greifen und nachhelfen.

Dann war das Monster da. Eben noch ein Schatten, fegte wie aus dem Nichts eine Pranke durch sein Blickfeld und zerfetzte Norton's improvisierten Rock. Für einen Moment glaubte er, dass der Soldat selbst aufgeschlitzt worden war, doch offenbar hatte er Glück gehabt und nur der Stoff war in hunderte Einzelteile geschnitten. Das Monster hatte vier Beine und zwei Arme, einen kurzen, kräftigen Rumpf mit brauner, narbiger Haut, von der leichter Dampf aufstieg. Ein pfeilförmiger Kopf mit langem Hals ragte zwischen den muskulösen Schultern hervor, das Maul mit mehreren Reihen messerscharfer Zähne bewehrt, die glänzten, als wären sie aus Metall. Das Furchterregendste an diesem Albtraumgeschöpf aber war, neben den erschreckend menschlichen Armen mit Ellenbogen und Händen mit sechs Finger-Klauen, die Tatsache, dass es keine Augen besaß und auch keine Ohren.

»Scheiße, das war knapp«, hechelte James, als sie wie besessen in Richtung Spitze des Felszahnes geklettert waren, die so gebogen war, dass der wenige Platz, den sie hatten, beinahe ebenerdig war. »Was zur ... was zur Hölle ist das?«

»Keine Ahnung, aber es hätte uns fast geschnappt«, antwortete Norton schwer atmend.

Das Monster stieß ein kehliges Knurren aus und schlich mit geducktem Kopf um den Fuß des Felsens herum. Immer wieder stieß es schnüffelnde Geräusche aus. James schluckte und betrachtete die vielen Narben auf dem Rücken, die sich vor lauter wuchtigen Muskeln unter der Haut nach außen stülpten. Sie waren so zahlreich, dass man nicht sagen konnte, wo eine Narbe aufhörte und die andere anfing. Einige waren wulstig, andere vertieft, manche rundlich, mit ausgefransten Rändern und manche langgezogen wie von tiefen Schnitten. Die Metallzähne gaben ein sonderbares Klackern von sich, als würden sie damit Rasierklingen schleifen. Eine undefinierbare Angst, von dem Monolithen zu stürzen und innerhalb von Sekunden von diesem Höllengeschöpf zerfetzt und gefressen zu werden, überkam ihn, und er hätte sich am liebsten übergeben.

»Scheinbar ist hier doch nicht alles tot«, brummte Norton und fletschte frustriert die Zähne, als er zu seiner Axt hinunterblickte, die in dem matschigen Boden am Fuß des Monolithen lag und glänzend reflektierte, als wollte sie ihnen unter die Nase reiben, dass sie unerreichbar war.

»Was machen wir jetzt?«, fragte James und seine Stimme hatte einen hohen Ton angenommen. Er hatte Schwierigkeiten damit, überhaupt einen zusammenhängenden Satz an dem Kloß in seinem Hals vorbeizubringen. »Das Ding kann doch nicht klettern, oder?«

»Wenn wir es konnten, dann kann es das mit Sicherheit auch.«

James betrachtete die drei langen Klauen, in denen die Zehen der vier mächtigen Beine der Kreatur endeten. Sie waren gebogen, nicht unähnlich dem Fels, auf dem sie saßen wie zwei Beutetiere und glänzten genauso metallisch wie seine scharfen Zähne. Er wollte den Major anflehen, ihm zu versichern, dass sie hier oben sicher waren, aber er wusste selbst, wie lächerlich das war.

»Hören Sie mir jetzt ganz genau zu, James«, sagte Norton und sah ihn eindringlich an. Sämtliche Muskeln im Körper des drahtigen Mannes schienen angespannt zu sein und bewegten sich unter der schmutzigen, vor Schweiß glänzenden Haut wie Aale.

Warum hat er mich James genannt?, dachte er panisch. *Das tut er sonst nie!*

»Dieses Ding wird gleich hier zu uns hoch kommen, verstehen Sie das?«, fuhr der Major fort. Wie konnte er so ruhig und gefasst klingen? »Wenn das passiert, und es *wird* passieren, dann will ich, dass Sie zielstrebig handeln und genau das tun, was ich Ihnen jetzt sage, ist das klar?«

James nickte mehr aus Reflex, als dass er verstanden hätte, was sein Gegenüber ihm zu sagen versuchte, während sie auf einem schmalen Stück warmen Fels hockten, ständig in Gefahr nach rechts oder links sechs Meter oder mehr in die Tiefe zu stürzen und von einer Alienkreatur gefressen zu werden.

Norton redete auf ihn ein, so gefasst, dass James nur noch mehr Angst bekam, weil es ihm die Ausweglosigkeit und Endgültigkeit der Situation bloß noch eindringlicher machte. Sein Blick schweifte ab und er bemerkte, dass die Wolken verschwunden waren, zumindest in einem großen Bereich über ihnen, der nicht kreisförmig war wie bei seiner Flucht mit Nasaku, sondern so, als wären die grauen Massen auseinandergerissen worden wie Watte. Sterne funkelten am Firmament und in ihrem Zentrum der zerbrochene Mond mit seinen vielen Trümmern und Fragmenten, die immer kleiner wurden, je weiter sie sich von dem offenen Halbkreis des größten Stücks entfernten wie eine Perlenkette. Das Licht, das er spendete, reichte aus, um weiter sehen zu können als je zuvor, und er sah den steinernen Wald, so weit das Auge reichte. Nein, nicht so weit das Auge reichte, so weit, bis sein Blick auf eine schwarze Wand traf, höher als die Zähne und wie aus stoffgewordener Dunkelheit erschaffen. Die Wand war sehr weit entfernt, bestimmt mehrere Meilen, doch sie reichte von Horizont zu Horizont mit einer leichten Wölbung darin.

»Eine Mauer?«, flüsterte er ungläubig.

»... haben Sie das verstanden?«, brüllte Norton und James nickte lahm. Die Stimme des alten Soldaten hatte sich verändert und dann fuhr er auch schon herum. Mit Entsetzen musste James feststellen, dass das Monster tatsächlich angefangen hatte, zu ihnen hinaufzuklettern. Sein geiferndes, trockenes Gebiss kam schnappend näher und ein seltsamer Geruch nach Ozon ging von ihm aus.

Der Major ging in die Hocke und sprang. Wie ein stummer Teilnehmer an einer Theatervorführung sah James mit an, wie er über den Kopf der Kreatur flog, die blitzschnell nach ihm schnappte. Sie traf ihn, was unverkennbar an dem Blutspritzer zu erkennen war, der sich vor seinen Augen bildete. Norton wurde zwar aus der Flugbahn gerissen, doch er krachte auf den vernarbten Rücken des Monsters, prallte mit einem dumpfen Schrei ab und klatschte dann in den Matsch darunter.

James versuchte fieberhaft, sich zu erinnern, was der Offizier ihm aufgetragen hatte, zu tun. Alles war so schnell gegangen, und in seinem Kopf drehte sich alles. Was sollte er tun? Wie sollte er überhaupt je wieder seine Arme und Beine benutzen können, die sich anfühlten, als hätte sie jemand mit Blei aufgefüllt. Er konnte nur diese messerscharfen Zähne vor seinen Augen sehen, die sich in diesem Moment umwandten. Der Hals der Kreatur drehte sich auf unnatürliche Art zu Norton, der einige Meter unter ihm auf dem Rücken lag, schwer atmend und nach oben starrend. Er bewegte sich nicht mehr.

In diesem Augenblick gewann James für eine Sekunde die

Fassung zurück, spürte, wie die Knöchel seiner rechten Hand, die sich fest um das Messer darin geschlossen hatte, weiß hervortraten.

Es will ihn fressen, dachte er und folgte seinem ersten Instinkt. Er machte mit den Füßen voran einen Satz nach vorne und rutschte über den abschüssigen Rücken des Monolithen. Die Schwerkraft übernahm den Rest und beschleunigte ihn weiter. Die Kreatur riss ihren Kopf herum, doch vom Adrenalin angepeitscht reckte James schreiend das Messer nach oben und rammte es ihr irgendwo ins Fleisch. Er konnte es nicht sehen, doch eine warme, weiße Flüssigkeit spritzte auf ihn, als er unter dem Rumpf und zwischen den im Gestein festgekrallten Beinen nach unten rutschte. Er ließ nicht los, hielt die Hand oben und spannte jeden einzelnen Muskel seines Arms an, um dem Widerstand entgegenzuwirken. Er landete mit den Füßen voran direkt neben Norton, verlor die Waffe aus den Fingern, als die Kreatur sich blitzartig drehte und ein langgezogenes Kreischen ausstieß.

James klatschte in den Matsch, direkt neben den Major. Zwischen ihnen glänzte die Axt nutzlos im Schlamm, als wolle sie ihn verhöhnen. Als sein Blick zurückruckte, sprang das Monster auf ihn zu, taumelte dabei leicht und entließ einen Schwall weißer Flüssigkeit aus seinem Rumpf auf den Boden. Es zog den augenlosen Kopf zurück wie eine Kobra vor dem Biss und dann öffnete sich das Maul mit den vielen Reihen scharfer Metallzähne, die sich alle einzeln bewegten und dabei fürchterliche klickende Geräusche machten. Der Schlund, in den James blickte, war pechschwarz und schien ihm einen Blick in eine seelenlose Unendlichkeit zu geben, kurz vor seinem Tod.

Als die Zähne vorschnellten, wartete er darauf, dass seine Beine ihm gehorchten, damit er seiner Panik nachgeben und davonlaufen konnte, doch er konnte den Blick nicht von dem glänzenden Tod abwenden. Es liefen keine Bilder vor seinem inneren Auge ab, da waren nur er und das Gebiss.

Mit einem unartikulierten Schrei riss er die rechte Hand zur Seite, packte die Axt und riss sie ungezielt hoch, um den Kopf der Kreatur zu zerschmettern, doch er war zu langsam und zu kraftlos. Er schaffte es nicht, den Arm auszustrecken, und so landete die Waffe zwischen ihm und dem Maul.

Das rettete ihm womöglich das Leben. Das Monster verschlang sie kurzerhand, und mit ihr seinen Arm bis zum Ansatz seiner Schulter. Es gab ein gurgelndes Geräusch und der keilförmige Kopf zuckte zurück. Ein hässliches Knirschen ertönte und James' Schulter explodierte vor Schmerz. Er sah, wie der Ansatz seines Oberarmes mit dem geschlossenen Gebiss, das sich entfernte, einfach in einer Wolke aus Blut verschwand.

Entsetzt starrte er auf den blutigen Matsch, der eben noch seine Schulter gewesen war, und aus dem Unmengen von Blut schossen. Die Schmerzen waren auf einmal weg, nicht mehr als eine Erinnerung an die Sekunden davor und stattdessen wurde ihm kalt und ein stumpfes Gefühl breitete sich von der Wunde aus, gedämpft von einer Trägheit in seinem Geist, so als würde er sich langsam von sich selbst entfernen. Der Ort, an den er stattdessen ging, war deutlich ruhiger, distanzierter, so als ginge ihn all das nichts an. Doch er wusste, was zu tun war. Mit mechanischer Präzision stand er auf und ging zu den beiden Säcken, die sie fallengelassen hatten. Er öffnete einen und nahm zwei der Stoffbahnen heraus, fummelte eine zu einer Art Kissen zusammen und presste es sich auf die offene Schulter, wo sich zuvor noch sein Arm befunden hatte. Die andere wickelte er um seinen Rumpf und Hals, sodass es möglichst fest an der Wunde anlag.

Dann erst drehte er sich zu Norton, der noch immer reglos auf dem Rücken lag, ihn aber mit den Augen verfolgte.

»S-Sie müssen gehen«, flüsterte Norton mit dünner

Stimme. Sie klang wie welkes Laub, das vom Wind davongetragen wurde.

»*Wir* müssen gehen«, korrigierte James ihn ruhig und ging zu dem Soldaten. So wie er dalag, einige Zentimeter im Morast eingesunken, der hier am Rand des Steinwalds bereits begann, musste er sich das Rückgrat zerschmettert haben. »Sie sind gelähmt, glaube ich.«

»Verschwinden Sie, schnell! Die Kreatur – sie ist davongelaufen, aber ich glaube nicht, dass sie lange weg bleibt.«

»Welche Kreatur?«, fragte James lahm. In seinem Geist regte sich kaum etwas. Er sah seine Umgebung nur schemenhaft, wusste, dass es Norton war, der da unter ihm lag, dass sein rechter Arm irgendwie verschwunden war und sich seine gesamte rechte Seite taub anfühlte, so als hätte ihn jemand mit einem Fleischklopfer weichgeklopft. Zu der Leere in seinem Kopf gesellte sich eine Barriere zwischen seinem beinahe versiegten Denken und seinem Körper.

»Hören Sie«, keuchte der Major mit hörbarer Mühe. »Sie stehen unter Schock, aber sie werden in einer halben Stunde oder früher verblutet sein, selbst mit Ihrem improvisierten Verband. Ich spüre meine Hände und Füße nicht mehr und kann mich nicht bewegen. Wenn Sie jetzt zum Teleporter gehen, dann können Sie es vielleicht noch schaffen, bevor sie ohnmächtig werden. Gehen Sie einfach zu dem großen schwarzen Ellipsoid zurück. Verstehen Sie, was ich sage?«

James dachte nach. Es fühlte sich unendlich anstrengend an. Schließlich nickte er und ging neben Norton in die Hocke.

»Was tun Sie da?«

Er packte einen der nutzlos im Dreck liegenden Arme des Querschnittsgelähmten und schlang ihn sich um die Schulter, sodass er sein Handgelenk mit seiner verbliebenen Hand festhalten konnte. Dann ging er in die Hocke und zog sich den alten Soldaten auf Schultern und Rücken.

»S-sind Sie verrückt?«, fragte der schwach, ganz nah an seinem Ohr. »Wir werden b-beide sterben.«

»Vielleicht«, stimmte James ihm zu und begann, einen Fuß vor den anderen zu setzen. Er konnte den Teleporter aufgrund der besseren Sichtverhältnisse sehen – eine dunkle Stecknadel am Horizont –, also hielt er darauf zu. Jeder Schritt brannte in den Beinen und ließ sie protestieren, doch er wusste, was er zu tun hatte. Er musste sie beide zum Teleporter bringen, damit sie von hier wegkamen, ja, das musste er tun. Weil dieser Ort schlecht war.

»Lassen Sie mich l-l-los«, bat Norton. »Sie m-müssen Bericht erstatten.«

James ignorierte ihn und ging einfach weiter. Dass sein Körper sich offenbar weigerte, Signale an ihn zu senden, die über ein Brennen in den Muskeln seiner Beine hinausgingen und sich alles anfühlte, als sei er selbst bloß ein Beobachter, der aus weiter Entfernung Zeuge war, kam ihm ganz gelegen. Er wusste, was jetzt richtig war, und er wusste, dass er zu diesem schwarzen Strich gehen und das Gewicht auf seinem Rücken zu tragen hatte. Die Welt war plötzlich so einfach geworden, und er fand das ganz entzückend.

So ging er immer weiter, ließ sich von Nortons schwachen Einwänden und Warnungen vor irgendeiner Kreatur nicht aus der Ruhe bringen. Aus der Ferne betrachtet hätte man ihn für einen Spaziergänger halten können, der die Langsamkeit für sich entdeckt hatte.

Die Taubheit hielt eine gefühlte Ewigkeit, in der James wie eine leere Hülle durch den stinkenden Morast watete und sich selbst beobachtete.

Dann veränderte sich plötzlich etwas. Der Teleporter war zu einem großen Ellipsoid angewachsen, der aus der ansonsten flachen Landschaft herausragte wie der Fremdkörper, der er war. Seine matte Oberfläche schien jedes Photon der Umgebung in sich aufzusaugen und nicht wieder freizugeben, sodass er wohl auch bei vollkommener Dunkelheit noch aus der Landschaft herausgestochen wäre. Schmerzen explodierten in James' Schulter und breiteten sich in heißen Wellen aus, die ihm beinahe das Bewusstsein raubten. Ihm war zugleich heiß und kalt und Unmengen an Schweiß brachen durch die Poren seiner Haut. Erinnerungen an den Kampf mit der Kreatur kehrten in seinen Geist zurück. Er sah das fürchterliche Gebiss aus Rasiermessern auf sich zuschnappen, die sich balgenden Muskeln des Monsters, die sich anspannten, um ihn aufzufressen und dann seinen Arm, wie er in dem Schlund versank und so mühelos ausgerissen wurde, als bestünde er aus altem Zeitungspapier. Blut überall, ein Nebel aus Rot, konvulsivische Schmerzen, die ihn überrollten, und Norton, der so schutzlos neben ihm lag, reglos, obwohl er äußerlich unverletzt aussah.

James stürzte auf die Knie und keuchte. Die Schmerzen, angefacht von Angst und Panik, raubten ihm beinahe den Verstand. Nichts kam an ihnen vorbei, nichts blieb in ihrem Licht ungesehen und seine gesamte Welt bestand aus nichts anderem mehr.

»Atmen Sie«, flüsterte jemand irgendwo. Vielleicht war es Norton. »Atmen Sie. Ein und aus.«

James klammerte sich an die Stimme, versuchte, nicht auf seinen grob abgedrückten Schulterstumpf zu blicken und konzentrierte sich darauf, einzuatmen und dann auszuatmen. Langsam und kontrolliert. Es vertrieb das Chaos nicht, in dem er sich befand, aber es wies ihm einen winzigen Pfad hindurch, eine Balancierstange, auf der er sich in eine Richtung bewegen konnte, die ihm vom Wahnsinn rechts und links abbrachte. Ein großer Teil von ihm wollte sich einfach fallen lassen und ergeben, nicht die nötige Konzentration aufbringen. Dieser Teil wollte aufgeben und sich nicht dem Berg aus Schmerzen und Furcht stellen, dessen Hänge ihn von allen Seiten umgaben und ihm die Sicht auf einen Ausweg nehmen wollten.

»Konzentrieren Sie sich nur auf meine Stimme und Ihren

Atem«, befahl Norton ihm und schaffte es irgendwie, seiner dünnen Stimme militärischen Nachdruck zu verleihen. »Sie lassen mich jetzt los und dann gehen Sie zum Teleporter. Sie setzen sich auf den Sitz und schließen die Augen. Wenn Sie auf der anderen Seite sind, ist alles wieder gut. Dann gehen Sie zu Pavar und erzählen ihr alles.«

James erlaubte sich noch drei Atemzüge, dann schrie er gegen die Pein an und drückte die Knie durch, stemmte das Gewicht des Offiziers nach oben und wankte kurz, verlor beinahe das Bewusstsein, als eine Welle neuerlicher Qualen durch seinen Körper lief. Wieder begann der Major zu sprechen, doch James schrie einfach weiter und lief los, konzentrierte sich auf das Gefühl der Anspannung in seinen schlotternden Beinen und starrte grimmig auf den Teleporter, der vor ihnen immer größer wurde. Irgendwo weit weg war ein unheimliches Röhren zu hören, doch auch das sperrte er mit dem Rest dieser toten Welt aus, ließ sich nicht von dem abbringen, was er zu tun hatte.

Als er schließlich vor einer schwarzen Wand stand, ließ er Norton los und lehnte ihn gegen die kalte Vorderseite des Teleporters, ehe er im Morast davor mit seiner verbliebenen Hand darin zu tasten begann. Zwei Meter über ihnen tauchte der Durchgang auf, ein Rechteck aus purem Licht, das so makellos und rein aussah, dass es keinen krasseren Kontrast zu dem stinkenden Dreck hätte bilden können, unter dem die Landschaft ringsherum erstickte. James fühlte sich wie ein Steinzeitmensch, ein Wilder, der eine komplizierte Rakete zu besteigen versuchte.

Es dauerte eine gefühlte Ewigkeit, bis seine Finger endlich gefunden hatten, was sie suchten: Sie umfassten ein Stück Holz und dann zog er kräftig daran, bis sich die grob zusammengezimmerte Leiter schmatzend aus dem Morast löste. Tropfen dicken Schlamms troffen von den ungleichmäßigen Ästen und Sprossen, als er umständlich versuchte, sie so aufzustellen, dass die Oberseite gerade so durch die Lichtöffnung stieß und stabil stand.

Danach versuchte er, Norton wieder auf seine Schultern zu hieven. Der Offizier wirkte abwesend, die Augen halb geschlossen, der Mund erschlafft. Ein dünner Speichelfaden hing aus seinem Mundwinkel und verlief sich auf seiner nackten Brust, die von Schrammen und getrocknetem Schmutz übersät war. Es sah aus, als würde er nicht genug Luft bekommen, doch er hatte noch immer einen Puls. Ungelenk versuchte James, sich seinen Begleiter wieder über die Schulter zu legen, doch was er auch versuchte, es funktionierte nicht, ihn sicher die Leiter hinauf zu bekommen, und das Geheul der Kreatur kam näher. Schon ohne das zusätzliche Gewicht fiel es ihm schwer, stabil und sicher mit nur einer Hand hinaufzuklettern.

Also blieb ihm nur eine Wahl: Er setzte Norton wieder mit dem Rücken gegen die Hülle des Teleporters ab und murmelte eine Entschuldigung, ehe er ihm mit kurzen Tritten die Schultern auskugelte – und vermutlich auch brach, dann die Stoffbahnen von seinen Füßen abwickelte und sich die Arme des Majors vor der Brust zusammenband. Dabei standen sie in einem ungesund aussehenden Winkel ab, der es ihm jedoch ermöglichte, sie so zu befestigen, dass sie ihm nicht die Luft abschnürten, als er ihn hochhievte.

Norton murmelte etwas Unverständliches, als sie sich Sprosse um Sprosse nach oben kämpften. Es dauerte mehrere Ewigkeiten, in denen die Schmerzen durch das Extragewicht des Offiziers immer schlimmer wurden, doch irgendwann hatte er den Rand des Durchgangs erreicht. Nun hing er dort, die Knie zitternd und die Leiter bedrohlich schwankend. Er würde die oberste Sprosse loslassen müssen, um sich ins Innere des Teleporters zu ziehen, doch die Hand, mit der er sich daran festhielt, war das Einzige, das dafür sorgte, dass sie nicht nach hinten stürzten. Sein Blickfeld war von Anstrengung und

Schmerz bereits stark eingeschränkt und flackerte schwarz an den Rändern.

Nach einigen Atemzügen fasste er sich ein Herz und fuhr mit seiner verbliebenen Hand durch das Licht, suchte mit den Fingern nach Halt, als er nach hinten kippte und keuchte erleichtert, als sie den Rand des Durchgangs zu packen bekamen. Langsam wie eine Schildkröte zog er sich und Norton durch das Gleißen hindurch, drückte seine Füße Sprosse um Sprosse nach oben.

Im Innenraum war es kühl und er fröstelte, als er Nortons schlaffe, aber schwere Arme über seinen Kopf hob und sie kurz auf dem Rücken nebeneinanderlagen und in die Endlosigkeit der Schwärze blickten, die über ihnen den Himmel bildete.

»Wir schaffen es, Major«, knurrte er entrückt und rappelte sich schließlich auf. Mit schwirrendem Kopf suchte er nach dem korrekten Sitz, was hätte einfach sein sollen, da nur einer ein grün leuchtendes Lämpchen besaß, doch in seinem jetzigen Zustand, in dem er alles verschwommen und wie weit entfernt wahrnahm, fiel es ihm äußerst schwer. Wie ein Betrunkener wankte er zu den Sitzen, kniff die Augen zusammen und atmete erleichtert auf, als er glaubte, das grüne Lämpchen zu sehen. Er zog seine Kleidung aus und hängte sie über die Armlehne, ehe er zu Norton zurückkehrte und dem Major seinen Arm unter die Achsel schob, um ihn mit sich zu zerren und auf den Sitz zu heben.

Seine Kräfte waren beinahe am Ende und er konnte die Bewusstlosigkeit spüren, die sich wie ein Raubtier an ihn heranschlich und jederzeit zubeißen würde. Doch es war nicht bloß die Bewusstlosigkeit – an dem vielen Blut, das an seiner rechten Körperseite klebte und noch immer frisch hinabrann, sah er das letzte Leben aus sich herauslaufen und wusste, dass es der Tod war, der sich schwarz von den Seiten seines Blickfeldes her näherte. Trotzdem ging er mechanisch vor, drapierte

Nortons Unterarme auf den Induktionsstreifen und rang sich so etwas wie ein Lächeln ab, was vermutlich bizarr aussah.

»Ich weiß nicht, wie das überhaupt funktioniert«, sagte er schwach. »Ob da noch immer Ihr Körper auf der anderen Seite liegt und sie in ihn zurückkehren, so wie ich beim letzten Mal. Jedenfalls werde ich wohl auf dem anderen Stuhl sitzen, weil immer nur einer auf dem Abreise-Sitz sitzen kann, was? Dann werde ich wohl ein Klon sein. Aber was ist dann mit meinem echten Körper?«

Norton schien etwas antworten zu wollen, doch er konnte bloß blinzeln und seine Lippen zitterten, ohne irgendeinen Laut zu produzieren.

»Wir sehen uns auf der anderen Seite.« James streckte die Hand aus und schloss mit ausgestreckten Fingern die Augen des Offiziers. Nichts geschah und erst als er den Mann leicht ohrfeigte und dessen Kopf kraftlos zur Seite sackte, wusste er, dass er entweder tot war, oder bereits zuhause. Aber der Körper war noch da, genau wie sein eigener bei seinem letzten Übertritt. Wieso aber war dann Nasakus Körper nicht mehr hier gewesen, als er vor einigen Stunden mit Norton hergekommen war? Wo war er hin?

Das dumpfe Gefühl in seinem Kopf, als stünde er unter zu hohem Druck, machte jeden Versuch zunichte, länger darüber nachzudenken oder auch nur ansatzweise zu einem logischen Ergebnis zu gelangen, also zog er die Leiche aus dem Sitz und zerrte sie zwischen den Lehne-an-Lehne stehenden inneren Sitzen vorbei in den Trichter, der den Mittelpunkt des Teleporterraums bildete, ehe er zurück wankte. Auf halbem Weg stürzte er und schlug sich die Knie auf. Ihm wurde schwarz vor Augen und in seinen Ohren entstand ein hohes Fiepen.

Stöhnend rappelte er sich auf, konnte bloß noch helle von dunklen Farben unterscheiden und krabbelte auf den Sitz zu, den er aufgrund der dunkleren Tönung an der Seite für den mit dem Stoff markierten hielt und zog sich ächzend an der

Armlehne hinauf. Jeder Atemzug bereitete ihm jetzt Schmerzen und es gab nichts mehr, was durch sie hindurchzudringen vermochte.

Seine Augen schlossen sich zum letzten Mal, als er in sich zusammensackte und das wenige Blut im Sitz versackte, das seinen Körper noch aufrecht gehalten hatte.

17

James schlug die Augen auf und hörte ein unruhiges Rauschen. Es wogte auf und ab und auf und ab und dieses Tosen hatte eine Entsprechung in seinen Gefühlen. Es erzeugte eine unbestimmte Dringlichkeit, die sich als Prickeln auf seiner Haut und Unruhe in seinem Magen bemerkbar machte. Er wollte aufspringen, schreien, laufen, seine Energie loswerden, die nicht aus einem Übermaß von Vitalität geboren war, sondern aus etwas anderem, das er nicht benennen konnte.

Vor ihm saß Major Norton, umringt von Männern und Frauen in weißen Schutzanzügen. James erschrak bei ihrem Anblick, sahen sie doch auf den ersten Blick wie außerirdische Astronauten aus. Erst als sich ein Gesicht vor ihn schob, das hinter einer Scheibe verborgen war, zuckte er zusammen und begriff nach und nach, dass er nicht tot oder auf einer weiteren fremden Welt gelandet war, sondern zu Hause, auf der Erde, tief im Boden von Wyoming.

»James! James!« Das Gesicht gehörte Mila, so schön und ebenmäßig. Trotzdem schob er sie beiseite und stand so abrupt auf, dass zwei Gestalten, die rechts und links von ihm gestanden hatten, und die er nicht bemerkt hatte, zurückzuckten.

»James, nicht!«, flehte Mila eindringlich, doch er beachtete sie nicht und sah Norton an, der nur eine Armlänge entfernt auf seinem Sitz saß. Er sah erschöpft aus und im Gegenzug zu ihm war er nicht splitternackt, sondern in die Funktionswäsche gekleidet, die sie beide getragen hatten, als sie sich auf den Teleport vorbereitet hatten. Der Offizier hatte die Augen geöffnet. Sie waren feucht. Als er James sah, schluckte er und nickte mit zitternden Nasenflügeln. Er hob eine Hand und bewegte die Finger, als wolle er eine Welle nachahmen.

Erleichtert seufzte James und fasste seinen eigenen, splitternackten Körper an, betrachtete seine beiden unverletzten Arme und sank zurück auf den Sitz, in dem er aufgewacht war. Sämtliche Kraft verließ ihn schlagartig, floss aus ihm heraus wie eine flüchtige Substanz.

»Ganz ruhig!« Es war Mette, die auf seiner anderen Seite stand und sich gerade die weiße Kapuze und den Schutzhelm vom Kopf zog, ihm ein rosiges Lächeln schenkte und doch aussah, als befände sie sich auf einer Beerdigung. »Bleib jetzt ganz ruhig. Du bist in Sicherheit, das ist alles, was zählt.«

»Was ist denn los?«, fragte er verwirrt und spürte einen stärker werdenden Druck hinter seinen Augen, der auch in seiner Brust anschwoll.

Mila kam wieder an ihn heran und entfernte ebenfalls ihren Helm. Um sie herum lief mindestens ein Dutzend Menschen in Schutzkleidung umher, die Hälfte davon um eine Bahre versammelt, die mit einiger Hektik zum Durchgang getragen wurde.

»Was haben die denn alle?« James begann zu weinen, als der Druck sich seinen Weg bahnte. Der Albtraum, aus dem er in letzter Sekunde entkommen war, war vorbei, und doch ließen ihn die Bilder von Nortons gebrochenem Körper nicht los, von dem schrecklichen Monster, das sie beinahe getötet hätte, von seiner Amputation und wie er den nackten Leib des Majors in den Trichter gezerrt hatte wie ein Stück Fleisch. Ihn am Leben zu sehen und selbst einfach nur zu atmen, war das Schönste und Schrecklichste zugleich. Denn es bewies ihm, dass es echt gewesen war, real und nicht zu ändern und dass so die Gefahr bestand, dass das Leben ihm noch einmal solch eine grässliche Erfahrung bescheren konnte. Ein Teil von ihm hatte sich insgeheim gewünscht, nie wieder aufzuwachen.

Und doch tat es gut, vertraute Gesichter zu sehen und zu weinen und zu schluchzen. Es war ihm weder peinlich noch unangenehm. Es war einer der verletzlichsten Momente in seinem Leben, und sein Körper übernahm einfach die Kontrolle, entriss sie ihm sanft und doch mit Nachdruck.

Mila hielt seine rechte Hand und sah ihn mitfühlend an, genau wie Mette, die jedoch deutlich erschrockener wirkte.

»Es tut uns sehr leid. Ich kann mir nur vorstellen, wie es sein muss«, murmelte die Russin und drückte sanft seine Schulter. Die Schulter, die vor einigen Sekunden noch in einem matschigen Stück zerrissenen Fleisches geendet hatte.

Er hob den Blick und sah ihr direkt in die Augen. Obwohl er sie nur verschwommen sah, blinzelte er die Tränen nicht weg.

»Aber du weißt doch gar nicht, was passiert ist«, sagte er verwirrt und schniefte. Mila wechselte einen Blick mit Mette und wirkte gequält.

Erst jetzt dämmerte ihm, was sie meinten. Er war auf dem anderen Sitz wach geworden. Auf dem des Klons. Er war nackt, trug seine Funktionswäsche nicht, die er beim Teleport getragen hatte. Wo war sein Körper? Sein echter Körper?

Sein Kopf ruckte zur Seite, er starrte die Bahre an, die gerade durch das grelle Licht des Durchgangs transportiert wurde mit zwei weißen Gestalten, die ihm mutwillig den Blick versperrten. Wenn das da sein echter Körper war und er ein Klon, wer war er dann? Er war doch er selbst, oder? James

Hamilton? Sein *Ich* fühlte sich an wie immer, selbst das Gefühl seiner Finger, die nervös aneinander rieben, war genau, wie er es gewohnt war.

»Ich ...«, stammelte er und schluckte. »Was ... was ist mit ihm? Mit *mir*?«

Mila und Mette wechselten einen Blick.

»Hey, redet mit mir!«

»Du ... dein Körper ist in ein Koma gefallen, nach deinem ... *Übergang*. Der Major hat dich wie besprochen auf den anderen Sitz gelegt und ist dann hinter dir her. Captain Miller ist wie von Pavar befohlen rein gekommen, nachdem das Magnetfeld sich wieder gelegt hatte und hat deinen Körper hier vor Ort in ein künstliches Koma gelegt, weil wir nicht wussten, wie die Rückkehr mit zwei Personen sein würde. Wir wussten nicht einmal, in welcher Reihenfolge ihr zurückkommt. Das Ganze war eine überstürzte und dumme Aktion, glaube ich. Wir ...«

»Mila!«, unterbrach er sie etwas schärfer als beabsichtigt. Er hörte seine eigene Stimme beben. »Bin ich ... ist mein ... also mein Körper, ist er ... tot?«

»Ich weiß es nicht. Eure Rückkehr hat sich als Ausschlag des Magnetfeldes angekündigt und die Instrumente sind erwartungsgemäß ausgefallen. Darum muss es jetzt extrem schnell gehen, dass sie dich nach oben in die Klinik schaffen. Sie tun ihr Bestes, da bin ich sicher. Es tut mir so leid, James!«

»Ist schon gut«, gab er reflexhaft zurück. Nichts war gut. Was hatte das zu bedeuten? Wenn sein Körper starb, war er dann tot und lebendig zugleich? Sollte er jetzt um sich selbst trauern, oder war es einerlei, weil er ja noch lebte, bloß in einer anderen Hülle?

Eine Hülle, die von einem Alienartefakt künstlich erschaffen wurde, ermahnte er sich. Mette und Mila tauschten erneut besorgte Blicke, und trotz seines inneren Aufruhrs verstand er genau, was sie dachten.

»Ich meine es ernst«, sagte er und wischte sich die Tränen von den Wangen. »Was kann ich jetzt schon tun oder sagen? Das alles hier ist ein Experiment, Feldforschung und wir lernen aus unseren Fehlern.«

»Aber so dilettantisch hätten wir uns nicht anstellen dürfen«, meinte Mila und schüttelte den Kopf. »Wir wurden wegen unserer speziellen Expertise ausgewählt, und wir denken nicht einmal an Dinge, die so offensichtlich sind.«

»Es ist unmöglich, vor dem Hintergrund dieses Dings«, er sah sich kurz in dem vollgestellten Teleporter um, der noch immer vor Menschen wimmelte, »zu erwarten, dass man genauso funktioniert wie daheim an der Uni oder sonst wo. Ihr alle schlaft seit Wochen kaum und steht unter einem enormen Druck.«

»Trotzdem müssen wir vorsichtiger werden«, beharrte die Russin und sah ihm fest in die Augen. »Wenn die Ärzte deinen Körper – dein Original meine ich – am Leben erhalten können, dann kannst du zurückgehen und wir tauschen deinen Klon und das Original aus, dann sollte alles wieder beim Alten sein.«

»Nein!«, entfuhr es ihm so laut, dass sich sämtliche Blicke der im Teleporter Anwesenden zu ihm drehten. Daraufhin räusperte er sich und senkte seine Stimme. »Tut mir leid, aber ich ... ich kann nicht zurück.«

»Was ist denn dort bloß geschehen?«, fragte Mette mitfühlend.

»Das würde die Dekanin auch gerne erfahren.« Es war Captain Miller, der gerade vor James getreten war und seinen rechten Arm abband, um ihm Blut abzunehmen. »Ich habe sie gerade auf dem Ohr, und wir sollten keine Zeit verschwenden.«

»Sehen Sie nicht, dass er nicht in bester Verfassung ist?« Milas Blick verfinsterte sich, als sie den Arzt fixierte.

»Das werde ich in ein paar Stunden sehen.« Der Offizier deutete auf das Röhrchen in seiner rechten Hand, das sich rasch mit dunklem Blut füllte.

»Dass es Dinge gibt, die Sie nicht im Blut sehen können, ist Ihnen wohl nicht eingefallen, oder?«

»Hören Sie: Wenn er psychologischen Beistand benötigt, wird er ihn bekommen. Solange er aber in der Lage ist, an einem Debriefing teilzunehmen – und ich sehe Anzeichen einer starken emotionalen Reaktion, aber keinen Schockzustand oder dergleichen – kann er genau das tun.«

»James«, wandte Mila sich an ihn und schien sich entschieden zu haben, den Stabsarzt zu ignorieren. »Du musst das nicht tun.«

»Doch, das muss ich.« Als sie vor lauter Unverständnis den Kopf schüttelte, nahm er ihre Hand und drückte sie. »Wir haben auf der anderen Seite ein paar Dinge gesehen, die wichtig sein könnten.«

Mila und Mette sahen sich an, und er bemerkte sofort, dass sie nur mit Mühe einen ganzen Schwall Fragen zurückhielten. Er wollte ihnen erklären, was er meinte, doch Captain Miller kam ihm zuvor.

»So!«, sagte er, zog die Kanüle aus James' Armbeuge und reichte sie zusammen mit zwei vollen Röhrchen an seine Krankenschwester weiter, die alles in einer OP-Schale abtransportierte.

Norton richtete sich gerade auf und stelle sich prüfend auf seine nackten Füße. In seinem Blick lag eine ganze Welt aus Erleichterung und Unglauben, vermutlich einfach nur, weil sich seine Zehen bewegten. Wer konnte schon von sich behaupten, eine Querschnittslähmung erlebt zu haben und dann in einen gesunden Körper zurückzukehren? Allerdings glaubte er nicht, dass es ein besonders gutes Gefühl war, abgesehen von der Erleichterung natürlich.

Eine Frau trat an James heran und drückte ihm einen Stapel Kleidung in die Hand. Erst jetzt fühlte er Scham in sich aufsteigen, weil er die ganze Zeit über nackt zwischen all den Leuten gesessen hatte – und vor allem vor Mila. Obwohl die

Materialforscherin sich nicht daran zu stören schien, war es ihm mit einem Mal unangenehm, und er zog sich rasch an, lehnte ihre Angebote, ihm zu helfen, dankend ab, und stand dann auf.

Sein Klonkörper fühlte sich äußerst geschmeidig und vital an, genau wie auf dem anderen Planeten, nur ohne das schreckliche Klima und den Gestank, die zusammen für ein ständiges Unwohlsein gesorgt hatten. Nichts war anders als sonst, seine Finger gehorchten wie gewohnt, seine Füße, die jetzt in Militärstiefeln steckten, kribbelten leicht und dieser seichte Schmerz in der Lendenwirbelsäule, den er seit einer Bandscheiben-OP vor fünf Jahren mit sich herumschleppte, war ebenfalls noch da.

»Kommen Sie«, sagte Norton, und für einen Augenblick sah es aus, als wolle er James auf die Schulter klopfen, um sich im letzten Augenblick aber dagegen zu entscheiden. So entstand ein kurzer unangenehmer Moment, der mit einem Räuspern des Offiziers endete, der zum Durchgang deutete. »Wir sollten Pavar nicht warten lassen.«

»Ich ...«

»Das Beste, was wir jetzt machen können, ist uns zu konzentrieren und weiterzumachen. Was passiert ist, ist passiert und wir haben es überlebt«, erklärte der Major mit vorgerecktem Kinn. »Ich habe in zwei Kriegseinsätzen gedient und viel erlebt, Mr. Hamilton. Was Sie durchgemacht haben, sollte niemand durchmachen müssen, aber Sie sind nicht der Erste und Einzige, verstehen Sie das? Machen Sie einfach weiter, leben Sie Ihre Normalität und lassen Sie sich davon zurückholen und erden. Ich schätze, Sie fühlen sich ganz und gar nicht danach, aber tun Sie einfach so, spielen Sie es, bis es normal wird.«

James war zu überrascht von dem Wortschwall des älteren Mannes, um etwas zu erwidern, und so folgte er ihm einfach und vergaß in Gedanken versunken, noch einmal mit Mila und

Mette zu sprechen. Wie in einem Traum ging er über die Rampe hinunter in die Höhle, in der mehr Betriebsamkeit herrschte, als noch beim letzten Mal. Weiße Gestalten umringten den Teleporter mit ausgestreckten Messfühlern, andere machten Notizen auf Klemmbrettern oder kramten in an den Wänden aufgereihten Militärkisten aus olivfarbenem Plastik herum.

In der Luftschleuse wurden sie desinfiziert und mussten fünf Minuten schweigend ausharren, bis sich die Tür in den unterirdischen Komplex öffnete und sie direkt zu den Fahrstühlen gingen. Dort angekommen, kam ein Soldat hergelaufen und hielt dem Offizier eine Uniform und Stiefel hin, die der rasch anzog, ehe sie in die Fahrstuhlkabine stiegen und zu Pavars Büro hinauffuhren.

»Da sind Sie ja«, begrüßte die Dekanin sie und winkte sie zu den beiden Stühlen vor ihrem Schreibtisch, der trotz seiner imposanten Größe und den vielen Akten darauf, verloren in dem riesigen Raum wirkte. Kowalski saß an seinem eigenen Tisch an der Wand, umgeben von einem halben Dutzend Displays, und quittierte ihr Eintreten bloß mit einem flüchtigen Seitenblick.

»Sie haben uns einen ganz schönen Schrecken eingejagt«, sagte Pavar, als sie die letzte Unterschrift unter irgendein Schriftstück gesetzt hatte und es beiseitelegte, um sie anzusehen. »Wegen des Magnetfeldes, meine ich. Wir haben Sie nicht bereits nach drei Stunden zurückerwartet. Was ist passiert?«

»Ich kann bestätigen, was Mr. Hamilton uns berichtet hat«, ergriff Norton das Wort, und James hatte das Gefühl, dass er ihm damit irgendwie einen Gefallen tun wollte. Vielleicht dachte er, dass er noch etwas mehr Zeit benötigte, um sich zu sammeln? »Ich habe das abgestürzte Flugobjekt gesehen, den steinernen Wald, die sterbende Landschaft und Nasakus Lager ...«

James hörte nicht mehr zu, als Pavar den Offizier anhielt,

ihr chronologisch zu erzählen, was geschehen war. Einerseits wusste er nicht, wie er reagieren würde, wenn er es noch einmal hörte, andererseits dachte er darüber nach, dass sein echter Körper gerade in einem der Nachbargebäude am Leben zu erhalten versucht wurde. Ihm wollte einfach nicht aus dem Kopf gehen, dass es jetzt zwei von ihm gab, oder nur einen und sein Original gerade verstarb. Sollte nicht jemand dort sein, um ihn zu betrauern? Aber das wäre absurd. Oder?

»Mr. Hamilton?« Er konnte aus Pavars Tonfall hören, dass sie ihn nicht zum ersten Mal rief.

»Ja, Ma'am?«

»Sind Sie okay?« Als er aufsah, blickte er in eine besorgte Miene. Er hatte gar nicht gewusst, dass die Politikerin zu so einem Gesichtsausdruck fähig war. »Das klingt furchtbar, was Sie da erlebt haben. Und wie Sie den Major gerettet haben, das ist ... *heldenhaft.*«

Sie nickte anerkennend und ein paar Atemzüge lang war nur das Klicken der Tasten zu hören, die Kowalski, der vermutlich Protokoll führte, mit seinen flinken Fingern bearbeitete.

»Ich sage es nicht oft, aber vielleicht habe ich mich in Ihnen getäuscht.«

»Ähm, danke«, sagte er.

»Möchten Sie den Ausführungen des Majors noch etwas hinzufügen?«

»Nein«, entgegnete er vorschnell, ohne überhaupt gehört zu haben, was Norton genau erzählt hatte. »Obwohl ...«

»Ja?« Pavar beugte sich vor, die Ellenbogen auf der Tischplatte abgestützt und die Hände vor dem spitzen Kinn verschränkt.

»Als wir auf dem Steinzahn saßen, da ist der Himmel aufgeklart und ich habe etwas am Horizont gesehen. Es sah aus wie eine dunkle Wand.«

»Eine *dunkle Wand?*« Die Dekanin sah zu Norton, der jedoch den Kopf schüttelte.

»Ja, es sah aus wie eine dunkle Wand, die sich über den Horizont erstreckte – in jede Richtung.«

»Sind Sie sicher? Sie hatten bestimmt große Angst und standen unter einigem Adrenalin mit dieser Kreatur, die sich drauf und dran machte, zu Ihnen beiden hochzukletterern?«

»Ich habe es mir nicht eingebildet!«, beharrte er.

»Aber es ist denkbar, dass unter den gegebenen Umständen eine Panikreaktion eingesetzt hat?«

»Ja, das ist möglich«, gab Norton zu. »In solchen Augenblicken geht es sehr schnell, dass man etwas sieht ...«

»Ich habe es mir nicht eingebildet«, wiederholte James, zuckte jedoch mit den Achseln, als die beiden ihn ansahen.

»Wir ... werden das prüfen, bei der nächsten Gelegenheit.« Pavar klang nicht so, als würde sie ihm glauben, aber er nahm das Angebot, nicht mehr länger darüber zu sprechen, gerne an. Eine nächste Expedition würde selbst ihre Antworten suchen müssen.

Ohne mich, dachte er.

»Gut. Was wir jetzt tun werden, ist, dass wir Nasaku noch einmal befragen. Der Lügendetektor ist bereits eingetroffen und mit den neuen Informationen, die Sie mitgebracht haben – zum Beispiel zu der Schrift an der Wand –, werden wir bestimmt einiges mehr aus dem Interview herausholen. Ich möchte, dass Sie beide die Zeichen so gut es geht aufschreiben, verstanden?« Die Dekanin wartete, bis sie beide genickt hatten. »Gut. Norton, sehen Sie sich im Stande, an dem Gespräch teilzunehmen?«

»Ja, Ma'am«, sagte der Offizier nach kurzem Zögern.

»Ich werde auch ...«, setzte James an, kam jedoch nicht weiter.

»Sie werden sich ausruhen. Sie haben genug getan, Mr. Hamilton. Ich habe größten Respekt vor dem, was Sie für den Major getan haben, und bei Ihrem Einsatz für dieses Projekt haben Sie sich ein wenig Ruhe verdient.«

Er wollte einen Einwand erheben, doch sie erstickte ihn mit erhobenem Zeigefinger bereits im Keim.

»Gut, dann ist es beschlossen. Ich habe einen Spezialisten angefordert, der Sie in einer Stunde auf ihrem Quartier treffen wird. Sein Name ist Dr. Cunningham.«

»Ein Psychiater?«

»Ja«, bestätigte Pavar frei heraus.

»Ich brauche keinen ...«

»Sie brauchen keinen Arzt?« Die Dekanin schnaubte. »Sie sitzen mir gerade in einem Klonkörper gegenüber, während um das Überleben Ihres echten gekämpft wird. Ich kann mir nicht einmal vorstellen, wie sich das anfühlen muss. Und all das vor dem Hintergrund einer Horrorgeschichte wie der, die Norton mir gerade von Ihrem Einsatz auf *Prime* geschildert hat.«

»Prime?«, fragte James.

»Der aktuelle interne Codename für den Planeten, den Sie entdeckt haben.« Sie winkte ab. »Sie denken vielleicht, dass alles in Ordnung ist, aber das ist es nicht. Sprechen Sie mit Cunningham. Wenn er Ihnen bescheinigt, dass Sie einsatzfähig sind, werde ich auf sein Urteil vertrauen. Aber bis dahin bin ich dem Schutz meiner Mitarbeiter verpflichtet und verordne Ihnen Ruhe und Rückzug.«

Das Telefon auf ihrem Schreibtisch klingelte mit einem aufdringlichen elektronischen Plärren. Pavar hob einen Finger und nahm dann den Hörer ab.

»Ja?« Sie hörte schweigend zu, dann weiteten sich ihre Augen. »*Was?*«

James wechselte einen alarmierten Blick mit Norton und zuckte zusammen, als die Dekanin aufsprang und einen roten Knopf drückte, der sich ganz rechts auf ihrem Schreibtisch befand.

Ein lauter Alarm begann zu jaulen.

»Was ist los?«, rief ein äußerst angespannter Norton über den ohrenbetäubenden Lärm hinweg.

»Es ist Nasaku«, antwortete Pavar und schnippte mit den Fingern in Richtung Kowalski. »Sie ist weg.«

»Weg?«

»Ja, *weg!* Und jetzt mobilisieren Sie Ihre Leute! Ich will, dass die gesamte Basis abgeriegelt wird! Bringen Sie Hubschrauber in die Luft, mir egal! Sie verlässt diese Anlage nicht, ist das klar?«

»Natürlich, Ma'am.« Norton lief zur Tür, die gerade aufgerissen wurde. Vier Soldaten kamen herein, von denen sich zwei an der Wand postierten. Die anderen beiden folgten dem Major hinaus.

»Wie soll das möglich sein?«, schimpfte Pavar aufgebracht und lief wie ein Tiger in einem Käfig hinter ihrem Schreibtisch auf und ab. »Sie war doch bewacht!«

Als ihr niemand antwortete, fixierte sie Kowalski wie ein Falke eine Maus.

»Sie war doch bewacht?«

»Äh, ja, Ma'am. Zwei Wachen, ihre Tür abgeschlossen.« Kowalski hatte an einem Ohr ein Telefon, am anderen Ohr ein anderes.

»Wie zur Hölle ist sie dann an ihnen vorbeigekommen?«, fuhr Pavar fort, offenbar ungerührt davon, dass ihr Assistent vollkommen überfordert war. Hinzu kam der Lärm des Alarms, der es zu einer frustrierenden Herausforderung machte, überhaupt zu verstehen, was sie sagte.

»Ich weiß es nicht«, gab Kowalski kleinlaut zu. Dann rief er in seine Telefone: »Nein. Ich meine nicht Sie. Schicken Sie uns die Kameradaten hoch.«

Wieder klingelte es auf Pavars Schreibtisch und sie schnappte nach dem Hörer, als wollte sie ein besonders hartnäckiges Unkraut ausreißen.

»Ja! Was? Das ist unmöglich! Dann sorgen Sie dafür, dass

wir herausfinden, wie das sein konnte! Wir sind hier auf einer verdamten Hochsicherheitsanlage der Air Force, es kann doch nicht sein, dass irgendeine Wilde Sie alle austrickst!« Mit Wucht schmetterte sie den Hörer zurück auf das Telefon und schnaubte wie ein Stier. Als ihr Blick auf James fiel, knurrte sie: »Sie ist über den Fahrstuhl entkommen, genau, als es die Wachablösung gab. Die Kerle haben sie sogar gesehen, aber sie trug die Uniform eines der Soldaten, die ihre Unterkunft bewacht hatten.«

»Den Fahrstuhl? Der lässt sich doch nur mit Karte und Code benutzen, seit Nasaku hier ist«, dachte er laut.

»Ja, sie hat dieses Kunststück offenbar fertig gebracht. Wie?«

»Sie muss einen Code gekannt haben.«

»Was Sie nicht sagen. Das verstehe ich auch, aber wie ist das möglich? Sie spricht ja nicht einmal unsere Sprache, geschweige denn unsere Zahlen.«

James dachte fieberhaft nach und spannte sich dann an.

»Was?«, wollte Pavar wissen und ihre Augen verengten sich zu Schlitzen.

»Die Übersetzerin, Mrs. Eikes. Sie hatte noch keine funktionsfähige Karte und Sie haben ihr dann ersatzweise einen Code genannt. Als sie hereingekommen ist, erinnern Sie sich?«, fragte James. »1605, glaube ich.«

»1604«, korrigierte sie ihn und starrte für einen Moment ins Nichts. »Den kann sie aber nicht benutzt haben, weil Sie nichts verstehen konnte. Deshalb habe ich ja auch frei heraus mit Mrs. Eikes gesprochen.«

»Dann gibt es nur eine Erklärung.«

Pavar reagierte nicht sofort, doch er konnte sehen, wie es in ihr arbeitete. Die Politikerin dachte fieberhaft nach, spielte verschiedene Szenarien durch, und es war offensichtlich, dass ihr nicht gefiel, zu welchen Schlüssen sie kam.

»Sie hat uns verstanden. Die ganze Zeit.«

James schluckte.

»Wenn Sie unsere Sprache kennt, ergeben sich ganz neue Probleme und Fragen.« Die Miene der Dekanin verfinsterte sich immer mehr. Sie schnappte sich wieder den Hörer und drückte eine Kurzwahltaste. »Pavar hier. Wenn sich die Zielperson widersetzt, gestatte ich den Einsatz tödlicher Gewalt, um Sie am Entkommen der Basis zu hindern.«

»Was?«, rief James entsetzt, noch ehe sich Hörer und Telefon wieder berührt hatten. »Das können Sie nicht!«

»Ich kann nicht nur, Mr. Hamilton, ich *muss!* Sie hat uns offenbar angelogen und hält es für nötig, zu fliehen. Das sind beides schlechte Zeichen. Außerdem wissen wir jetzt noch weniger als zuvor, mit wem oder was wir es hier zu tun haben. Meine Verantwortung ist die Sicherheit dieser Anlage, dieses Landes, und ja, in dem Fall auch der Welt!«

18

»Einfach so verschwunden?«, fragte Meeks fassungslos und fuhr sich mit den breiten Pranken über das kahle Oberhaupt. Die Stimmung im Arbeitsraum des Leitungsteams war bestenfalls gedämpft. Rund um den Tisch sah James nichts als entsetzte oder frustrierte Mienen.

»Ja. Ich habe noch mitbekommen, dass es Kameraaufnahmen gibt, auf denen sie kurz zu sehen ist, wie sie eine Wache ausschaltet, die sie zu spät erkannt hat«, erklärte er und schüttelte den Kopf. »Dann hat Pavar mich auch schon rausgeworfen und hier runter geschickt.«

»Jetzt darf erst mal keiner von uns mehr hier raus«, stellte Mila die bittere Wahrheit fest, die an ihnen allen nagte, seit sie vor zwei Stunden hier zusammengekommen waren. Die Gänge waren voller Soldaten und sämtliche Ein- und Ausgänge abgeriegelt – zum ehemaligen Silo, aber auch zur gesamten Air Force Base oben an der Oberfläche. Es war schwer, sich inmitten dieser angespannten Stille hier unten zwischen mehreren Dutzend Metern Erde, Gestein und Beton vorzustellen, dass eine kurze Fahrstuhlfahrt Nasaku ans Tageslicht gebracht hätte, wo Geländewagen voller Soldaten herumrasten, Helikopter mit Suchscheinwerfern herumfuhren und gebellte Befehle durch Lautsprechermasten die Nacht durchschnitten.

»Sie werden sie erschießen, wenn es sein muss.« Alle Blicke fielen auf James, und er nickte mit einem bitteren Zug um den Mund. »Ich habe selbst gehört, wie sie die entsprechende Anordnung durchgegeben hat.«

»Hat sie überhaupt die Befugnis dazu?«, wollte Falkenhagen wissen. Der Deutsche wirkte ungewöhnlich nachdenklich. »Ich stimme der Dekanin ja zu, dass Nasaku eine Gefahr darstellt, immerhin hat sie uns offenbar angelogen. Aber wir dürfen doch nicht die erste Außerdirdische töten, mit der wir in Kontakt treten!«

»Sie sieht für mich wie ein Mensch aus«, meinte Smailow.

»Das kann ja sein, aber sie stammt nicht von hier, so viel steht ja wohl fest. Wir haben gesehen, wie ihr Körper im Teleporter entstanden ist. Niemand kann mir weismachen, dass uns da bloß ein Ostfriese oder sonst wer einen Streich gespielt hätte.«

»Ostfriese?«

»Ist ja auch egal.« Falkenhagen winkte ab und sein unverschämt attraktives Gesicht zog sich zusammen, als hätte er in eine Zitrone gebissen. »Jedenfalls wäre das ein Desaster für die Zukunft des Projekts. Wir hätten Blut an den Händen kleben und was auch immer von dort an passieren würde, wäre auf etwas Schlechtem erbaut.«

»Er hat recht«, stimmte Mila ihm zu, und auch Mette nickte, während Meeks und Smailow vor sich hin brüteten. »Es muss doch etwas geben, das wir tun können!«

»Dazu müssten wir wissen, wie sie denkt und was sie vorhat«, befand Falkenhagen. »Aber wenn wir ehrlich sind, wissen wir *nichts* über sie. Wir dachten, sie könne unsere Sprache nicht, aber entweder hat sie sehr schnell gelernt, oder sie führt uns schon eine ganze Weile an der Nase herum.«

»Sie ist alleine hierher gekommen. Das ist ein enormes Risiko. Ich glaube nicht, dass sie all das auf sich genommen hat, bloß um ... *was* eigentlich zu tun?«, fragte Mila.

»Versetzen wir uns doch mal in ihre Lage«, schlug Meeks vor und beugte seinen massigen Oberkörper über die Tischplatte, ehe er sie alle nacheinander bedeutungsschwanger ansah. »Sie war ganz allein auf *Prime* oder?«

»Und abgeschnitten von ihrer Heimat. Sie hatte keinen Weg zurück«, fügte Mila hinzu.

»Wenn wir also in ihren Schuhen stecken würden, gestrandet an dem schrecklichsten Ort, den ihr euch vorstellen könnt – dem Ort, an dem eure Kinder verstorben sind und ihr wer weiß wie lange einsam wart – und dann plötzlich das Tor zu einer dritten Welt aufgeht, auf der Menschen wie ihr und ich leben und das in einer hochentwickelten Welt. Was würdet ihr tun?«

»Das kommt ganz darauf an.«

James musterte Falkenhagen. Der zuckte mit den Schultern.

»Es kommt darauf an, welchen Hintergrund ich habe. Ob meine eigene Welt ein ähnliches technologisches Niveau oder ein höheres hat. Falls nicht, reichen allein bei uns schon zehn Jahre Unterschied aus, und jemand aus dem Dschungel von Sumatra kommt in einer hochentwickelten Stadt wie Singapur nicht mehr klar. Wenn ihre Heimat so unterentwickelt ist, wie sie daher kam, dann wird sie hier gar nichts verstehen.«

»Das können wir wohl ausschließen, wenn sie weiß, wie man Schalttafeln, Schlüsselkarten und Fahrstühle benutzt, wie man sich klug an Kameras vorbeischleicht und nach ...«, Meeks blickte auf seiner Armbanduhr hinab, »fast zwei Stunden noch immer nicht geschnappt wurde.«

»Gut, nehmen wir also an – nur für unsere Hypothese –, dass sie sich mit Technologie auf unserem Level auskennt. Was würden wir dann an ihrer Stelle tun.«

»E.T.«, meinte Mila und hatte sofort die Aufmerksamkeit aller auf sich vereint – inklusive verwirrter Blicke.

»E.T.?«, fragte Smailow, als hätte sie den Verstand verloren. »Das hässliche Steven-Spielberg-Alien?«

»Es war nicht hässlich, sondern *anders*«, korrigierte seine Landsfrau ihn. »Aber E.T. war gestrandet und wollte …«

»… nach Hause telefonieren!« James klatschte so laut in die Hände, dass die Wissenschaftler, die mit ihm am Tisch saßen, erschraken. »Natürlich!«

Schweigen setzte ein, ehe Meeks es als Erster durchschnitt. »Sie könnte ein Signal absetzen wollen, aber dafür muss sie erst einmal herausfinden, wo die relative Position der Erde in der Milchstraße ist, und dann ein Signal abschicken, das stark genug ist, um welchen Ort auch immer zu erreichen. Aber wenn es sich nicht gerade um einen Nachbarstern handelt – was so gut wie ausgeschlossen ist, weil die alle still sind –, dann würde es Jahrzehnte oder Jahrhunderte dauern, bis das Signal ihre Heimat erreicht.«

»Er hat recht«, stimmte Smailow ihm zu. »Das wäre nicht besonders praktikabel.«

»Vielleicht nicht. Aber würden wir das zuerst durchdenken, alleine und gestrandet, umgeben von Fremden, die nicht besonders freundlich zu sein scheinen?«, wollte James wissen und schüttelte zur Antwort den Kopf. »Nein. Wir würden unsere Ketten sprengen und zu Hause anrufen wollen, um jeden Preis.«

»Ich schätze er hat recht.« Mila nickte. »Ich würde es bestimmt so machen.«

»Dann müssen wir Pavar Bescheid sagen. Sie muss sämtliche Observatorien in einem großen Umkreis alarmieren und polizeilich schützen lassen. Dann kann das FBI oder sonst wer mit konkreten Anhaltspunkten nach ihr suchen.« Meeks sah zu Smailow, der bedächtig nickte. »Wenn sie es überhaupt aus der Basis geschafft hat.«

»Die werden sie erschießen, bevor sie irgendwo ankommt. Ich bin mir sicher, dass sie es auf Prime schrecklich gefunden hat.« Für James fühlte es sich seltsam an, von dem toten Planeten als *Prime* zu sprechen. Aber es tat auf paradoxe Weise gut, mit dem Problem der entlaufenen Nasaku konfrontiert zu sein, weil es ihm keine Zeit ließ, über dem zu brüten, was er dort mit Norton durchgemacht hatte und was ihn vermutlich mehrere Monate Schlaf kosten würde. »Aber sie wird sich nicht unter der Erde einsperren und an für sie merkwürdige Maschinen anschließen lassen wie eine Laborratte.«

»Du denkst, dass sie sich lieber erschießen lässt?«, fragte Mette mit großen Augen.

»Ich habe Angst davor.«

»Selbst wenn wir etwas unternehmen wollten, wir können nichts tun. Die gesamte Anlage ist abgeriegelt! Wir können nur eins tun: Pavar Bescheid sagen und hoffen, dass sie die richtigen Entscheidungen fällt«, beharrte Meeks.

»Nein, das dürfen wir nicht!«

»Die ist Politikerin. Sie wird das tun, was ihr am wenigsten schadet, und das ist, Nasaku zu eliminieren«, sprang ausgerechnet Falkenhagen James bei. »Ohne sie stehen wir wieder ganz am Anfang.«

»Nein! Wir haben immer noch nicht die anderen Verbindungen ausprobiert. Vielleicht finden wir dort viel mehr heraus.«

»Es wäre doch blauäugig, einfach drauflos zu reisen, statt die Person zu befragen, die sich mit den Teleportern auskennt! Diesen Vorteil dürfen wir nicht aus der Hand geben. Sie ist doch keine Gefahr, nur weil sie Kontakt zu ihrer Heimat aufnehmen will. Diese Kontaktanbahnung könnte doch im Gegenteil in unserem Interesse sein! Seit Jahrzehnten hoffen wir auf Kontakt zu anderen intelligenten Zivilisationen und jetzt haben wir eine gefunden. Eine, die uns auch noch extrem ähnlich ist!«

»Er hat recht«, sagte eine neue Stimme. Sie gehörte Major Norton, der gerade durch die Tür kam, sich über die Schulter blickte und sie dann hinter sich ins Schloss drückte, bis es klickte. Unsichere Blicke wurden ausgetauscht, und die Mienen des wissenschaftlichen Leitungsteams verschlossen sich.

»Major!« James räusperte sich. »Wir haben bloß die aktuellen Entwicklungen diskutiert.«

»Ich verstehe schon.« Der Offizier winkte ab und kam zu ihrem Tisch, wo er zwischen Mila und Mette an den Rand trat und sich dann mit den Fäusten auf die Platte lehnte, ehe er sie der Reihe nach musterte. »Ich halte Sie alle für blauäugig. Dafür, dass Sie alle wegen Ihres großen IQs und wissenschaftlicher Bravour ausgewählt wurden, vermögen Sie erstaunlich schlecht, Risiken abzuschätzen.«

Das Schweigen im Raum wurde drückender unter den Worten des Soldaten mit dem harten Gesicht, der sie wie ein strenger Vater zurechtzuweisen schien.

»Wir wollten bloß ...«, hob Meeks an, doch Norton brachte ihn mit einer unwirschen Geste zum Schweigen.

»*Naiv* wollten Sie sein. Ihnen allen ist wohl nicht bewusst, was für eine Gefahr von dieser Frau ausgeht – wenn sie überhaupt eine ist!«

»Haben Sie uns belauscht?«, fragte James.

»Belauscht?« Norton schnaubte. »Das brauchte ich gar nicht. Ich habe mitbekommen, dass Sie sich gemeinsam einschließen und brauchte nur eins und eins zusammenzählen. Was Sie für mich getan haben, Mr. Hamilton, werde ich Ihnen nie vergessen, das sollen Sie wissen. Aber ich halte Sie in dieser Sache für nicht zurechnungsfähig. Sie *wollen*, dass Nasaku eine freundliche, schutzbedürftige Außerirdische ist, die gleichzeitig eine von uns ist. Sie *wollen*, dass dieser Erstkontakt gut verläuft. Aber Sie blenden bewusst oder unbewusst die

Risiken aus und die großen Löcher, die in ihrer Geschichte klaffen.«

»Aber wir kennen ihre Geschichte doch nicht einmal genau!«

»Eben. Wir haben nur eine Handvoll Informationen und selbst die sind löchrig.«

»Das ist doch eine ›Glas halb leer oder halb voll Sache‹!«, protestierte James. »Man könnte davon ausgehen, dass wir zu wenige Informationen haben, um zu sagen, dass diese *Löcher,* von denen Sie sprechen, uns alarmieren sollten. Vielleicht ist es genau andersherum, und wir interpretieren in diese Löcher das Falsche hinein.«

»Fakt ist«, entgegnete Norton, »dass wir eine außerirdische Entität haben, die es irgendwie geschafft hat, einer der aktuell am besten gesicherten Air Force Basen der Welt zu entkommen.«

»Sie ist entkommen?«, fragte Mila überrascht und erfreut zugleich und fing sich damit einen finsteren Blick des Offiziers ein.

»Ja, und da sie eben *kein* kleines grünes Männchen ist, wird es schwer, sie zu schnappen. Aber ich bin mir sicher, dass *Sie* eine Idee haben, die das FBI nicht haben wird.«

»Das FBI?« Meeks sah aus, als hätte er einen Geist gesehen. »Aber ...«

»Die Air Force ist weder dazu geeignet, noch gesetzlich befugt, eine Fahndung außerhalb des Militärgeländes durchzuführen, und da die Gefahr einer Flucht über die Grenzen Wyomings besteht, musste Pavar das FBI einschalten.«

»Die wissen doch gar nicht, mit wem sie es zu tun haben!«, sagte Falkenhagen.

»Nein, und darum komme ich zu Ihnen. Nasaku wurde als flüchtige Terroristin mit höchstem Gefährdungspotenzial ausgegeben und das FBI hat angekündigt, keine halben Sachen zu machen.« Norton machte eine kurze Pause, um sich der

Aufmerksamkeit aller zu versichern und seinen nächsten Worten noch mehr Dringlichkeit zu verleihen. »Wir haben also die unangenehme Situation, ein Alien auf freiem Fuß zu haben, das zu deutlich mehr imstande ist, als wir gedacht hätten, und das bei der ersten Gelegenheit erschossen wird. Das können wir nicht zulassen.«

»Na endlich sind wir uns mal einig«, brummte Mila.

Der Major ignorierte sie und tippte mit ausgestrecktem Zeigefinger auf die Platte des Aluminiumtisches, als wolle er sie durchbohren.

»Haben Sie darüber gesprochen, wie Sie sie finden und zurückbringen können?«

Betretenes Schweigen.

»Es wird diesen Raum nicht verlassen«, versicherte Norton ihnen.

»Haben wir«, fasste sich James ein Herz und zuckte mit den Schultern, als er einige düstere Blicke erntete.

»Tun Sie es.«

»Was?«

»Ich sagte: Tun Sie es. Ich verzögere die Wachablösung am südlichen Lastenaufzug, durch den in einer Viertelstunde neue Vorräte angeliefert werden. Die Basis ist nicht mehr abgeriegelt, da Nasaku offensichtlich entkommen ist. Da Pavar denkt, dass Sie hier unten festsitzen, wird sie keinen Befehl erlassen haben, Sie daran zu hindern, den Stützpunkt zu verlassen.«

»Warum tun Sie das?«, wollte James wissen und sprach damit aus, was ungesagt in der Luft hing.

»Wir müssen diese Nasaku befragen und zwar intensiv, um das Gefahrenpotenzial künftiger Missionen zu minimieren.« Norton schürzte die Lippen. »Außerdem fürchte ich, dass diese Sache ein Problem für die Fortführung des Projekts bedeuten könnte, wenn sie schiefgeht. Der Präsident ist ganz und gar nicht erfreut über das, was hier passiert. Es war ohnehin nicht leicht, ihn davon zu überzeugen, die außerirdische Maschine in Betrieb zu nehmen.«

»Ihr Land kann nicht einfach aussteigen, ohne uns den Teleporter zu übergeben«, wandte Smailow ein.

»Wir werden ihn ganz bestimmt nicht an den Kreml oder Brüssel abgeben, davon können Sie ausgehen.«

»Dann werden wir alle ein Problem haben.«

»Und genau aus diesem Grund«, sagte Norton, »müssen Sie Nasaku finden und hierher zurückbringen. Haben Sie verstanden?«

Der Major hatte nicht zu viel versprochen. Über den Lastenaufzug, dessen Kamera eine *unvorhergesehene Fehlfunktion* hatte, gelangten sie in ein kleines Lagerhaus, das normalerweise von vier Soldaten bewacht wurde, die gerade draußen standen und rauchten, als ihre kleine Gruppe vorbeilief. Wie von Norton zugesichert, wartete ein dunkler SUV auf einem Parkplatz in der Nähe. Die Anlage war sehr weitläufig mit großen Wiesen und zwei Nord-Süd Start- und Landebahnen, die von flachen Baracken und Hangars eingehegt waren, die in der Dunkelheit der frühen Morgenstunden zurückhaltend leuchteten. Immer wieder starteten und landeten Helikopter, die röhrend und mit blinkenden roten Lichtern vor dem klaren Sternenhimmel dahinzogen. Nächtliche Lichter, eine geheime Ausfahrt, gedrückte Stimmung und die Suche nach einem entlaufenen Alien im amerikanischen Hinterland. Für James erzeugte all das den Eindruck, als sei er der Protagonist in einem Film von Steven Spielberg.

Meeks hatte das Steuer übernommen, nachdem sie die Schlüssel wie versprochen unter der Sonnenblende gefunden hatten. Nun saß James vorne neben ihm, während Mila, Mette, Falkenhagen und Smailow auf den beiden hinteren Sitzbänken saßen.

Vom Gelände herunterzukommen war ebenfalls einfacher als gedacht, denn sie brauchten bloß ihre Ausweise vorzeigen, die von der Air Force ausgestellt waren und sie als zivile Berater ausgaben, und wurden dann hinaus gelassen. Die Lichter von Cheyenne erhellten den nahen Horizont wie ein Leuchtfeuer, doch Meeks bog auf eine Landstraße nach Westen ab.

»Sieht aus, als hättest du einen Plan«, bemerkte James.

»Es gibt nur ein echtes Observatorium in Wyoming und das ist das *WIRO*«, erklärte der hünenhafte Ingenieur. »Ein altes Infrarot-Teleskop auf dem Gipfel des Mount Jelm, achtzig Meilen im Westen, südlich von Albany.«

»Da kennt sich jemand aus.«

»Ich stamme aus Fort Collins, Colorado und habe mal eine Klassenfahrt dorthin gemacht, als ich ein Teenager war.«

»Ich verstehe.« James blickte immer wieder in die Rück- und Seitenspiegel, weil er die Sorge nicht loswurde, dass sie verfolgt wurden. Mehr, um sich abzulenken, sagte er: »Auch auf die Gefahr hin, dass das eine ziemlich blöde Frage ist: Wir sind uns ganz sicher, dass Nasaku ein Teleskop braucht, ja?«

»Natürlich.« Meeks nickte.

»Und, äh, wozu? Ich verstehe den Teil mit dem Blick in die Sterne, damit sie ihre Position feststellen kann, aber das bringt ihr doch noch nichts für das Senden einer Nachricht, oder? Ein Teleskop ist doch zum Gucken da und keine Sendeanlage.«

»Das ist im Prinzip richtig, aber mit Teleskopen kann man prinzipiell auch senden«, korrigierte Meeks ihn und bog an einer verlassenen Kreuzung auf die Interstate 80 nach Westen ab, auf der leichter Verkehr herrschte. Die roten Rücklichter, die sie plötzlich umgaben, waren eine seltsam melancholische Erinnerung daran, dass es noch immer eine *normale* Welt hier draußen gab, während sie unter der Erde nach den Sternen forschten – ein Gedanke, der ihm einmal mehr surreal und sehr weit weg vorkam. »Parabolspiegel sind genau genommen hervorragend geeignet, um ein Funksignal auf einen bestimmten Punkt zu fokussieren, also mit hoher Intensität in genau eine Richtung zu schicken. So hält man übrigens auch Kontakt zu sehr weit entfernten Raumsonden wie Cassini und Co.«

»Das wusste ich nicht«, brachte James seine Unwissenheit – und damit auch den großen Unterschied zwischen ihm und den anderen in diesem Fahrzeug auf den Punkt.

»Ich habe eine Frage«, wechselte Smailow das Thema. Der Kosmonaut war bislang erstaunlich still gewesen und hatte sich, anders als sonst, im Hintergrund gehalten. »Wenn wir bei diesem Observatorium sind und Glück haben: Nasaku ist dort. Was dann?«

»Dann sprechen wir mit ihr und ...« Mila unterbrach sich selbst und brummte frustriert.

»Genau. Soweit ich weiß, hat niemand von uns in den letzten paar Stunden Sumerisch gelernt. Wir können also nicht einmal mit ihr reden, selbst wenn sie wollte.«

»Sie kann Englisch«, war sich James sicher. »Sie muss es ziemlich schnell gelernt haben, sonst hätte sie nicht den Code von Anosha Eikes herausgefunden.«

»Sie lernt an nur einem Tag unsere Sprache?«, fragte Falkenhagen ungläubig. »Niemand schafft so etwas.«

»Nun, sie muss es geschafft haben, immerhin hat sie nicht bloß den Trick mit dem Fahrstuhl aus dem Hut gezaubert, sondern sich auch von einer Militärbasis geschlichen, die abgeriegelt wurde. Wenn wir sie auf Mount Jelm finden, dann ist das quasi so etwas wie eine Garantie dafür, dass sie unsere Sprache kennt. Wie sonst sollte sie überhaupt herausfinden können, wo sich das Observatorium befindet?«

»Und genau das macht mir Sorgen«, erwiderte Smailow bedächtig. »Wir sollten sehr, sehr vorsichtig sein. Wenn wir sie damit konfrontieren, könnte es zu einem Problem werden. Aber wir werden mit ihr sprechen *müssen.* Sie hat bereits einmal gelogen und könnte es wieder tun. Ich denke, dass der Major vollkommen recht hat, wenn er sagt, dass wir naiv sind.«

»Ich weiß, dass einige von euch das nicht gerne hören, aber Adrian hat recht«, sagte Meeks. »Wir müssen wachsam sein und nicht durch die rosarote Brille gucken, indem wir uns vorweg festlegen, dass sie es gut meint und die arme, verlorene Einzelgängerin mit dem schweren Schicksal ist. Ich meine, das klingt alles wie die mitleiderregendste Geschichte, die man sich ausdenken kann. Eine Frau, allein gestrandet in der Hölle, die Kinder gestorben, kein Weg zurück nach Hause.«

»Das gleiche Gespräch habe ich mit Norton geführt«, brummte James. »Als wir in Nasakus Versteck waren.«

»Und er hat recht damit. Ich weiß, dass wir ein Team sind und an einem Strang ziehen sollten, das ist das Wichtigste überhaupt«, sagte Smailow. »Darum habe ich mich auch nicht gegen euch gestellt. Aber ich bitte euch: Beachtet diese Tatsachen, wenn es so weit ist.«

»Das werden wir«, versprach Mila.

»Das *müssen* wir«, korrigierte Meeks sie.

19

Die Fahrt zum WIRO (Wyoming Infrared Observatory), das von der University of Wyoming betrieben wurde, und seit Ende der Siebzigerjahre den Himmel mit einem zwei Komma drei Meter durchmessenden Spiegel absuchte, dauerte trotz der bloß achtzig Meilen ganze zwei Stunden. Nach der Interstate, die sie in Richtung Süden verließen, wo die Hänge des mächtigen Mount Jelm dreitausend Meter in den Himmel ragten, fuhren sie auf kleinen, gewundenen Landstraßen hinaus, umgeben von dichten Nadelwäldern, die die Dunkelheit zusätzlich zu verstärken schienen. Bald gab es nur noch die einsamen Scheinwerferkegel ihres Wagens, an deren Rändern die dichtstehenden Baumstämme vorbeirauschten. James fühlte sich unangenehm an eine jener Akte-X-Folgen erinnert, in denen Mulder und Scully unheimlichen Phänomenen in den abgeschiedensten Regionen der ländlichen USA nachgingen – natürlich immer nachts im Nadelwald.

Häuser oder gar Siedlungen gab es hier nicht mehr, während sie sich in scheinbar endlosen Serpentinen die immer karger werdenden Hänge des Jelm hochschraubten. Zwar gab es auch hier noch Bäume, doch sie wechselten sich mit freien

Flächen ab, von Sträuchern überwucherten Hängen, die vom Mondlicht beschienen waren. Ab zweieinhalbtausend Metern Höhe konnte James weiße Flecken an den Rändern der schmutzigen Straße sehen, die sich bald als Schnee entpuppten.

Sobald sie die südliche Flanke des Bergrückens umrundet hatten und die Straße sich relativ geradlinig über die Schulter zog, konnte man im Osten die Lichter von Laramie, und dahinter die des viel größeren Cheyenne sehen. James meinte sogar, das Areal der Francis E. Warren Air Force Base erkennen zu können. Der Kontrast zwischen den hell erleuchteten Ebenen in der Ferne und der absoluten Dunkelheit hier auf und um den Berg sorgte für einen Stich der Einsamkeit in seiner Brust, den er nicht ganz erklären konnte.

»Da ist es!«, rief Mila und beugte sich zwischen Fahrer- und Beifahrersitz mit ausgestrecktem Zeigefinger nach vorne.

James sah es auch: eine matte, helle Kuppel, die sich mit ihrer weißen Basis von dem ebenfalls weißen Schnee der Umgebung und vor dem dunklen Nachthimmel abzeichnete wie ein Pickel. Das Observatorium befand sich links von der Straße, offenbar nur durch einen Schotterweg erreichbar, der die letzten zwanzig oder dreißig Höhenmeter bis zum absoluten Gipfel in einem langen Schlenker überwand. Mehrere Autos standen auf einem Parkplatz davor.

»Es ist offen«, sagte Meeks und tatsächlich stand ein großer Spalt in der Kuppel offen wie der Schlund eines hungrigen Fischs. »Sie muss schon angefangen haben.«

»Das werden wir wohl gleich herausfinden.« Mila deutete auf die offen stehende Eingangstür, als sie auf den Parkplatz fuhren.

»Findet nicht noch jemand von euch komisch, dass Norton uns einfach so alleine loslässt, um Nasaku zurückzubringen?«, fragte Falkenhagen und Mette schnaubte genervt.

»Jetzt fängt das wieder an. Hast du Angst bekommen?«

»Ich habe Angst, ja, und ich schäme mich nicht dafür. Es erscheint mir bloß sehr blauäugig von dem ansonsten so nüchternen Major.«

»Er weiß, dass er mir vertrauen kann«, antwortete James und dachte daran zurück, wie er den querschnittsgelähmten Norton getragen hatte, die eigene Schulter eine matschige rote Masse.

»Ihnen vertrauen?«

»Ja.« Als er nicht mehr sagte, hatte der Deutsche glücklicherweise keine Gelegenheit, weiter nachzuhaken, da Mette und Mila bereits die Türen öffneten und ausstiegen. Er und Meeks taten es ihnen gleich, und als sie alle fröstelnd in der kalten Luft standen und sich die Jacken zuzogen, ging James schließlich voran und auf die Tür zu, durch die ein warmes Licht schien. Drei andere Autos parkten davor auf dem kleinen asphaltierten Platz, auf dem auch sie ihren Wagen abgestellt hatten. Bei zweien handelte es sich um unscheinbare asiatische Kleinwagen, die sich nebeneinander befanden. Der dritte war ein großer GMC mit getönten Scheiben, wie er sie eher dem FBI zugeordnet hätte, und stand quer, die Tür noch halb offen und ein Blinker an.

»Da hatte es wohl jemand eilig«, murmelte er und ging vorsichtig weiter, steckte den Kopf durch die offene Tür. Das Innere des Observatoriums war so überschaubar, wie er es von außen erwartet hatte. Keine riesige Anlage, sondern ein kleiner, beschaulicher runder Raum, in dem man nicht einmal die vier Autos auf dem Parkplatz nebeneinander hätte unterbringen können. Das eigentliche Teleskop befand sich in der Mitte einer grauen Stahlkonstruktion mit einer gelben Maschine im Zentrum, auf deren Oberseite sich der Parabolspiegel befand. Eine kleine Plattform darunter bildete die drehbare Lafette und Grundlage für eine Reihe von Steuerungsinstrumenten, die aber offenbar nicht benutzt wurden. Entlang der kreisförmigen Wände unter dem grauen Kuppeldach, das oben einen großen Spalt breit offen war, standen mehrere Schränke, ein Server und zwei Schreibtische. An einem davon saß Nasaku und tippte mit einer wahnsinnigen Geschwindigkeit in die Tasten. Vor dem anderen hockten drei offenbar gefesselte und geknebelte Gestalten in bunten Daunenjacken und starrten mit verängstigten Blicken zu der Frau, die sie augenscheinlich überfallen hatte. Sie trug noch immer ihre graue Air-Force-Trainingskleidung, schien aber seltsamerweise nicht zu frieren, dabei war James schon mit seinen dicken Sachen kalt.

»Nasaku!«, sagte er und trat durch die Tür, heraus aus dem Wind, der über den kegelartigen Berggipfel blies. Die Situation war merkwürdig, als ihr Kopf zu ihm herum ruckte und die anderen hinter ihm hinein drängten. Er hatte sich etwas anderes vorgestellt, ohne zu wissen was genau. Aber auf einen Berg zu fahren, zu einem kleinen Observatorium, wie bei einem Ausflug und sie hier sitzen zu sehen, als sei das alles ganz mundan, hatte ganz sicher nicht dazugehört.

Ihre Augen verengten sich zu kleinen Schlitzen wie bei einem Raubtier, das seine Beute ins Visier nahm, also hob er beschwichtigend die Hände.

»Wir sind unbewaffnet und wollen dir nichts tun.« Er sah nach rechts und links, und auch die anderen aus dem Team taten es ihm gleich, wenn auch Smailow sehr zögerlich.

»Wir müssen jetzt alles auf eine Karte setzen«, flüsterte Mila an seiner Seite und sprach damit aus, was sie ohnehin schon gedacht hatte.

»Ich verstehe, dass du einsam bist und nichts mehr willst, als mit deiner Heimat Kontakt aufzunehmen. Das Gleiche würde ich auch wollen, nach allem, was du durchmachen musstest«, sagte er in Richtung der Außerirdischen.

»Ich dachte, ich hätte mehr Zeit«, antwortete sie in perfektem Englisch, das so akzentfrei war, dass er sich fühlte, als hätte sie ihn geohrfeigt, und wandte sich wieder dem Bildschirm zu. Ihre Finger flogen jetzt noch rasanter über die Tasten.

»Was meinst du damit?«, hakte er vorsichtig nach und ging langsam auf sie zu, zaghaft erst, doch dann selbstsicherer, als sie keine Anzeichen von Anspannung mehr zeigte. Von draußen waren Motorengeräusche und das Dröhnen von entfernten Rotoren zu hören.

»Sie sind bald hier«, rief Smailow von der Tür. Er klang nicht überrascht, und James war es auch nicht.

»Nasaku, bitte. Ich weiß, dass du nicht ehrlich mit uns warst, aber ich weigere mich, meiner Sorge nachzugeben, dass du uns nur benutzt hast und etwas Böses im Schilde führst. Ich habe meine ganze Karriere auf Menschenkenntnis aufgebaut und hoffe, dass sie mich dieses eine Mal nicht im Stich lässt, wo es mehr darauf ankommt als jemals zu vor.«

»Deine Menschenkenntnis kann bei mir nicht funktionieren, James Hamilton.«

James schluckte, bevor er die nächsten Worte aussprach, die ihm auf der Zunge lagen.

»Weil du kein Mensch bist, oder?«

»Das ist korrekt. Aber es ist nicht, wie du denkst.«

»Wie ist es dann? Ich will es wirklich verstehen.«

»Ich bin synthetisch. Die letzte meiner Art, hergestellt von den Atlantern«, antwortete Nasaku. Die Motorengeräusche waren jetzt so nah, dass sich seine Nackenhaare in einem Ansturm von Dringlichkeit aufstellten.

»Atlantern? Du bist ein Roboter?«

»Ja und nein. Ich bin synthetisch.« Sie drückte auf die *Enter*-Taste und schien erleichtert, als sie einen USB-Stick aus dem recht betagten Computer unter dem Schreibtisch zog und auf ihn zuging. Sein Instinkt sagte ihm, dass er zurückweichen sollte, doch das tat er nicht. Auch die anderen blieben, wo sie waren.

»Kommt, Leute, wir müssen ihnen etwas Zeit verschaffen!«,

rief ausgerechnet Smailow von der Tür und winkte hektisch die anderen herbei. Draußen konnte er die ersten Lichtkegel von Fahrzeugen sehen, die heran rauschten.

»Wartet«, hielt Nasaku sie auf und warf dem Russen den USB-Stick zu. »Das wird euch helfen.«

Smailow fing ihn auf und nickte bloß, ehe er hinausrannte. Lediglich Mila blieb noch für eine Sekunde zurück.

»Beeilt euch!«

Nasaku war bereits zum Computer zurückgekehrt und machte eine schnelle Eingabe, woraufhin sich der Teleskopspiegel und damit auch der rechteckige offene Ausschnitt des Himmels über ihnen nach Westen verschob.

»Komm mit!«, sagte James ungeduldig, als er verstand, und kletterte auf die Plattform unter dem Spiegel. Draußen waren die ersten Stimmen zu hören, als die Außerirdische ihm mit einem erstaunlichen Sprung folgte und krachend neben ihm landete, dass die Metallplatte unter seinen Füßen erzitterte. Ehe er sich von dem Schreck erholt hatte, kletterte sie bereits wie ein Gecko an dem Stahlgestänge der Aufhängung empor und reichte ihm eine Hand. James ergriff sie, ohne zu zögern, und war erstaunt, als sie ihn mühelos zu sich hochzog.

Gemeinsam hangelten sie sich bis zum Rand des offenen Dachs. Hinter ihnen wurden Stimmen laut und vermischten sich mit den harten Rufen und Befehlen, die nur Polizisten oder Soldaten von sich geben konnten.

»Wir haben nicht viel Zeit«, ächzte er, doch sie antwortete nicht und sprang stattdessen nach draußen, schlug auf dem Stahl der Kuppel auf und rutschte dann aus seinem Sichtfeld. Nach einem gemurmelten »Scheiße!« tat er es ihr gleich und machte einen Satz. Der Aufprall war hart und nahm ihm beinahe die Luft zum Atmen, doch er begann bereits an der Wölbung hinabzugleiten und segelte dann mit rudernden Armen in einen Schneehaufen, der so nass und kalt war, dass es ihm den letzten Atem verschlug, um den er noch rang. Es war aber nicht nur die Luft in seiner Lunge, die verschwand, sondern sämtliche Geräusche und das Zwielicht der sternenklaren Nacht. Bis er jedoch realisiert hatte, dass er komplett in dem Haufen aus gefrorenen Wassertropfen versunken war, packten ihn zwei kräftige Hände an den Schultern und rissen ihn wieder hinaus. Nasaku verschwendete keine Zeit und lief los. Ein Blick zurück zeigte James eine künstliche Terminatorlinie über der Kuppel des Observatoriums, über die unregelmäßiges Blaulicht zu ihnen herüber waberte wie eine magische Substanz.

Er wusste, dass das hier zum Scheitern verurteilt war, und sie sich auf den letzten Metern eines aussichtslosen Unterfangens befanden. Aber das musste auch Nasaku bewusst sein, und deshalb entschied er, den Weg, den er eingeschlagen hatte, konsequent zu Ende zu gehen. So liefen sie den Abhang hinab, umrundeten einige Bäume und lauschten dem Rauschen des Adrenalins in ihren Ohren und sahen zu, wie die kondensierende Luft vor ihren Mündern lange Wolken bildete. Als sie einen kleinen Abhang erreichten, umrundeten sie ihn, und Nasaku kauerte sich unter den kleinen Vorsprung, der ein wenig Schutz bot und von weiter oben nicht eingesehen werden konnte.

»Meine Zeit ist fast vorbei«, sagte sie schwer atmend, während James noch um genügend Luft rang. »Gleich werden die Polizisten hier sein, und es hinauszuzögern, würde der Sache nicht helfen.«

»Welcher … welcher Sache?«

»Hör mir einfach zu. Ich habe dich getäuscht, damit ich Zugang zu deinem Planeten bekomme. Ich hatte eine Ahnung, dass ihr die Jüngsten seid, aber jetzt habe ich Sicherheit.«

»Die Jüngsten?«, fragte er verwirrt. »Ich verstehe nicht, wovon du redest.«

»Das ist nicht wichtig. Für mich führt kein Weg zurück, um es selbst zu tun, darum musst du es tun«, sagte sie eindringlich und fasste seine Schultern so fest, dass es beinahe weh tat. Ihre kleinen Augen fixierten die seinen wie Magneten, die es ihm unmöglich machten, sich von dem Blick zu lösen. »Du vertraust mir, und das ist gut, aber ich muss um noch mehr bitten. Für deine und für meine Welt.«

»Welches ist denn deine Welt? Dieser schreckliche Planet, auf dem du gestrandet warst?«

»Ich war dort nicht gestrandet. Die Todeszone ist mein Einsatzgebiet.«

»Todeszone? Einsatzgebiet?« James schwirrte der Kopf. Er hatte das Gefühl inmitten eines Pferderennens zu sein und auf einem lahmenden Esel zu reiten.

»Die Todeszone war der letzte Schutzwall der Atlanter, die mich erschaffen haben, aber sie hat die Ersten Kinder der Ältesten nicht aufhalten können. Sie wird eingegrenzt durch eine scheinbar unüberwindliche Mauer«, erklärte Nasaku, ohne aufzublicken, als das Gebell von Hunden und die Rufe von Männern ertönten. Sie klangen hart in der kalten Luft.

»Die Mauer!«, hauchte er. »Ich habe sie gesehen.«

»Gut. Sie wurde gegen die Ersten Kinder errichtet, feindselige Gestalten, die von Angst getrieben werden und alles zu vernichten trachten, das ihnen Angst macht. Du musst die Mauer überwinden und dort die Daten ablegen, die ich extrahiert habe, aber das geht nur, wenn du den Pförtner überzeugen kannst, keines der Ersten Kinder zu sein!«

»Nasaku, ich verstehe nicht«, flehte James beinahe, und seine Stimme begann sich zu überschlagen. Die FBI-Beamten waren ganz nah. Jede Sekunde rechnete er damit, dass sie an dem Felsen vorbeigelaufen kamen und sie stellten, mit bellenden Schäferhunden, denen der Geifer von den Lefzen flog.

»Du wirst es verstehen. Hör zu.« Sie zog ihn noch näher an sich heran, bis sich ihre Nasen beinahe berührten. Ihm fiel auf, dass ihr Atem keinerlei Geruch verströmte und ihre Augen tiefgrün waren. »Im Dunkel zwischen den Sternen lauert eine uralte Gefahr.«

»Die Ersten Kinder der Ältesten.«

»Ja. Sie werden euch finden, es ist nur eine Frage der Zeit. Es gibt einen Weg, die anderen Teleporterverbindungen wiederherzustellen, aber dafür brauchen die Atlanter Hilfe, die nur ihr ihnen geben könnt. Geh zurück nach Al'antis und finde den Tempel des Himmels. Dort musst du ablegen, was ich dir gleich geben werde. Alles Weitere werdet ihr herausfinden, wenn es so weit ist.«

»Da vorne ist ein Felsabbruch!«, rief jemand ganz in der Nähe.

»Was für ...«

»Pst!« Nasaku zog eine Pistole aus ihrem Gürtel und drückte sie ihm in die Hand. James keuchte erschrocken, doch sie ließ ihm keine Zeit und zückte ein Messer, auf dem das Emblem der Air Force zu sehen war, ehe sie es sich ins Sternum rammte und ohne jegliche ersichtliche Reaktion nach oben schnitt. Dann steckte sie ihre freie Hand in die Wunde und zog ein blutverschmiertes Stück Metall heraus, das aussah wie eine onyxfarbene Murmel.

»Scheiße!«, fluchte er, als er das ganze Blut sah, das ihr von der Brust und der Hand lief, ohne dass es sie zu stören schien, und spürte eine Welle der Übelkeit in sich aufsteigen. Ratlos und entsetzt blickte er auf die Pistole in seiner Hand, die sie packte und sich mit dem Lauf auf die Wunde hielt.

»Jetzt wirst du mich töten, James Hamilton.«

»Was? NEIN!«

»Doch.«

»Ich höre was!«, rief jemand, und ein Hund bellte so laut, dass es neben seinem Ohr hätte sein können. Ihnen blieben nur noch Sekunden.

»Du brauchst ihr Vertrauen und meine Aufgabe ist erfüllt.« Sie schob ihm die Murmel in die Hosentasche. »Geh und hilf meinen Erschaffern, dann ist mein Dienst getan. Ich habe dir vertraut, jetzt musst du mir noch ein letztes Mal vertrauen. Es ist der einzige Weg.«

Ich habe so viele Fragen, dachte er und versuchte, die rasenden Gedanken in seinem Kopf zu sortieren, wobei er kläglich scheiterte. Sie rasten, vom Adrenalin angetrieben, durch seine Hirnwindungen wie ein Orkan, jagten Fragen über Fragen an ihm vorbei, so schnell, dass er sie nicht greifen konnte und nur vage Eindrücke mitbekam. Er sah die Mauer vor sich, ein schwarzes, weit entferntes Gebilde aus seiner Erinnerung, abgelöst von einer Hunderte Meter hohen Wand aus Beton, das seine Fantasie daraus erschuf. Nasaku als Roboter, als Klon, als Hologramm, als Geist. Ihre Worte wiederholten sich endlos vorwärts und rückwärts, alles zugleich und so zerstückelt, dass es noch weniger Sinn ergab als ohnehin schon.

»Da sind Sie!«, rief jemand triumphierend und eine Trillerpfeife ertönte, dann noch eine und immer weitere.

»Jetzt, oder alles ist verloren!«, zischte Nasaku und zog ihm die Klinge ihres Messers über den rechten Arm.

James drückte ab. Ob es das Zucken in seinen Muskeln war, die knapp oberhalb des Ellenbogens zerschnitten wurden, der Schreck ihrer Eindringlichkeit, oder der um die Ränder des Felsvorsprungs herbeilaufenden Gestalten in blauen Jacken mit der Aufschrift ›FBI‹ konnte er nicht sagen, doch er sah, wie Nasakus Brust aufplatzte und ihm ein Schwall heißen Blutes ins Gesicht spritzte.

Ungläubig starrte er auf den zerschmetterten Körper der Toten, der vor ihm lag und dann auf die Pistole in seiner zitternden Hand, aus deren Lauf ein feiner Rauchkringel aufstieg.

»FBI! WAFFE FALLEN LASSEN!«, brüllte ihn jemand an. Blinzelnd sah er in die grellen Lichter eines halben Dutzends Taschenlampen, die auf ihn gerichtet waren.

Reiß dich zusammen, ermahnte er sich, obwohl ihm das Herz bis zum Hals schlug und ihm ein mächtiger Kloß im Hals die Luft abzuschnüren drohte. *Du warst schon in schlimmeren Situationen!*

»Ich habe sie erwischt!«, rief James, ließ die Waffe fallen und hob die Hände erst über den Kopf und dann mit verschränkten Fingern auf den Scheitel.

»KEINE BEWEGUNG!« Zwei Gestalten, in dem wenigen Licht nicht mehr als bewegliche Schatten, knieten sich neben Nasakus Leiche, andere zerrten Hunde zurück, die nach James schnappen wollten.

»Machen Sie Platz!«, knurrte eine ihm bekannte Stimme und eine neue Person drängte durch die Gruppe aus Bundespolizisten. Es war Major Norton, wie James mit zusammengekniffenen Augen erkennen konnte. »Mr. Hamilton, sind Sie unverletzt?«

Überrascht fiel ihm auf, dass die Besorgnis in der Stimme des Offiziers echt klang.

»Sie hat mich, glaube ich, am Arm erwischt«, murmelte er.

»Holen Sie einen Sanitäter, verdammt!«, fauchte Norton einen der FBI-Agenten an. »Was ist passiert?«

»Sie hat versucht, mich als Geisel zu nehmen, aber ich konnte an ihre Waffe gelangen«, log James und betrachtete seine zitternden Hände, von denen rotes Blut tropfte. »Ich ... es tut mir leid, ich wusste einfach nicht, was ich tun soll.«

Vermutlich war es seiner Glaubwürdigkeit zuträglich, dass er den letzten Teil vollkommen ernst meinte und er auch das Zittern in seiner Stimme nicht spielen musste.

»Mr. Hamilton, das ist Ihr Name?«, fragte einer der Beamten, der hinter ihn trat. Erst jetzt fiel ihm auf, dass mehrere Pistolen auf ihn gerichtet waren.

»Ja«, antwortete er lahm. »James Hamilton.«

Um sein linkes Handgelenk legte sich kaltes Metall, gefolgt von einem metallischen Klacken, dann wurde ihm der Arm auf den Rücken gedreht und das Gleiche wiederholte sich auf der anderen Seite.

»James Hamilton, Sie sind verhaftet wegen des Mordes an einer Person bislang ungeklärter Identität. Alles was Sie sagen, kann und wird vor Gericht gegen Sie verwendet werden. Sie haben das Recht auf einen Anwalt, wenn Sie keinen ...«

»Sie werden kein Wort sagen, bis Ihr Anwalt da ist, verstanden?«, sagte Norton über die juristische Litanei des FBI-Agenten hinweg, der James grob auf die Beine zerrte. Seine Kollegen stellten mit Plastiktüten und Gummihandschuhen die Tatwaffe sicher. Es wurde jetzt immer voller rund um sie herum und ein Helikopter schwebte über ihnen, der ihm bislang gar nicht aufgefallen war. Mit einem mächtigen Scheinwerfer wurde der Bereich unter dem Felsvorsprung taghell ausgeleuchtet und Nasakus Leiche sprang ihm förmlich in die Augen. Er musste schlucken.

»Mr. Hamilton! Haben Sie das verstanden?«

»Ja.« Er nickte schwach. »Wir stellen den Anwalt, Sie rufen niemanden an. Es wird nicht lange dauern.«

20

James saß an einem schmucklosen Metalltisch, die Hand- und Fußfesseln waren über eine Kette miteinander verbunden und zwischen den Handgelenken an einem massiven Ring befestigt, der aus der Tischplatte ragte. In dem Raum gab es bis auf den Tisch, zwei Kameras unter der Decke und zwei Stühlen weder Fenster noch andere Einrichtungsgegenstände.

Die Fahrt von Mount Jelm zum Cheyenne Police Department, wo er auf der Hauptwache in Untersuchungshaft genommen wurde, während FBI und State Police vermutlich um Kompetenzen rangelten und darum, wer ihn in die Mangel nehmen durfte, verlief erstaunlich unspektakulär. Ein Mann und eine Frau hatten ihn zu den Fahrzeugen geführt, von denen gleich drei kreuz und quer auf dem Parkplatz vor der Sternwarte geparkt waren. Mila, Mette, Smailow, Falkenhagen und Meeks hatten bei ihrem Auto gestanden, in Schach gehalten von mehreren Beamten, die sie offenbar befragten und ihm mitleidsvolle und erschrockene Blicke zugeworfen. Er konnte es ihnen nicht verübeln, schließlich musste er aussehen wie ein Schlachter. Auf der Fahrt hatte niemand mit ihm gesprochen – vermutlich hatte man den Beamten einen Maulkorb verpasst, immerhin hatten sie es mit einem Mörder zu tun, an dem die Air Force Interesse hatte, was merkwürdig genug war – aber besonders die ermordete Person dürfte für Kopfzerbrechen gesorgt haben. Wenn die Identität eines Opfers nicht ermittelt werden konnte, läuteten höchstwahrscheinlich bereits nach kurzer Zeit die Alarmglocken im Heimatschutzministerium, und die Geheimdienste wurden eingeschaltet, um terroristischen Hintergründen nachzugehen.

So zog sich die zweistündige Fahrt schier endlos dahin und er quälte sich mit den Gedanken an seine Tat. Immer wieder ging er durch, was er in den letzten Minuten mit Nasaku erlebt hatte, ihre Worte, bekam Angst, dass er etwas davon falsch abspeicherte und seine Erinnerungen ihn betrogen. Fieberhaft wiederholte er einige Teile wieder und wieder, nur um dann von dem Eindruck geplagt zu werden, dass alles falsch war und nicht der Wahrheit entsprach. Wie viel konnte ein verkehrtes Wort in diesem Fall ausmachen? Aber vor allem: Hätte es eine andere Lösung gegeben? Wieso war Nasaku so überzeugt gewesen, keinen alternativen Ausweg zu haben und nicht zurückzukönnen? Und warum hatte sie nicht einmal einen Anflug von Angst oder Bedauern gezeigt, bevor sie starb?

»Mr. Hamilton«, sagte jemand und er sah müde auf. Ein Mann mittleren Alters mit blauem Anzug und brauner Krawatte trat ein, warf eine Akte auf den Tisch und setzte sich ihm gegenüber. Sein Haar war penibel frisiert und sein Bart gestutzt, die Augen so blau wie das Meer und so streng wie einige der Lehrer seiner High School, an die er sich am wenigsten gern erinnerte. »Mein Name ist Special Agent Dougherty. Guten Morgen.«

»Guten Morgen.«

»Sie sind nicht sonderlich gesprächig, oder?«

James antwortete nicht. Nicht nur hallten Nortons Worte

noch in seinem Kopf nach, auch wusste er genug darüber, wie das hier laufen würde, um besser zu schweigen. Sein letzter Job hatte ihn mit solchen Verfahren häufiger in Kontakt gebracht. Zweimal war er sogar zu Befragungen auf Black Sites der CIA anwesend gewesen.

»Also gut. Sie haben das Recht auf einen Anwalt, aber das wird sicher lange dauern, darum vertreibe ich Ihnen ein bisschen die Zeit. Neue Kleidung haben Sie ja schon bekommen und waschen konnten sie sich auch, wie ich sehe. Das ganze Blut des Opfers auf Jacke und Gesicht war sicher nicht angenehm«, fuhr der Agent ungerührt fort.

»Ich hätte gern ein Glas Wasser.«

»Ah, er kann ja doch sprechen. Wissen Sie was?«

»Ja: Sie bringen mir eins, wenn ich Ihnen was bringe«, schätzte James. »So stark ist mein Durst nicht.«

»So altmodisch bin ich nicht.« Dougherty zwinkerte ihm zu, als wären sie zwei Kumpel, die bloß ein bisschen plauderten. Er schien dieses Spiel lange einstudiert zu haben und über jede Menge Erfahrung zu verfügen. Er machte einen Wink und die Tür ging auf. Ein Polizist stellte ihm eine Flasche Wasser mit Strohhalm hin. James beugte sich vor, sog daran und leerte die halbe Flasche, ehe er sich zurücklehnte.

»Danke.«

»Gern. Ich bin nicht hier, um Sie zu einem Geständnis zu zwingen oder dergleichen. Sie könnten das Verfahren zerstören, allein weil ich ohne Beisein Ihres Anwalts mit Ihnen spreche, das möchte ich nicht. Eine Sache interessiert mich aber einfach brennend: Wieso landet jemand, der auf der Gehaltsliste des Außenministeriums auftaucht, mit der kryptischen Allerweltsbezeichnung *Berater für sicherheitsintensive Auslandsinterventionen* in Wyoming und erschießt eine unbekannte Frau, die in keinerlei Datenbank auftaucht?« Dougherty zog eine Braue hoch und seufzte. »Das will für mich einfach nicht zusammenpassen. Und dann versucht auch noch die Air Force, diese Sache an sich zu reißen, und das Außenministerium verweist sämtliche Anfragen direkt an das Weiße Haus.«

James' Miene blieb kühl und eine Maske der Beherrschung. Was in *Al'antis,* geschehen war, wie Nasaku ihren Heimatplaneten genannt hatte, war traumatisch gewesen, und ohne die Aufregung und das Drama direkt im Anschluss, hätte man ihn wohl in eine Psychiatrie einweisen können, um all das zu verarbeiten und nicht den Verstand zu verlieren. Auch die Geschehnisse der letzten Stunden sorgten für eine Faust in seinem Magen, die sich einfach nicht entspannen wollte. Doch eine Situation wie diese hier war so etwas wie seine Heimat, und paradoxerweise half sie ihm dabei, nicht verrückt zu werden, sondern ruhig und gesammelt.

»Ein Mann mit Beherrschung, das respektiere ich. Ich beneide das sogar. Wenn jemand eine Frau umbringt, werde ich wirklich wütend«, versicherte Dougherty ihm, und tatsächlich konnte er das Lodern in den blauen Augen des Agenten sehen. Konnte er es ihm verübeln?

»Mein Name ist James Hamilton. Ich habe diesem Gespräch nicht zugestimmt und bitte für das Protokoll erneut um anwaltlichen Beistand«, sagte er und blickte dabei demonstrativ in eine der Kameras, die in der Ecke rechts hinter dem FBI-Mann hing.

Dougherty schmunzelte freudlos und lehnte sich auf seinem verplombten Stuhl nach hinten.

»Das kann noch dauern, Mr. Hamilton, und wie gesagt: Ich möchte Sie nicht ins Verhör nehmen, aber es ist auch innerhalb meiner Befugnisse, sie zu befragen.«

»Mit Aussageverweigerungsrecht meinerseits, da keine akute Gefahr für andere besteht«, wandte James ein.

»Ganz genau.«

»Wissen Sie, was ich denke?«

»Nein, aber ich würde es gerne erfahren.«

»Gut, dann hören Sie gut zu: Ich denke, dass mein anwaltlicher Beistand bereits unterwegs ist und wer auch immer es ist, hat Ihnen den Schweiß auf die Stirn getrieben und Sie befürchten, dass Sie mich nie wieder zu Gesicht bekommen, wenn es so weit ist.« James schüttelte den Kopf. »Das hier ist doch eine Verzweiflungstat und kein taktisch durchdachter Schritt.«

Dougherty schwieg lange genug, um ihm damit eine Bestätigung zu liefern, die er nicht gebraucht hätte. Als er doch noch etwas erwidern wollte, ging die Tür auf und zwei Männer in Uniformen der Air Force traten ein. Sie waren groß, die Haare kurzgeschoren und um die Arme trugen sie Manschetten mit der Aufschrift »MP« für Militärpolizei.

»Wir übernehmen hier«, sagte einer von ihnen in Richtung des Special Agents, der nickend die Lippen schürzte und mit der Zunge schnalzte.

»Könnte ich bitte Ihre Ausweise sehen?«

»Nein, die wurden bereits am Eingang überprüft. Das ist unser Verdächtiger«, sagte der andere Soldat. »Ihre Befugnisse enden hier.«

Er streckte eine Hand aus, die andere ruhte wie beiläufig auf dem Holster seiner Pistole. »Die Schlüssel bitte.«

Der FBI-Agent schnaubte und griff sich betont langsam in die Tasche, aus der er einen Schlüsselbund mit drei Schlüsseln zog, den ihm einer der MPs aus der Hand schnappte.

»Sie nehmen ihn mit? Einfach so?«, wollte Dougherty wissen.

»Einfach so«, bestätigte der Soldat, während er James von den Fesseln befreite, die rote Striemen auf seinen Handgelenken hinterlassen hatten.

Langsam rieb James sie sich, als würde es gegen die Schmerzen helfen. Der andere Militärpolizist zog ein Schreiben aus der Brusttasche seiner Uniform und reichte es dem Special Agent, der es aufklappte und überflog.

»Das trägt das Siegel des Büros des Außenministers. Sie wollen mich wohl auf den Arm nehmen?«

»Nein, das wollen wir nicht, Sir. Bitte entfernen Sie sich jetzt aus diesem Raum.«

Doughertys Kiefermuskeln begannen sichtbar zu mahlen, doch schließlich richtete er demonstrativ seine Krawatte, funkelte die beiden MPs an und ging dann wortlos an ihnen vorbei.

»Bitte folgen Sie uns, Mr. Hamilton«, wurde James aufgefordert, als auch seine Fußschellen auf den Boden fielen und er endlich frei war. Zwischen den beiden Uniformierten fühlte er sich wie ein schmächtiger Teenager, der von seinen großen Brüdern abgeholt wurde, nachdem er beim Direktor hatte vorsprechen müssen. In den Fluren der Polizeiwache wurden ihnen verwunderte Blicke zugeworfen, Beamte aus den Büros lugten durch die Türen, und es war totenstill bis auf die vielen klingelnden Telefone. An einem kleinen Schalter zwischen zwei ungemütlich aussehenden Holzbänken hielten sie an. Ein massiger Officer in dunkelblauer Uniform fragte seinen Namen ab und stellte dann eine kleine Plastikschale mit seinen Habseligkeiten zum Zeitpunkt der Verhaftung auf den Tresen, der von einem Metallgitter in zwei Hälften geteilt wurde.

»Eine Packung Taschentücher, Marke *Dixie,* eine Hose, Jeans, Levi's, ein paar Socken aus Baumwolle, eine gefütterte Jacke der United States Air Force«, erklärte der Polizist gelangweilt und legte nacheinander die besagten Artikel neben die Schale, bis er den letzten Gegenstand herausnahm. Die dunkle Murmel, die Nasaku ihm zugesteckt hatte. »Und eine Murmel.«

»Ein persönliches Andenken an meine Ex-Verlobte«, erklärte James und zuckte mit den Schultern. Sein Gegenüber hob bloß eine Braue, und packte dann alles zurück in die Plastikschachtel, ehe er ihn unterschreiben ließ, seine gesamten Habseligkeiten ordnungsgemäß ausgehändigt bekommen zu haben. Draußen vor der Säulenrotunde wartete ein schwarzer

GMC-SUV mit getönten Scheiben zwischen zwei Humvees der Militärpolizei mit dem Adler der Air Force auf den Türen.

Er wurde zum SUV gebracht und stieg in den Fond ein, wo ihn Jeena Pavar erwartete. Die Dekanin mit der zimtfarbenen Haut, die ihr falkenhaftes Gesicht ein wenig strenger erscheinen ließ, war in einen engen blauen Hosenanzug gekleidet und hatte einen großen Stapel Akten auf ihrem Schoß liegen, den sie demonstrativ bearbeitete, ohne aufzusehen, als er sich neben sie setzte.

Das Leder knarzte dabei leicht – ein unangenehmer Laut. Vorne neben dem Fahrer sah er den Major sitzen, der ihm knapp zunickte, aber ernst dreinschaute. Bei einem zweiten Blick sah James, dass Norton eine kleine Geste machte, die er beinahe übersehen hatte. Er ballte die linke Faust ganz kurz und sah ihn dabei aus den Augenwinkeln an.

Was soll das bedeuten? Dass sie sauer ist? Oder dass er sauer ist? Oder dass ich hart sein soll, wenn die Tirade gleich losgeht?

Der kleine Konvoi setzte sich in Bewegung.

»Sie sind frei«, stellte Pavar nach einigen Minuten fest, in denen James sich der Stille anschloss und nichts sagte. Sie legte die letzte Akte neben sich, sodass ein kleiner Stapel zwischen ihnen entstanden war, und fixierte ihn dann mit ihrem Raubvogelblick.

»Ja. Danke.«

»Sie haben jetzt bis zur Basis Zeit, mich davon zu überzeugen, Sie nicht in einem Loch der CIA verschwinden zu lassen, aus dem Sie nie wieder herauskriechen werden.« Ihre Stimme war äußerst ruhig und gelassen, ein Alarmsignal, das er verstand. »Es ist eine sehr kurze Fahrt.«

»Tun Sie es ruhig. Ich verstehe das«, gab er zurück, obwohl er am liebsten wie ein Wasserfall drauflosgeplappert hätte. Nasaku hatte ihr Vertrauen in ihn gesetzt und die Dringlichkeit ihrer Worte war nur noch von ihrem ultimativen Opfer übertroffen worden. Er musste es ehren, auch um nicht den

Verstand zu verlieren in dem Wissen, dass er die erste Außerirdische ermordet hatte, mit der sie Kontakt aufgenommen hatten. »Aber ich musste eine Entscheidung treffen zwischen meinem Wohl und dem meiner Mitmenschen.«

Pavar runzelte die Stirn. Gut. Offenbar hatte er anders reagiert, als sie es erwartete und nur ein paar Augenblicke, die sie aus dem Konzept gebracht war, waren bereits hilfreich. Es war wie ein Stachel, den er durch ihre dicke Haut geschlagen hatte. Jetzt musste er nur noch das Gift injizieren, bevor sie ihn wieder herauszog.

»Erläutern«, forderte sie ihn auf.

»Nasaku wollte fliehen und hat …«

»… Sie als Geisel genommen, das haben Sie bereits den Beamten vor Ort gesagt.« Pavar winkte ab. »Das kaufe ich Ihnen nicht ab. Diese Frau war windig genug, um einer Hochsicherheitsanlage zu entkommen und Gott weiß wie. Nichts für ungut, aber sie hat sich bestimmt nicht mit Ihnen einen Klotz ans Bein gebunden.«

»Richtig, ich war noch nicht fertig. Sie wollte, dass ich sie anschieße und es wie einen Kampf aussehen lasse. Deshalb hat sie mich auch am Arm verletzt.« Er hob demonstrativ seinen rechten Arm, der in einer Schlinge steckte und oberhalb des Ellenbogens genäht und verbunden war.

Nun hatte er sie offenbar aus dem Konzept gebracht. Sie blinzelte überrascht, so kurz nur, dass er ihr Respekt zollen musste, doch es entging ihm nicht.

»Ich vermute, dass sie zur Basis zurückgebracht werden wollte. Ganz sicher hat sie damit gerechnet, dass man sie nicht einfach den Behörden übergeben, sondern unter der Erde einsperren oder bestenfalls durch den Teleporter zurückschicken würde«, fuhr er fort und schüttelte schnaubend den Kopf. »Aber das konnte nur bedeuten, dass was auch immer sie getan hat, abgeschlossen war und sie jetzt zurückwollte. Es würde zu unserem Nachteil sein, da war ich sicher. Sie ist eine Gefahr gewesen, und ich wollte es nicht sehen.«

»Eine späte Einsicht.«

Jetzt ist es Zeit, aufs Ganze zu gehen, dachte er.

»Als Major Norton zu uns in den Arbeitsbereich des wissenschaftlichen Leitungsteams herunterkam, wusste ich, dass ich – wir – noch eine Chance bekommen hatten, dieses Projekt zu retten. Wäre Nasaku verschwunden ... das wäre eine Katastrophe gewesen. Ein Alien mit unbekannten Fähigkeiten, das uns an der Nase herumgeführt hatte. Ich habe mir gedacht, dass *Sie* Norton zu uns geschickt haben. Er würde Sie nicht hintergehen und schon gar nicht seinen Eid als Offizier. Aber ich habe den Wink verstanden und wusste, dass wir in der einzigartigen Position waren, Nasaku keine Angst zu machen, schwach zu wirken in ihren Augen und sie nicht gleich dazu zu bringen, zu fliehen. Sie würde uns benutzen oder mühelos töten, daran hatte ich keinen Zweifel.«

Pavars Miene blieb unbewegt. Also hatte er ins Schwarze getroffen.

»Mir schien es letztendlich sinnvoll, den Vorteil zu nutzen, unterschätzt zu werden, und sie in dem Moment auszuschalten, der sich mit bot.«

»Sie haben eine wertvolle Gefangene getötet.«

»Ich habe eine Gefahr neutralisiert, um das Projekt zu schützen. Sie war ganz sicher nicht die Einzige ihrer Art«, log er. »Das Wichtigste war in meinen Augen, die Integrität unseres Projekts und unserer Aufstellung zu bewahren.«

Dass Sie Ihren Posten behalten, übersetzte er innerlich, wohlwissend, dass sie seine Anspielungen schon verstehen würde.

»Wer weiß schon, was sie sonst noch getan hätte?«

»Jetzt haben wir unsere einzige Quelle verloren, die mehr über den Teleporter und ein mögliches Teleporternetzwerk weiß«, erwiderte Pavar finster. »Eine Quelle, die offenbar unsere Sprache beherrscht hat und damit deutlich wertvoller war als gedacht. Jetzt haben wir gar nichts.«

»Ich kann mir nur vorstellen, dass das Weiße Haus Ihnen bereits im Nacken saß wegen einer möglichen Gefährdung für die Öffentlichkeit. Dass meine Entlassung vom Außenministerium erzwungen wurde und nicht vom Büro des Präsidenten sagt mir, dass ich Ihre Klugheit nicht unterschätzt habe.«

»Schmeicheleien kann ich nicht ausstehen.«

»Bloß eine Feststellung.« James zuckte mit den Schultern. »Sie haben es nicht bis ganz nach oben weitergegeben, sondern abgewartet, ob sich das Problem lösen lässt, bevor der Präsident die Reißleine zieht.«

Die Dekanin schwieg und musterte ihn aus zusammengekniffenen Augen.

»Außerdem stehen wir nicht mit leeren Händen da. Wir konnten sie überzeugen, dass wir ihr helfen und sie hat uns einen USB-Stick mit Daten überlassen, auf dem gestohlene Daten des Observatoriums sein müssten. Smailow hat sie an sich genommen und wird Ihnen den Datenträger aushändigen.«

Nun schien Pavar tatsächlich überrascht und etwas von dem finsteren Ausdruck um ihre Augen löste sich auf – eine kaum merkliche Veränderung, aber genug für James, um ein wenig Hoffnung zu schöpfen.

»Kümmern Sie sich darum«, befahl sie Norton, der stumm nickte. An James gerichtet sagte sie: »Wir werden sehen, was auf diesem Stick zu finden ist.«

Wenn es nützlich ist und sich deine Geschichte bestätigt, könnte das gut für dich ausgehen, übersetzte er für sich.

»Das Wichtigste ist, dass das Projekt weitergeht, dass wir keinen Zwist unter den Teilnehmernationen haben und unsere Führung nicht ständig ausgewechselt wird. Ich war vielleicht nicht immer einverstanden mit dem, was Sie entschieden haben, aber keine Führungsperson wird immer alle glücklich machen und das ist auch nicht ihre Aufgabe. Sie müssen alles zusammenhalten und dafür sorgen, dass es weitergehen kann, und das hat oberste Priorität. Dieser Teleporter ist eine einmalige Chance für uns, die wir nicht leichtfertig vergeben dürfen«, sagte er in einer Art Abschlussplädoyer, das ihm selbst etwas dick aufgetragen vorkam, aber in Anbetracht der Tatsache, dass er gerade aus dem Gefängnis befreit worden war und einen Mord begangen hatte, war es wie ein Eingeständnis an sich selbst, dass er keine Wahl gehabt und das Richtige getan hatte. »Nasaku war ein zu großes Risiko für all das.«

Pavar wirkte nachdenklich, als sie am Haupttor der Francis E. Warren Air Force Base ankamen, ihre Ausweise zeigten und dann durchgelassen wurden. Die Fahrt zum Hauptgebäude, der ehemaligen Scheinfassade, die jetzt als Zugang zum Raketensilo und dem Büro der Dekanin diente, fuhren sie ohne ihre Eskorte aus MP-Fahrzeugen.

»Wie geht es jetzt weiter?«, wollte er wissen.

»Sie und das Leitungsteam bleiben in Ihrem Arbeitsbereich und tragen sämtliche Informationen in der zentralen Datenbank zusammen. Ich will ein umfassendes Kompendium über den Teleporter erstellen, das wir mit allem füttern, was wir bis jetzt in Erfahrung bringen konnten.«

Also hat sie Druck vom Außenminister bekommen. Er ist eingeweiht und will für seinen Dienst heute eine Gegenleistung haben, dachte James. *Informationen sind in Washington Macht, und Macht ist in Washington alles.*

»Währenddessen werde ich überprüfen, was es mit dem Datenträger auf sich hat, von dem Sie gesprochen haben.«

Sie will abwarten, ob meine Geschichte niet- und nagelfest ist.

»Ich verstehe«, sagte er.

»Major, ich möchte, dass Sie daran teilnehmen«, wandte sich Pavar an Norton, als sie ausstiegen und durch die kalte Morgendämmerung auf den Eingang zugingen, vor dem jetzt ein halbes Dutzend Soldaten in Kampfmontur stand.

»Sollte ich nicht …«

»Nein, Sie waren selbst auf der anderen Seite und jedes Detail könnte wichtig sein. Außerdem will ich, dass auch Ihre Unterschrift am Ende unter den Berichten steht, wenn Sie verstehen?«

»Natürlich.« Der Offizier nickte den Soldaten zu, die bei seiner Ankunft salutierten und dann die Türen aufhielten.

21

Als James in den Arbeitsbereich des Leitungsteams kam, vor dem vier Soldaten Wache hielten – ein untrügliches Zeichen dafür, dass in nächster Zeit ein deutlich anderer Wind durch die Betongänge des Silos wehen würde und Pavar Angst um den eigenen Hals bekommen hatte – schlug ihm eine Welle der Ablehnung entgegen. Smailow bedachte ihn mit einem Blick, der ihn unter anderen Umständen in die Flucht geschlagen hätte, und auch Meeks und Falkenhagen hatten finstere Mienen aufgesetzt. Sogar Mila wirkte bedrückt.

»Sie haben sie *umgebracht?*«, fragte der Kosmonaut mit bebender Stimme. »Als ich sagte, dass wir vorsichtig sein sollten, habe ich damit nicht gemeint, sie zu *ermorden!*«

»Was ist bloß in Sie gefahren, Mann?«, stimmte Meeks mit ein und schnaubte verächtlich. »Und dann verraten Sie Pavar auch noch, dass Adrians USB-Stick von Nasaku stammt? Ist Ihnen Ihre verdammte Haut so wichtig, dass Sie nicht einmal mehr einen Hauch von Rückgrat zeigen können?«

»Dass Sie sich überhaupt hierher zurück trauen«, stimmte Falkenhagen mit ein und sein deutscher Akzent klang noch etwas schärfer als sonst. »Wir haben uns Ihnen angeschlossen –

trotz Vorbehalten – und einen Schritt des Vertrauens in Richtung Nasaku gemacht. Auf *Ihre* Initiative hin. Und so danken Sie es uns? Indem Sie uns in den Rücken fallen, um Ihren eigenen Kopf aus der Schlinge zu ziehen?«

»Sind Sie fertig?« James sah in die Runde, wartete ab und ertrug die Mischung aus Abneigung und Frustration, die wie eine Wand zwischen ihm und dem Team stand. »Dieser Raum wird nicht videoüberwacht, oder?«

»Was?« Meeks runzelte die Stirn.

»Nach jedem Teleporter-Ereignis werden die Kameras ausgetauscht, nachdem das Magnetfeld sie zerstört hat. Bei den letzten Malen waren die Arbeitsbereiche als Letztes dran nach der Höhle und den Gängen. Waren die Techniker schon hier?«

»Nein«, antwortete Mila neutral. »Warum?«

»Ich habe Pavar angelogen.«

Nun hatte er die Aufmerksamkeit von ihnen allen. Mette, die etwas weniger rundlich wirkte als sonst, sah ihn mit zuckenden Mundwinkeln an, doch der Rest schien einfach nur verwirrt.

»Nasaku bat mich, sie zu erschießen.«

»Sie hat Sie *gebeten?*«, fragte Smailow ungläubig.

»Ja. Und ich sage euch genau, was sie mir gesagt hat: Sie sagte, dass sie von den *Atlantern* erschaffen worden sei und die Letzte ihrer Art sei. Die Mauer, die ich das letzte Mal gesehen habe, gibt es wirklich. Sie nannte den Bereich darin *Todeszone* und ihr *Einsatzgebiet.* Ich glaube, sie hat dort gelebt, um ihr Volk zu schützen, beziehungsweise ihre Erschaffer.«

»Die *Atlanter.*« Falkenhagen hob eine Augenbraue.

»Ja. Sie hat auch von einem Pförtner gesprochen, und dass nur diejenigen die Mauer überwinden können, die nicht zu den Ersten Kindern gehören. Damit meinte sie offenbar die Feinde der Atlanter.«

»Die Feinde? Also hat jemand ihrem Planeten das angetan?«, fragte Mila.

»Du glaubst ihm doch nicht etwa!«, brauste Smailow auf.

»Ich höre ihm zu«, gab sie kühl zurück. »Was wir alle tun sollten.«

»Das haben wir schon einmal, und …«

»Und was hat es für einen Nachteil, einfach mal den Mund zu halten?«

Ihr russischer Kollege funkelte sie zornig an, schwieg jedoch und verschränkte die kräftigen Arme vor der Brust.

»Ich glaube ja. Sie sprach auch von *Ältesten* und dass wir die Jüngsten seien. Oder die Letzten?« James rieb sich die schmerzenden Schläfen. »Es … es ging alles sehr schnell. Sie wollte, dass wir zurückgehen, weil sie es nicht kann. Wir sollen die Mauer überwinden und etwas in einem *Tempel des Himmels* ablegen, das sie mir gegeben hat.« Er zog die Murmel aus der Tasche, hielt sie zwischen Daumen und Zeigefinger und streckte sie aus, damit alle sie sehen konnten. Dann legte er sie in die Mitte des Tisches. Sämtliche Blicke ruhten wie gebannt darauf. »Sie sagte, dass wir die Teleporterverbindungen wiederherstellen können, es einen Weg gibt. Ich weiß, das ist alles sehr verwirrend, mir geht es genauso. Aber das ist es, was sie gesagt hat.«

»Hätten Sie sie nicht ermordet, dann hätten wir *sie* fragen können«, knurrte Smailow.

»Hey!«, rief James wütend und starrte den Russen mit hartem Blick an. »*Sie* waren es nicht, der zurückgeblieben ist und diese Scheiße durchmachen musste! Sie wissen, dass ich auf ihrer Seite war. Es war *meine* Idee ihr zu vertrauen, und ich danke Ihnen allen und besonders Ihnen und Meeks, dass Sie eingelenkt haben, trotz Ihrer Bedenken. Aber warum sollte ich das gewollt haben? Ich bin kein Mörder, und ich wollte schon gar nicht tun, was ich getan habe. Aber *sie* wollte es. Ich konnte erkennen, dass sie keinen anderen Ausweg sah, und ich verstehe es. Was wäre denn mit ihr passiert? Sie hätte die zehn Quadratmeter ihres Gefängnisses hier unten nie wieder verlassen, wäre täglich befragt worden. Und wer weiß was für Experimente an ihr begangen worden wären! So hat sie mir und Ihnen eine Geschichte auf dem Silbertablett serviert, mit der wir die List von Norton, uns für seine Suche einzuspannen und heimlich zu folgen, für uns nutzen konnten, um Pavars und sein Vertrauen zu behalten. Sie hat mit ihrem Tod Pavars Kopf aus der Schlinge gezogen und vermutlich das ganze Projekt gerettet. Wir sollten ihr Opfer jetzt nicht durch unsere ungelenkte Frustration zerstören!«

Smailows Mund zuckte und seine Kiefermuskeln traten deutlich hervor. James konnte sehen, dass er um Selbstbeherrschung rang, doch schließlich schien der Kosmonaut in ihm die Oberhand zu gewinnen, und er atmete tief durch, ehe er so etwas wie ein Nicken andeutete.

»Atlanter«, sagte Mette, als wolle sie die Anspannung in der Luft durchbrechen. »Das ist interessant. Sie hat wirklich von ihren *Erschaffern* als Atlanter gesprochen?«

»Ja. Seltsam, oder? Sie kann unmöglich *das* Atlantis gemeint haben?«

»Sie hat es *Al'antis* genannt.« Mette rieb sich das feiste Kinn und blickte in die Runde. James ging zum einzigen freien Stuhl, wartete kurz und war erleichtert, als niemand ihm einen abweisenden Blick zuwarf. Schließlich setzte er sich und atmete innerlich auf.

»Ich bin keine Historikerin und schon gar keine Mythologin, aber Al'antis klingt eher arabisch als Altgriechisch«, fuhr die Dänin fort.

»Atlas war ein griechischer Titan«, sagte Falkenhagen. »Er war eine tragische Figur, die dazu verurteilt war, bis in alle Ewigkeit den Himmel auf den Schultern zu tragen. Ich habe Altgriechisch in der Schule gelernt.«

»Vielleicht nennen sie sich eher Al'anter und nicht *Atlanter*, und Nasaku hat bloß von *Atlantern* gesprochen, damit wir den Zusammenhang ziehen«, schlug Mila vor. »Atlantis war eine angebliche, untergegangene Hochzivilisation, die gegen das antike Athen gekämpft haben soll, lange vor Jesu Geburt. Ein Sinnbild, das heute eher als Platons Erfindung angesehen wird, um die Herrlichkeit des idealen Athens herausstellen sollte, das er gerne gesehen hätte. Wenn Mythen immer einen wahren Kern gehabt haben, könnte es doch sein, dass der Teleporter schon einmal aktiv war vor dreitausend Jahren oder mehr und es Kontakt zwischen Al'antis und der Erde gab. Atlantis wurde den Mythen zufolge vernichtet und ist im Meer versunken. Der Teleporter lag unter dem Meeresboden in Venezuela.«

»Ein falscher Zusammenhang möglicherweise«, wandte Meeks ein. »Außerdem muss der Teleporter hunderttausende von Jahren gebraucht haben, um so tief unter die Erde zu gelangen. Die tektonischen Bewegungen, die dafür notwendig sind, wirken über extrem lange Zeiträume.«

»Ja, ich weiß, aber möglicherweise auch eine Parallele. *Prime* jedenfalls wurde offensichtlich ebenfalls zerstört, und dass Nasaku Sumerisch beherrscht hat, ist ebenfalls ein Hinweis darauf, dass sie oder ihre Zivilisation schon einmal auf der Erde waren – und zwar vor sehr langer Zeit.«

»Oder vor sehr kurzer, weil sie auch Englisch konnte.«

»Ich glaube, dass sie es hier gelernt hat«, sagte James.

»In so kurzer Zeit?« Meeks schüttelte den Kopf.

»Nun sie wusste auch, wie man Auto fährt, Computer benutzt und uns austrickst. Da der Teleporter aber nachweislich lange genug verschüttet war, um keinen Kontakt zu uns zu erlauben, muss es eine viel einfachere Erklärung geben: Sie ist extrem intelligent. Vielleicht ein Roboter. Sie sagte *synthetisch.*«

»Mhm«, machte der Ingenieur und kratzte sich am Hinterkopf.

»Zurück zu Atlantis«, sagte Falkenhagen. »Vielleicht gab es tatsächlich einen Kontakt, auch wenn ich mir das aufgrund des Fundorts des Teleporters nicht erklären kann. Dann würde sich die Frage stellen, warum ein antikes Griechenland noch vor Erfindung seiner Schrift – schließlich muss Atlantis schon zu Platons Zeiten eine Legende gewesen sein – aus *Al'antis* Atlantis macht. Klar, das klingt sehr ähnlich, es könnte sich also um bloße Verfälschung durch mündliche Wiedergabe handeln. Oder aber daraus wurde etwas gemacht, das ins damalige Weltbild passte.«

»Vielleicht sah man die Al'anter von *Prime* als tragische Wesen, die eine schwere Bürde zu tragen hatten wie Atlas und hat deshalb den Namen entsprechend angepasst«, schlug Mila vor. »Alles, was James und Norton erzählt haben, deutet auf ein tragisches Schicksal hin, und auch das Ende von Atlantis ist überliefert. Kann es sein, dass es schon so lange zerstört ist und unsere Vorfahren es wussten?«

»Das werden wir nur herausfinden, wenn wir selbst nach Al'antis gehen und tun, worum Nasaku uns gebeten hat.« James legte all die Entschlossenheit in seine Miene, die er in sich finden konnte, während die anderen ihn anstarrten.

»Wir sollen alle gehen?«, fragte Falkenhagen und klang nicht so, als wäre ihm wohl bei dem Gedanken.

»Ja. Wir sollten es Pavar zumindest vorschlagen.«

»Ich hätte gedacht, dass du nie wieder dorthin willst.« Mila musterte ihn prüfend.

»Das stimmt. Dieses Mal sollten Soldaten mitkommen, und zwar so viele wie möglich. Ich glaube, dass wir sie brauchen werden, wenn wir diesen Tempel des Himmels erreichen wollen.«

»Selbst wenn sie uns dorthin lassen würde – wir müssten immer noch die Mauer überwinden, von der du berichtet hast, und was dann?«, wollte Falkenhagen wissen.

»Dann wird das da uns weiterhelfen.« Er deutete auf die Murmel in der Mitte des Tisches. »Dr. Smailow, Sie haben es während der Fahrt zum Observatorium selbst gesagt: Wir haben uns entschieden, einen Weg einzuschlagen. Herausfinden, ob es der richtige war, lässt sich nur, wenn wir ihn bis zum Ende konsequent gehen und keinen Schlingerkurs fahren. Hat sich daran etwas geändert?«

Der Kosmonaut schwieg erst, schüttelte dann jedoch den Kopf.

»Nein.«

»Dann sollten wir daran festhalten. Mit einer gut geplanten Expedition können wir es schaffen, da bin ich mir sicher.«

Das Gespräch ging noch viele Stunden weiter. Argumente für und gegen eine große Gruppe, die durch den Teleporter geschickt wurde, gingen hin und her. Einerseits gab es die Gefahr, dass gar nicht so viel Biomasse auf der anderen Seite gespeichert war und die Ersten dafür sorgen mussten, genug davon heranzuschaffen, was nicht besonders leicht werden würde. Viel verdichtetes organisches Material gab es schließlich nur in Form des Monsters, und James wurde schon beim bloßen Gedanken an dessen Anblick übel. Zum anderen war da die Sorge, dass das Militär die Kontrolle übernehmen und dumme, weil kurzsichtige Entscheidungen treffen könnte. Falkenhagen wies auf die offenbar toxische Umgebung hin, da er an James' Abszess erinnerte, der auch beim zweiten Mal bei Norton aufgetaucht war und darum wohl auf Umwelteinflüsse und keine genetischen Einzelfälle hinwies. Am Ende war man sich aber doch sicher, dass man handeln müsse, um Nasakus Aussagen zumindest nachzugehen, auch wenn es vielen am Tisch noch immer schwerfiel, all das zu glauben, was sie gesagt hatte. James konnte es ihnen nicht verübeln, schließlich kam es ihm selbst absurd vor, aber so war es auch mit dem Teleporter gewesen. Hätte er ihn nicht mit eigenen Augen gesehen und benutzt, hätte er Nortons Erzählungen auf dem Flug von Kenia in die USA als die Fantasien eines Verrückten abgetan.

Das Gespräch endete erst, als die Tür entriegelt wurde und Norton eintrat. James ließ schnell die Murmel in seiner Hosentasche verschwinden und drehte sich dann zu dem Major um, der den Wachen vor der Tür bedeutete, ihn alleine eintreten zu lassen. Erst als das Schloss wieder verriegelt war, ging er zu ihnen zum Tisch. Seine Miene war hart wie Stein.

»Was ist passiert?«, fragte James, auf den sich die Anspannung des Soldaten sofort übertrug. Etwas war geschehen, und der Offizier machte nicht den Anschein, als handle es sich dabei um eine Kleinigkeit.

»Wir haben ein Problem.«

»Noch eins?«, fragte Meeks lakonisch.

»Ein endgültiges Problem. Die NASA hat die Daten ausgewertet, die Nasaku aus dem WIRO heruntergeladen hat«, erklärte Norton. »Sie hat eine fünfzehnminütige Aufnahme von einem Sternsystem vierunddreißig Lichtjahre von hier gemacht, das uns noch nicht bekannt war. Bevor Sie fragen: Ja, offensichtlich kennen wir nicht so viel vom Nachthimmel, wie wir denken. Das Problem ist, dass es sich um ein System mit einem sonnenähnlichen Zentralstern handelt mit insgesamt sieben Planeten, von denen einer dieselbe Masse wie die Erde zu haben scheint und sich in der habitablen Zone befinden könnte. Um diesen Planeten und zwei weitere kreisen große Strukturen, die den Eierköpfen in Houston Kopfzerbrechen bereiten. Das ist allerdings nur die zweitschlechteste Nachricht.«

»Und das ist ein Problem?«, wollte Mila wissen.

»Das wäre mindestens eine Sensation, das Problem ist eher, dass Nasaku offenbar ein Signal abgeschickt hat, nur wenige Sekunden, bevor Sie dort oben auf Mount Jelm eingetroffen sind, und die versuchen wir gerade zu entschlüsseln. Die besten Kryptografen der NSA sind aktuell damit betraut, aber es könnte Monate dauern, vielleicht Jahre oder Jahrzehnte.«

»Sie hat eine Botschaft an ein möglicherweise bewohntes System abgeschickt? Das ist …« James schluckte, unsicher, ob das Pochen seines Herzens auf Angst oder Erstaunen zurückzuführen war.

»Das ist ein Risiko. Im besten Falle bewirkt es nur so viel wie *hallo, wir sind hier* – und das ist bereits ein gefährlicher Gedanke. Wir wissen nichts über das Zielsystem dieser Botschaft und damit auch nicht, welche Gefahr uns durch die Entdeckung droht.«

»Was ist, wenn es sich um *Al'A* ...« Falkenhagens Augen wurden groß, »... äh, *Prime* handelt? Das wäre doch der beste Fall.«

Norton schien seinen Beinaheversprecher nicht bemerkt zu haben oder ließ es sich zumindest nicht anmerken.

»Das halten wir für ausgeschlossen. Wieso sollte sie hierherkommen, um eine Botschaft an den Ort zurückzusenden, dem sie unbedingt entkommen wollte, für ein Signal, das erst in vierunddreißig Jahren dort ankommen wird?«

Im Dunkel zwischen den Sternen lauert eine uralte Gefahr, ging ihm Nasakus Warnung durch den Kopf, während um ihn herum eine wilde Diskussion entbrannte. Konnte sie *dieses* Dunkel zwischen den Sternen gemeint haben? Einen Ort, den die Raumfahrtbehörden noch nicht entdeckt hatten, nicht in der Nachbarschaft des Sonnensystems, aber kosmisch gesehen doch relativ nah? Aber wieso hätte sie ausgerechnet dorthin eine Nachricht absetzen und damit die Erde verraten sollen?

»Die wissen längst von uns«, sagte er laut und das Gespräch am Tisch verstummte. »Unsere Radiosignale müssten doch längst dort sein. Wir senden schon seit deutlich über achtzig Jahren Radiosignale ins All – wenn auch ungewollt.« Er erstarrte. »Major, Sie haben eben gesagt, dass es noch eine schlechtere Nachricht gibt.«

»Ja.« Norton holte tief Luft. »Die Teleskopbilder – Infrarotaufnahmen von WIRO – zeigen noch andere Objekte, und sie befinden sich nicht in dem System, das LP-3445 getauft wurde. Zuerst dachte man an Pixelfehler in der Datenauswertung, aber es wurden bereits Vergleichsaufnahmen vorgenommen, und das James-Webb-Teleskop wurde bereits neu ausgerichtet, um sie optisch zu überprüfen: keine Fehler. Es handelt sich um insgesamt sechshundert kleinere Objekte – möglicherweise mehr. Die NASA-Leute haben gesagt, dass es nur diejenigen sind, die sich zwischen uns und dem Zentralstern von LP-3445 befinden, alles außerhalb dieses Bereiches wäre für uns nicht sichtbar, weil es für keine Helligkeitsverschiebungen sorgt.«

»Kleinere Objekte«, sagte Smailow. »Sie meinen Raumschiffe?«

»Wir wissen es nicht. Aber die Möglichkeit besteht, ja. Der Präsident hat angeordnet, dass die NASA mit oberster Priorität versucht, herauszufinden, ob sie sich der Erde nähern.«

Im Dunkel zwischen Sternen lauert eine uralte Gefahr.

Betretenes Schweigen breitete sich aus und füllte den Raum aus wie eine unsichtbare zähe Masse, die es schwierig machte, zu atmen.

»Bis dahin sind sämtliche Teleporteraktivitäten eingestellt. Pavar hat den Befehl gerade ausgegeben, er stammt direkt vom Präsidenten.«

»Was?«, entfuhr es Meeks und selbst der sonst so beherrschte Smailow blinzelte überrascht.

»Das können wir nicht machen, Nasaku hat …« James schluckte.

»Was?«, fragte Norton und funkelte ihn an. »Was hat sie?«

»Ich … wir müssen zurück, Major!«

»Ach ja? Wieso?«

Als James nichts sagte, wurde sein Blick noch stechender. James wäre nicht überrascht gewesen, wenn plötzlich Laser aus ihnen geschossen wären und ihn zu einem Häufchen Schlacke verbrannt hätten.

»Auf einmal nicht mehr so gesprächig? Das habe ich mir gedacht! Packen Sie alle Ihre Sachen, die Räumung der Anlage hat bereits begonnen und heute Abend noch wird die Höhle mit Beton zugeschüttet.«

»WAS?«, riefen sie alle gleichzeitig.

»Das können Sie nicht!«

»Wer hat das erlaubt?«

»Sind die verrückt geworden?«

»Das dürfen Sie gar nicht!«, stach Milas wütende Stimme aus dem Durcheinander heraus. »Unsere Regierung wird dem niemals zustimmen! Das hier ist kein amerikanisches Projekt!«

»*Ihre Regierung* weiß schon Bescheid. Russland, China und die EU wurden bereits von den Aufnahmen der NASA unterrichtet und zu einhundert Prozent einbezogen. Das hier ist ein potenziell globales Problem, und der Präsident hat volle Transparenz angeordnet«, fauchte Norton ungewohnt emotionsgeladen. Etwas stimmte nicht, war anders, aber James wusste nicht, was es war. »Der Teleporter wird bis auf Weiteres stillgelegt.«

»Aber er ist unsere einzige Verbindung nach dort draußen!« Mette machte eine Geste, als wolle sie zum Himmel zeigen, der passend zur angespannten Stimmung aus unverputztem, grauem Beton bestand.

»Genau deswegen haben die Präsidenten unserer Länder beschlossen, den Stecker zu ziehen, bis wir mehr wissen. Ein Risiko weniger ist an diesem Punkt ein Problem weniger, und ich tendiere dazu, ausnahmsweise den Politikern zuzustimmen.«

»Das war Pavars Idee, oder? Sie hat das empfohlen«, knurrte James.

»Ja, aufgrund der Informationen, die ihr vorliegen, die richtige Entscheidung«, befand Norton mit einem Mal sehr kühl. Wieder schien er ihn mit diesem durchdringenden Blick zu scannen und etwas nur mit Mühe zurückzuhalten. »Das hier ist keine Diskussion. Packen Sie Ihre Sachen und finden Sie sich in dreißig Minuten beim Fahrstuhl ein. Ich erinnere Sie daran, dass Sie keinerlei Unterlagen oder Gegenstände aus dieser Anlage entwenden dürfen. Nur Ihre persönlichen Habseligkeiten aus den Unterkünften. Um alles andere kümmert sich die Air Force.«

»Es kann nicht vorbei sein«, wisperte James und auch die anderen wirkten plötzlich konsterniert.

»Wie war das?«

»Nichts.«

»Gut. Dann los, das ist ein Befehl! Die Rampe zum Teleporter wird gleich abgebaut und wenn sie durch den Lastenaufzug geht, wird evakuiert.« Norton machte auf dem Absatz kehrt und stapfte hinaus. Als die Tür einen Spalt offen war, konnte er einen Blick auf einen der Soldaten erhaschen, die dort Wache hielten. Er wirkte verunsichert. Ob er der Tirade gelauscht hatte?

Es war totenstill, bis auf das Knacken einer der Aluminiumstühle.

»Die Rampe«, sagte Mila schließlich, als Falkenhagen gerade mit hängenden Schultern aufstehen wollte. »Wir müssen es *jetzt* tun.«

»Was tun?«, wollte der Deutsche wissen.

»Das weißt du ganz genau.«

22

»Wenn wir das tun, gibt es keinen Weg zurück, das ist euch doch klar, oder?«, fragte Falkenhagen mit blassem Gesicht. Er war aufgesprungen, als die anderen am Tisch aufgestanden waren, und hielt beide Hände nach vorne gestreckt, als wolle er sie durch eine Art magische Kraft aufhalten.

»Ist es«, antwortete Mila, die bereits unterwegs zur Tür war.

»Norton hat gesagt, dass sie die ganze Höhle zubetonieren! Wenn das Monster kommt, von dem James erzählt hat, dann ...«

»Gibt es keine Fluchtmöglichkeit.« Smailow, der bei Mila an der Tür angekommen war, drückte ein Ohr an den kalten Kunststoff und schien zu lauschen.

»Justus, wir haben keine Zeit und müssen es jetzt entscheiden. Entweder wir gehen von hier fort und vergessen, dass es jemals eine Möglichkeit gab, fremde Welten zu entdecken und was es mit Nasaku und diesen Teleportern auf sich hatte, oder wir lassen das hier hinter uns«, sagte Meeks eindringlich und deutete auf den sie umgebenden Rohbeton. »Ich habe Angst davor, aber noch mehr Angst hätte ich, in zwanzig Jahren auf einem Schaukelstuhl auf meiner Veranda zu sitzen und zu denken, dass ich etwas Großes hätte finden können. Eine neue Wahrheit über den Kosmos. Dafür sind wir doch Wissenschaftler geworden.«

»Ich habe es ihr versprochen«, meinte James mehr zu sich selbst. »Aber ich habe auch leicht reden, weil es nichts gibt, was mich hier hält, außer meiner Angst vor dem furchtbarsten Ort, an dem ich je war.«

»Denkt an unsere Körper! Wenn wir wirklich den Teleporter benutzen, bleiben sie – wir! – zurück und dann müssen wir darauf hoffen, dass sie uns ins Krankenhaus schaffen und in ein Koma versetzen. Was, wenn wir erst nach zehn Jahren zurück können und sie die Geräte abgeschaltet haben?«

»Ich glaube nicht, dass wir zurückkommen«, entgegnete James.

»Aber ...« Der Astrophysiker blinzelte, als hätte er etwas im Auge und taumelte zurück. »Aber ...«

»Entscheide dich, Justus!«, forderte Meeks ihn auf, der selbst blass war, aber entschlossen das Kinn vorgereckt hatte.

»Wie sollen wir das überhaupt anstellen? Ich meine wir spazieren ja nicht einfach in die Höhle und legen los.«

Es war Smailow, der antwortete: »Ich sehe draußen nach, ob es immer noch vier Wachen sind. Falls ja, gehen wir hinaus und durch die Luftschleuse, sagen, dass wir noch Gerät von dort holen müssen. Falls es weniger sind, locke ich sie hier rein und wir überwältigen sie. Mit zwei Uniformen können wir sicher mehr anfangen.«

»Aber der Major hat uns verboten, Gerät mitzunehmen. Wir sollen nur persönliche Dinge einpacken«, gab Falkenhagen zu bedenken.

»Ich bezweifle, das seine Männer das wissen, zumal sicher Hektik herrscht.«

»Wir werden es bald sehen«, sagte Mila und nickte ihrem Landsmann zu.

»Wenn ich sie reinlocke, müsst ihr sie schnell überwältigen

und ihre Funkgeräte ausschalten, wenn sie welche dabei haben. Alle bereit?«

»Nein.« Falkenhagen schüttelte den Kopf und schluckte. »Aber tu es.«

Der Kosmonaut nickte, wartete, bis sich die Gruppe dort positioniert hatte, wo sie beim Aufschwingen der Tür hinter ihr sein würden und deutete dann auf Mette.

»Leg dich vor den Tisch auf den Boden.«

Die Dänin folgte seiner Aufforderung ohne zu Zögern und tat, als wäre sie bewusstlos. Dann erst drückte Smailow die Klinke herunter und ging hinaus. James sah bloß noch das merkwürdige Weiß-Grau der Tür vor seiner Nase und hörte gedämpfte Stimmen.

»Notfall … sofort …«

Es war ein Soldat, der hereinkam und zu Mette lief, nicht zwei oder gar vier. Nach einem kurzen Moment des Unbehagens, in dem sich niemand rührte, stürzten sie sich alle gleichzeitig auf den hochgewachsenen Mann in Kampfmontur und gingen in einem Wust aus Armen und Beinen zu Boden. James krachte schmerzhaft auf die Seite, bekam jedoch das Funkgerät zu fassen und entriss es dem Schulterriemen, an dem es mit einem Klettverschluss haftete. Während hinter ihm gerungen wurde, kroch er damit einen Meter fort von dem Getümmel, fand mit vor Adrenalin zitternden Fingern nicht den korrekten Knopf und warf es schließlich, so fest er konnte, gegen die Wand.

»Der andere ist losgelaufen, um Sanitäter zu holen«, rief Smailow mit gequälter Miene, als die anderen gerade dabei waren, den Soldaten zu fesseln und zu knebeln. »Wir laufen einfach zur Luftschleuse und beeilen uns. Bis sie hier sind, haben wir hoffentlich ein paar Minuten Vorsprung.«

»Dann los!« James scheuchte die anderen hinaus, hetzte dem Russen hinterher auf den großen Gang, wo sie nach links abbogen und die Luftschleuse in einiger Entfernung wartete.

Dutzende Schritte hallten unter der gebogenen Decke wieder und ihr Echo verlief sich zwischen den vielen Kunststoffrohren und Leitungen, unter denen Männer und Frauen mit Kisten und Rollcontainern in Richtung der Fahrstühle liefen. Am Ende stand ein Unteroffizier, der Befehle brüllte und offensichtlich damit beschäftigt war, Ordnung in das Chaos zu bringen. Er hatte gar nicht gewusst, dass hier unten doch so viele Menschen Dienst getan hatten. Alles stand auf Aufbruch oder Notfall, und James fühlte sich wie in eine Fantasie des Kalten Krieges geworfen, als dieser Ort noch unter der ständigen Anspannung, dass es einen Atomkrieg geben könnte, gestanden hatte. Als die Soldaten dafür ausgebildet waren, jeden Moment Befehle vom Pentagon für einen Erst- oder Vergeltungsschlag zu erhalten, das Atomwaffenarsenal loszuschicken und damit faktisch die Erde zu vernichten.

»Rein da, rein da, rein da!«, zischte Smailow, als sie an der Luftschleuse ankamen und er sie aufgezogen hatte. Er scheuchte sie nacheinander hinein, als ein Ruf über den Lärm im Gang hallte.

»Hey! Da darf keiner mehr rein!«

James brauchte nicht hinzusehen, um zu wissen, dass es der Unteroffizier war. Rasch schlüpfte er an Smailow vorbei und atmete erleichtert aus, als der Kosmonaut direkt hinter ihm folgte, die Luftschleuse verriegelte und auf die aufgehängten Schutzanzüge deutete.

»Alle rein da!«

»Aber wir haben keine Zeit!«, wandte Meeks ein.

»Es geht um die Verkleidung. Darin werden wir nicht sofort erkannt, und wenn da drinnen noch aufgeräumt wird, dann sehen die alle so aus und wir fallen wenigstens nicht sofort auf!«, sagte Mette und zog sich einen Anzug von der Stange. Zu sechst füllten sie praktisch jeden Quadratzentimeter in dem winzigen Raum aus, und es war schwierig, überhaupt die Füße durch die Beine zu bekommen. Hinzu kam, dass bereits, bevor er daran denken konnte, den Reißverschluss zu schließen, lautes Donnern an der Tür zu hören war.

»AUFMACHEN!«, hörte er eine gedämpfte Stimme durch die dicke Polymertür brüllen. Ein Moment des Erstarrens ging durch ihre Gruppe, der sich schnell in noch größerer Hektik auflöste.

»Ich löse schon die Desinfektion aus«, sagte Mila.

»Aber wir dürfen das Zeug nicht einatmen, es …«, wollte Falkenhagen einwenden.

»Weil es ungesund ist?«, fragte sie und schnaubte, während ihre Faust auf den roten Knopf für die Desinfektionsdüsen krachte. James hielt die Luft an und setzte sich Helm und Kapuze auf, noch bevor er seinen Oberkörper in die weiße Plastikhülle gesteckt hatte. Mila und Meeks hatten bereits die Hände auf das Verriegelungsrad gelegt, ohne sich mit den Stiefeln abzumühen, also ließ auch James es bleiben, nachdem er keine Möglichkeit fand, sich so an Smailows Rücken und Mettes Hüfte vorbei herunter zu beugen und sie überzustreifen.

Dann verhallte das Zischen auch schon und der dichte Nebel ließ nach. Vor ihnen sah er einen etwas helleren Bereich und dann liefen die beiden vor ihm los, und er hatte mit einem Mal Platz. Er folgte ihnen mit eingezogenem Kopf. Wie eine flüchtige Flüssigkeit platzten sie in die Höhle hinein, in der sich zu ihrer aller Überraschung niemand befand. Sie war vollkommen leer bis auf die Rampe, die noch zur Mitte des Teleporters führte, der tiefschwarz und matt zwischen den vier Säulen steckte, eine unheimliche Konstante, die mit einer dünnen Schicht gefrorener Wasserkristalle überzogen war. Einige umgestürzte Rollcontainer und Tische aus Aluminium lagen rechts und links, umgeben von Papierzetteln und Akten, die offenbar zurückgelassen worden waren.

James hatte mit einem weiteren Durcheinander gerechnet, Personal, das hektisch damit beschäftigt war, die letzten Reste der Ausrüstung aus der Höhle zu schaffen und die Klappen zu öffnen, die wie Muttermale oben unter der Decke hingen und in denen sich bis vor Kurzem noch Interkontinentalraketen befunden hatten. Schon bald würden Hunderte Tonnen flüssigen Betons durch sie hindurch fließen und all das hier ersticken wie eine böse Erinnerung. Es war schwer vorstellbar und doch schon bald Realität, denn er glaubte nicht, dass Pavar jemand war, der sich allzu schnell umstimmen ließ. Und wenn der Präsident bereits ein Machtwort gefällt hatte, gab es ohnehin kein Zurück.

»Los, zur Rampe!«, gemahnte Smailow sie zur Eile und scheuchte sie wie eine Horde kopfloser Hühner vor sich her zu dem weißen Gestell aus gehärteten Kunststoffpolymeren.

»STEHEN BLEIBEN!«, bellte eine harte Stimme, als sie gerade den Fuß der Rampe erreicht hatten. Die Zeit schien einzufrieren, als sie erstarrten. Mila stand ganz vorne, hatte bereits einen Fuß auf den Aufgang gestellt, und James wäre beinahe mit ihr zusammengestoßen. Eine Handvoll Soldaten kam aus der Luftschleuse auf der anderen Seite gelaufen, gekleidet in Flecktarnuniformen, Helme und Panzerwesten. Sie bildeten einen offenen Fächer und legten mit ihren Pistolen auf sie an.

»Wir wollen keinen Ärger machen«, sagte der Kosmonaut, doch sein rollender russischer Akzent machte es gegenüber den Infanteristen vermutlich nicht unbedingt besser.

»Wir wollen nur in den Teleporter«, schickte Meeks eine weitere Beteuerung hinterher. »Hört mal, Kumpels, wir machen keinen Ärger und tun niemandem weh. Wir werden jetzt einfach da hoch gehen und verschwinden, klar?«

»NEGATIV!«, brüllte einer der Männer, ein kompakt gebauter Latino mit strengem Blick. »Treten Sie von der Rampe zurück und verschränkten Sie die Hände hinter dem Kopf. Dieser Bereich ist für jegliches Personal gesperrt.«

»Wir haben keine Zeit«, fluchte Mila und machte einen Schritt vor.

»Letzte und einzige Warnung!«, rief der Soldat, und James sah, wie seine Pistole auf die Russin schwenkte. Instinktiv machte er einen Schritt neben sie, sodass er in der Schusslinie vor ihr stand. Er hob die Arme und starrte entschlossen zu den Bewaffneten.

»James!«, flüsterte sie. »Nicht!«

»Ich bin genau da, wo ich sein will«, antwortete er mit fester Stimme.

»Wir haben keine Wahl«, sagte Meeks. »Ich hoffe, dass Sie nicht der Meinung sind, unbewaffnete Zivilisten erschießen zu müssen. Denn wir müssen in diesen Teleporter gehen.«

»Ich sagte: letzte Warnung. Noch ein Schritt und wir eröffnen das Feuer. Treten Sie alle zurück und verschränken Sie die Hände hinter dem Kopf. SOFORT!« Einer der Männer des Soldaten fasste sich mit einer Hand an das Funkgerät vor seiner Brust und begann hineinzusprechen.

»Verdammt!«, fluchte Meeks.

»Es gibt nur einen Weg«, sagte Smailow und machte ein düsteres Gesicht.

»Nein!«, antwortete James, doch es war bereits zu spät. Er spürte Milas Bewegungen, ehe er sie wie einen Schatten aus den Augenwinkeln sah. Sie sprintete die Rampe hinauf, erstaunlich schnell und flink und hatte rasch die Hälfte des Weges hinter sich gebracht. Angespannt und wie gelähmt sah er ihr zu, sein Herz machte einen Satz, als das strahlende Licht des Durchgangs erschien und seinen goldenen Glanz in die riesige Betonkaverne verströmte.

Dann ertönte der erste Schuss. Und ein weiterer.

Entsetzt sah James mit an, wie Mila den Kopf einzog, nur noch zwei Schritte vom Licht entfernt. Er wollte erleichtert aufatmen, als sie offenbar ausgewichen war, doch dann spritzte rotes Blut aus ihrer linken Schulter und sie wurde zur Seite geworfen. Er fürchtete schon, dass sie von der Rampe stürzen würde, doch sie fing sich gerade so am Geländer ab, nur um im selben Moment in den Oberschenkel getroffen zu werden. Ihre schmerzerfüllten Schreie trafen ihn direkt ins Mark. Er wollte zu ihr, doch jemand hielt ihn zurück.

»Nicht!«

Es zerriss ihm das Herz, zu sehen, wie sich die Russin versuchte aufzurappeln. Das Blut schien auf ihrem weißen Anzug zu leuchten. So viel Blut.

Ächzend krabbelte sie weiter. Noch mehr Schüsse donnerten durch die Kaverne und echoten von den Wänden wieder. Jeder einzelne ließ ihn heftig zusammenzucken und stärker gegen diejenigen ankämpfen, die ihn mit Fingern wie Stahlseile zurückhielten.

Mila war durch das Licht gekrochen, doch nicht, bevor sie in den Unterschenkel getroffen wurde. Dann war auch ihr Fuß verschwunden, und es wurde still. Der Geruch von Schießpulver hing in der Luft.

»IHR VERDAMMTEN DRECKSCHWEINE!«, schrie James den Soldaten entgegen, die ihre Pistolen wieder auf ihn und seine Begleiter richteten.

»Wir haben einen Code-101«, sagte einer der Männer in sein Funkgerät, und wieder ging die Luftschleuse auf. Weitere Uniformierte kamen hereingerannt, hoben Pistolen und Sturmgewehre und legten auf sie an.

»Auf den Boden, los!«

Sie wollten den Teleporter stürmen. Es war vorbei.

»Nicht!«, dröhnte eine neue Stimme. Sie gehörte Major Norton, der ebenfalls ohne Schutzkleidung durch die andere Luftschleuse trat, durch die auch James und das Team hereingekommen waren.

»Waffen runter, das ist ein Befehl!«, bellte er seine Männer an.

»Sir, wir haben den Befehl direkt von der Dekanin,

niemanden in die Nähe des Teleporters zu lassen«, antwortete ein hochgewachsener Soldat, der seine Wange gegen den Kolben seines Sturmgewehrs gedrückt hatte und auf James zielte – zumindest glaubte er das.

»Wir erschießen hier keine verdammten Zivilisten, haben Sie das verstanden?«

James spürte mit einem Mal ein Kribbeln auf der Zunge und blinzelte verwirrt.

»Mila!«, entfuhr es ihm. *Sie lebt!*

Das Magnetfeld gewann schlagartig an Stärke. Dutzende Waffen wurden den Händen der Soldaten entrissen und rasten auf den Teleporter zu, schlugen dumpf auf der Hülle auf und blieben dort kleben. Einige der Männer schrien auf, krümmten sich über gebrochene Zeigefinger, andere hatten so festgehalten, dass sie ein Stück weit mitgerissen worden waren.

»Jetzt!«, rief Smailow, doch James war längst unterwegs, rannte bereits, so schnell er konnte, die Rampe hinauf und sprang durch den Durchgang.

Mila lag auf dem Sitz, der nach *Prime* führte, *Al'antis.* Sie war blutüberströmt und regte sich nicht, eine weiße Gestalt, auf der sich rote Blumen ausgebreitet hatten. Er stürzte zu ihr und umfasste ihr Gesicht, es war kalt, doch ihre Augen waren geschlossen. Zwei Finger an ihrem Hals verrieten ihm, dass sie keinen Puls mehr hatte.

»Bitte, hab es geschafft«, flehte er und wischte sich mit dem Handrücken die Tränen von den Wangen. Schniefend packte er sie und zog sie vom Sitz, bekam Hilfe von Meeks, der wie aus dem Nichts neben ihm auftauchte. Es kam ihm wie ein Sakrileg vor, so grob mit ihrem Körper umzugehen, obwohl er bloß noch eine zerstörte fleischliche Hülle war. Er überlegte, sie in den Trichter zu zerren, doch das hätte er nicht übers Herz gebracht. Stattdessen legten sie sie auf einen der anderen Stühle. Meeks schubste ihn daraufhin in den *Prime*-Sitz und riss ihm Kapuze und Helm vom Kopf, während er selbst die

Ärmel hochzog, um seine Unterarme auf den Induktionsstreifen ablegen zu können.

»Du als Nächster«, sagte der Ingenieur. Seine Augen waren gerötet und seine Stimme zitterte leicht – er bot einen entsetzlichen Anblick, den eines Mannes, der gerade etwas gesehen hatte, das er niemals hätte sehen dürfen, was James besonders hart traf, da Meeks mit seiner Größe und Bärenhaftigkeit etwas Väterliches ausstrahlte, das in diesem Moment verloren gegangen war.

Mette und Falkenhagen folgten, liefen schwitzend und mit aufgerissenen Augen zu ihnen. Smailow war der Letzte, atmete schwer und fuhr herum, als hinter ihm Norton auftauchte. Der Russe hieb ihm mit der Faust in den Magen, und der Major kippte nach Luft schnappend vornüber. James glaubte schon, er würde stürzen, oder Smailow angreifen, doch stattdessen hob er bloß einen Arm und deutete durch das Licht hinter sich.

»Die ... Rampe ...«, ächzte er.

»Stoßen ... Sie ... die ... umstoßen!«

Der Kosmonaut schien kurz mit sich zu ringen, ob er Norton den Rest geben sollte, oder nicht, doch schließlich kniete er sich auf den Boden und die Hälfte seines Oberkörpers verschwand in der Barriere aus Licht, ehe er zurückkehrte. James glaubte, Schreie und ein entferntes Scheppern zu hören.

Der Major zog sich derweil auf dem Hosenboden zurück und lehnte sich gegen die Wabenwand des Teleporters, sog rasselnd Luft in seine Lunge.

»Das sollte Ihnen genügend Zeit verschaffen«, japste er.

»Ihre Leute haben auf Mila geschossen!«, knurrte Smailow außer sich. »Ich schwöre Ihnen, wenn sie es nicht mehr geschafft hat, dann ...«

»Ich habe versucht, sie aufzuhalten.«

»Sie haben uns erst in diese Lage gebracht!«

»Was hätte ich denn tun sollen? Dieses Projekt steht unter ziviler Kontrolle in Form von Mrs. Pavar. Ich habe diese Anweisungen nicht gegeben. Ich kann Ihnen nur noch helfen, durchzukommen, bevor hier alles einbetoniert wird«, entgegnete der Major.

»Sie haben uns benutzt, um Nasaku zu finden«, sagte James mit einer Bitterkeit in der Stimme, die ihn selbst überraschte.

»Ich habe Sie alle benutzt, um Nasaku zu beschützen. Hätten Sie es lieber gehabt, wenn das FBI sie zuerst entdeckt hätte? Ich weiß nicht, was Sie Ihnen gesagt hat, aber ich hoffe, dass es all das wert war.«

James schoss ein Gedanke durch den Kopf und er löste seinen rechten Arm vom Induktionsstreifen, um mit der Hand den Reißverschluss seines Schutzanzugs zu öffnen und in seine Hosentasche zu greifen. Erleichtert atmete er auf, als er die dunkle Murmel zwischen den Fingern hielt.

»Es muss funktionieren«, grummelte er, nahm sie in den Mund und schluckte sie herunter.

»Beeilen Sie sich, Mann! Ich versuche, Ihnen Zeit zu verschaffen, und ich hoffe, dass ich dafür sorgen kann, dass in Washington Vernunft einkehrt, was dieses Projekt angeht«, fuhr Norton fort und hielt sich mit beiden Händen den Bauch. »Es wäre aber besser, dass Sie sich darauf einstellen, ohne Back-up und allein zu sein. Es könnte Monate dauern, schlimmstenfalls Jahre, wenn eine neue Administration vereidigt wurde, bis sich etwas ändert. In Anbetracht der Tatsache, dass möglicherweise eine Alienflotte auf die Erde zuhält, könnte es auch sein, dass man den Teleporter komplett begräbt. Das sollten Sie wissen.«

»Das wissen wir alle«, sagte Meeks, und nicht einmal Falkenhagen protestierte.

»Los jetzt!«

»Unsere Körper ...«, setzte Mette an.

»Ich tue, was ich kann«, versicherte Norton ihr und winkte ungeduldig.

James ließ sich das nicht zweimal sagen und legte seinen rechten Arm zurück auf die Armlehne.

Bitte, Mila, lass mich dich sehen, wenn ich auf der anderen Seite ankomme, dachte er und wurde ganz unruhig bei dem Gedanken, die Augen aufzuschlagen und vollkommen allein in dem Teleporterraum auf *Prime* zu erwachen. Doch einen Weg zurück gab es nicht, und der einzige, um es herauszufinden, lag darin, jetzt die Augen zu schließen. Er blickte Meeks an.

»Beeilt euch, keine falsche Behutsamkeit mit meinem Körper.« Er schluckte. »Der ist ohnehin nur ein Klon.«

Er wartete noch das ungeduldige Nicken des Ingenieurs ab und dann senkte er die Lider und atmete ein letztes Mal aus.

23

James öffnete die Augen. Langsam und vorsichtig. Sie fühlten sich etwas schwerer an, als er es vom Aufwachen auf *Prime* gewöhnt war, doch er half nach, riss sie auf halbem Weg auf und sah eine nackte Mila vor sich stehen. Ihr blondes Haar fiel gewellt auf ihre Schultern und bedeckte ihre wohlgeformten Brüste zur Hälfte. Ihr Körper war erstaunlich durchtrainiert und ... seine Wangen wurden heiß, also blinzelte er ein paar Mal, sah ihr ins Gesicht und sprang aus seinem Sitz, um sie zu umarmen. Es war ihm egal, dass er selbst nackt war und einen Stich der Angst fühlte, dass sie seine Freude auf mehrere Weisen spüren könnte.

»Du hast es geschafft«, sagte er und pustete ihre Haare aus seinem Mund. Sie erwiderte die Umarmung.

»Ja, ich war nicht sicher, es war ...« Sie schluckte. Er konnte es an seiner Schulter spüren, ehe sie sich voneinander lösten. »Ich dachte selbst, ich wäre tot, James. Ich muss auf dem Sitz in unserem Teleporter bewusstlos geworden sein, aber es gerade noch so geschafft haben.«

»Hauptsache, es hat geklappt.« Er drückte sie vorsichtshalber noch einmal, um sicherzugehen, dass sie echt war, und er es sich nicht bloß einbildete. »Das war wirklich eine Heldentat, was du getan hast!«

»Ich habe getan, was notwendig war.«

»Mach das nie wieder, klar?« Er bedachte sie mit einem ernsten Blick, und sie lachte angespannt.

»Ich schätze, das kann ich nicht, James, aber danke, dass du dich um mich sorgst, ich …« Sie stockte und räusperte sich, ehe sie auf eine Leiche deutete. Sie war ihm in der Aufregung gar nicht aufgefallen.

Die Leiche war *er*, überzogen von Abszessen und weißem Flaum, der nach einer Art Pilzflechte aussah, die sich über Mund und Nase gelegt hatten wie Spinnenweben. Die Überreste von James' letztem Klon ließen ihn erbleichen. Er war über und über mit Blut beschmiert, der rechte Arm fehlte und lag in einer riesigen Blutlache. Die nässende Haut blass wie Kalk und auf Schultern und Hals zogen sich tiefe Schrammen und Striemen ins Fleisch, wo er Nortons Arme um sich geschlungen hatte, um wie in Trance die Leiter hinaufzuklettern.

»Oh, James«, flüsterte Mila und drückte seine Hand. »Ich kann nur erahnen, was du durchgemacht hast. Das ist … das …«

»Ist schon gut«, sagte er und schluckte. »Es war ja nur ein Körper.«

Sie schien zu bemerken, dass er sich bloß zusammenriss, und wirkte gequält.

»Wo ist Nortons Klon?«

»Ich habe ihn in den Trichter geschleift, bevor ich ihm gefolgt bin.«

»Das war klug«, erwiderte sie und sah aus den Augenwinkeln auf seine geschundene Leiche. »Und tapfer.«

»Es war schrecklich, Mila«, flüsterte er und versuchte, nicht hinzusehen. »Aber das Schlimmste ist die Vorstellung, so viele Körper ausgefüllt zu haben. Ich sehe meinen eigenen Tod vor Augen und lebe doch irgendwie. Ein weiteres *Ich* liegt daheim auf der Erde, entweder im Koma auf einer Intensivstation der Air Force, oder bereits in einem Leichenschauhaus. Es kommt mir so …«

»Wertlos vor?«

»Austauschbar.« Er nickte. »Eine Hülle aus Fleisch und Knochen, die man wegwirft und neu erschafft.«

»Ich verstehe.«

»Ja, jetzt verstehst du es, und das tut mir sehr leid.«

»Ist schon gut, denke ich. Ehrlich gesagt weiß ich es nicht. Oh, der Nächste kommt!«

Er drehte sich um und sah ebenfalls die quecksilberartige Milch, die sich auf dem Sitz ausbreitete, den er eben noch benutzt hatte, und aus mehreren unsichtbaren Drüsen zusammenfloss, um sich nach und nach zu einem Körper zu formen. Obwohl es gerade einmal eine Minute dauerte, kam ihm der Prozess jetzt wie in Zeitlupe vor.

»Habt ihr es alle in den Teleporter geschafft?«, wollte Mila wissen, und er nickte.

»Ja. Norton hat versucht, den Soldaten zu befehlen, von uns abzulassen, aber sie haben nicht auf ihn gehört.«

»Was?«

»Ja, es scheint, dass Pavar einen Befehl über seinen Kopf hinweg erlassen hat. Entweder sie traut ihm nicht mehr uneingeschränkt, oder sie hat Angst um ihren Posten. Politiker wie sie werden zu Kontrollfreaks, wenn es ihnen an den Kragen gehen könnte.«

»Da hast du wahrscheinlich recht. Kommt er …?«

»Nein. Er will zurückbleiben und versuchen, soweit es geht auf die Geschehnisse rund um das Projekt einzuwirken. Ich glaube, er wollte, dass wir das tun.«

»Mhm«, machte Mila und nickte. »Die Ansprache, die er uns wegen der Evakuierung gehalten hat? Den Hinweis darauf, dass die Rampe bald abgebaut wird? Ich hatte mir schon überlegt, dass das ein wenig seltsam war. Wer hätte gedacht, dass ein Militär am Ende der Vernünftigste sein würde?«

»Ja, wer hätte das gedacht.« Gleichzeitig griffen sie nach vorne, als Mette die Augen aufschlug und sich ungläubig umblickte. Sie zogen sie so sanft wie möglich und doch mit Nachdruck aus der Sitzfläche und bugsierten sie dann auf den Sitz gegenüber, sorgfältig darauf bedacht, ihre Arme nicht auf die Induktionsstreifen zu legen.

»Alles in Ordnung, Mette«, sagte Mila sanft.

»Mila!« Die Verwirrung schwand aus den Augen der Dänin und wurde von echter Freude und Erleichterung abgelöst. »Du lebst!«

»Ja, ich denke schon. Ich schätze, das kann man von meinem Körper auf der anderen Seite nicht behaupten?«

Mettes Miene verdüsterte sich und Mitgefühl machte sich darin breit, ehe sie beinahe unmerklich den Kopf schüttelte.

Mila straffte sich und schluckte. »Ist schon gut, ich habe damit gerechnet. Wenigstens lebe ich noch.«

Das Wort *Ich* sprach sie seltsam langgezogen aus, so als bereite es ihr Schwierigkeiten, es über die Zunge zu bringen. Einem Impuls folgend ergriff James ihre Hand und drückte sie. Sie ließ nicht los und nickte ihm dankbar zu, was ihm in all der Aufregung das Herz wärmte.

»Hätte mir ja wenigstens ein paar Pfunde abnehmen können«, murmelte Mette und betastete ihren weichen, ausladenden Bauch.

»Keine Sorge, dieser Ort wird sich schon darum kümmern«, entgegnete er und wünschte, er hätte es scherzhaft meinen können.

Der Nächste war Meeks, was schon früh an Größe und Ausmaßen des Klons erkennbar war. Der Ingenieur kniff verwirrt die Augen zusammen und lächelte kurz darauf erleichtert, als sein Blick auf Mila fiel. Auch er umarmte sie und ließ sich dann von ihnen wie ein Schuljunge hinter die äußere Sitzreihe neben Mette stellen, wo sie sich gedämpft unterhielten, während James und Mila sich um die Neuankömmlinge kümmerten. Falkenhagen mit seinem muskulösen Körper, der über keinerlei Fett zu verfügen schien und dessen gebräunte Haut schon früh im Aufbauprozess seines Klons erkennbar war, kletterte etwas ungelenk aus dem Sitz und sah sich um wie Alice im Wunderland. Staunend ließ er sich von ihnen zur Seite führen.

»Sie hatten wirklich recht«, sagte er, als würde es ihn überraschen. »Das ist ein anderer Teleporter. Ich träume doch nicht, oder?«

»Nein«, versicherte James ihm kopfschüttelnd. »Ich bin mir zumindest ziemlich sicher.«

Da der Deutsche erschrocken keuchte, als er James' Leiche sah und damit Meeks und Mette aufschreckte, die es offenbar geschafft hatten, sie bewusst zu ignorieren, wandten sie sich wieder dem Sitz zu und warteten auf die ›Milch‹, während das Entsetzen hinter ihnen drei Stimmen fand.

Sie kam nicht. Die Drüsen blieben geschlossen.

»Wo ist er?«, flüsterte Mila und blickte sich über die Schulter zu den anderen, die angefangen hatten, sich gedämpft zu unterhalten.

»Ich weiß es nicht. Vielleicht wurde er aufgehalten.«

»Aufgehalten? Denkst du, dass Norton ihm nicht den Rücken freihalten konnte?«

Angespannt zuckte James mit den Achseln, und sein Blick fiel an der Lehne vorbei auf den dunklen Trichter dahinter.

»Oder es gibt nicht genügend Biomasse«, sagte er und lief zu seiner Leiche, die neben dem äußeren Sitz lag, wo Mila sie hingezogen haben musste, nachdem sie angekommen war. Er scheuchte die anderen achtlos fort und packte seine eigenen Fußgelenke. Sie waren kalt und fühlten sich nass und viel zu weich an. Er konzentrierte sich auf seine Aufgabe, zerrte ächzend die Leiche mit sich und ließ sich von Mila helfen. Die anderen schauten mit bleichen Mienen und entgeisterten Blicken zu, wie sie das tote Fleisch zum Trichter schafften und zwischen den Sitzlehnen hindurch drückten. Dabei brach eines seiner Beine, die erstaunlich schwer waren, mit einem widerlichen Knacken.

Es dauerte nur wenige Herzschläge, bis der Trichter ein schmatzendes Geräusch von sich gab. Sein Leichnam löste sich langsam auf zu einem matschigen rot-grauen Brei, der gurgelnd nach unten gesaugt wurde.

Heftige Übelkeit stieg in James auf, als er sein eigenes Gesicht inmitten des rasanten Zersetzungsprozesses sah, das ihm einen vorwurfsvollen Blick zuzuwerfen schien, der Mund aufgerissen zu einem stummen Schrei, der von dem dichten weißen Geflecht zurückgehalten wurde. Dann knackte und knirschte es, und auch der Kopf wurde hinabgezogen.

Sämtliche Selbstbeherrschung zerbrach, und er fiel nach vorne auf die zitternden Hände, übergab sich und spuckte beißende Magensäure aus, da es offenbar nichts gab, das er sonst hätte auswerfen können.

Kalte Schweißperlen drückten sich aus den Poren seiner Haut und ließen ihn frösteln. Mila, eben noch erstarrt vor Entsetzen, geriet in Bewegung, setzte sich hinter ihn und umschlang ihn mit Armen und Beinen, zog seinen Kopf zurück an ihre Schulter und hielt ihn einfach fest.

»Ist schon gut, James. Ist schon gut.«

Krampfhaft versuchte er, seinen rasenden Herzschlag und das viel zu schnelle Auf und Ab seines Atems zu beruhigen, bekam nur am Rande mit, dass Smailow sich von dem inneren Sitz erhob und mit gedämpften Stimmen von den anderen entgegengenommen wurde.

Nur langsam beruhigte er sich wieder, ließ sich von Milas Nähe erden und wartete, bis das Zittern in seinen Gliedern nachließ.

»Danke«, sagte Smailow nach einer Weile, in der James

kaum etwas in seiner Umgebung mitbekommen hatte. Der Russe kniete vor ihm und legte ihm eine Hand auf die Schulter.

»Ist schon in Ordnung, Doktor«, erwiderte er schwach.

»Adrian. Meine Name ist Adrian.«

»Danke.«

»Und ich bin Justus«, sagte Falkenhagen, der dahinter stand und ihn mit einer Mischung aus Mitgefühl und Staunen musterte.

»Ich bin und bleibe Meeks, nur damit das klar ist«, dröhnte der Amerikaner und mühte sich ein Grinsen ab. Er schaffte es tatsächlich, James zu so etwas wie einem Lächeln zu bringen – oder mindestens zu einer Art Versuch, eines zustande zu bringen.

Die Leute in der Gruppe wirkten durcheinander. Man konnte ihnen ansehen, dass sie nicht wussten, wie sie mit der Situation umgehen sollten. Zwar hatten sie auf intellektueller Ebene gewusst, was passieren würde – ihre Körper zurückzulassen und in neuen, den exakten Nachbildungen einer außerirdischen Maschine, auf einem fremden Planeten aufzuwachen. Es aber selbst zu *erleben* war wie üblich eine vollkommen andere Sache. Er erinnerte sich daran, wie er mit Mitte zwanzig einmal einen Fallschirmsprung zum Geburtstag geschenkt bekommen hatte. Aufgrund seiner Höhenangst hatte er sich wochenlang darauf vorbereitet, gewusst, wie er sich zu verhalten hatte, während er vor dem Bauch des Profispringers hängen würde. Als es dann so weit war und sich die Tür der Absetzmaschine geöffnet hatte, war all dieses Wissen fort gewesen und da waren nur er, die Luft und die Angst. Bloß dass diese Situation hier und jetzt eher damit vergleichbar war, ohne Fallschirm zu springen, denn es gab keinen Weg zurück. In Kürze würde das Silo auf der Erde einbetoniert und damit versiegelt werden. Wenn – falls! – sich das einmal ändern sollte, könnte es Jahre dauern, was ihnen allen bewusst war. Aber wie könnten sie es *verstehen?*

Wie sollte man eine Situation wie diese begreifen? Abgeschnitten zu sein von allem, was man kannte, nur nach vorne fliehen zu können und mit dem Rücken zur Wand zu stehen. Allein die Tatsache, dass sie es nicht einmal zu bemerken schienen, dass sie alle nackt herumstanden, war ein weiteres Indiz dafür, dass ihre Gedanken um ganz andere Dinge kreisten.

Wir müssen in Bewegung bleiben, damit wir keine Zeit haben, darüber nachzudenken, was wir gerade tun, dachte James und rappelte sich auf. Mila löste sich nur langsam von ihm und half ihm dann zusammen mit Adrian auf die Beine.

»Danke«, murmelte er und wandte sich zu dem gleißenden Licht hinter sich. »Wir sollten aufbrechen.«

Nacheinander nickten sie angespannt.

»Bevor wir da rausgehen, muss ich euch ein paar Sachen erklären. Da draußen ist es wirklich nicht gerade angenehm. Es ist heiß und stinkt, und das Monster, von dem ich euch erzählt habe ... bis auf Adrian habt ihr alle gesehen, was es anrichten kann. Alles sieht nach Tod aus und riecht auch so. Seid vorsichtig mit euren Füßen, fasst die Sträucher nicht an, auch wenn die Ascheschicht auf ihnen weich aussieht, schneidet ihr euch an den Dornen und jeder Kratzer wird zu einem eiternden Abszess. Wir haben beim letzten Mal versucht, Stoffstreifen und Medikamente aus Nasakus Versteck herzuschaffen, aber das Monster ... Die Sachen liegen jetzt an einem Ort, von dem ich nicht weiß, ob ich ihn wiederfinden werde.« James blickte jedem in die Augen, um seinen Worten Nachdruck zu verleihen. »Wir gehen direkt zu dem abgeschossenen Raumschiff, denn dort gibt es Waffen.«

»Waffen?«, fragte Meeks ungläubig. »Aber davon hast du nie etwas erzählt! Und Norton auch nicht.«

»Ich wollte nicht, dass das Militär die Mission an sich reißt und bei dem Wort *Waffen* aus dem Häuschen ist, um sich eine möglicherweise fortschrittliche Technologie unter den Nagel zu reißen. Wer weiß schon, welche Konsequenzen das gehabt hätte für *Prime* und für die Erde?«

Das Team nickte zustimmend.

»Ich kann auch nicht sicher sein, dass es Waffen sind, weil ich nicht viel sehen konnte, aber wir sollten es zumindest versuchen, wenn wir es bis zur Mauer schaffen wollen.«

»Einverstanden«, sagte Adrian.

»Nehmt euch etwas von dem Stoff und wickelt es euch um die Füße. Das ist wichtiger als eure Scham«, erklärte James, als er die ersten roten Wangen und verschämten Blicke sah. Er deutete zu den Stofffetzen in der Nähe des Sitzes, die von seinem geronnenen Blut getränkt waren. »Glaubt mir.«

Zuerst widerwillig, dann mit einer plötzlich einsetzenden Entschlossenheit, machten sie sich daran, ihre Füße in den Stoff zu wickeln. Nur Mila blieb zurück und kniete sich neben ihn.

»Bist du wirklich in Ordnung?«

»Es ist okay. Keinem von euch geht es besser, denke ich, aber damit müssen wir jetzt leben, weil wir *überleben* müssen.«

»Was ist mit der Murmel, die Nasaku dir gegeben hat?«

Ein Schreck durchfuhr seine Glieder wie ein Stromschlag.

»Das werden wir wohl bald erfahren. Ich hoffe einfach, dass sie wusste, dass es klappen müsste. Sonst hätte sie sie mir nicht gegeben und mich aufgefordert, sie hierher zu bringen. Außerdem haben wir die Implantate in ihrem Körper auf den Röntgenbildern gesehen. Der Teleporter muss also auch Gegenstände erschaffen.«

»Zumindest so lange sie Teil des Körpers sind.«

James nickte. »Du solltest auch etwas von dem Stoff nehmen.«

»Was ist mit dir?« Sie lugte zu den anderen. »Sieht nicht so aus als sei es genug für alle.«

»Ich komme schon klar. Ich bin mit dem Untergrund ja einigermaßen vertraut und beim letzten Mal ist kaum etwas passiert«, log er und war erleichtert, als sie nach kurzem Zögern nickte und zu dem Rest des Teams ging. Er nutzte den kurzen Moment allein und drehte sich um. Mit steifen Gliedern überwand er die zwei Schritte bis zum Ausgang und streckte langsam den Kopf hindurch. Die Leiter war noch da, wo sie sie zurückgelassen hatten – ein bisschen schief, aber die oberste Sprosse berührte immer noch den Rand. Als er sie mit einer Hand anhob, fiel ihm auf, dass die Äste, die das Ende rechts und links bildeten, feinsäuberlich abgeschnitten waren wie mit einem Präzisionslaser. Er ließ sie los und zog sich zurück, betrachtete das gleißende Licht und erschauderte.

»Alle bereit?«, fragte er, als auch Mila sich das letzte Stück Stoff um den Fuß gewickelt hatte und die Gruppe in eine leise Unterhaltung vertieft da stand. Ihren Gesichtern war anzusehen, dass in ihren Köpfen die Gedanken rasten. Eine Schwere lag über ihnen, die er selbst in sich spürte, doch sie behielten noch immer die Kontrolle und bemühten sich, das war das Wichtigste. »Gut, dann los. Es gibt eine Leiter, seid vorsichtig und krabbelt rückwärts hinaus. Ich gehe als Erster und halte sie fest.«

Ohne ihre Antworten abzuwarten, machte er es ihnen vor und kletterte durch das Licht, bis seine Füße Halt auf den Sprossen fanden. Behutsam arbeitete er sich nach unten weiter, darauf bedacht, kein Ungleichgewicht zu erschaffen und die Leiter zum Schwanken zu bringen. Sobald er ganz draußen war, wurde es schlagartig wärmer, wenn auch noch nicht so heiß wie abseits des Teleporters. Der Gestank nach Verwesung und Schwefel war beinahe wie ein Wiedererkennen, und der Horror seiner Flucht mit Norton auf dem Rücken schlug in stakkatoartigen Bildern auf ihn ein. Er schloss für einen Moment die Augen und atmete tief durch, stieg mit den Füßen in den knöcheltiefen Morast und packte mit beiden Händen die Leiter, um sie festzuhalten. Die bloße Berührung des kratzigen Holzes hatte etwas Beruhigendes.

Justus kam als Erster heraus und stellte sich deutlich geschickter an, als er sich gefühlt hatte. Er stieg neben ihn in den Sumpf und rümpfte die Nase, dann nahm er die linke Seite in beide Hände und James tat dasselbe auf der rechten Seite, bis auch die anderen alle herausgekommen waren. Die Leiter legten sie danach in den Schlamm, bis sie nicht mehr zu sehen war.

Mila blickte hoch in den wolkenverhangenen Himmel, und auch die anderen sahen sich unbehaglich um. Er ließ ihnen einen Augenblick, um sich an die Umgebung zu gewöhnen.

»Du hast nicht übertrieben«, wisperte Mette.

»Gehen wir am besten los«, schlug er vor und fügte in Gedanken hinzu: *bevor das Monster auf uns aufmerksam wird.*

Als sich niemand rührte, ging er vor, lief in gerader Linie von der Vorderseite des Teleporters in Richtung seines Südens. Es war etwas dunkler als beim letzten Mal, vermutlich abends, oder aber die Wolkendecke war noch dicker als sonst und ließ weniger Licht durch. Nach ein paar hundert Metern, die sie mit schmatzenden Schritten und gurgelndem Morast im schweigenden Gänsemarsch gingen, setzte ein grauer Schnee ein. James streckte die Hand aus und ließ einige der Flocken auf die Innenfläche fallen. Sie schmolzen nicht, obwohl es so heiß war. Er roch daran und schluckte.

Asche, dachte er. *Das ist Asche!*

Auch die anderen begannen zu murmeln, doch die Geräusche versiegten bald wieder, als der Untergrund steiniger wurde und die ersten Ausläufer des Steinwalds begannen. Nun mussten sie sich konzentrieren, um sich nicht die Füße an den scharfkantigen Steinen aufzuschlitzen, und gleichzeitig konnte er ihnen nicht verübeln, dass sie bei den beeindruckenden Felsformationen ins Staunen gerieten – der vielleicht einzigen Sache an diesem gottverlassenen Ort, die so etwas wie eine bizarre Ästhetik ausstrahlte.

»Die sehen aus wie die riesigen Krallen eines Ungeheuers,

das hier vergraben wurde und erstarrt ist, als es versucht hat, sich zu befreien«, befand Adrian andächtig. Da seine Stimme leiser war als erwartet, drehte James sich um und sah, dass die Gruppe angehalten hatte und sich mit großen Augen zwischen den riesigen Gesteinsformationen umsah.

»So etwas habe ich noch nie gesehen.« Mette streckte die Hand aus und berührte den groben Fels. »Wie kann Gestein sich so verbiegen? Er wird ja nicht durch den Wind so geformt und abgeschliffen.«

»Vielleicht ein uraltes Kunstwerk?«, schlug Mila vor.

»Ein Kunstwerk in dieser Umgebung?«

»Darum ja uralt. Wer weiß, was das hier einmal für ein Ort war.«

»Tut mir leid«, ging James dazwischen. »Wir müssen weiter!«

Zu seiner Erleichterung erhob niemand Einwände, und sie lösten sich sehr schnell vom Anblick der Zähne – jetzt wo er den Vergleich mit Klauen eines Tieres gehört hatte, empfand er dieses Bild als deutlich treffender.

Sie schafften es ohne weitere Stopps, und vor allem ohne das Geheul der Kreatur, bis zu Nasakus Unterschlupf. Den Weg dorthin hatte jeder seinen Gedanken nachgehangen und geschwiegen, doch als sie an dem Vorhang vorbei in die Dunkelheit des höhlenartigen Raumes schlüpften, begannen die anderen, das Schweigen zu brechen.

»*Hier* hat sie gelebt?«, fragte Mette und sah sich in dem Zwielicht um. Feine Staubkörner tanzten in der warmen Luft, die offenbar für genügend Auftrieb sorgte, um den allgegenwärtigen Schmutz anzuheben – oder nur sehr langsam von der Decke rieseln zu lassen.

»Ist das ein Flugzeug oder ein Raumschiff?«

»Woher stammen all diese Schäden?« Mila strich über eine der Wände. »Das Material zeigt Anzeichen von Abrasion, schwer zu sagen, wie lange es Wind und Wetter ausgesetzt war, aber Dinge, die in der Luft oder gar im All fliegen, sollten nicht so schnell Löcher kriegen.«

»Norton hat in seinen Bericht geschrieben, dass er davon ausgeht, dass es durch Waffengewalt zum Absturz gebracht wurde«, antwortete Meeks und wühlte zwischen einigen Decken herum, die James und der Major zurückgelassen hatten, um sich eine davon umzuhängen.

»Wir haben nicht viel Zeit«, ermahnte er sie und ging zu dem Loch in der Wand. Er hatte beinahe ein schlechtes Gewissen, weil er ihnen keine Zeit ließ, sich an ihre neue Umgebung zu gewöhnen und zu verarbeiten, was sie sahen – schließlich kannte er all das und sie nicht. Trotzdem zählte jede Minute, die das Monster nicht von sich hören ließ. Außerdem war die Umgebung toxisch genug, um Abszesse ausbrechen zu lassen und wer weiß was noch in ihren Körper auszulösen. Je schneller sie also zu den Medikamenten kamen, die er und Norton bei ihrer Flucht zurückgelassen hatten, umso besser. Er hatte überlegt, nicht nach ihnen zu suchen, aber die Mauer hatte sehr weit weg ausgesehen und auf seinem Handrücken konnte er bereits die ersten roten Flecken erkennen. Zeit war also eine knappe Ressource auf *Prime.*

»Das Loch ist hier!« Er stellte sich an die Rückwand und klopfte mit den Knöcheln auf das kalte Metall neben der Stelle, die Nasaku offenbar mit ihrem Werkzeug versucht hatte aufzubrechen. »Norton und ich haben eine Axt und ein Messer mitgenommen beim letzten Mal. Aber ich glaube, dass es hier noch andere gab, das Licht ist bloß recht schlecht.«

»Das ist gehärtetes Material«, befand Meeks, der mit den Knöcheln gegen die Wand klopfte.

»Gehärtet?«

»Stahl und andere Eisenwerkstoffe können eine erhöhte mechanische Widerstandsfähigkeit erlangen, indem man ihre Gefüge ändert«, erklärte Mila.

»Was für Gefüge?«

»Die Mikrostruktur, die Anordnung seiner Bestandteile. Meistens macht man das industriell mittels Hitze und anschließendem Abschrecken.« Die Materialforscherin fuhr mit den Händen über die Wand, die sie nach und nach von Patina und Flechten zu befreien begann.

»Wenn das Raumschiff wirklich abgeschossen wurde und die Waffen hinter dieser Wand lagern«, schaltete sich Justus ein und half ihr genau wie Adrian und Mette beim Säubern der Fläche, »macht es Sinn, wenn es komplett aus Kompositwerkstoffen gebaut wurde. Wo ist die Tür?«

»Es gibt keine Tür«, antwortete James, der einen Schritt zurückgemacht hatte, um den Wissenschaftlern Platz zu lassen, da er sich selbst nutzlos fühlte, während sie sich miteinander austauschten.

»Natürlich gibt es eine«, schnaubte Meeks. »Schon mal in einem Flugzeug geflogen, in dem ein Bereich nicht zugänglich war? Während des Fluges kann man ja kaum aussteigen und von draußen rein.«

James sagte nichts, hätte sich aber am liebsten mit einer Hand auf die Stirn geschlagen. Er war offenbar zu verängstigt gewesen bei den letzten Malen, oder hatte den Unterschlupf mehr als Höhle denn als Raumschiff gesehen, was ihn nicht klar hatte denken lassen. Jedenfalls war er froh, dass sie jetzt da waren. Die Gruppe schien ganz in ihrem Element zu sein, legte die Wand frei und damit auch eine Menge Unebenheiten und eine Welle, die sich gerade durch die gesamte Wand zog.

»Was ist das?«

»Eine Verformung, das ist gut«, antwortete Mila abwesend und dirigierte Mette weiter nach links, wo ein schnurgerader Schatten zu sehen war, jetzt, wo sich seine Augen noch besser an die Dunkelheit angepasst hatten.

»Eine Verformung?«

»Ja, wenn sich Metalle wie diese plastisch verformen, zum Beispiel durch einen harten Aufprall wie bei einem Absturz«, erklärte Mette, »bewegen sich Versetzungen in der Struktur. Eine Störung der Periodizität des Kristallgitters, aus dem sie besteht – einfach gesagt.«

»Schon klar.«

»Eine Schwachstelle«, übersetzte Justus und stieß einen triumphierenden Laut aus, als seine Finger eine Vertiefung in der Schattenlinie fanden, die sich ganz in der Nähe der Welle befand. »Das könnte funktionieren.«

»Punktieren und aufhebeln«, sagte Mila und der Rest des Teams nickte, woraufhin sie sich wie auf ein stummes Kommando von der Wand abwandten und den Unterschlupf systematisch durchwühlten. James stand mitten in dem entstehenden Chaos und schaute zu, wie sie verschiedene Gegenstände wie Splitter, Stangen, Fragmente der aufgesprengten Hülle, die annähernd spitz und robust aussahen und faustgroße Steine zusammentrugen. Alles, was scharfkantig war, hämmerten sie schließlich der Länge nach in die Vertiefung am Rand der Verformung, bis ein metallisches Kreischen zu hören war und sie noch motivierter zu Werke gingen. Einige Stunden später, in denen er mithilfe einer Scherbe Röcke aus zwei Decken – die eine nahm er Meeks weg – zugeschnitten hatte, inklusive zweier Bänder, damit Mila und Mette ihre Brüste bedecken konnten, hatten sie es geschafft. Mittels einer Metallstange, die zuvor als Aufhängung des Vorhangs an der Tür gedient hatte, hebelten sie die geschwächte Wandstruktur auf und erschufen einen von unten nach oben größer werdenden Spalt, durch den eine besonders schlanke Person klettern konnte.

24

»Ich gehe rein«, entschied Mila, die zwar etwas größer als Mette war, aber dafür deutlich schlanker und kleiner als die Männer.

»Nein!« Alle sahen zu James, der sich von der Kiste erhob, auf der er an dem Stoff gearbeitet hatte, und die Ergebnisse an die anderen verteilte. »Ich gehe zuerst, wir wissen nicht, ob es da gefährlich ist.«

»Das ist doch nur ein Raum.«

»Wir gehen kein Risiko ein«, beharrte er. »Ich habe euch zugesehen, und ich bin mir sicher, dass ihr hier nützlicher seid als ich.«

Sie wollten ihm widersprechen, doch er winkte ab und drängelte sich vor, bis er direkt an der Öffnung in der Wand stand. Sie sah aus wie ein umgeklapptes Revers, nur dass es in die falsche Richtung zeigte. Etwas mehr Licht als zuvor fiel jetzt in die Dunkelheit, ein heller, trapezförmiger Schein, der einen ungleichmäßigen Boden beschien. Mehrere Risse, als hätte ein Monster mit riesigen Klauen ihn aufgerissen, zogen sich der Länge nach durch das glänzende Metall. James kletterte vorsichtig durch die scharfkantige Scharte, ging dabei wie in Zeitlupe vor, um sich nicht zu schneiden, und stand schließlich auf der anderen Seite. Hier gab es deutlich weniger Staub und die Luft war kühler, auch wenn ein steter Strom wärmerer Feuchtigkeit hereinkam. Links befanden sich die länglichen Gegenstände, die er beim letzten Mal durch das Loch erspäht hatte. Nachdenklich musterte er sie, betrachtete das helle Glänzen und rührte sich nicht, während die anderen ihm Fragen hinterher murmelten.

»Was ist los?«

Erschrocken fuhr er zusammen. Es war Mila, die plötzlich neben ihm stand und ihn mit gerunzelter Stirn musterte.

»Ich habe nur nachgedacht.«

»Jetzt?«

»Ja. Nasaku, sie hat offenbar versucht, ein Loch in die Wand zu schlagen – warum hätte sie das tun sollen, außer, um hier einzudringen?«

»Ich verstehe. Du fragst dich, warum sie nicht auf dieselbe Idee gekommen ist wie wir, immerhin war sie ziemlich clever«, sagte sie.

»Clever genug, um innerhalb weniger Stunden Englisch zu lernen, aus einer Hochsicherheitseinrichtung zu entkommen, Autofahren zu lernen und einen Computer in einem Observatorium zu benutzen.« James nickte. »Warum also hat sie die Wand nicht selbst aufgehebelt?«

»Es war ziemlich viel Arbeit, selbst für fünf von uns.«

»Sie hatte alle Zeit der Welt.«

»Mhm. Vielleicht hatte sie kein Interesse an Waffen.« Mila zuckte mit den Achseln.

»Da draußen ist immer noch das Monster. Und sie hatte immer eine Axt dabei und ein Messer«, hielt er dagegen.

»Axt und Messer sind Werkzeuge. Sie könnte sie benutzt haben, um Stoff zurecht zu schneiden, wenn ihre Schuhe geflickt werden mussten, oder um Dinge wie die Leiter zu bauen. Die Axt könnte sogar als eine Art Kletterhaken gedient haben, mit dem sie in den Teleporter gekommen wäre, ohne die Leiter zu nehmen.« Mila sah, dass er nicht überzeugt war. »Als du das erste Mal hier warst, hat sie da ihre Werkzeuge als Waffen gebraucht, um dich einzuschüchtern?«

»Nein, ich glaube nicht.« Er schüttelte den Kopf, versuchte, sich zu erinnern. »Aber das ist kein Beweis dafür, dass sie keine Waffen gebraucht hat.«

»Möglicherweise hat sie einen Weg gefunden, der Kreatur auszuweichen, kannte seine Schlafzeiten oder wusste ihm auszuweichen.«

»Schon möglich. Sie war aber besorgt, als wir es gehört hatten und hat mich zur Eile angetrieben.«

»Auch das macht Sinn. *Du* wusstest immerhin nicht, wie du dich verhalten musst, und sie konnte es dir auch schlecht erklären.« Mila ging zur linken Wand, und James folgte ihr nachdenklich. In einem Schrank, der in einem Stück in die Wand überging, steckten sechs Gegenstände, die sich mit erheblichem Kraftaufwand aus zangenartigen Halterungen ziehen ließen.

»Das sind ganz klar Gewehre«, murmelte er erstaunt und umfasste den Griff mit einer Hand und einen zweiten unter dem Lauf mit der anderen. Es war etwas kürzer und breiter als ein normales Sturmgewehr, aber es besaß eine Mündung und einen Abzug. Zweifellos also eine Waffe, wenn auch sehr leicht.

Mila überprüfte mit geschickten Handgriffen ihr eigenes Exemplar, hielt das vordere Ende in Richtung Boden und drückte den Abzug durch. Ein Blitz blendete sie beide so plötzlich, dass sie aufschrien, und Erde und Metallsplitter spritzten auf.

»Scheiße!«, entfuhr es ihm.

»Die funktionieren offenbar«, kommentierte Mila das Chaos trocken.

»Kannst du mich nächstes Mal bitte vorwarnen?«

»Ich habe ehrlich gesagt nicht damit gerechnet, dass sie

funktionieren. Ich konnte noch keinen Nachlademechanismus finden.«

»Vielleicht arbeiten sie über einen Hochleistungsakku oder eine andere Energiequelle. War das überhaupt ein Projektil?«

»Keine Ahnung.«

»Alles in Ordnung da drinnen?«, rief Adrian besorgt.

»Ja, alles gut!«, antwortete James laut und ging zu der Scharte, um sein Gewehr durchzureichen. »Passt auf, sie sind scharf.«

Danach löste er auch die anderen aus ihren Halterungen und verteilte sie, bis nur noch eines übrig war und Mila ihn anstupste. Sie deutete auf die andere Seite des Raumes, wo er bloß die dunklen Umrisse einer Art Armatur erkennen konnte, die die gesamte Flanke des Raumschiffes in diesem Teil bedeckte.

»Siehst du das?«, fragte sie, doch er schüttelte den Kopf. Sie ging zu der Öffnung, die sie mit Nasakus Versteck verband und sagte etwas, das er nicht hören konnte. Kurz darauf reichte ihr jemand aus dem Team ein Stück Metall, das sie mit ihrem improvisierten BH bearbeitete, bis es glänzte. Daraufhin positionierte sie sich in der Mitte des schwachen Lichtscheins, der zu ihnen hereinkam und wendete das Stück so, dass es wie ein Spiegel reflektiertes Licht auf die Armatur war.

James drehte sich dorthin um und schreckte zurück. Was eben noch eine schwarze Wand gewesen war, entpuppte sich als eine Reihe von Gestalten. Zuerst glaubte er, sie wären lebendig und würden auf ihn zustürzen, doch das war bloß eine optische Täuschung. Es handelte sich um sechs humanoide Umrisse, die in einer Art Rüstung steckten, die vertraut und doch sehr fremdartig aussah, mit dunklen Lamellen, die sich über die Gliedmaßen zogen und in einem Harnisch zusammenfanden, der aus einem einzigen Stück gefertigt schien und wie Gummi aussah. Die Helme waren konisch geformt, mit einem dunklen Sensorband, wo sich die Augen der Träger hätten befinden sollen, doch hinter einem transparenten Visier sah er bloß Nasenlöcher und Gebisse von Skeletten.

»Verdammte …«, brauste er auf und schluckte.

»Die sind offensichtlich schon sehr lange tot«, sagte Mila und drückte ihm die Scherbe in die Hand, damit er für Licht sorgte, während sie zu den Leichen ging, die ganz ähnlich wie ihre Waffen in Halterungen an der Wand steckten, als hätte sie jemand dort aufgepflanzt. »Keinerlei Geweberückstände mehr. Ich tippe auf mindestens einige Jahrzehnte, eher Jahrhunderte. Man kann bereits Knochenabrasion feststellen, obwohl das Skelett komplett von diesem Panzer umschlossen ist.«

»Bei der feucht-heißen Luft müssten sie doch längst zersetzt sein, oder?«, fragte James und beruhigte seinen Atem.

»Ja, eigentlich schon. Zumindest gibt es nach so langer Zeit in jedem Material Schwachstellen. In diesem Klima gedeiht jede Art von Insekten normalerweise, aber offenbar gibt es hier nichts, das an dem Knochen herumfrisst.«

»Aber wie ist dann das Fleisch von den Knochen gekommen?«

»Mikroorganismen. Auch wenn hier kaum etwas kreucht und fleucht, muss es Bakterien geben, schließlich würden die Büsche draußen nicht ohne Mikroorganismen überleben. Es wäre sogar möglich, dass die Schädel hinter diesen Sensorbändern zu Staub zerfallen, wenn wir sie berühren könnten – auch wenn ich wegen der Feuchtigkeit nicht sicher sein kann.«

»Genau sechs.«

»Wie bitte?«, fragte sie und warf ihm einen Blick über die Schulter zu.

»Sechs Leichen, sechs Gewehre.« Er deutete auf die Toten in ihren wuchtigen Panzern und den leeren Gewehrschrank gegenüber. »Und wir sind auch genau sechs. Ein seltsamer Zufall, findest du nicht?«

»Ja, aber irrelevant.«

»Irrelevant? Wie kann hier irgendetwas irrelevant sein.«

»Ganz einfach, weil Menschen immer dazu tendieren, in allem Parallelen zu sehen und Bedeutung hineinzuinterpretieren, weil das Gehirn ständig nach Mustern sucht. Dabei handelt es sich um Koinzidenzen, falsche Zusammenhänge.« Mila zuckte mit den Achseln und packte einen der starren Anzüge an den Schultern, um mit voller Kraft daran zu ziehen, doch nichts bewegte sich, bis auf eine kleine Staublawine, die ihr entgegenwehte und einen heftigen Hustenanfall auslöste.

»Alles in Ordnung?«

»Ja«, keuchte sie heiser. »Die Dinger stecken fest wie Granit.«

»Hältst du das auch für einen bloßen Zufall, dass wir ausgerechnet hier Menschen finden?«, fragte er lakonisch.

»Nein.«

Als sie offenbar nicht mehr hinzuzufügen hatte, seufzte er. »Wir sollten keine Zeit verschwenden und zusehen, dass wir loskommen. Die letzten beiden Male ist es nachts immer aufgeklart, die Wolken scheinen vor allem tagsüber den Himmel zu bedecken, darum wird es paradoxerweise nachts heller.«

»Okay.« Offenbar widerwillig löste sie sich von den stummen Zeugen einer vergangenen Zeit und kam zu ihm zurück. »Ich wünschte, wir hätten mehr Zeit, um all das hier zu untersuchen.«

»Die haben wir aber nicht.« Er senkte den improvisierten Spiegel, jetzt, da sie beide in dem schmalen Korridor aus Licht standen, den die große Scharte in der Wand zu Nasakus Versteck bildete. Behutsam nahm er ihre linke Hand in die seine, und sie blickte halb verwundert und halb mit einem geradezu schüchternen Blick zu ihm auf. Gerne hätte er einfach nur so dagestanden und wäre in ihren großen blauen Augen versunken, doch stattdessen drehte er ihre Hand so, dass sie den Abszess sehen konnte, der sich darauf gebildet hatte und bereits erste Anzeichen von Eiterblasen zeigte.

Erschrocken blinzelte sie.

»Du meine Güte.«

»Ja. Wir müssen uns beeilen und die Medikamente finden«, sagte er besorgt und schob sie in Richtung der vier Augenpaare, die sich um die Öffnung versammelt hatten, um möglichst viel zu sehen, auch wenn er nicht glaubte, dass sie mit dem wenigen Streulicht viel erkennen konnten. In Kürze erklärten sie dem Team, was sie gefunden hatten, und machten sich unter Adrians und Milas Anweisung mit den Gewehren vertraut, die genau wie diejenigen funktionierten, die sie von der Erde kannten – Mündung auf das Ziel richten, Finger an den Abzug, der etwas merkwürdig nach außen gebogen war, und das Schockpolster an die Schulter, auch wenn Mila ihnen versicherte, dass die Waffe kaum Rückstoß gehabt und offenbar kein kinetisches Geschoss, sondern einen Energieimpuls verschossen habe.

Etwas ungelenk trug nun jeder von ihnen eines dieser kurzen Gewehre in den Händen, was außer bei den beiden Russen reichlich fehl am Platze anmutete, zumal sie alle aussahen wie verschmutzte Wilde mit ihren improvisierten Lendenschürzen und Röcken aus vor Dreck starrendem, halb zerrissenen Stoff.

Nachdem James den Kopf aus dem Durchbruch gesteckt hatte, der nach draußen führte, konnte er sehen, dass sich bereits unregelmäßige Löcher in der Wolkendecke bildeten und die Dunkelheit durch langsam durchdringendes Mondlicht vertrieben wurde.

Es würde reichen müssen.

Also gingen sie los, auf direktem Weg in Richtung Teleporter, für den er sie bloß in rechtem Winkel vom Raumschiffwrack geradeaus führen musste. Der abgerissene Deltaflügel diente ihnen wie ein Wegweiser. Auch jetzt war das Monster nicht zu hören. Kein unheimliches Röhren, kein Fauchen und keine sanften Erschütterungen im Fels unter ihren Füßen. Trotzdem blieb James angespannt wie eine Sprungfeder, versuchte möglichst wenig Lärm zu machen, was nicht besonders schwer war mit seinen umwickelten Füßen. Schwieriger war es dagegen, das Team zur Stille zu gemahnen, da sie ständig über das diskutieren wollten, was sie in Nasakus Unterschlupf gefunden hatten. Er verstand, dass sie sich von der unheimlichen Landschaft und dem zertrümmerten Mond ablenken wollten, der mittlerweile am Sternenhimmel prangte. Außerdem hatten sie weitere Hinweise gefunden, dass es auch außerhalb der Erde Menschen gab – oder gegeben *hatte* –, was sie alle wahlweise nervös und nachdenklich zu stimmen schien.

Es war wohl seine eigene Anspannung, die sie letztendlich immer wieder einlenken und verstummen ließ, und schon bald trotteten sie wie eine stille Prozession durch den Steinwald mit seinen in der Zeit erstarrten Felskrallen.

Wo sind wir nach links abgebogen?, dachte James immer wieder, bis sie den Rand des Morastes erreichten und eine mehrere Zentimeter dicke Schicht aus Schlamm und stinkender Biomasse einsetzte. *Zu weit.*

Also ging er in Richtung seines relativen Westens und versuchte, die Erinnerungen an das letzte Mal auszublenden, als er beinahe blind vor Adrenalin mit Norton hinter sich losgerannt war.

Wie lange? Wie lange sind wir gelaufen?

Es war unmöglich, sich daran zu erinnern. Hatte er jetzt schon kaum ein zusammenhängendes Zeitgefühl, hatte er es in seiner Notsituation schon gar nicht gehabt. Also winkte er die anderen herbei und sie fächerten sich auf, immer in einem Abstand von zehn Metern, sodass sie einander noch gut im Blick behalten konnten und gleichzeitig eine größere Fläche absuchten. Obwohl er in wenigen Augenblicken bei Mila und

Meeks gewesen wäre, die rechts und links von ihm dahin trotteten wie schattenhafte Gestalten, fühlte er sich dadurch einsamer als noch zuvor.

Doch es funktionierte. Nach einer gefühlten Ewigkeit stieß Adrian einen sonoren Ton aus und lief voraus zu einer der großen Felsklauen. James erkannte schon aus der Entfernung den riesigen weißen Fleck und die zwei bräunlichen Haufen, die wie dicht beieinanderstehende Büsche aussahen, aber in Wirklichkeit die beiden Säcke waren, die er und Norton zurückgelassen hatten. Eilig zog er einen davon hoch und schüttelte ihn leicht. Zufrieden öffnete er ihn und zog sechs der gefüllten Injektoren heraus.

»Kommt schon. Das ist das Zeug, dass Nasaku mir gegen die Abszesse gegeben hat. Es hat schnell gewirkt, und wir sollten nichts riskieren.«

»Nichts riskieren?«, fragte Justus und wischte sich mit dem Handrücken Staub und Schweiß von der Stirn. »Uns ein fremdes Medikament, über das wir nichts wissen, zu injizieren, klingt ziemlich riskant.«

»Ich schätze, es ist ein Antibiotikum. Hochwirksam, wenn du mich fragst. Schon nach kurzer Zeit ist mein Abszess zurückgegangen.«

Adrian trat vor und hielt ihm seinen Arm hin.

»Für Vorsicht haben wir hier offensichtlich keine Zeit.«

Der Kosmonaut hatte recht. Noch schlimmer als die anderen war seine Haut über und über mit roten Petechien übersät, und er hatte dicke Pusteln im Gesicht und auf dem Bauch. James stand auf und drückte den Injektor an seinen Hals, ehe er den Knopf auf der Rückseite auslöste und der Russe kurz blinzelte. Achtlos warf er den leeren Behälter fort und wiederholte die Prozedur bei Mila, Meeks und Mette und schließlich auch Justus, der tief durchatmete und dann widerwillig seinen Hals präsentierte.

Sie gönnten sich eine kurze Pause, in der James ein kleines

Stück von der Gruppe fortging und sich einen Finger in den Hals steckte. Zuerst funktionierte es nicht, weil der Würgereiz nicht einsetzte. Doch er tat es so lange, bis sein Rachen schmerzte und er Blut schmeckte und schließlich erbrach er die dunkle Murmel in einem Schwall beißender Magensäure und hielt sie erleichtert mit einigen blutigen Schleimfäden in der Hand. Nachdem er sie abgewischt hatte, kehrte er zu den anderen zurück.

»Gut. Für die Mauer müssen wir nur in irgendeine Richtung gehen. Ich erinnere mich nicht allzu gut, aber es sah aus, als hätte sich der Teleporter genau in der Mitte befunden, also sollten wir weg von dem Sumpf bleiben und so lange einer Richtung folgen, bis wir auf die Mauer treffen«, schlug er vor und die anderen nickten stumm. James schulterte einen der Säcke und Adrian nahm den zweiten mit dem Stoff. Aufgrund der Hitze bediente sich niemand an den vielen Bändern, die er mit Norton vorbereitet hatte.

Sie setzten sich gerade in Bewegung, als ein tiefes, langgezogenes Grollen zu hören war. Zuerst glaubte er, dass es sich um fernen Donner handelte, doch das identifizierte James rasch als die Weigerung seines Gehirns, den wahren Ursprung zu erkennen: das Monster. All seine Hoffnungen, dass es von ihrer letzten Begegnung verletzt sein könnte und sich zurückgezogen hatte, zerplatzten mit diesem einen wütenden Laut.

»Oh, verflucht!« Er umfasste den Griff des Sturmgewehrs etwas fester und drückte es an sich wie ein Ertrinkender an ein Stück Treibgut, ehe er widerwillig den Sack mit den Medikamenten nahm und sich über die Schulter warf. »Wir sollten verschwinden.«

»Ich glaube, es kam aus Richtung des Teleporters«, meinte Adrian und sah blinzelnd in die entsprechende Richtung. Der fahle Mondschein schien von der beinahe schwarzen Ebene des Sumpfs aufgesogen zu werden und fand keinerlei Reflexionen, was es schwer machte, überhaupt etwas zu erkennen.

»Dann sollten wir in die entgegengesetzte Richtung laufen.« Mila deutete nach Westen. Ihr Kopf ruckte unruhig hin und her, und war sie zuvor schon angespannt gewesen, wirkte sie jetzt wie unter Strom.

»Los!« James setzte sich in Bewegung, verfiel in einen leichten Laufschritt, obwohl eine Stimme in seinem Hinterkopf ihn anschrie, gefälligst heillos die Flucht anzutreten und so schnell zu rennen, wie möglich. Doch er ließ das in seinen Adern pulsierende Adrenalin nicht die Oberhand gewinnen und konzentrierte sich stattdessen auf einen gleichmäßigen Atem und präzise Schritte, um mit seiner Last nicht zu stürzen. Sie hatten noch mehrere Meilen vor sich, und die würden sie nicht überwinden, wenn sie sich auf den ersten paar hundert Metern verausgabten.

Diesmal blieben sie dicht zusammen, was vermutlich nicht besonders klug war, doch niemand sagte etwas, und so zehrten sie wenigstens von der Nähe der jeweils anderen. Die gurgelnden Rufe des Monsters trieben sie vor sich her wie eine Bugwelle der Grausamkeit, und jeder einzelne Gedanke an die glänzenden Metallzähne in ihrem Maul ließen James erschaudern. Noch klang es weit entfernt, doch es kam zweifellos näher.

Die Landschaft veränderte sich nach einer Weile, blieb steinig, aber befreit von den großen Felsklauen. Runde Flächen auf dem kahlen Boden wirkten wie verglast und sahen entsprechend rutschig aus. Doch James' Füße waren bereits so zerschunden, dass der Stoff blutgetränkt war und dieser Umstand es ihm paradoxerweise leichter machte, das Gleichgewicht zu halten. Den Schmerz spürte er unter der Aufregung kaum, auch wenn er wusste, dass er irgendwann den Preis dafür würde zahlen müssen, wenn das Adrenalin erst einmal nachließ – oder das Monster ihn gefressen hatte.

»Seht ihr das?«, keuchte Meeks schließlich. Der große Ingenieur schien nur noch aus Schweiß zu bestehen, der ihm in

Sturzbächen von Stirn, Nase und Kinn lief und seine Haut in einen Film aus feuchtem Schmutz hüllte.

»Nein«, wollte James reflexhaft sagen, aber in dem Moment sah er es auch: Die Mauer, die nun schon eine Weile als dunkle Trennlinie am Horizont erkennbar war, weil sie etwas höher lag, als zu erwarten gewesen wäre, zeigte eine Art Scharte weiter im Osten, durch die der dunkelblaue Nachthimmel zu sehen war.

»Was ... ist ... das?«, fragte Mette atemlos. Die füllige Dänin wirkte vollkommen entkräftet, hielt ebenso wenig inne wie der Rest und stolperte doch gerade noch so vor sich hin. Jeder zweite Schritt sah aus, als würde sie das Gleichgewicht verlieren und stürzen.

»Ein beschädigtes Mauerstück?«, schlug Mila vor, die etwas langsamer wurde und damit eine Art Erlaubnis für die anderen gab, auf die bloß gewartet worden war. Die ganze Gruppe bremste ihre Schritte und kämpfte hechelnd nach Luft. Die war zum Schneiden dick und heiß genug, um James' Lunge zum Glühen zu bringen.

»Nicht anhalten!«, ermahnte er sie. »Wenn es eine Bresche ist ... sollten wir die Richtung ändern. Aber niemals anhalten.«

»James, ich bin fast am Ende meiner Kräfte«, jammerte Mette.

»Wenn du das Monster gesehen hättest, würdest du welche finden«, entfuhr es ihm scharf, was er nicht einmal bemerkte, und so rannten sie schweigend weiter, angetrieben von ihrem lauten Hecheln. Die glasige Ebene sah jetzt aus wie eine riesige Eislauffläche, so glatt, dass man die Trümmer des Mondes darin leuchten sehen konnte und einzelne, vorbeiziehende Wolkenfetzen matte Stellen darauf bildeten.

Nach einer Weile war es Adrian, der James aus einer Art Trance aus brennenden Muskeln, gleichmäßig rauschendem Atem und in den Ohren pochendem Adrenalin riss.

»Ich höre es nicht mehr.«

»Was?«

»Das Monster. Es ist schon …« Der Kosmonaut hielt inne und stützte sich mit den Händen auf den Knien ab. »Es ist schon lange her, dass wir es gehört haben.«

Es stimmte. Es war ihm gar nicht aufgefallen, doch jetzt, wo er darüber nachdachte, fiel es auch ihm auf. Schon seit einer Weile war kein Röhren und kein Fauchen mehr zu hören gewesen. War das Monster verschwunden? Hatte es ihre Fährte verloren?

»Vielleicht … bleibt es in diesem steinernen Wald? Könnte so eine Art Revier sein«, schlug Meeks vor. »Scheiße, was würde ich für einen Schluck Wasser geben.«

James antwortete nicht, ließ die anderen reden, während er selbst mit zusammengekniffenen Augen in das Zwielicht starrte. Der Wald aus Felsklauen war gerade noch so erkennbar wie ein weit entferntes Stoppelfeld hinter ihnen. Vor der Gruppe ragte die Mauer als gigantische schwarze Barriere auf, vielleicht hundert Meter hoch und noch eine Meile entfernt, die ihm so weit erschien wie eine Marathondistanz. Sie war erdrückend mächtig, und unter anderen Umständen hätte er einfach nur staunend dagestanden, dass etwas so Eindrucksvolles existieren konnte.

Gerade wollte er sich wieder der Gruppe zuwenden, als er ein letztes Mal in die andere Richtung geblickt hatte, wo irgendwo in der Ferne der Teleporter stand, da brach einige Dutzend Meter entfernt der gläserne Steinboden auf. Eine Fontäne aus Scherben und Geröll schoss in die Luft wie ein Geysir aus scharfkantigen Schrapnellen. Zwei kräftige Arme mit glänzenden Klauen schlugen auf den Rand und gaben ein hässliches Kreischen von sich, als sich das Monster aus dem Loch zog. Augenlos und mit geöffnetem Maul, dessen Rasiermesserzähne im Mondlicht funkelten, ruckte sein Kopf witternd umher, bis es sich auf James und ihre vollkommen entkräftete Gruppe fixierte.

»Lauft!«, brüllte Adrian überflüssigerweise, und niemand ließ sich das zweimal sagen. Sie rannten los, James direkt hinter Mette, die mit den Zehen in einer Kerbe hängen blieb. Ihr rechtes Fußgelenk brach so laut, dass es James durch Mark und Bein ging, und sie stürzte der Länge nach hin. Ihr Gewehr entglitt ihren Händen und schlitterte über den glatten Boden davon wie eine Metapher ihres schwindenden Glücks.

Der Schock in den Gesichtern der anderen, die herumfuhren, drückte aus, was er selbst wusste: Es gab keine Rettung für sie.

Hin- und hergerissen kniete sich James neben die Dänin, die anfing bitterlich zu weinen und die anderen schluchzend fortscheuchte, als sie zu ihr kamen. Er sah zurück zu dem Monster, das kurz davor war, sich vollends aus dem Loch und dem Geröll zu kämpfen, aus dem es entstieg.

»Lauft weiter!«, sagte er schließlich zum Team und deutete auf die Bresche in der Mauer, die zum Greifen nah und doch so fern war. »Los jetzt!«

»Nein, wir lassen sie nicht allein!«, protestierte Mila.

»Tun wir auch nicht. Ich bleibe bei ihr.« Sobald die Worte seinen Mund verließen, machte sich eine tiefe Ruhe in ihm breit, die ihn ebenso überraschte wie das, was er da gerade entschieden hatte, ohne darüber nachzudenken. Es fühlte sich dennoch richtig an.

»Nein! Wir kämpfen!«

»Wir diskutieren nicht darüber. Ich lasse sie nicht allein …« *Sterben?,* dachte er und schluckte. »Ihr seid viel geeigneter für all das hier als ich, und die Gewehre richten vermutlich nicht viel aus. Außerdem tragen meine Füße mich ohnehin nicht mehr lange.«

Er deutete auf seine blutigen Zehen, die aus dem ebenso blutigen Stoff herausschauten. Dann nahm er die Murmel und hielt sie Mila hin, die auf ihn zugekommen war. Als sie nicht reagierte, war es Adrian, der sie ihm aus der Hand schnappte und ihm einen Blick voller Respekt zuwarf.

»Du bist der Mutigste von uns, und wir brauchen dich am meisten«, flüsterte sie, und ihre Augen füllten sich mit Tränen, als sich ihr die Unabwendbarkeit dessen erschloss, was folgen würde. Sie schien noch viel mehr sagen zu wollen, doch ihre Lippen zitterten bloß unkontrolliert.

Meeks und Justus wirkten gequält, unfähig etwas zu sagen, und erzitterten, als die Kreatur einen markerschütternden Schrei ausstieß.

»LOS!«, brüllte James und scheuchte sie fort. Adrian packte Mila und zerrte sie mit sich, doch unter dem Gebrüll des Monsters brach ihr Widerstand rasch, und er war unendlich erleichtert, als die vier Wissenschaftler davonrannten.

»James, nein«, wimmerte die am Boden liegende Mette, die ihren gebrochenen Knöchel umschlungen hielt.

»Ich bin genau da, wo ich sein sollte. Ich kann nicht mehr weglaufen, aber ich kann diesen letzten Weg mit dir zusammen gehen.« Er hob das Gewehr und blickte zu der näher kommenden Kreatur. Mit dem Schockpolster an der Schulter legte er an und drückte ab. Ein Blitz löste sich aus der Mündung und riss ein Stück Haut von der Flanke des Monsters, doch er sah weder Blut, noch, dass es langsamer geworden wäre. Nickend warf er die Waffe fort und stellte sich vor die Dänin, damit sie dem nahenden Horror nicht in seine Fratze blicken musste.

»James, es ist nicht zu spät ...«

»Doch, ist es«, unterbrach er sie und starrte das an, was da auf sie zustürmte, und sie in einigen Atemzügen erreicht haben würde.

»Ist das der Pförtner?«

Ihre Frage überraschte ihn.

»Was?«

»Du meintest, Nasaku habe gesagt, dass wir den Pförtner

überzeugen müssten, nicht zu diesen *Ersten Kindern* zu gehören, um die Mauer überwinden zu können. Wenn sie damit *das da* meinte, dann werden die anderen …«

Ein neuerliches Brüllen zerriss die Nacht.

»Der Pförtner. Das kommt von Portenarius und bedeutet Torwächter«, sagte er, überrascht von der plötzlichen analytischen Ruhe, die sich in ihm ausbreitete, obwohl das messerbewehrte Maul nur noch wenige Augenblicke davor stand, ihn zu zerfetzen. Die Stille wurde tiefer, geboren aus dem Wissen, dass dies sein Ende war, und er wurde ganz klar. »Es ist der Wächter dieses Ortes, genau wie sie.«

Nasaku hatte keine Waffen dabei, weil sie keine gebraucht hat, dachte er. *Sie war kein Feind des Wächters. Was, wenn er dieses Gebiet vor den Feinden dieser Welt bewahrt hat? Die Ersten Kinder, die sie zerstört haben? Sie zerstören alles, was ihnen Angst macht, genau wie wir auf der Erde. Warum hat es Norton und mich nicht verfolgt und getötet, nachdem wir mit ihm gekämpft haben?*

Einem Impuls folgend, breitete er seine Arme aus und schloss die Augen, erwartete den tödlichen Biss.

Doch er kam nicht. Als er sie wieder öffnete, starrte er in die augenlose Fratze der Bestie, die mit ihren zwei Nasenlöchern, die die Spitze ihres keilförmigen Kopfes abschlossen, an ihm roch. Ihr Maul war leicht geöffnet und roch nach Ozon und rostigem Metall. Wie ein gigantischer Schatten hatte sie sich vor ihm aufgebaut, geduckt und doch deutlich größer als er.

»James?«, fragte Mette hinter ihm. Sie klang unsicher, aber nicht panisch.

»Wir haben keine Angst«, antwortete er, ohne sich zu rühren. »Wir haben keine Angst vor dir, denn wir sind nicht dein Feind.«

Das Monster zog sich ein kleines Stück zurück, nur um ihn dann mit aufgerissenem Maul erneut anzubrüllen, so laut, dass ihm die Ohren klingelten. Die Zähne waren kaum eine Handbreit von ihm entfernt, und er starrte direkt in das schwarze Loch, das seine Kehle bildete und jedes Photon der Umgebung zu verschlingen schien. James blieb standhaft, presste die Kiefer aufeinander und schloss kurz die Augen, bis er wieder ein Schnüffeln hörte und sah, dass die Kreatur an seiner linken Hand roch, in der sich vor kurzem noch die Murmel befunden hatte.

Langsam zog sich die Kreatur zurück, rückwärts und mit über den Glasboden kratzenden Krallen, den Kopf eingezogen und die Schultern geduckt, ehe es herumfuhr und davonlief in eine Richtung, in der James den Teleporter vermutete.

»Was ... was war das denn?«, fragte Mette.

»Das war der Wächter, der erkannt hat, dass wir keine Gefahr sind, weil wir nicht zum Feind gehören, sondern zu seiner Herrin.«

»Nasaku«, hauchte sie.

Er nickte ungesehen und drehte sich zu ihr um.

»Komm mit.«

»Ich kann nicht.«

»Aber ich kann dich tragen.«

EPILOG

Der Blick vom Höhepunkt der Mauerbresche war atemberaubend. James stand zwischen Mila und Mette und nahm beide an der Hand, um zu spüren, dass er wirklich hier war.

Noch bevor der Rücken des Monsters aus seiner Sicht verschwunden war, hatte er die Dänin huckepack genommen und ihre Einwendungen, er möge sie zurücklassen, als Hollywood-Gerede abgetan. Obwohl ihm jetzt Rücken und Beine – nein, der gesamte Körper – wehtaten, hatte er es geschafft, sie bis zum Fuß der Scharte in der Mauer zu schaffen, die wie von der Axt eines Riesen geschlagen den schieren Gigantismus des Bauwerks zerteilte und am höchsten Punkt noch immer viele Stockwerke höher lag, als der verglaste Boden. Die anderen hatten ihn dank Mila gesehen, die sich weiter oben beim Klettern umgedreht und ihn ungläubig angestarrt hatte, ehe sie sich so hektisch in den Abstieg stürzte, dass ihm beinahe das Herz stehen geblieben wäre, hätte es nicht so in seiner Brust gehämmert.

Ungläubig waren die anderen über sie hergefallen wie uralte Freunde oder Familienmitglieder, hatten sie umarmt und geherzt – ein Ausbruch, der unter anderen Umständen merkwürdig gewesen wäre, kannten sie sich doch kaum. Doch nichts schweißte so zusammen, wie wenn man gemeinsam dem Tod in die Augen blickte.

Zusammen hatten sie es daraufhin irgendwie geschafft, Mette über die großen Bruchstücke zu tragen, zu ziehen und zu hieven, auch wenn es sie wertvolle Energie kostete und ihre aufgeplatzten Lippen und dunklen Ränder unter den Augen von der immer bedrohlicher werdenden Dehydrierung kündeten. Die Dänin saß jetzt auf einem säulenartigen Trümmerteil, das James an verwitterten Beton erinnerte. Adrian, Meeks und Justus auf der anderen Seite atmeten schwer und rieben sich immer wieder frische Schweißtropfen aus den Augen und von den Nasenspitzen.

»Das ist wunderschön«, befand Mila neben ihm, und er konnte ihr nur zustimmen.

Das Land, das sich vor ihnen ausbreitete, war in sattes Grün getaucht, das zwar im Mondlicht nicht gerade leuchtete, aber doch genug, um zu erahnen, dass es tagsüber oder gar bei Sonnenschein dem eines reifen Apfels ähneln würde. Eine scheinbar endlose Waldlandschaft erstreckte sich bis zum Horizont und inmitten des Grüns der Blätter leuchteten Myriaden kleiner blauer Glühwürmchen – zumindest hielt er sie für genau das, womit er vermutlich falschlag. Geradeaus befand sich ein Fluss oder ein Meerbusen, der sich wie ein Trichter in Richtung der Mauer verformte und dessen schwarze Fluten den fragmentierten Schimmer des Mondes reflektierten. Er endete einige Meilen vor ihnen und teilte sich in Dutzende kleinerer Seitenarme auf.

»Seht ihr das?«, fragte er und streckte eine Hand nach Nord-Westen aus.

»Sind das Lichter?«, fragte Meeks atemlos.

»Ich glaube schon.«

»Das könnte ein Stadt sein«, schlug Mette vor.

James kniff die Augen zusammen und musste ihr zustimmen. Er sah so etwas wie gleichmäßig geformte Türme, die matter waren als die umliegenden Bäume, und zwischen ihnen erhellten vereinzelte Lichter die unnatürlichen Strukturen in warmem Gelb.

»Hört ihr das?«, fragte er als Nächstes, und niemand antwortete, doch dass sie alle lächelten, war ihm Antwort genug. Vogelgezwitscher ließ sich nicht überhören, wenn man einmal für längere Zeit keines mehr gehört hatte. Aufgeregtes Schnattern, fröhliches Zwitschern und komplexe Gesänge vermischten sich zu einem Crescendo des Lebens, nachdem sie von dem lebensfeindlichsten Ort gekommen waren, an den James je gegangen war.

»Ich höre, dass wir es geschafft haben«, antwortete Mila leise und drückte seine Hand.

»Ich sehe Wasser, ich sehe grüne Vegetation, ich sehe und höre *Leben*«, sagte Meeks.

»Ich sehe einen ganzen Planeten, den wir zu erforschen haben.« Smailow spähte in die Nacht wie ein Falke. »Es gab seit unserem Aufbruch nur den Weg nach vorne, und jetzt, endlich können wir ihn sehen.«

»Ich sehe *Hoffnung*«, sagte James nickend. »Und dass die Vögel singen, kann nur bedeuten, dass ein neuer Morgen anbricht.«

NACHWORT

Lieber Leser,

Stanley Kubrick hat es in seiner Verfilmung von *2001: Odyssee im Weltraum* (und *The Sentinel*) getan, Stephen Baxter mit *Proxima*, MGM mit *Stargate* und in jüngerer Vergangenheit Peterson mit *Transport*: Das Untergenre der *Portal*-Fiction fasziniert mich schon sehr lange, und nachdem ich alle genannten Vertreter insgesamt genossen (und teilweise verehrt – *go SG1!)* habe, wollte ich meine eigene Geschichte mit einem Portal zu den Sternen schreiben. Ich hoffe, dass dir dieser Auftaktband gefallen hat, auch wenn er mit deutlich weniger Action und nur einem Protagonisten etwas anders aufgestellt war, als meine bisherigen Bücher.

Wenn dir dieses Buch gefallen hat, würde ich mich sehr über eine Bewertung mit Sternen am Ende dieses E-Books oder eine kurze Rezension auf Amazon freuen. Das ist die beste Art und Weise, Autoren dabei zu unterstützen, auch zukünftig spannende Bücher zu schreiben. Falls du direkt mit mir in Kontakt treten möchtest, kannst du das tun: Joshuatree@weltenblume.de – ich beantworte jede Mail!

Wenn du meinen Newsletter abonnierst, plaudere ich regelmäßig ein bisschen aus dem Nähkästchen – über mich, das Schreiben und die großen Themen der Science-Fiction. Außerdem erhältst du als Dankeschön mein E-Book *Rift: Der Übergang* exklusiv und gratis: www.weltenblume.de

Herzliche Grüße, *Joshua Tree*

BRANDON Q. MORRIS
DIE
BAKE
HARD SCIENCE FICTION

Cliff Allister

Der Fund – Die Hegemonie von Krayt 1

Im Jahr 2087 wird beim Schürfen nach Helium-3 auf dem Mond ein uraltes außerirdisches Raumschiff gefunden. Es gelingt, das Schiff größtenteils wieder funktionsfähig zu machen, doch man erregt damit die Aufmerksamkeit außerirdischer Mächte, die das gefundene Raumschiff, die Goldene Nova, für sich selbst beanspruchen. Das Schiff könnte der Schlüssel zum Überleben der Menschheit in einer seit Jahrtausenden tobenden kosmischen Auseinandersetzung sein – oder zu ihrem Untergang führen.

Taschenbuch 304 Seiten, € 12,99 [D]

ISBN 978-3-96357-171-8